JOANNE BISCHOF

Wie Schiffe AM HORIZONT

Aus dem Amerikanischen
von Evelyn Reuter

BRUNNEN
Verlag GmbH · Giessen

Published by arrangement with Thomas Nelson,
a division of HarperCollins Christian Publishing, Inc.
Titel der amerikanischen Originalausgabe:
Daughters of Northern Shores

Originalausgabe: Thomas Nelson

Die verwendeten Bibelzitate sind der Lutherbibel 1912 entnommen.

MIX
Papier aus verantwortungsvollen Quellen
FSC® C014496
FSC
www.fsc.org

Lektorat: Carolin Kotthaus
Umschlagfoto: Arcangel, Shutterstock
Umschlaggestaltung: Daniela Sprenger; Studiogearbox.com
Satz: DTP Brunnen
Druck: GGP Media GmbH, Pößneck
ISBN Buch: 978-3-7655-0733-5
ISBN E-Book: 978-3-7655-7548-8
www.brunnen-verlag.de

Für alle Frauen,

die selbst in Zeiten der Ungewissheit
ihre Liebe und ihren Glauben
nicht verloren haben

Vorwort

Gehörlosigkeit in Blackbird Mountain

Bei gehörlosen Menschen, so auch bei einem der Charaktere in diesem Roman, entwickeln sich die Methoden der Verständigung durch einzigartige Fähigkeiten, Vorlieben und Rahmenbedingungen. Bei den Romanfiguren von Blackbird Mountain zeigt sich das Verständnis dafür in ihren Beziehungen zu ihrem Bruder, Freund und Ehemann Thor Norgaard, einem gehörlosen Mann in Virginia, USA, im 19. Jahrhundert. Thors Art zu kommunizieren wurde geformt durch die Menschen an seiner Seite.

Der Junge, der weder hören noch sprechen konnte, streifte gemeinsam mit seinen Brüdern durch die Wildnis der Berge, wo ein Schulterklopfen unter Kameraden genauso viel zählte wie ein lobendes Wort. Und wo das Geräusch eines Kieselsteins, der ins Wasser geworfen wurde, genauso viel Aufmerksamkeit erregte wie ein Flüstern. Später, auf einer Privatschule in North Carolina, kam Thor in Kontakt mit der Gebärdensprache und damit mit einer völlig neuen Ausdrucksmöglichkeit.

Zu Hause lernte auch seine Familie die Gebärdensprache – und später dann seine zukünftige Frau. Im Buch habe ich die jeweiligen Gebärden beschrieben und dazu ihre Bedeutungen in kursiver Schrift wiedergegeben und so versucht, eine visuelle, dreidimensionale Sprache in unsere zweidimensionale Schriftsprache zu übersetzen. Das Verschmelzen dieser beiden Sprachen war eine Herausforderung für mich als Autorin, aber auch gleichzeitig eine große Freude, denn beide Sprachen liegen mir sehr am Herzen.

Von den Lesern, denen die Norgaard-Brüder und ihre Familien aus dem ersten Band „Mein Herz hört deine Worte“ bekannt sind, habe ich so viele begeisterte und bewegende Rückmeldungen erhalten, dass es mich mit großer Dankbarkeit erfüllt. Und ich danke Ihnen, dass Sie sich noch einmal mit mir auf die Reise begeben, um in „Wie Schiffe am Horizont“ in die Welt von Thor und seinen Brüdern einzutauchen.

Ergänzung des Brunnen Verlags

Der Verlag ist sich bewusst, dass die politisch korrekte Übersetzung des englischen Wortes „deaf“ im Deutschen das Wort „gehörlos“ oder „hörgeschädigt“ ist. „Taubstumm“ ist keine korrekte Übersetzung, da Gehörlose oder Hörgeschädigte nicht stumm sind – sie können sich u. a. mittels Gebärdensprache sehr gut verständigen. Dennoch wurde entschieden, im Roman das Wort „taubstumm“ oder eine ähnliche Variante zu verwenden, da man diese Begriffe in der Zeit, in der der Roman spielt, unreflektiert so verwendete.

Prolog

3. Dezember 1894
Eagle Rock, Virginia

Ava umfasste den starken Unterarm ihres Mannes. Seine beruhigende Stärke gab ihr Halt. Sie ließ den Blick über den Bahnsteig schweifen, um in der Menschenmenge den Arzt zu finden, den sie hier treffen wollten. Am blauen Himmel über ihnen bauschten sich blassgraue Wolken, doch Ava war blind für die Schönheit des Mittwintertages. Ihre steigende Nervosität erstickte den Frieden, den sie stets beim Anblick dieser Berge empfand, die ihre Heimat waren. Sie schaute zu Thor auf und sah seinen zärtlichen Blick, und in seinen Augen lagen Sanftheit, Mut und eine stille innere Kraft. Auch heute, angesichts der Ungewissheit, die vor ihnen lag.

Das Bahnhofsgebäude im Hintergrund war von wartenden Pferdekutschen flankiert, darunter auch ihr eigenes Fuhrwerk mit den schlammbeschmutzten Rädern und den beiden treuen Stuten, die sie bis hierher gebracht hatten. Reisende eilten auf dem hölzernen Bahnsteig hin und her, der von einer langen Reihe von Güterwagen gesäumt wurde, die sich irgendwo in der Ferne verlor, wo die endlosen Wälder begannen. Die Luft war gesättigt von Ruß und erfüllt von Stimmengewirr und vom würzigen Duft der Kiefern. Die meisten Reisenden wollten sich noch einmal die Beine vertreten und die kühle Bergluft einatmen, bevor sie die ländliche Gegend und die kleine Stadt am Fuß der Appalachen hinter sich ließen.

Ava hielt sich im Gedränge dicht an der Seite ihres Mannes. „Mr. und Mrs. Norgaard?“, hörte sie eine fragende Stimme. Sie sah einen einzelnen Mann, der vor einem der Passagierwaggons wartete. Sein kurz gestutztes Haar unter dem eleganten Filzhut war rot wie ihr eigenes. Mit seinen hochgekrempelten Hemdsärmeln und dem dünnen Bleistift hinter dem Ohr sah er aus wie jemand, der nicht zum Vergnügen hier war, sondern in einer geschäftlichen Angelegenheit. Und so war es auch. Schließlich war der Grund für ihr Treffen nicht privater Natur.

„Ja. Doktor Kent?“ Avas Aufregung legte sich etwas, als sie an Thors Arm auf den Arzt zuging.

„Ja, Ma'am.“ Ein kalter Dezemberwind fegte ihm den Hut vom Kopf. Er dankte Ava, dass sie gekommen waren, und sie bemerkte dabei den schleppenden Dialekt der Südstaaten. Der Arzt reichte Thor die Hand.

Thors Armmuskeln spannten sich an unter dem Händedruck. Seine ledernen Hosenträger, die über seinen breiten Schultern lagen, wirkten derb und abgewetzt neben dem edlen, maßgeschneiderten Anzug des Doktors.

„Es ist mir eine große Freude, Mr. Norgaard.“ Dr. Kent sprach ganz unbefangen und mit einer Selbstverständlichkeit, wie es nur wenige Menschen in Thors Gegenwart taten. Avas Blick streifte ihren Mann, der die Worte offenbar mühelos von seinen Lippen ablas. „Seit ich erfahren habe, dass Sie an unserer Studie teilnehmen wollen, freue ich mich darauf, Sie kennenzulernen.“

Thor nickte höflich. Die meisten Menschen hätten mit einem freundlichen Satz geantwortet, doch Thor konnte sich nicht verbal äußern, selbst wenn er es gewollt hätte. Das war auch der Grund, der sie hergeführt hatte und weshalb sie sich hier auf diesem Bahnsteig mit einem Arzt trafen.

„Aber kommen Sie doch herein. Der Zug fährt erst um Viertel nach ab. Ich würde am liebsten gleich mit dem Interview beginnen. Der Fragebogen ist nicht sehr umfangreich, wir werden also genug Zeit haben." Der Doktor kletterte behände die drei Metallstufen hoch in den nächsten Personenwagen.

Ava zögerte, und Thor nickte ihr aufmunternd zu. Sie konnte sein Lächeln unter dem dichten braunen Bart erahnen. Durch ein Handzeichen bedeutete er ihr, dem Arzt zu folgen, und kletterte dann selbst hinterher. Seine kräftigen Finger stützten ihren Rücken beim Einsteigen. Avas Bauch wölbte sich unter dem locker geschnürten Korsett. Noch konnte sie sich mit Leichtigkeit bewegen, doch seit Thor wusste, dass sie ein Kind bekamen, umgab er seine Frau mit gleichbleibender zärtlicher Fürsorge.

Im Inneren des Eisenbahnwaggons fasste Thor Ava bei der Hand. Mit der anderen hielt er den schicksalsträchtigen Brief umklammert, adressiert an Mr. Thorald Norgaard. Es war die Einladung der *Forschungsgesellschaft zur Förderung taubstummer Menschen*, eines kleinen Instituts, das sich mit dem Thema Gehörlosigkeit befasste. Thor sollte an einer Studie teilnehmen, die aus einem Interview, einer kurzen medizinischen Untersuchung und einer Blutentnahme bestand. Er hatte sofort zugesagt, obwohl er das Institut nicht kannte. Wenn er helfen konnte, das Verständnis für Gehörlose in den Vereinigten Staaten zu fördern, dann wollte er dies gerne tun.

Als Farmer und Besitzer einer großen Obstplantage konnte Thor selten einen ganzen Tag der Arbeit fernbleiben, aber heute würde er eine Ausnahme machen. Ava gegenüber hatte er ausgedrückt, wie wichtig es ihm sei, dass Menschen wie er besser verstanden würden. Und wenn er einen Beitrag dazu leisten konnte, dass künftige Generationen davon profitieren und taubstumme Kinder – vielleicht sogar ihr eigener Sohn oder ihre eigene Tochter – bessere Chancen im Leben hätten, dann würde er auch die Blutuntersuchung auf sich nehmen. Eine selbstlose, mutige Geste, denn weder Thor noch Ava wussten, wie Blut abgenommen wurde.

Ava hatte von Aderlass gehört, bei dem ein Arzt einen Schnitt in die Vene des Patienten machte. Ob es sich um eine ähnliche

Prozedur handelte? Thor hatte zugestimmt, und das Forschungsinstitut versprach sich viel von der Studie. Deshalb war er bereit, das Wagnis des Unbekannten einzugehen. Außerdem erhielten die Teilnehmer einen Unkostenbeitrag von drei Dollar für die Anreise, was sehr großzügig war. Doch das Geld war Thor nicht wichtig. Er wäre auch ohne Geld gekommen.

Sie gingen den schmalen Mittelgang entlang, und der Doktor führte sie zu einem privaten Abteil, das als provisorisches Büro diente und in dem ein geordnetes Chaos herrschte. An den gegenüberliegenden Wänden befand sich je eine gepolsterte Sitzbank. Auf der einen stand ein Medizinkoffer, auf einer Schreibunterlage warteten einige Dokumente auf Bearbeitung, weitere Papiere stapelten sich auf der anderen Bank. Unter dem Fenster, das den Blick auf winterbraune Hügel freigab, war ein schmaler Klapptisch befestigt, auf dem eine Wasserschüssel stand. Daneben lag ein Handtuch. Unter dem Tisch befand sich ein Kühlbehälter aus poliertem Eichenholz.

„Bitte treten Sie ein." Der Arzt forderte sie mit einer Handbewegung auf, sich zu setzen. „Danke, Sir." Ava und Thor steuerten die freie Bank an, auf der kein Papier lag. Thor wartete, bis seine Frau Platz genommen hatte, und setzte sich neben sie. Noch immer hielt er ihre Hand und Ava glaubte zu spüren, wie sein Griff fester wurde. Wie stark seine Hände waren. Die Hände dieses Mannes, der immer zwei Messer an seinem Gürtel trug und der einen Hirsch aus vierhundert Metern Entfernung mit dem Gewehr erlegen konnte. Thor hatte erbitterte Faustkämpfe ausgetragen und eine Messerstecherei überlebt. Aber der Gedanke, dass er sein Blut opfern sollte, machte ihn so nervös, dass er angespannt war wie die Sprungfedern in der gepolsterten Sitzfläche. Ava war selbst aufgeregt, doch sie drückte beruhigend seine Hand.

„Sie finden die Räumlichkeit vielleicht seltsam", sagte Dr. Kent, während er in seinem Arztkoffer kramte, „aber bei dieser Studie, bei der die Teilnehmer im ganzen Land verstreut sind, ist es für mich einfacher, in einem Bahnabteil zu arbeiten, als in jeder Stadt ein Büro einzurichten."

Ava warf ihrem Mann einen Seitenblick zu. Sie war es gewohnt, in Gegenwart von Fremden für ihn zu sprechen. Thor schien der ungewöhnliche Ort nicht zu stören, und so antwortete sie: „Das ist kein Problem für uns, vielen Dank."

Der Doktor reichte Thor den Umschlag mit dem Geld. Er faltete ihn zusammen und verstaute ihn sicher in seiner Brusttasche.

Die medizinischen Instrumente glänzten in der Spätnachmittagssonne. Dr. Kent sprach weiter, während er die Schublade öffnete. „Wir sind ein ganzes Team von Ärzten hier an der Ostküste, die an dieser Studie arbeiten. Ich bin zuständig für die Regionen Tennessee, Virginia und einen Großteil von Kentucky. Ihre Teilnahme, Mr. Norgaard, ist von großer Wichtigkeit für uns und ich bin Ihnen sehr zu Dank verpflichtet."

Thors braune Augen waren aufmerksam auf den Arzt gerichtet. „Wir werden jetzt mit dem Interview beginnen." Dr. Kent nahm ein leeres Formular aus seiner Ledermappe. Oben auf dem Blatt war bereits Thors Name eingetragen, zusammen mit der Adresse ihrer Farm in Botetourt County. Der Doktor schraubte seinen Füllfederhalter auf, ergänzte das Datum und setzte seine Unterschrift auf das Papier. Mit der Spitze des Federhalters tippte er auf die erste Frage. „Mr. Norgaard, waren Ihre Eltern oder ein Elternteil ebenfalls gehörlos?"

Thor schüttelte den Kopf.

„Aus welchem Land stammen Sie ursprünglich?"

Mit ein paar schnellen Handbewegungen buchstabierte Thor N-O-R-W-E-G-E-N.

„Verzeihen Sie, aber ich beherrsche die Gebärdensprache nicht sehr gut. Könnten Sie das bitte noch einmal wiederholen, vielleicht etwas langsamer?"

Thor nickte und formte sorgfältig jeden einzelnen Buchstaben.

Der Füllfederhalter kratzte über das Papier. *Norwegen.* „Ich hatte angenommen, Sie seien aus Irland, so wie Ihre Frau. Jedenfalls meinte ich, bei ihr einen leichten irischen Akzent herauszuhören." Er schenkte Thor ein warmes Lächeln und fuhr mit der Befragung fort. „Haben Sie jemals die gesprochene Sprache erlernt?"

Thor verneinte mit einem Kopfschütteln und Dr. Kent kreuzte auf dem Formular *lautsprachlich nicht erfolgreich* an.

Ava presste die Lippen zusammen. Sie durfte sich hier nicht einmischen. Die wenigen verbalen Äußerungen, die ihr Mann hervorbrachte, würden Außenstehende wohl kaum als Worte bezeichnen. Doch für Ava waren sie kostbar, besonders der kurze Laut, mit dem er sie manchmal beim Namen nannte. Seine Stimme war tief und rau und bei ihrem Klang durchströmte sie jedes Mal ein warmes Gefühl, verbunden mit einer großen Ehrfurcht vor der Tapferkeit und inneren Kraft dieses Mannes, mit dem Gott sie gesegnet hatte.

„Auf einer Skala von eins bis zehn, wobei eins das Fehlen sämtlicher Geräusche bedeutet – wie würden Sie Ihre Hörfähigkeit beurteilen?"

Thor formte mit seinen Fingern eine Null.

Dr. Kent vervollständigte seine Notizen. „Kennen Sie den Grund Ihrer Gehörlosigkeit? Wurde sie durch eine Krankheit ausgelöst? Durch einen Unfall? Oder handelt es sich um eine angeborene Fehlbildung?"

Thor beugte sich vor, nahm den Federhalter des Doktors, machte ein Kreuz neben *angeboren* und strich das Wort *Fehlbildung* durch.

Ava lächelte.

„Haben Sie Kinder? Ich meine, außer dem Baby, das unterwegs ist."

Thor gab den Federhalter zurück und schüttelte den Kopf.

Als das Interview beendet war, nahm der Arzt ein Otoskop aus der Schublade sowie ein Instrument, das aussah wie ein Streifen Baumwollstoff mit einer Metallöse.

Im Stehen untersuchte er mit dem Otoskop den äußeren Gehörgang. Er arbeitete ruhig und konzentriert, drehte dann Thors Kopf leicht zur Seite, um das zweite Ohr zu inspizieren. Danach kritzelte er ein paar Anmerkungen auf das Papier, schraubte den Füllfederhalter zu und begann, Thors rechten Ärmel hochzurollen. „Wir kommen jetzt zur Blutabnahme." Mit geübten Händen legte er dem Patienten den Baumwollstreifen um den muskulösen Oberarm. Er zog die Metallklammer fest, um das Blut zu stauen, und prüfte die hervortretenden Venen in der Armbeuge.

Thors Unbehagen spiegelte sich in seinem Gesicht. Er ballte die Hand zur Faust und öffnete sie wieder. Mit der anderen, die immer noch von Avas Fingern umschlossen war, strich er sanft über ihren gerundeten Bauch, als suchte er dort Trost und Halt. Dr. Kent sah die zärtliche Geste, während er ein schmales Lederetui öffnete und eine kleine Ampulle herausnahm. Auf dem schwarzen Samtfutter lagen zwei Nadeln, die mit winzigen Schutzkappen versehen waren.

Als Thor sich räusperte, lächelte der Doktor unter seinem rotbraunen Schnauzbart. „Das sind Injektionsnadeln, und ich versichere Ihnen, sie sind nicht so schlimm, wie sie aussehen." Er nahm eine der Nadeln und steckte sie auf die bereitliegende Spritze. „Mein erster Patient heute spürte überhaupt keinen Schmerz. Allerdings gab er zu, dass er schon öfter mit diesem Instrument Bekanntschaft gemacht habe. Sie werden nur einen winzigen Stich fühlen."

Der Arzt fasste die Unterseite von Thors Bizeps mit einer Hand und presste mit der anderen die scharfe Nadelspitze durch seine Haut. Thor sog leise die Luft ein.

Seine Frau streichelte mit dem Daumen über seinen Handrücken. „Es war noch ein anderer taubstummer Mann aus der Gegend hier?" Sie fragte weniger aus Neugier als um Konversation zu machen, in der Hoffnung, das Gespräch würde Thor ablenken.

„Ja." Dr. Kent zog langsam die Spritze auf und die rote Flüssigkeit stieg in dem Glasröhrchen hoch. „Ungefähr eine Viertelstunde, bevor Sie eintrafen." Er sprach, ohne die Augen von seiner Arbeit abzuwenden. „Er kam ganz zufällig hier vorbei."

So viel Ava wusste, gab es keine anderen Taubstummen in ihrer Gegend. Vielleicht war der Fremde wirklich nur auf der Durchreise gewesen. Wie schön wäre es für Thor, eine verwandte Seele zu treffen. Jemanden, der wusste, wie es ist, ein Leben in völliger Stille zu verbringen.

Doch Thor schien von dieser Möglichkeit unbeeindruckt. Stattdessen beobachtete er mit scheinbar stoischer Ruhe, wie sich die Spritze mit Blut füllte. Ava drückte erneut seine Hand. Als er sie anschaute, lächelte sie ihm ermutigend zu und setzte an seiner Stelle das Gespräch fort. „Was war das für ein Mann, der vor uns da war?"

Der Arzt zog vorsichtig die Kanüle aus Thors Arm und legte die gefüllte Ampulle auf den kleinen Tisch. „Er hat erwähnt, dass er Ihren Mann kennt. Und er bat mich, Mr. Norgaard zu danken, dass er ihn auf diese Studie aufmerksam gemacht hat."

Ava warf ihrem Mann einen verwirrten Blick zu, doch Thor schien genauso ratlos wie sie.

„Sein Name ist mir leider entfallen." Dr. Kent blätterte in dem Aktenstapel vor ihm. „Er war ziemlich groß und von der Sorte Männer, denen man ansieht, dass sie harte Arbeit gewohnt sind. Helle Haare und einen Vollbart wie Mr. Norgaard."

Sosehr Ava ihr Gedächtnis anstrengte, sie kannte keinen gehörlosen Mann, auf den diese Beschreibung passte.

Irgendetwas stimmte hier nicht. Sie sah, wie Thor die Augenbrauen zusammenzog.

Nachdem er eine Mullbinde um Thors Ellbogen gewickelt hatte, wusch sich der Arzt die Hände und tauchte anschließend das blutige Ende der Nadel in dasselbe Waschbecken. „Er war ungefähr Mitte vierzig. Und einer der besten Lippenleser, der mir je begegnet ist. Er verstand jedes Wort, das ich sagte, und hat sich kein einziges Mal vertan." Der Doktor spülte die Nadel aus, wischte sie mit einem Lappen trocken und polierte sie sorgfältig, bis sie glänzte.

Dr. Kent legte die Spritze zurück in das Etui.

Thors Augen wanderten von der Nadel, die nun wieder in ihrem Samtbett lag, zurück zu dem Arzt, während er in Gebärdensprache fragte: *Mann, Name?*

Bevor Ava die Zeichen in Worte fassen konnte, sagte Dr. Kent: „Faszinierend, diese Instrumente, nicht wahr?" Er schloss das kunstvoll verzierte Etui. „Ich habe sie von meinem Vater geerbt, der im Krieg für die Konföderierten gekämpft hat. Ja, diese Nadeln haben mir schon viele gute Dienste geleistet."

Thor schüttelte ungeduldig den Kopf und wiederholte seine stumme Frage.

„Er möchte wissen, wie der Mann hieß", sagte Ava erklärend. „Irgendetwas ist merkwürdig an der Sache, Dr. Kent."

Das kleine Lederetui wurde beiseitegelegt. „Wie gesagt, den Namen habe ich leider vergessen. Er wirkte wie ein harter Bursche ... ernste Miene, stämmig und ziemlich ungehobelt, wenn Sie wissen, was ich meine. Er selbst war stumm, so wie Sie, Mr. Norgaard, und sein Vater sprach für ihn. Ein alter General mit einer Kriegsverletzung."

Ava hatte plötzlich ein ungutes Gefühl.

Dr. Kent öffnete den Deckel des Medizinkoffers, an dessen Innenseite ein verblichenes Wappen der Konföderation prangte. „Ihm fehlten drei Finger an seiner linken Hand und er ist immer noch mit Leib und Seele Soldat, wenn Sie mich fragen."

Thors Blick heftete sich auf das Gesicht des Arztes, während dieser die Ampulle mit einem Etikett und einem Bindfaden versah. In Gebärdensprache machte Thor das Zeichen für *Vater* und bedeckte sein rechtes Auge, um eine Augenklappe darzustellen.

Dr. Kent verstand nicht und sah hilfesuchend zu Ava. Sie gab die Frage weiter, obwohl sie die Antwort bereits kannte: Der einzige Mann, auf den diese Beschreibung passte, war Jed Sorrel.

Ein grober und brutaler Kerl, der in der Gegend für seine Gesetzesüberschreitungen bekannt war. Sie dachte an die Männer mit Kapuzen und weißen Kutten, die sie bedroht und schikaniert hatten, nur weil die Norgaards ehemalige Sklaven beherbergt hatten. Jed und sein Sohn waren Verbrecher und Thor und seine Brüder hatten sie vor vier Jahren mit Schusswaffen und blutigen Fäusten aus der Gegend vertrieben, in der Hoffnung, sie würden nie wieder zurückkommen. Eine erbitterte Nachbarschaftsfehde, in der es um zwei unterschiedliche Weltanschauungen zum Thema Freiheit ging.

„Der Vater trug tatsächlich eine Augenklappe." Der Arzt öffnete den Kühlbehälter und stellte die Ampulle hinein. Er schaute über die Schulter, während er den Verschluss einschnappen ließ, und fuhr fort: „Und er behauptete felsenfest, dass er mit Ihnen bekannt sei. Er sagte auch, er sei unverschuldet in Not geraten und das Geld sei mehr als willkommen."

Thor starrte den Mann, der ihn interviewt hatte, ungläubig an. *Name H-A-R-L-A-N.* Dann sechs weitere Buchstaben, in derselben Geschwindigkeit. Buchstaben, welche die Entsetzlichkeit besiegelten. *S-O-R-R-E-L.*

Avas Finger waren taub und ein Kribbeln lief über ihren ganzen Körper. Nicht nur, weil Jed Sorrel Thors Erzfeind war, sondern weil sein Sohn Harlan – ein durchtriebener Mann mit losen Moralvorstellungen – genauso wenig taubstumm war wie sie. Sie musste es Dr. Kent sagen, Thors Augen baten sie darum.

„Sir …"

„Jetzt fällt mir ein", unterbrach sie der Arzt, „er erwähnte auch irgendwelche kleinen Jungen. Ich dachte zuerst, er meint Ihre Söhne oder die Kinder von Verwandten."

Ava konnte kaum sprechen, so sehr schnürte die Angst ihr die Kehle zu. „Wir haben zwei Neffen." Der ältere war drei Jahre alt, der andere lernte gerade erst laufen.

„Ah, ja. Der alte General sagte, sie hätten die Jungen erst

kürzlich gesehen und mit ihnen im Garten gespielt. Dabei lobte er besonders auch Ihre gute Nachbarschaft."

Thor stieg die Zornesröte ins Gesicht. Mit zusammengezogenen Brauen blickte er im Zugabteil umher. Dann sprang er auf.

„Sir, ich glaube, wir haben ein ernstes Problem." Ava stand ebenfalls auf, als die Bilder auf sie einstürzten, Bilder von maskierten Ku-Klux-Klan-Mitgliedern, Bilder von Gewalt und Hass.

Mit einer schnellen Bewegung ergriff Thor seinen Fragebogen und begann, den Papierstapel zu durchwühlen. Als er nicht fand, wonach er suchte, schob er den Stapel wütend beiseite und wandte sich zum Gehen.

„Ich fürchte, man hat Ihnen nicht die Wahrheit gesagt." Ava beeilte sich, ihrem Mann zu folgen. Sie wünschte, sie könnte seiner Not eine Stimme verleihen. Thor würde so schnell wie möglich zur Farm zurückkehren wollen, in Sorge um die Kinder.

Thor fing ihren verzweifelten Blick auf und machte einen Schritt auf die Tür zu.

„Wie um alles in der Welt haben diese Männer Sie gefunden?", wollte Ava wissen.

„Sie behaupten, durch die Verbindung zu Mr. Norgaard."

Thor, der sich umgedreht hatte, um die Szene zu beobachten, schlug mit der Faust so hart gegen die Wand, dass sich das Wasser in der Schüssel kräuselte. *Keine Verbindung!*

Ava berührte ihren Mann beruhigend am Arm, doch in Wirklichkeit war sie genauso aufgebracht wie er. Es ergriff sie eine panische Angst. Die Rückkehr dieser beiden Männer konnte nichts Gutes bedeuten.

Mit seinem Formular in der Hand stieß Thor gewaltsam die Tür auf.

„Sir." Ava drehte sich noch einmal um, während Thor sie mit sanftem Griff um die Hüfte zum Abteil hinausdrängte. „Ich fürchte, der Mann ist nicht derjenige, für den er sich ausgab. Seine Blutprobe wird für Sie nutzlos sein. Dieser Mann ist nicht taubstumm."

Wütend kam Thor noch einmal zurück und ging zum Schreibtisch. Er griff nach einem leeren Formular, drehte es um und schrieb die Namen der Männer auf die Rückseite, wo sie gelebt hatten und welche Verbrechen sie begangen hatten.

Diebe. Mörder. Der Doktor las, während Thor weitere Gräueltaten hinzufügte. Er beeilte sich, auf das Papier zu kritzeln, dass er die Behörden über den Aufenthaltsort der Männer informieren würde, und bedeutete dann Ava, ihm auf den schmalen Gang zu folgen. Als sie sich noch einmal umdrehte, sah sie, wie der Arzt Thors Notiz zusammenfaltete und in seine Brusttasche schob.

Auf dem Bahnsteig empfing sie ein eisiger Wind. Thor ging mit schweren Schritten neben ihr her, die Hände in den Taschen vergraben, und sie spürte seine Wut.

Waren die Sorrels nur gekommen, um das Geld zu holen? Ava betete inständig, dass dies der Grund war.

Ihr Blick wanderte von Thors Faust, die das Papier umschloss, zu dem Verband an seinem Ellbogen. Nur eine kleine Wunde, und doch schien sie ihr wie eine Brücke über den Abgrund zwischen ihm und seinem Erzfeind Harlan Sorrel. Eine Brücke, die seit Jahren nicht überquert worden war. Ein roter Blutfleck, den sie beide trugen, verursacht durch denselben Arzt am selben Tag.

Sie dachte an ihre kleinen Neffen, die so oft draußen spielten. Es war unmöglich, sie rund um die Uhr im Auge zu behalten. Manchmal liefen sie den kleinen Kätzchen oder den Fröschen hinterher und waren plötzlich hinter der Scheune verschwunden, wie Kinder eben sind. Waren Jed und Harlan auf der Farm herumgeschlichen und hatten den Jungen aufgelauert? Was, wenn sie wiederkamen, um ihnen etwas Böses anzutun? Ava fröstelte und lief schneller, um mit Thor Schritt zu halten.

Die Farm, die sie ihr Zuhause nannten, war zu abgelegen für das Auge des Gesetzes, und sie waren schon immer selbst für ihren Schutz verantwortlich gewesen. Seit Jahren bewachten Thor und sein Bruder Jorgan die Grenzen ihrer Ländereien allein. Sie besaßen einen ausreichenden Vorrat an Munition und Feuerwaffen und achteten stets darauf, dass die Türen verriegelt und die Messer gut geschärft waren. Und all die Jahre machte ihnen der Weggang des dritten Bruders, des Mutigsten und Tapfersten unter ihnen, das Herz schwer. Er war der Jüngste und auch ihm gehörte ein Teil der Farm. Damals, an jenem unheilvollen Herbsttag vor vier Jahren, hatte er den Sorrels einen Denkzettel verpasst. Doch Haakon würde erst dann wieder zurückkehren und die Farm und die Familie beschützen können, wenn die Zeit die Wunden geheilt hatte. Haakon war ein verlorener Sohn. Vielleicht einer, bei dem es besser wäre, wenn er nicht zurückkehrte.

Nachdem all diese Tragödien der Vergangenheit angehörten, war es in Blackbird Mountain so ruhig und friedlich geworden, dass Ava sich manchmal fragte, ob ihre Vorsicht übertrieben war. Ob sie keine Angst mehr zu haben brauchten. Ob die Männer vom Klan vielleicht wirklich für immer die Gegend verlassen hatten oder endlich hinter Gittern saßen. Aber als Thor sie zu ihrem Wagen führte und ihr dabei schützend den Arm um die Taille legte, während er wachsam die Menschen und die Umgebung im Auge behielt, wusste sie, dass sie sich geirrt hatte.

Eins

9. März 1895
Blackbird Mountain, Virginia

Aus Brettern gezimmert, die so breit waren wie der Rücken eines Mannes, stand die alte Mosterei schon so lange an der Grenze des bewaldeten Farmlands, wie Thor Norgaard an Jahren zählte. Das waren zweiunddreißig für diejenigen, die sein Alter kannten. Für die anderen waren es unzählige Sommer und Winter, die das massive Gebäude am nördlichsten Ende von Blackbird Mountain überdauert und Wind und Regen die Stirn geboten hatte. So wie die norwegischen Norgaard-Männer, die Jahr für Jahr an der Presse gearbeitet und die Erzeugnisse in Gläser abgefüllt hatten. Zuerst Pa. Und nach ihm seine drei Söhne.

Doch seit einiger Zeit gehörte der süßliche Geruch von gärendem Alkohol in diesen vier Wänden der Vergangenheit an. Stattdessen lagerten hier Apfelbutter, Kuchen- und Pastetenfüllungen und Apfelessig. Thor war es, der diesen Zweig des Unternehmens vor vier Jahren ins Leben gerufen hatte, seit er dem Alkohol abgeschworen hatte. Seitdem wurden in ihrem Familienunternehmen keine alkoholischen Getränke mehr hergestellt.

Thor saß rittlings an der höchsten Stelle des Dachfirsts und rammte eine Metallklinge in eine von der Sonne verwitterte Schindel. Die Schindel löste sich und er warf sie mit behandschuhten Händen auf den Boden. Unten stand sein Bruder Jorgan und schleuderte sie in hohem Bogen auf den Pferdewagen – derselbe Wagen, der vor drei Monaten vor dem Bahnhof gestanden hatte. An jenem Tag, an dem sie sich geschworen hatten, Haus und Hof und alles, was zu ihrem Besitz gehörte, aufmerksamer zu bewachen.

Thor warf zwei weitere kaputte Schindeln hinunter. Er bemühte sich, genau zu zielen, aber er war zu sehr damit beschäftigt, mit dem Werkzeug zu hantieren und die Balance zu halten. Die Knie gegen den Dachfirst gepresst, stieß er das Metall ins Holz und hebelte die nächste schadhafte Schindel aus. Die zersplitterten Teile rutschten auf der Rückseite des Daches hinunter und landeten im Staub.

Unter den Bäumen, die am nächsten standen, spielten seine Frau und seine Schwägerin mit den Kindern am Bach, der an der Quelle einen natürlichen Badeteich bildete. Er warf ihnen durch die knospenden Zweige einen kurzen Blick zu, wie um sich zu vergewissern, dass ihnen keine Gefahr drohte. Hinter ihm ragte das Wohnhaus empor, groß und massig wie die Mosterei.

Als er mit dem ersten Teil des Daches fertig war, hängte Thor sein Werkzeug mit dem Griff an den Hosenbund und wischte sich den Staub aus dem Bart. Auch sein langärmeliges Unterhemd, das er zum Arbeiten trug, war staubbedeckt, doch es schien ihn nicht zu stören. Die Luft war mild und die wärmenden Sonnenstrahlen trockneten das feuchte Land. Thor hatte die Hemdsärmel hochgeschoben und die obersten Knöpfe geöffnet. Ein warmer Frühlingstag, an dem die Arbeit leicht von der Hand ging.

Er war durstig und stieß einen lauten Pfiff aus. Er selbst konnte ihn nicht hören, doch er fühlte die Luftschwingungen an seinem Gaumen.

Jorgan sah zu ihm hoch und schirmte mit der Hand seine Augen gegen die Sonne ab.

Er machte eine Bewegung, als ob er ein Glas zum Mund führen würde, und formte mit den Lippen das Wort *Wasser*.

Jorgan füllte einen Becher und kletterte ihm auf der Leiter

entgegen. Sein Hemd war schweißbefleckt wie das seines Bruders. Das Haar, das von einem helleren Braun als Thors war, hatte er ebenfalls zu einem lockeren Knoten gebunden, mit Lederschnüren aus der Haut des Hirsches, den Thor im Herbst erlegt hatte. Das Fleisch davon lagerte geräuchert und gepökelt im Quellhaus. Das hatten sie der harten Arbeit ihrer Frauen und der betagten Ida zu verdanken. Ida war ihre treue Haushälterin – eine Freigelassene, die sich um Thor und seine Brüder gekümmert hatte, seit sie auf der Welt waren. Ihre dunkle Haut mit den zahlreichen Runzeln bildete einen starken Kontrast zu den hellhäutigen Brüdern, doch Ida war für sie immer wie eine Mutter gewesen. Eine Frau, die sie mit demselben Eifer verteidigen würden wie ihre Ehefrauen.

Thor machte einen Ausfallschritt auf den unteren Teil des Daches. Als er sich vorbeugte und nach dem Becher griff, durchzuckte ihn plötzlich ein stechender Schmerz in der Seite, wie schon oft in der letzten Zeit. Stöhnend presste er die Hand auf die schmerzende Stelle. Jorgan hielt den Becher fest und musterte seinen Bruder besorgt. Er spürte, dass etwas nicht in Ordnung war, ließ sich aber nichts anmerken. Und Thor überspielte die Situation mit einem schiefen Grinsen, bevor er das Wasser hinunterstürzte.

Thor hatte genug Wild ausgeweidet, um zu wissen, an welcher Stelle des Körpers die Leber saß. Er rieb sich die empfindliche Stelle, die ihm in den vergangenen Wochen immer mal wieder Schmerzen bereitet hatte. Ein heftiges Ziehen, als ob eine unsichtbare Faust das Organ zusammendrückte. Pa hatte die gleichen Schmerzen gehabt, bevor Thor und seine Brüder ihm ein Grab geschaufelt und ihn beerdigt hatten. Das Kreuz darauf konnte Thor vom Dach aus eigentlich sehen, wenn er den Blick weit genug nach Westen richtete, wo der Friedhof der Familie lag. Doch er vermied es, in diese Richtung zu schauen. Wie immer, wenn die Angst in ihm hochstieg, atmete er langsam aus und versuchte, sich auf etwas anderes zu konzentrieren.

Er durfte jetzt nicht die Nerven verlieren. Manchmal konnte er nachts nicht schlafen vor Sorge. Dabei hatte er, anders als sein Vater, damals beschlossen, keinen Tropfen Alkohol mehr zu trinken und sich seitdem daran gehalten. Woher kamen dann auf einmal diese Schmerzen?

Jorgan stupste Thor an, um sich bemerkbar zu machen, und Thor sah, wie sich der Mund seines Bruders bewegte. Sein Bart war von silbernen Streifen durchzogen. „Lass uns die Plätze tauschen. Ich gehe hoch und du kommst runter."

Thor schüttelte den Kopf. Er wusste, dass Jorgan es gut meinte, er sah es in seinen Augen. Die Augen der Menschen verrieten mehr, als Worte jemals ausdrücken konnten, das hatte er gelernt. Wäre er mit gesunden Ohren auf die Welt gekommen, hätte er es vielleicht niemals begriffen.

Er kletterte zurück auf den Dachfirst, froh, dass sein Bruder nicht sehen konnte, wie er vor Schmerz das Gesicht verzog. Jorgan stieg wieder nach unten, um die restlichen Schindeln aufzusammeln. Als älterer Bruder war er eine große Stütze – verlässlich, ehrlich und ein Fels in der Brandung, mischte sich dabei aber niemals ein und stellte keine unangenehmen Fragen. Ganz anders als der jüngere ...

Thor dachte bewusst so wenig wie möglich an Haakon.

Es war das Beste, dass er das Weite gesucht hatte. Doch Haakons Verlust hing über der Farm wie ein Schleier aus Erinnerungen und unausgesprochener Reue. Thor spürte, wie dieser Schleier sich über ihn legte, hier oben auf dem Dach des Gebäudes, in dem er und Haakon als Kinder zusammen gespielt und später als erwachsene Männer Seite an Seite gearbeitet hatten. Entschlossen schob er die Schatten der Vergangenheit beiseite und rammte sein Werkzeug in die nächste morsche Dachschindel.

Er hatte Besseres zu tun, als seine Gedanken an Haakon zu verschwenden. Er wollte nicht, dass die Erinnerungen wach wurden. Die Erinnerung daran, was Haakon Ava angetan hatte.

Wie er versucht hatte, sich ihr auf gewaltsame Weise zu nähern, wie keine Frau es verdient hatte. Ava war damals vor vier Jahren schon Thors Verlobte gewesen, doch er hätte sie auch verteidigt, wenn es nicht so gewesen wäre.

Aus den Augenwinkeln sah Thor in der Ferne die bunte Prozession der Frauen mit den Kindern im Schlepptau den Weg zum Haus hoch laufen, alle nass und glücklich vom Planschen im Wasser an diesem warmen Frühlingstag. Wichtiger noch, sie hielten sich nah genug an der Farm und in Rufweite auf. Darauf hatten Thor und Jorgan bestanden, seit jenem Wintertag, an dem sie durch Dr. Kent erfahren hatten, dass die Sorrels zurückgekommen waren. Bisher hatte niemand auch nur die geringste Spur von ihnen gesehen. Was nicht heißen sollte, dass sie nicht in der Nähe waren.

Die Frauen mussten versprechen, sich nur so weit vom Haus zu entfernen, dass Thor und Jorgan ihnen im Notfall zur Hilfe eilen konnten. Zwar konnte Thor ihre Rufe nicht hören, aber dafür war Jorgan doppelt auf der Hut. Und Thor hatte seine Gründe, weshalb er hoch oben auf dem Dach Stellung bezogen hatte.

Ava sah ihn und winkte ihm zu, als sie mit den anderen den Garten durchquerte. Ihr kupferfarbenes, zu einem Zopf geflochtenes Haar war so bemerkenswert wie ihr Badekostüm, das aus Männerunterhosen und einem alten Hemd bestand. Auf den Gürtel, den sie gern um ihre Taille schlang, hatte sie verzichtet, da ihr Bauchumfang in den Monaten der Schwangerschaft stark zugenommen hatte. Ihre bloßen Füße und Fesseln waren weiß wie der Schnee, der vor ein paar Wochen noch die Wiesen bedeckt hatte. Thor lächelte beim Anblick seiner schönen irischen Frau, die sein Kind unter dem Herzen trug.

Fay ging neben Ava mit dem elf Monate alten Björn auf der Hüfte. Der dreijährige Sigurd hüpfte voraus. Ihre Schwägerin, die ein Badekostüm von Ava anhatte, war so weißblond wie Björns Locken. Der Kleine klammerte sich an seine Mutter, seine stämmigen Beinchen lugten unter dem nassen Nachthemd hervor. Der lebhafte Sigurd hielt Avas Hand und hüpfte unter dem klaren, blauen Himmel neben seiner Tante her. Thor sah, dass er lachte, und es musste ein lautes Lachen sein, denn die Hühner flatterten erschrocken in ihrem Gehege auf.

Unten stand Jorgan still da und betrachtete seine Familie voller Stolz. Thor konnte es ihm nicht verdenken. Hätte er solche Söhne wie Björn und Sigurd, könnte er seinen Stolz und seine Freude ebenso wenig verbergen. Gleichzeitig verspürte er eine freudige Ahnung, die Vorfreude auf das ungeborene Kind. Es sollte im Spätsommer zur Welt kommen und ob es ein Junge oder ein Mädchen wurde, war ihm einerlei. Alles, was er wollte, war, dieses kleine Wesen im Arm zu halten, das ein Teil von Ava und ihm war und das Gott ihnen geschenkt hatte. Dieses Kind, das sie in all den Jahren der Unsicherheit herbeigesehnt hatten, schien ihm noch kostbarer durch Avas Tränen und seine eigene stumme Trauer, mit der er sie damals nicht belasten wollte.

Er wusste, dass das Kind auch taubstumm sein könnte, so wie er. Doch Ava beteuerte immer wieder, dass sie es von ganzem Herzen lieben werde, genauso wie sie ihn liebte.

Thor sah, wie Ava ins Haus ging, und stieg die Leiter hinunter. Er zog seine Arbeitshandschuhe aus und folgte Jorgan über den Hof. Erde klebte an den Stiefeln der Männer – fruchtbares Land, das gepflügt und bestellt werden wollte. Aber sie nutzten das meiste nicht als Farmland, sondern für ihre Obstplantagen. So war es seit Langem schon Tradition. Von den 327 Morgen Land, die sie besaßen, war ein Drittel von Apfelbäumen bedeckt. Es gab verschiedene Apfelsorten, von denen einige bereits blühten. Ihre Knospen leuchteten weit über das Land hinweg, das nicht nur Thors Heimat und Zuflucht war, sondern die Lebensgrundlage für die ganze Familie.

Anstatt Apfelwein und Schnaps wurde jetzt ein milder, unvergorener Apfelmost gekeltert, den sie jeden Herbst in ihrer Gegend zum Verkauf anboten. Was davon übrig blieb, verarbeiteten die Frauen zu Gelee und Marmelade und sie behaupteten augenzwinkernd, mit ihren harmlosen Brotaufstrichen mehr Geld zu verdienen als damals mit Wein und Schnaps. Doch Thor, der die Bücher führte, wusste es besser. Sein Apfelwein war von bester Qualität gewesen und hatte sich gut verkauft und er und seine Brüder hatten gelebt wie die Fürsten. Aber auch wenn jetzt weniger Geld in die Kasse floss, waren Jorgan und er heute reicher als damals als Junggesellen.

Der dreijährige Sigurd rannte auf ihn zu und umklammerte Thors Bein mit seinen dünnen Ärmchen. Er hob den Jungen hoch und legte ihn über seine Schulter. Sigurd strampelte und kreischte vor Vergnügen. Thor konnte die Schwingungen fühlen, die von dem kleinen mageren Brustkorb ausgingen. Kinderhände schlugen und boxten nach ihm, doch Thor hielt seinen Neffen fest und trug ihn lachend durchs Haus wie einen Sack Mehl. Sigurd krähte und japste so stark, dass Thor dachte, er würde keine Luft mehr bekommen, weshalb er ihn herunterhob und auf den Verandaboden stellte. Der Junge rief begeistert: „Noch mal, noch mal!“, doch im selben Moment bekam Thor das schreiende Baby in den Arm gedrückt. Sanft bettete er den kleinen Björn in seine Armbeuge und liebkoste die rundliche Babyschulter, schnüffelnd wie ein hungriger Bär.

Da war es wieder, dieses Gefühl. Diese Schwingungen, die nur ein Kinderlachen auslösen konnte, diesmal schwächer und unendlich zarter.

Thor spürte ein Lachen in seiner eigenen Brust und reichte Jorgan das Baby. In dem Augenblick durchfuhr ihn derselbe stechende Schmerz in der Seite. Thor presste die Hand auf die Stelle und bereute jeden einzelnen Tropfen Alkohol, den er in seinem Leben getrunken hatte – angefangen mit seinem ersten Vollrausch im Alter von zwölf Jahren. Er wünschte, er könnte die Zeit zurückdrehen und noch einmal von vorn anfangen. Dann würde er alles ganz anders machen. Er würde dem Jungen von damals erklären, dass Alkohol keine Probleme löst. Dass man seine Verzweiflung nicht betäuben konnte, sondern dass sie dadurch nur noch größer wurde. Und nun war es vielleicht zu spät. Nun bekam er die Quittung dafür, dass er fast zwei Jahrzehnte an der Flasche gehangen hatte.

Als der Schmerz nachließ, wusste Thor, dass er in Zukunft aufpassen musste, wenn er bei der Arbeit oder beim Raufen mit seinem Neffen eine unbedachte Bewegung machte. Er spürte Jorgans Blick, deshalb klopfte er dem Baby ein letztes Mal auf den Windelpo und ging in die Küche. An einem kleinen Tisch in der Nische saß Ida und sortierte die Post. Sie war beinahe siebzig und von schmächtiger Gestalt, doch in ihr steckte noch immer die ungeahnte Energie, mit der sie damals Thor und seine Brüder großgezogen hatte.

Neben dem Poststapel stand ein Teller mit einem angebissenen Stück Gewürzkuchen. Thor durchsuchte die Briefumschläge nach der Antwort auf sein Schreiben an die *Forschungsgesellschaft zur Förderung taubstummer Menschen*, doch der Stapel bestand nur aus Rechnungen und Bestellungen für ihre Mostereiprodukte.

Ida lächelte ihm aufmunternd zu. „Der Brief kommt bestimmt bald.“ Sie nahm seine Rechte in ihre knochige Hand und drückte sie. Thor nickte dankbar und schöpfte neue Hoffnung.

Doch als er das Wohnzimmer betrat, den „Großen Raum“, spürte er, wie sehr diese Ungewissheit ihn belastete. Das Warten auf eine Antwort von Dr. Kent zerrte mehr an seinen Nerven, als ihm lieb war. Er hatte dem Arzt geschrieben, um sich für sein schroffes Benehmen an jenem Tag zu entschuldigen und weil er wissen wollte, ob es noch irgendwelche Informationen über die Sorrels gab, irgendetwas, woran der Doktor sich erinnerte und was vielleicht wichtig sein könnte.

Thor stieg die zwei Treppen hoch ins Dachgeschoss, wo sich ihr Schlafzimmer befand. Ava stand vor dem Bett und trocknete sich mit einem Handtuch die Haare. Das Quellwasser musste eiskalt gewesen sein und er ahnte, dass sie sich nicht freiwillig so nass gemacht hatte. Aber Björn konnte spritzen wie ein Weltmeister. Sie kam zu ihm, schlang die Arme um ihn und legte den Kopf an seine Brust. Er spürte, dass sie zitterte, und hielt sie ganz fest, um sie zu wärmen. Dann beugte er sich sanft hinunter und küsste ihr feuchtes Haar.

Er fühlte die leichte Berührung ihrer Fingerkuppen an seinem Ärmel, dort, wo die Narbe an seinem Oberarm an eine ihrer ersten Begegnungen erinnerte. Er hatte keine Worte, um seine Gedanken auszudrücken, und strich ihr stattdessen mit dem Daumen über den Nacken und teilte mit den Fingern ihre langen, nassen Locken.

Es stimmte, was auf dem Formular des Doktors stand: *lautsprachlich nicht erfolgreich*. Außer manchmal, wenn er allein mit seiner Frau war und die ersten beiden Buchstaben ihres Namens über seine Lippen kamen.

„Av–." Er spürte sehr wohl, dass etwas fehlte, dass der Laut nur ein Fragment dessen war, wie sie gerufen wurde, doch er konnte nichts als ihren Namen hauchen in den Momenten, wenn seine Liebe zu ihr größer war als seine Sprachlosigkeit. Als Ava ein winziges Stück von ihm abrückte, merkte er, dass er sie beim Namen genannt hatte, denn ihre Wangen röteten sich, und er musste lächeln.

Ava lächelte zurück. Sie wollte sich umziehen und Thor zog umsichtig die Vorhänge zu. Das Zimmer, das er früher mit seinem jüngeren Bruder geteilt hatte, war neu möbliert worden, um seiner Braut gerecht zu werden. Zwei gemütliche Lesesessel, die nicht zusammenpassten, standen neben den Regalen, die sich unter der Last der Bücher bogen. Die Wiege, in der schon Generationen von Kindern geschlafen hatten, war neben dem Ehebett aufgebaut, und Ava hatte den Raum mit gerahmten Bildern geschmückt. Doch die vier kleinen Löcher in der hinteren Wand würden Thor immer an Haakon erinnern und an seine verstaubte Weltkarte, die früher dort gehangen hatte.

Nach Haakons Weggang hatte Thor um Avas willen sämtliche

Habseligkeiten seines Bruders in Kisten gepackt und auf den Dachboden gebracht, um die Erinnerung an ihn zu tilgen. Ava sprach selten von Haakon und er spürte, dass das Thema ihr unangenehm war. Ob sie manchmal noch an ihn dachte, wusste er nicht.

Ava hatte ihre nassen Kleider bis auf das feuchte Unterkleid abgelegt und kramte in der Kommode nach trockener Wäsche. Thor sah ihr zu und ihre tröstliche Gegenwart erfüllte ihn mit einem tiefen Frieden, der die Schatten der Vergangenheit in den Hintergrund treten ließ. Als er bemerkte, dass sie fröstelte, nahm er eine gestrickte Decke vom Fußende des Bettes und legte sie ihr um die Schultern. Ava lächelte und stellte sich auf die Zehenspitzen, um ihn zu küssen. Thor rieb mit seinen Händen über ihre kalten Arme, dann legte er eine Hand auf ihren prallen Bauch und fühlte plötzlich eine Bewegung. Ein winziger Fuß oder ein winziges Knie drückte gegen seine Handfläche. Avas Augen weiteten sich in freudigem Erstaunen und Thor verspürte eine große Dankbarkeit. Gott meinte es gut mit ihnen. Für alle Ewigkeit wollte er diesen kostbaren Moment festhalten.

Im nächsten Augenblick hatte er plötzlich das Gefühl, dass ihm die Beine versagten, und er musste sich hinsetzen. Ava erschrak, als er taumelnd auf die Bettkante sank, und alle Farbe wich aus ihrem Gesicht. Thor fuhr sich mit der Hand über die Stirn und zwang sich, nicht an das Grab seines Vaters oben auf dem Hügel zu denken. Der Schmerz in seinem Körper pochte heftig. Ihm wurde gleichzeitig heiß und kalt.

Ava berührte leicht seine Wange und hob sein Kinn an, bevor sie sprach. „Fühlst du dich nicht wohl?“ In ihren Augen lagen Angst und Besorgnis.

Muss ausruhen. Wahrscheinlich hatte er sich einfach bei der Arbeit übernommen. Wenn erst das Dach fertig war, würde er kürzertreten und bald wieder auf dem Damm sein. Sein Gaumen fühlte sich trocken an. Er bat seine Frau um Wasser, indem er mit den Fingern das Zeichen formte. Dann führte er die geschlossenen Fingerspitzen mehrmals zum Mund. *Essen.*

„Natürlich." Ava versuchte sich ihre Sorge nicht anmerken zu lassen. Sie nahm ein schlichtes Kleid, das über der Stuhllehne hing, und zog es an.

Thor wollte aufstehen und nach unten gehen, doch der Gedanke an die lange Wendeltreppe hielt ihn davon ab. Er war nicht sicher, ob er das in seinem Zustand allein schaffen würde, und es machte ihm mehr Angst, als er zugeben mochte. Er schluckte und versuchte, den schalen Geschmack im Mund zu ignorieren. Dabei betete er inständig, dass es nichts Ernstes war. Dass die Schmerzen vorübergehen würden. Und wenn nicht, dass Gott ihm helfen würde, sein Schicksal zu ertragen.

Zwei

10. März 1895
Kristiansand, Norwegen

„HAAAKKOOON NOORGGAAARRD!" Von fern hörte er die Stimme des Bootsmanns und besten Freundes, den er an Bord hatte. Haakon schlug die Augen auf und stellte fest, dass er nicht auf dem Schiff war. Er befand sich in einem Stall. Durch die mit Brettern verschalten Wände pfiff ein kalter Märzwind. Zwei Ziegen beäugten ihn misstrauisch und auf seiner rechten Seite konnte er die weichen Umrisse einer Frauengestalt ausmachen. Sein Verstand war noch benebelt und er war nicht sicher, was sich in der vergangenen Nacht zugetragen hatte. Haakon drehte den Kopf und sah die junge Norwegerin, Witwe Jönsson. Sie schlief selig, ihr blondes Haar fast vollständig verdeckt von den weichen Fellen, die sie im Licht der Sterne ausgebreitet hatte.

Eine Situation, die bei ihm normalerweise angenehme Erinnerungen heraufbeschwor, doch bei dieser Frau war alles anders, wenn er sich nicht irrte.

Vorsichtig hob er eine Ecke des Fells an und sah den Kragen ihrer karierten Bluse, bis oben hin züchtig zugeknöpft an ihrem alabasterfarbenen Hals. Seit Wochen schon versuchte er sein Glück bei ihr und ignorierte dabei ein halbes Dutzend andere Frauen, die es auf ihn abgesehen hatten. Er wollte nur diese eine mit ihren tiefblauen Augen und sehnte sich Tag und Nacht danach, seine Finger durch ihre üppigen goldenen Haare gleiten zu lassen.

Tatsächlich hatten sich ihre Zöpfe gelöst, allerdings hatte das weniger mit ihm zu tun als mit dem neugeborenen Zicklein, das in dieser Nacht zur Welt gekommen war.

In seiner Fantasie mochte er sich manches vorstellen, doch wussten sie beide, dass sie sich im Dunkeln niemals näher kommen würden als bei diesem harmlosen Zusammentreffen der vergangenen Nacht.

Die Zeit drängte, doch Haakon konnte den Blick nicht von der Schlafenden wenden und betrachtete sie noch einmal, bevor dieser kostbare Moment verstrich. Nie würde er ihre wilde Entschlossenheit vergessen, die sie ausgestrahlt hatte, als er sie zum ersten Mal gesehen hatte. An einem Berghang stehend hatte sie versucht, die Ziegenherde vor dem Sturm zusammenzutreiben. Sie war umgeben gewesen von ihren kleinen Kindern, die ihr am Rockzipfel gehangen hatten. Der Wind hatte geheult und am Himmel waren schwarze Wolken zu sehen gewesen, doch sie hatte unbeirrt ihre Tiere in Sicherheit gebracht. Von seinem

Platz an Deck aus, eine Eiszange in der Hand, hatte er nur noch einen Wunsch gehabt: dieser tapferen Frau zu helfen.

Was die letzte Nacht betraf, war sein Gedächtnis noch immer nicht zurückgekehrt, aber es war offensichtlich, dass es ihm nicht gelungen war, ihr Herz zu gewinnen – ganz gleich, wie sehr er sie in den letzten drei Wochen seines Landgangs umgarnt hatte. Dabei war sie durchaus zugänglich gewesen in den vergangenen Stunden, doch zu seinem Bedauern hatte sie offensichtlich nur jemanden gesucht, mit dem sie bis spät in die Nacht reden konnte. Und dann war sie plötzlich in seinen Armen eingeschlafen, schneller als er seine Stiefel ausziehen konnte. Das neugeborene Zicklein lag neben ihnen auf einem weichen Heuhaufen und schlummerte genauso selig wie sie.

Nicht gerade der leidenschaftliche Abschied, den er sich erhofft hatte.

Haakon kratzte sich den dichten Bart. Es war kurz vor Sonnenaufgang und er wollte am liebsten weiterschlafen, an der Seite dieser Frau, die nach wildem Honig duftete und im Schlaf leise seufzte. Doch er musste zurück auf sein Schiff – und zwar sofort. Ein Teil von ihm wollte Gott bitten, ihm zu helfen, sich unbemerkt davonzuschleichen, aber er hatte in letzter Zeit nicht so oft mit Gott gesprochen.

Andererseits – nach dieser Nacht war er praktisch ein Heiliger.

Es widerstrebte ihm, die Felle zurückzuschlagen, doch er zwang sich, dem kalten skandinavischen Morgen ins Auge zu sehen und die warme Mulde aus Stroh zu verlassen. Dabei bemühte er sich, so vorsichtig wie möglich aufzustehen, um seine Gefährtin nicht zu stören. Seine Fingerspitzen berührten ganz leicht ihre offenen Zöpfe, dann zog er die Hand zurück.

Mit den Jahren hatte er gelernt, dass es das Beste war, schlafende Frauen nicht zu wecken. Sonst begannen sie Fragen zu stellen. Wohin er ginge und wann er zurückkäme. Fragen, die er nach Nächten wie dieser niemals beantwortete, denn dann hätte er Verpflichtungen in jedem Hafen von hier bis nach London.

Aber diesmal war es anders. Diese Frau hatte sich in sein Herz geschlichen, viel mehr als ihm lieb war. Er mochte ihre Geradlinigkeit und ihr freundliches Wesen und sehnte sich danach, sie wiederzusehen. Dennoch würde sie nie mehr sein können als eine flüchtige Bekanntschaft. Er musste zurück an Bord. Außerdem schien ihr Interesse an ihm bei Weitem nicht so groß zu sein wie umgekehrt, was gehörig an seinem männlichen Ego kratzte. Während er über diese Tatsache nachdachte, wühlte er im Stroh nach seinen Stiefeln. Schließlich fand er sie, allerdings nicht dort, wo er sie ausgezogen hatte. Und sie waren auch nicht so zerschlissen, wie er sie in Erinnerung hatte. Er beschloss, nicht weiter über den Grund dafür nachzudenken, sondern sie einfach anzuziehen.

Die Ziegen kauten ihr Futter und schenkten Haakon wenig Beachtung, während er sich die Schnürsenkel festzurrte. Als er stolperte und dabei eine Mistgabel umwarf, die mit lautem Geräusch an der Wand entlang schrappte, antworteten die Tiere mit ärgerlichem Meckern und ihr Atem blies kleine Wölkchen in die kalte Luft. Instinktiv legte Haakon den Zeigefinger an den Mund.

Auch wenn diese Nacht nicht nach seinen Wünschen verlaufen war, war die Frau ihm nicht gleichgültig und sie sah in ihm einen Freund. Der Gedanke, ihr Geld zu geben, ging ihm gegen den Strich, aber da er wusste, dass sie sich und ihre Kinder allein durchbringen musste, fischte er ein paar Silberstücke aus seinem Beutel und legte sie unter einen Getreidesack. Sie würde die Münzen erst viel später finden, wenn der Sack leer war, und bis dahin hätte sie ihn vielleicht längst vergessen. Vernünftiger wäre es vielleicht, das Geld offen hinzulegen, aber er wollte sie nicht beleidigen und schon gar nicht, dass sie dachte, er hätte sie für die Nacht bezahlen wollen.

Zitternd vor Kälte und mit steifen Fingern öffnete Haakon das Scheunentor. Es quietschte laut und er zuckte zusammen. Dann schlüpfte er ins Freie.

Der Küstenwind schlug ihm entgegen und drang durch sein Hemd – schwer, salzig und so kalt, dass die Eiskristalle wie Nadelstiche schmerzten. Er warf sich die Jacke über, zog das Tor zu und lief den Berghang hinunter, seinen Seesack über der Schulter. In der Ferne glitzerte das Wasser der Bucht, wo Schiffe aus aller Welt einkehrten. Haakons Augen suchten die *Le Grelotter*, den Zweimaster, der in den letzten vier Jahren sein Zuhause gewesen war. Mit diesem Schiff war er hierher gesegelt, in die Alte Welt. In das Land seiner Vorfahren.

Plötzlich hörte er jemanden rufen. Es war eine Kinderstimme und als Haakon sich umdrehte, sah er einen der Söhne der Witwe. Er war vielleicht sechs Jahre alt und trug einen viel zu großen Mantel. Der Schnee war so tief, dass der Kleine kaum die Füße heben konnte und bei jedem Schritt stolperte. Haakon hatte es eilig und wollte weiterlaufen, aber der Junge kämpfte sich weiter durch den Schnee und seine Stimme klang so verzweifelt, dass Haakon sich umdrehte und ihm entgegenging.

Der Junge mit den hellblonden Haaren blinzelte zu ihm empor und sagte etwas auf Norwegisch. Haakon verstand wie immer nur ein oder zwei Worte, doch dieses Mal war die Mutter nicht dabei, um Verständigungslücken zu schließen. Da stand er nun mit diesem Kind, im Licht der aufgehenden Sonne, und unten im Hafen war sein Schiff bereit zum Auslaufen.

„Ich kann dich leider nicht verstehen", sagte Haakon bedauernd. Die Augen, die zu ihm aufsahen, waren voller Kummer und Trauer. Ein Kind, das wusste, dass es allein zurückgelassen wurde.

Und das nicht zum ersten Mal.

Zuerst von einem Vater, der diese Welt viel zu früh verlassen musste. Und jetzt von Haakon, einem Mann, der nicht bleiben konnte.

Der Junge sah ihn flehend an und Haakon kniete sich hin, sodass ihre Gesichter auf einer Höhe waren. „Du, ich muss leider gehen."

„Ja“, sagte der Junge und hielt ihm ein zusammengefaltetes Stück Papier hin. Ein einzelnes Wort, das Zustimmung ausdrückte, aber seine Augen sprachen eine andere Sprache. Haakon zögerte, denn er fürchtete, wenn er den Zettel las, würde es noch schwerer werden zu gehen. Aber er konnte den Jungen unmöglich enttäuschen, also nahm er das Papier und bedankte sich.

Er hörte, wie an Bord zum wiederholten Mal sein Name gerufen wurde, und erhob sich. „Es tut mir so leid. Aber ich muss jetzt los.“

Der Junge blinzelte gegen die Morgensonne und machte einen Schritt rückwärts. Haakon wünschte, er hätte sich abgewandt, bevor er sah, wie das kleine Kinn zu zittern begann, aber seine Füße waren wie Blei.

„Hey, es wird alles gut, bestimmt. Und pass gut auf deine Mutter auf.“ Das Kind würde nicht so viel Englisch verstehen, aber was gesagt werden musste, musste gesagt werden. „*Oppfør deg, ja?*“, fügte er auf Norwegisch noch hinzu. Das hatte Tante Dorothee oft zu ihnen gesagt, als er und seine Brüder noch klein waren. Immer schön brav sein.

„Ja“, antwortete der Junge mit zitternder Stimme.

Haakon entfernte sich einen weiteren Schritt. Er musste jetzt wirklich gehen. „*Ha det bra!*“, sagte er. Mach's gut.

Er kam sich vor wie ein Verräter, aber wenn er jetzt nicht ging, musste er für immer hierbleiben.

„*På gjensyn!*“, rief der Junge ihm hinterher. Auf Wiedersehen.

Haakon zuckte zusammen. Eine ganz normale Abschiedsfloskel, gegen die nichts einzuwenden war. Er hatte sie oft in diesem Land gehört. Aber glaubte der Junge wirklich, sie würden sich wiedersehen?

Haakon steckte das gefaltete Papier in die Jackentasche und winkte ein letztes Mal zurück, bevor er mit schweren Schritten den steilen, verschneiten Hang hinunterlief. Unten angekommen, sprang er über einen niedrigen Zaun und umrundete ein baufälliges Hafengebäude. Als er sich unter einem steinernen Torbogen hindurch duckte, sah er, wie die Crew das Großsegel setzte. „Du bist zu spät zur Wache!“ Tates Stimme schallte ihm entgegen, als Haakon über das hölzerne Dock eilte. Tate Kennedy war Bootsmann und gläubiger Christ und so moralisch, wie man nur sein kann. Deshalb beschloss Haakon, das Thema, weshalb er so lange an Land gewesen war, nicht zu vertiefen. Leichtfüßig kletterte er über die Reling an Bord. Aber Tate kannte seine Motive ohnehin, sonst hätte er ihn nicht so laut gerufen.

„Glaub mir, ich bin schon genug gestraft.“ Haakon warf seinen Seesack dem nächstbesten Schiffsjungen zu, mit der Bitte, ihn zu verstauen.

Tate strich sich die geknöpfte Uniformjacke glatt und rückte seine Brille zurecht. „Eine *Strafe* wäre es, wenn wir ohne dich die Anker gelichtet hätten.“ Sein Atem ging stoßweise, während er das Tau aufwickelte.

„Das ist noch nie vorgekommen.“

„Ich will doch nicht einen unserer besten Männer verlieren.“ Tate war die ausgedehnten Landgänge seines Freundes schon gewohnt. Mit dem Daumen gab er ihm ein Zeichen, zum Krähennest hochzusteigen, einem Mastkorb in luftiger Höhe, der als Ausguck diente. Durch Tates Geste wurde die dünne Narbe in seiner Handfläche sichtbar. Sie war längst verheilt, doch das Zeichen ihrer Blutsbruderschaft würde für immer sichtbar sein. Früher waren sie Rivalen gewesen, bis zu der Nacht, in der Tate Haakon vor dem kalten Tod in der Norwegischen See gerettet hatte.

„Die Flagge hat sich verheddert. Bring sie in Ordnung, wenn du oben bist.“ Sein schiefes Grinsen ließ ahnen, dass dies keine leichte Aufgabe war. Sein nächstes Kommando galt der Vordeck-Crew, dass sie die Ankerkette einholte. Die Matrosen stemmten sich gegen die hölzernen Balken, um die eiserne Ankerwinde anzutreiben. Das Rasseln der Kette verschmolz mit dem Rhythmus des Seemannlieds, das den Beginn der Reise einläutete.

Das Großsegel schlug im Wind, dann fuhr eine Bö hinein und straffte es und es legte sich ins Zeug wie der Leithund eines Schlittengespanns. Doch anstatt über eisige Hochebenen trug dieser Wind sie aus dem schneebedeckten Hafen in die Ferne, durch den aufgewühlten Fjord in eine blaue, offene Weite.

Einmal mehr verspürte Haakon dieses Heimweh nach dem Ort, an den er sich zurücksehnte, wenn er in den frühen Morgenstunden aus seinem Traum erwachte. Heimweh nach Blackbird Mountain. Aber dieser Ort konnte für ihn keine Heimat mehr sein.

Mit zusammengebissenen Zähnen griff er nach der Strickleiter und begann zu klettern.

Es war das Beste, niemals zurückzuschauen, und jeder Hafen, den sie anliefen, brachte ihn näher an den Punkt, an dem es keine Rückkehr mehr gab. Er warf einen Blick über die Schulter zu den Klippen, die den Fjord einrahmten. Der Junge war verschwunden. Seine Mutter schlief wahrscheinlich noch. Oder, was noch schlimmer war, ihr Sohn hatte sie geweckt und ihr die Nachricht überbracht, dass Haakon fortgegangen war. Ohne sich von ihr zu verabschieden.

Er hätte sie aufwecken sollen, um ihr Lebewohl zu sagen, das wäre das Mindeste gewesen.

Warum war er so ein Feigling?

Die Stimmen der Matrosen hallten über das Deck, als Haakon in die Wanten stieg und sich in den zu einem Gitternetz zusammengeknüpften Tauen bis zur ersten Saling hochkämpfte. Er biss die Zähne zusammen und kletterte weiter nach oben, vorbei an der zweiten Saling. Ein eisiger Wind peitschte über das Wasser und traf ihn mit voller Wucht. Haakon passierte das Krähennest – ein einfaches Holzfass, das am Mast befestigt war – und kletterte höher, bis er den dritten Mastabschnitt erreichte. Das Schiff hatte den Hafen verlassen und schaukelte jetzt so stark, dass er sich voll und ganz darauf konzentrieren musste, sich festzuhalten.

Hier oben an der Mastspitze knatterte das Segel so laut, dass es selbst das Schreien der Silbermöwen übertönte, die über dem Schiff kreisten. Die rot-weiße Flagge Kanadas hatte sich um die Mastspitze gewickelt, und Haakon machte sich daran, sie zu entwirren. Das kleine Haus der jungen Witwe war längst außer Sicht. Nie wieder würde er einen flüchtigen Blick von ihr erhaschen, wenn er von der Arbeit aufsah, nie wieder an ihrem Tisch sitzen, wenn der Abend kam.

Haakon schluckte.

Die Sehnsucht würde mit der Zeit vergehen.

Sie musste es.

In dieser Höhe, über dreißig Meter über dem Deck, durfte er keine falsche Bewegung machen. Er streckte sich und zerrte an dem nassen Stoff, bis die Flagge freikam und die Herkunft des Schiffes preisgab, mehr noch als sein stolzer Name, *Le Grelotter*. Das Zittern, das Schaudern.

Ein passender Name für den Zweimaster mit seinem Bauch voller Eis.

Die gefrorene Ladung war dicht an dicht gestapelt für die Reise nach Süden und bestimmt für Englands reiche Oberschicht, die ihren Wohlstand mit delikaten Sorbets, kunstvollen Eisskulpturen und kühlen Drinks an heißen Sommertagen zur Schau stellte. Adelige von Lissabon bis Bath zahlten hohe Preise für die hervorragende Qualität der Ware, für deren Gewinnung Haakon und seine Kameraden den Winter an glasklaren norwegischen Seen verbracht hatten. Und das Eis, das nicht für Gartenpartys gebraucht wurde, verkauften sie an Metzgereien und Brauereien. Dies war ihre zweite Reise nach London in dieser Saison, und was die englischen Eishäuser nicht fassen konnten, wurde in die Karibik verschifft. Wenn die letzten Blöcke ausgeladen waren, gab es nichts mehr, was im Schiffsrumpf an die kühle Ladung erinnerte, außer nasse Planken und feuchte Sägespäne.

Die Route verlangte der Schiffsbesatzung alles an Können und Erfahrung ab. Waren sie zu lange auf See, war die Arbeit eines ganzen Winters umsonst gewesen. Leichtsinn oder Fahrlässigkeit in der Navigation könnten verheerende Folgen haben und – wenn sich die schwere Ladung verschob – sogar das Schiff zum Kentern bringen. Sie mussten also Vorsicht walten lassen auf ihrem Weg nach Südwesten, in der Hoffnung, dass ihre Taschen bald wieder mit Silber gefüllt sein würden.

Der Bug tauchte nun tiefer ein. Gischt sprühte zu beiden Seiten hoch, weiß und schaumig. Der Zweimaster nahm an Fahrt auf, die letzten Segel wurden gesetzt, Leinen und Schoten an hölzernen Pflöcken festgezurrt. Leichtfüßig überwand Haakon die letzten Meter bis zum Krähennest. In der Ferne glitzerte das Wasser in der aufgehenden Sonne und links und rechts des schmalen Fjords erhoben sich steile Berge in Schiefergrau mit schneebedeckten Gipfeln. Der Wind blies unbarmherzig und so atemberaubend die Sicht von der Mastspitze aus auch war, Haakon hätte lieber an Deck beim Aufriggen geholfen, als sich hier oben die Finger abzufrieren.

Mit von der Arbeit rauen Händen zog er die Jacke fester um den Körper und versuchte, nicht an das warme Lager zu denken, das er zurückgelassen hatte. Doch beim Gedanken an die Frau wusste er, dass es keinen Sinn hatte, sich etwas vorzumachen. Denn der wahre Grund, warum er sie nicht hatte aufwecken wollen, war, dass er es nicht ertragen hätte, ihr in die Augen zu schauen. Denn schlussendlich war er nicht nur bei ihr geblieben, um ihr zu helfen, sondern weil er nach seinem eigenen Vergnügen trachtete. Und sobald sie im nächsten Hafen vor Anker gingen, würde er sie und ihre Kinder vergessen haben.

Haakon zog den dreibeinigen Schemel heran und setzte sich. Seine Augen suchten den Horizont ab. Viele seiner Kameraden schätzten die stillen Stunden im Ausguck und nutzten die Zeit zum Nachdenken. Manche schrieben hier oben die Ereignisse der vergangenen Tage auf. Doch anders als diese kontemplativen Gemüter führte Haakon kein Tagebuch. Sonst hätte er schreiben können, dass sie heute Morgen ausgelaufen waren und mit einer frischen Brise aus West-Südwest segelten. Ein Wind, der sie forttrug aus dem Süden Norwegens. Und er hätte nach Worten gesucht, um zu beschreiben, wie schwer es war, wenn sich die Küstenlinie immer mehr in der Ferne verlor. Wären sie geblieben, hätten sie gesehen, wie die Birken ihre Blätter öffneten. Noch nie hatte er den norwegischen Sommer erlebt, sondern immer nur gehört, wie wunderschön er sei.

Der praktisch denkende Mensch in ihm würde notieren, dass die Ladung aus achthundert Tonnen Eis bestand, die für London bestimmt waren. Vorausgesetzt, sie würden die Nordsee überleben. Dann würden sie in vier Tagen in England sein.

Danach würde er versuchen, das Tintenfass zuzuschrauben. Vielleicht aber würde er nicht stark genug sein und weiterschreiben – darüber, wie es von Tag zu Tag schwerer wurde, nicht an zu Hause zu denken.

Und genau deshalb führte er kein Tagebuch. Es gab keinen Grund, sein Heimweh zu dokumentieren. Er konnte nicht nach Hause zurückkehren. Und vielleicht war es auch besser so. Er wäre ein Narr, wenn er seinem Heimweh nachgeben würde. Inzwischen war viel Zeit verstrichen, doch die Erinnerung war so lebendig, als sei es erst gestern gewesen, dass er mit Ava spazieren gegangen war. Sie waren zur Westhütte gewandert, Avas Arm hatte auf seinem gelegen und ihre braunen Augen waren voller Vertrauen gewesen. Sie hatte sich sicher gefühlt so allein mit ihm, und dann zu spät bemerkt, dass dies nicht so war.

Haakon wusste, er hätte sich mehr Mühe geben sollen, die Sache wiedergutzumachen, aber er hatte gespürt, dass er nun keinen Fuß mehr auf die Farm seiner Familie setzen durfte. Stattdessen hatte er damals die Scheune der Sorrels in die Luft gejagt, in der gestohlener Alkohol im Wert von fast tausend Dollar gelagert war, und der Vorfall hatte eine jahrzehntealte Fehde zwischen den Familien zum Stillstand gebracht. Dennoch, es war nicht gerade die feine Art der Entschuldigung gewesen.

Haakon schlang die Arme um seine Mitte und kauerte sich auf dem Hocker zusammen, den Blick starr auf die Bucht geheftet, und versuchte zu verhindern, dass ihm vor Kälte die Zähne klapperten. Er brauchte etwas Heißes zu trinken. Etwas Heißes und Starkes.

Doch mehr als alles in der Welt wünschte er, er könnte Frieden finden und sich mit Ava versöhnen. Die junge Witwe Jonsson hatte ihm einmal gesagt, er solle endlich aufhören vor dem wegzulaufen, was ihn seit beinahe einem halben Jahrzehnt in die Welt hinaustrieb. Aber er wusste weder das eine noch das andere Problem zu lösen, also musste er bleiben, wo er war – hier auf dem Meer –, bis er eines Tages für immer aus ihren Erinnerungen verschwunden war. Oder bis er genug Rückgrat hatte, um nach Blackbird Mountain zurückzukehren und um Verzeihung zu bitten für das, was er getan hatte.

Drei

17. März 1895
Blackbird Mountain, Virginia

Ava konnte sich nicht erinnern, in ihrer Kindheit in Irland jemals solche Sonnenuntergänge gesehen zu haben. Selbst wenn keine Regenwolken am Himmel gestanden hatten, war die Sonne hinter den steinernen Mauern des Armenhauses lange, bevor die Nacht hereinbrach, versunken. Später, nach dem viel zu frühen Tod der Mutter, lagen die dunklen, kühlen Schatten auch an sonnigen Tagen auf den Korridoren des Waisenhauses, wo sie mit Hunderten von Kindern lebte, die genauso allein auf der Welt waren wie sie.

Wie anders hier alles war. Die Sonne Virginias schien durch die Baumwipfel wie flüssiges Gold und überzog das Land mit einem warmen Schimmer. Ihre hellen Strahlen fielen durch die Äste des großen Ahorns und vollführten einen Tanz aus Lichtpunkten. Und hoch oben, versteckt in der dichten Blätterkrone, thronte das Baumhaus der Norgaard-Brüder und erzählte von Abenteuern aus fernen Kindertagen.

Hätte Ava die behelfsmäßige Leiter erklommen und sich oben gegen die raue Baumrinde gelehnt, hätte sie die drei Namenszüge lesen können. *Jorgan. Thor. Haakon.*

Einst ins lebendige Holz geritzt, als weder Zeit noch Entfernung die Brüder trennten.

Wie gut, dass sie in ihrem Zustand nicht mehr klettern konnte. Ava war froh, Haakons Namen nicht sehen zu müssen oder sonst auf irgendeine Weise an den Mann erinnert zu werden, den sie als Freund betrachtet hatte – und der sich dann nicht als solcher erwies.

Unter dem Baum zog sie ihren gestrickten Schal enger um die Schultern und lauschte Ida, die Sigurd eine Geschichte vorlas. Sie saßen zusammen am Fuß des dicken Stammes auf einer Decke, einige Kinderbücher neben sich, und Ava nähte an einem winzigen Schlafanzug für das Baby. Sie hätte ihre Näharbeit auch zu Hause beenden können, aber die Aussicht auf frische Luft und die Gesellschaft von Ida und dem kleinen Wildfang hatte sie ins Freie gelockt.

Sie liebte diesen Ort, dem ein besonderer Zauber innewohnte – die Erinnerung der ersten, zarten Annäherung von Thor. Nie würde sie vergessen, wie sie auf dem Boden des Baumhauses gesessen hatten, Thor einen Strang aufgefädelter Knöpfe zu einem Armband zusammengeknüpft und es mit einem Anflug von Schüchternheit über ihr Handgelenk gestreift hatte. Sie waren damals noch lange kein Liebespaar gewesen, aber es war der Anfang einer zarten, innigen Beziehung gewesen.

Sigurds Kichern holte sie in die Wirklichkeit zurück. Der Dreijährige saß im Schneidersitz zwischen den beiden Frauen, blond und hellhäutig neben Ida mit ihrem dunklen Teint, die in seinem Leben den Platz einer über alles geliebten Großmutter einnahm.

In der Nähe sahen sie Peter am Waldrand entlangstreifen. Der junge Sorrel arbeitete als Knecht und Erntehelfer auf der Farm und war den Norgaards treu ergeben. Manchmal folgte er den Frauen und Kindern wie ein Schatten, heute angeblich, um die Fallen zu kontrollieren. Doch Ava wusste, dass Thor oder Jorgan ihn geschickt hatten, die stets um ihre Sicherheit besorgt waren. Aus diesem Grund waren auch die Fallen unweit des Baumhauses ausgelegt worden.

Es raschelte im Unterholz, als Peter sich bückte, um einen Hasen aus einer Falle zu nehmen. Als Ida zu ihm hinübersah, hielt er stolz seine Beute hoch. Sie winkte ihm zu und dachte an das köstliche Abendessen, das sie daraus bereiten würde. Peter lächelte und entblößte eine Reihe schiefer Zähne in seinem ebenmäßigen Gesicht. Als Enkel von Jed Sorrel war er Mitglied des Ku-Klux-Klan gewesen, so wie sein Vater und Großvater. Dass er und Ida auf freundschaftlichem Fuß standen, grenzte an ein Wunder, genauso wie die Tatsache, dass er die Farm gegen die Angriffe seiner eigenen Familie bewachte. Ava wusste, dass Peter bewaffnet war, obwohl sie mit bloßem Auge keine Waffe bei ihm entdecken konnte.

Während Ida weiterlas, hielt sich Ava den winzigen Schlafanzug gegen ihren gerundeten Bauch. Ob er wohl zu eng war? Nähen war ihre Lieblingsbeschäftigung. Sie hatte sich diese Fertigkeit damals in Limerick im Armenhaus angeeignet und war sehr geschickt darin. Selten täuschte sie sich in der Größe. Aber bei dem Baby konnte sie nicht Maß nehmen und genau das machte die Sache so schwierig.

„Wie findest du es?“ Ava sah Ida fragend an und betrachtete kritisch ihr Werk.

Die ältere Frau hob amüsiert die Augenbrauen. „Der süßeste Anzug, den ich je gesehen hab’, aber da kannst du getrost noch ein paar Säume rauslassen.“

Ava musste lachen. „Das habe ich befürchtet.“

Du lieber Himmel, was für ein Kind. Aber was sollte sie denn erwarten, bei dem Vater? Thor Norgaard war ein großer, stattlicher Mann. Sie dagegen war von zierlicher Statur. Und ihrem Bauchumfang nach zu urteilen schien das Kind eher nach dem Vater zu kommen. Was die Geburt nicht leichter machen würde. Manchmal schlich sich eine leise Sorge in ihr Herz und sie betete, dass alles gut gehen und das Kind gesund sein möge. Aber sie wollte sich nicht zu lange den Sorgen hingeben. Sie wusste, dass alles, auch die bevorstehende Geburt, in Gottes Händen lag. Ava strich sich den Rock über ihrem Bauch glatt, unendlich dankbar für das Geschenk neuen Lebens in ihr, und legte die Näharbeit zurück in den Korb.

Ida senkte die Nase wieder ins Buch. Sie las flüssig und mit leiser Stimme. Das Lesen hatte sie sich nach dem Krieg selbst beigebracht. Ava konnte sich nur entfernt vorstellen, was Ida und ihre Schwester Cora in jungen Jahren durchgemacht hatten, als sie noch Sklavinnen waren. Aber auch Ava waren Kummer und Entbehrungen nicht fremd und der tägliche Überlebenskampf im Armenhaus hatte ihren Blick für die Kraft des menschlichen Willens geschärft. Sie wusste, dass man durch eigene Anstrengung viel erreichen konnte. Sei es, als Erwachsene lesen und schreiben zu lernen wie Ida oder mutig dem Tod die Stirn zu bieten wie ihre Mutter. Oder das Leben ganz allein zu meistern wie sie selbst. Sie dachte daran, wie sie als junges Mädchen ihre Mutter verloren hatte und der ungewissen Zukunft teils mutig, teils verzweifelt begegnet war. Und wie sie eines Tages den jungen Norweger geheiratet hatte, der sie aus dem Armenhaus befreit und in sein Heimatland mitgenommen hatte. Ohne Benn

Norgaard wäre sie heute nicht hier. Durch ihn war sie ein Teil dieser Familie geworden. Damals hatte sie geglaubt, sie würde bis an ihr Lebensende Benns Frau sein. Doch dann kam sein eigenes Ende viel zu früh.

Mitten in ihrer Trauer hatte sie ein Brief von Dorothee Norgaard erreicht, die sie einlud, nach Amerika zu kommen, zu einem Ort in Virginia namens Blackbird Mountain, der Heimat von Benns Verwandten. Erst zwei Jahre später hatte Ava ihren Mut zusammengenommen und den Ozean überquert. Sie dachte an den Atlantik mit seiner ungezähmten Schönheit und die wilde hügelige Landschaft, die sie durchquert hatte, um hierher zu gelangen. Und nach all den Abenteuern ihrer Reise hatte hier das größte Abenteuer auf sie gewartet – Freundschaft zu schließen mit den rauen Männern, die diese Farm bewohnten. Ava hatte sich Zeit gelassen und ihr schwarzes Trauerkleid hatte seinen Teil dazu beigetragen, nichts zu überstürzen – selbst als die Hoffnung, dass dieser Ort eines Tages eine echte Heimat für sie sein könnte, in ihrem Herzen aufkeimte.

Diese Heimat hatte sie nun gefunden, in ihrer Ehe mit Thor und im Kreis der ganzen Familie, die ihr so sehr ans Herz gewachsen war. Gott hatte sie durch alle Zweifel und Stürme bis hierher geführt und war ihr immer nah gewesen, auch in schweren Zeiten. Und das würde er auch in Zukunft tun. Ihm wollte sie alles anvertrauen, auch das ungeborene Kind, das in ihr wuchs.

Sie legte den Arm um Sigurds schmale Schultern und dachte daran, wie wunderbar Gott jedes Kind erschaffen hatte. Und wie er ihr Kraft und Trost gegeben hatte in der bangen Zeit des Wartens auf ein eigenes Kind. Dieses Warten hatte ihr Vertrauen in Gott gestärkt und sie offen gemacht für alles, was er für sie bereithalten mochte. Ihr Weg war kein leichter gewesen, aber wer mit seinem Schiff nur in ruhigen Gewässern dümpelte, würde niemals lernen, durch die Stürme des Lebens zu navigieren.

Sie hörte Idas dunkle Stimme, wie sie las: „Der Sturm hatte

schon sechs lange, schreckliche Tage angehalten, und weit entfernt, sich am siebenten zu legen, schien er womöglich noch schrecklicher zu rasen." Idas Augen weiteten sich dramatisch und Sigurd tat es ihr gleich.

„Da will ich auch sein", sagte er.

„Wo? In einem Sturm?"

Eifriges Nicken.

„Oh, mein Junge, du wirst noch genug Stürme erleben. Wie wär's, wenn wir vorläufig hierbleiben, wo wir in Sicherheit sind?" Ida zog den Kleinen zu sich heran und drückte ihn an sich.

Peter gesellte sich zu ihnen und lehnte sich an einen Baum, den Leinensack mit der Beute zu seinen Füßen. Er hatte es offenbar nicht eilig, denn er bekam seinen Lohn, ganz gleich, welcher Arbeit er auf der Farm nachging und wie lange er dafür brauchte. Ava sah, wie er an Idas Lippen hing, um kein Wort zu verpassen. Obwohl Peter in ihrem Alter sein mochte, etwa Mitte zwanzig, schien er kaum lesen und schreiben zu können.

Die Dämmerung brachte die Abendkühle, sodass Ida sich nun erhob und Sigurd das Buch gab. Das Licht war schon schwach und wenn sie sich nicht bald auf den Heimweg machten, würden sie die Farm erst im Dunkeln erreichen. Peter sah, dass Ava Mühe beim Aufstehen hatte, und sprang hinzu, um ihr zu helfen. Genau in dem Moment kam sie auf die Beine und klopfte sich den Staub aus dem Rock. Er erwiderte ihr verlegenes Lächeln.

„Heb die anderen Bücher auf, Sigurd, wir müssen gehen." Ida faltete die Decke zusammen und reichte sie weiter an Ava, die sie sich unter den Arm klemmte. Der Kleine sammelte seine Bücher vom Boden auf und hielt sie gegen seine Brust gedrückt. Als Peter ihn auf seine breiten Schultern setzte, quiekte Sigurd vor Freude und versetzte ihm mit dem Buch *Die Schweizer Familie Robinson* spielerisch einen Schlag auf den Kopf. Peter lachte gutmütig, hob den Leinensack auf und setzte sich in Bewegung. Ava ging neben Ida und die beiden Frauen fielen in denselben ruhigen, gleichmäßigen Schritt. Ein kühler Wind strich durch die Äste und über feuchte Gräser, die nach wärmeren Tagen lechzten. Die Berge erwachten zu neuem Leben, so wie jedes Jahr im Frühling.

Sigurd klammerte sich mit seinen kleinen Händen an Peter fest, der ihn auf die Tiere des Waldes aufmerksam machte. Er zeigte ihm ein Eichhörnchennest und die Vögel, die sich sammelten, bevor sie nach Süden flogen. In der Ferne zwischen den Hügeln lag die Farm der Sorrels. Längst arbeiteten auf den Feldern keine Sklaven mehr und Peter wohnte nicht mehr bei seiner Mutter und seinen Schwestern in dem großen Haus. Es war ein stattliches Anwesen, das offensichtlich schon bessere Tage gesehen hatte. Nun stand es so gut wie leer – viele Mitglieder des Sorrel-Clans hatten den Hof verlassen, darunter die meisten Männer der Sippe.

Während Peter mit Sigurd lachte und schäkerte, behielt er dabei stets die Umgebung im Auge.

Als sie die Norgaard-Farm erreichten, waren Thor und Jorgan immer noch mit ihrer Arbeit auf dem Dach beschäftigt. Am Morgen hatten sie die letzten schadhaften Schindeln entfernt und waren nun dabei, mit kräftigen Hammerschlägen die neuen Dachlatten anzunageln. Die Männer arbeiteten fieberhaft, um das letzte Sonnenlicht auszunutzen.

Sigurd wäre am liebsten draußen geblieben, um zuzuschauen, doch Ava scheuchte ihn ins Haus. Sie folgten den anderen in die Küche, wo sie von einem warmen Herdfeuer und Fays freundlichem Lächeln empfangen wurden. Ihr blondes Haar war zu einem Knoten hochgesteckt und von derselben goldenen Farbe wie der dampfende, cremige Kartoffelbrei, in dem sie rührte.

In seinem Hochstuhl veranstaltete Björn ein Konzert mit seinem Holzlöffel und dem Tablett. Seine kleinen Füße steckten in weichen Lederschuhen, von denen einer halb ausgezogen war. Sein Unterhemd war durchnässt von den Versuchen, allein aus seiner neuen Blechtasse zu trinken. Die arme Fay sah ziemlich aufgelöst aus. Ida trat an den Herd und übernahm einen Topf mit sprudelnd kochender Soße. Ava machte einen Lappen nass, wischte dem Kind den Mund und befreite es aus seinem Hochstuhl.

„Danke, ihr Lieben, euch schickt der Himmel!“ Fay sah aus dem Fenster zum Dachfirst, wo Peter den Männern bei der Arbeit half. „Sollen wir Peter fragen, ob er zum Abendessen bleiben will?“

„Ich kümmere mich darum.“ Ida wischte sich die Hände an der Schürze ab und ließ die Soße auf dem Herd zum Eindicken stehen. Sie verschwand kurz in ihrer Kammer neben der Küche und kam mit einem schweren Schal zurück, den sie sich um die Schultern legte, bevor sie nach draußen ging.

„Wir hätten früher zurückkommen sollen“, sagte Ava entschuldigend. Normalerweise teilten sich die Frauen die Hausarbeit, doch sie hatte heute kaum etwas dazu beitragen können. Sie wusste, dass Fay ihr diese Atempause gönnte, aber sie fühlte sich schlecht, weil sie ihre Schwägerin mit Björn, einer Horde hungriger Männer und der Küchenarbeit allein gelassen hatte. „Ich hatte gedacht, ich könnte schneller laufen. Ich bin langsam wie eine Ente.“

Fay lachte und nickte wissend. Nur allzu gut erinnerte sie sich an diese Tage.

Ava nahm ihren Neffen auf den Arm und platzierte ihn auf ihrer Hüfte – bei ihrem Bauchumfang ein echter Balanceakt. Aus dem Wohnzimmer hörten sie ein dumpfes Geräusch, kurz darauf kam Dotti, die Katze, aus der Tür geschossen und raste die Treppe hinauf, gefolgt von Sigurd, der mit seinen kurzen Beinen hinterher wollte. Im Nu waren sie im Obergeschoss verschwunden, wo das Schlafzimmer lag, das er mit seinen Eltern und seinem Bruder teilte.

„Ich gehe besser mal nachsehen.“ Fay schob den Soßentopf beiseite und der Saum ihres Wollrocks wischte über die Treppe. „Kannst du einen Moment auf Björn aufpassen?“

„Aber gern.“ Ava setzte das strampelnde Kind auf den Boden und folgte seinen wackligen Schritten ins Nachbarzimmer.

Björn steuerte direkt auf Thors Schachtisch zu. Er war ein unerschrockener Kletterer und so war auch der Sessel seines Onkels nicht vor ihm sicher. Bevor er auch den Tisch erklimmen konnte, war Ava an seiner Seite.

„Nein, mein Schatz. Nicht den Tisch." Mit sanfter Gewalt drückte sie den Kleinen zurück in den Sessel.

Björn protestierte lautstark und startete einen weiteren Versuch, bis Ava ihn schnappte und auf den Boden stellte. Da stand er nun und schaute sie mit seinen tiefblauen Augen an. So auffallend blau wie die seines Onkel Haakon. Und mit einem ebenso starken Willen. Björns Mund verzog sich zu einem Lächeln und auf seinen Wangen zeigten sich Grübchen.

„Ach so, jetzt probieren wir es auf diese Tour!" Ava lachte und zog sein zerknittertes Nachthemd glatt. „Aber das wird leider nicht funktionieren." Am besten lernte Björn früher als sein Onkel, dass man nicht immer seinen Willen bekam. Sie küsste den Haarflaum auf seinem Scheitel und als er nach einer Schachfigur greifen wollte, hielt sie sein Handgelenk fest. „Nein." Als er sich uneinsichtig zeigte, wiederholte sie auf Norwegisch: „*Nei.*"

Björn kreischte und stellte sich auf die Zehenspitzen, um die Spielfiguren zu erreichen. Seufzend nahm Ava den Kleinen hoch und wollte ihn aus dem Zimmer tragen, als sie Thors Schritte hörte. Thor ergriff das quengelnde Kind am Hemd und hob es empor wie eine Bärin ihr Junges am Nackenfell. Björns Augen weiteten sich vor Erstaunen.

„Siehst du, das hast du jetzt davon!" Ava musste unweigerlich lachen.

Thor nahm seinen Neffen auf den Arm und machte das Handzeichen für *nein*. Dann zeigte er auf Ava und formte das Wort *gehorchen*, indem er mit zwei Fingern seiner rechten Hand über seinem Herzen auf und ab fuhr, die Brauen zusammenzog und eine ernste Miene machte.

Der kleine Björn steckte zwei Finger in den Mund, als ob er zeigen wollte, dass er die Hände jetzt bei sich behalten wollte.

„Braver Junge“, lobte Ava. Und zu Thor sagte sie: „Sieht so aus, als ob er auf deine Sprache am besten hört.“

Thor tätschelte mit seiner großen Hand Björns Hinterkopf und Björn spielte zufrieden brabbelnd mit dem dichten Bart seines Onkels. Thor zog einen Stuhl heran und setzte sich an den Schachtisch, seinen Neffen auf dem Schoß. Der Kleine wedelte aufgeregt mit den Händen auf und ab, bis Thor nickte und das Brett näher heranschob. Flugs ergriff Björn den Springer, auf den er es abgesehen hatte, und steckte sich die Figur in den Mund. Thor sah belustigt zu. Innerhalb kürzester Zeit hatte der kleine Krieger das Schachspiel dem Erdboden gleichgemacht, aber Thor zuckte nicht mit der Wimper. Er würde das Spiel einfach wieder aufbauen, so wie immer, wenn sein Neffe diesem Zimmer einen Besuch abgestattet hatte.

Ava berührte ihren Mann an der Schulter und wartete mit dem Sprechen, bis er sich zu ihr umdrehte.

„Da haben wir wohl einen neuen Schachmeister in der Familie.“

Thor fuhr mit der Hand zärtlich über ihren runden Bauch und hielt zwei Finger in die Luft.

„Ja, und der zweite ist unterwegs.“

Er hob seinen Blick und betrachtete sie. Thor war ein guter Beobachter. Still und ununterbrochen hatte er die Menschen in seiner Umgebung im Blick, doch Ava beobachtete er besonders aufmerksam. Als sie sich kennenlernten, hatte es sie irritiert, mit welcher Intensität er sie studierte, bis sie begriff, dass dies seine Art zu hören war. Und durch seine Taten brachte er eine Liebe zum Ausdruck, die er nicht in Worte zu fassen vermochte. Ava dachte daran, wie Thor sie damals vor Schlimmerem gerettet hatte als vor dem Unfug seines Neffen. Danach hatte sich eine Kluft zwischen den Brüdern aufgetan, die unüberwindbar schien. Ob Thor manchmal genauso von Erinnerungen heimgesucht wurde wie sie?

Ava wollte nicht mehr daran denken, doch niemals würde

sie diesen Tag vergessen, an dem Haakon ihr Avancen gemacht hatte und auf eine Weise zudringlich geworden war, die sie laut nach Hilfe hatte schreien lassen. Thor hatte ihre verzweifelten Rufe nicht hören können. Doch dann war es plötzlich so gewesen, als ob Haakon innegehalten hatte, als wäre ihm bewusst geworden, was er da tat. Und dass es falsch war, weil er damit nicht nur ihrer, sondern auch seiner Seele Schade zufügte. Wenige Augenblicke später hatte die ganze Hütte erbebt, als Thor mit wilder Entschlossenheit die Tür aufgebrochen hatte, sodass sie fortan mit kaputten Scharnieren in den Angeln hing. Und Haakon war es nicht viel besser ergangen als der geschundenen Tür, als Thor ihn in seine Finger bekommen hatte.

Ein winziger Fuß, der gegen ihre Bauchwand stieß, riss Ava aus ihren Gedanken, als ob das ungeborene Kind ihr sagen wollte, dass sie die Vergangenheit hinter sich lassen sollte. Ja, es war besser, nach vorne zu schauen und sich auf das zu freuen, was die Zukunft für sie bereithielt.

Thor legte seine breite Hand warm und schützend auf ihren prallen Bauch und betrachtete seine Frau nachdenklich. Er konnte nicht leugnen, dass er sich Sorgen machte, da er der größte der Söhne war und seine eigene Mutter bei Haakon im Kindbett gestorben war. Thor hatte Björn Gehorsam beigebracht, Ava vor Haakons selbstsüchtigem Übergriff bewahrt, strategische Fallen zu Avas Schutz und dem der Kinder ausgelegt und alles für ihre Sicherheit getan. Aber er wusste genauso gut wie Ava, dass die bevorstehende Geburt etwas war, worauf er keinen Einfluss hatte.

Vier

25. März 1895
Im Nordatlantik

Der Erste Offizier kam auf das Kanonendeck gepoltert und stieß eine Reihe von Flüchen aus, die deftig genug gewesen wären, um die schlaffen Segel zu blähen. Kein Lüftchen regte sich, das spärliche Tuch hing regungslos und warf gespenstische geometrische Schatten auf das Deck und das Wasser. Die Meeresoberfläche, glatt und glänzend wie eine Perle, war eine unendliche Ödnis und selbst die Tümmler, die das Schiff vor Afrika begleitet hatten, waren verschwunden, als wollten sie der Trostlosigkeit entfliehen.

Die *Le Grelotter* driftete bei lähmender Windstille langsam in einer unsichtbaren Strömung mit einer Geschwindigkeit von gefühlt wenigen Zentimetern pro Stunde. Die meisten Matrosen befanden sich an Deck. Manche dösten, die ausgeblichenen Hüte zum Schutz vor der Sonne über dem Gesicht, andere vertrieben sich mit Wartungs- und Reparaturarbeiten die Zeit. Emsige Hände stachen mit dicken Nadeln und festem Garn Fischgrätmuster ins Segeltuch, um die Risse zu schließen, die sich sonst weiter ausbreiten würden. Haakon und ein Schiffsjunge waren dabei, mit Sandpapier die Reling abzuschleifen und das Holz von Splittern und altem Lack zu befreien – eine undankbare Arbeit, doch jede Beschäftigung war ihnen willkommen.

Waren es nun schon drei oder vier Tage, dass das Schiff träge und leblos dahintrieb? Nachdem sie die Hälfte ihrer Ladung in

London abgeladen hatten, hatten sie Kurs nach Süden genommen und waren vor den Kanarischen Inseln vor Anker gegangen, vor der Küste Marokkos. Dort hatten sie Baumwolle und Kaffee aus Afrika geladen. Bei gutem Wind, der sie weit aufs Meer hinaus getragen hatte und dann plötzlich immer schwächer geworden war wie der Atem eines Sterbenden, waren sie in See gestochen. Nun trieben sie nach den neuesten Berechnungen aus dem Kartenraum irgendwo bei 32 Grad Nord und 25 Grad West herum. Das blaue Nichts verlor sich am Horizont und schlug den Seeleuten aufs Gemüt. Manche begannen zu halluzinieren, andere wurden aggressiv. Ein schlaksiger junger Matrose ging ziellos an Deck auf und ab, wrang seine Mütze in den Händen und murmelte etwas auf Französisch vor sich hin. Seine Augen starrten auf das Wasser, als sei es verflucht. Mehr als einmal befürchtete Haakon, der Junge würde gleich über Bord springen. Man müsste ihn bewusstlos schlagen, um ihn davon abzuhalten.

Das Schleifpapier in Haakons Händen zerfiel zu Staub und er nahm sich ein neues Blatt. Mit kraftvollen Bewegungen schmirgelte er weiter, dass es nur so staubte. Schweiß tropfte an seiner Schläfe hinunter und er dachte an das kostbare Eis im Laderaum und daran, dass noch über dreitausend Seemeilen zwischen ihnen und der Karibik lagen. Auch die zerkauten Kokablätter in seiner Wangentasche erinnerten ihn an die Entfernung, denn sein Vorrat an Blättern ging langsam zu Ende. Er spuckte den Saft über die Reling, dankbar für die beruhigende und gleichzeitig stimulierende Wirkung der Droge.

„Hey, lass von der Reling noch was übrig!"

Haakon setzte das Schmirgelpapier ab und warf Tate ein schräges Lächeln zu, so wie damals bei Thor oder Jorgan, wenn sie wieder mal recht hatten. Wie gern hätte er wieder einmal grinsend in Idas Küche geschaut und den amüsierten Blick aufgefangen, den sie ihm immer zuwarf. Doch seine Familie war Tausende von Meilen entfernt und Haakon schob den Gedanken beiseite.

Das Brett, auf dem sein Freund saß, hing an zwei starken Seilen wie eine Schaukel und schwang mit einem dumpfen Geräusch gegen den Schiffsrumpf. Es befand sich auf gleicher Höhe mit der Galionsfigur – ein Wassermann mit dichtem, lockigem Bart, aus hartem Eichenholz geschnitzt. Mit einem weichen Pinsel besserte Tate die goldene Farbe auf dem Dreizack aus, der unter den Stürmen des Nordmeers gelitten hatte. Als Bootsmann war Tate Kennedy verantwortlich für die Arbeiten an Deck und überwachte die Deckmannschaft bei allen Aufgaben. Doch es verging kein Tag, an dem er nicht selbst in die Wanten stieg, um Segel zu setzen oder einzuholen. Stets packte er mit an, wo er gebraucht wurde, und scheute vor keiner Arbeit zurück. So wie jetzt, beim Bemalen der Galionsfigur. Er arbeitete mit bloßem Oberkörper, drahtig und sonnengebräunt wie seine Kameraden, die täglich gemeinsam den Elementen trotzten. Wind und Wasser, Sonne und Eis waren ihr Lebenselixier.

Als Haakon mit einundzwanzig Jahren auf dem Schiff angeheuert hatte, war er ein arroganter junger Schnösel gewesen, großspurig und vorlaut, der sich mit jedem angelegt hatte, der ihm in die Quere gekommen war, einschließlich Tate. Und nie hätte er sich träumen lassen, dass er und Tate einmal beste Freunde werden würden. Erst seit jener Nacht, in der Tate ihm das Leben gerettet hatte, wusste Haakon, was echte Freundschaft war. In den Jahren danach versuchte er sich dieser Freundschaft so gut er konnte würdig zu erweisen. Selbst seinen Kameraden gegenüber war er umgänglicher geworden.

Sowohl Haakon als auch Tate hatte Brüder, doch ist es bei Geschwistern in der Regel der Fall, dass man sie sich nicht aussuchen kann. Dass Tate *ihn* aber als seinen Freund und Bruder *auserwählt* hatte, war für Haakon, den ungeliebten Nachzügler der Familie, eine völlig neue Erfahrung. Was ihn ebenfalls beeindruckte, war die Art, wie Tate von Gott sprach, bei dem selbst die Verlorenen und Ungeliebten eine Heimat finden konnten und der sie aufnahm wie ein liebender Vater. Tate lebte in Gottes Nähe und atmete Seinen Frieden. Er verbrachte Stunden unter Deck und las in seiner abgegriffenen Bibel, im Gegensatz zu Haakon, der in seinen freien Stunden lieber an Land ging und die Nähe der Frauen suchte. Aber trotz allem war Tate ein Freund, der ihm treu zur Seite stand, beständig wie ein Fels in der Brandung. Ein Leuchtturm, bereit, ihm den Weg zu weisen, sollte Haakon sich eines Tages entscheiden, weniger sündhafte Gewässer anzusteuern.

Haakon hatte immer gedacht, Gott würde sich sowieso nicht mit seinesgleichen abgeben. Falls Gott überhaupt existierte. Warum sollte er auf einen Wind setzen, den er nicht spürte?

Der junge Franzose führte immer noch Selbstgespräche in seiner Sprache und schlurfte ziellos in seinen ausgetretenen Schuhen über das Deck. Als ihm jemand eine Flasche Whiskey reichte, nahm er einen gierigen Schluck und zog eine Grimasse.

Ein sommersprossiger Schiffsjunge schaute ihm mitleidig nach. Dann lehnte er sich über die Reling und betrachtete prüfend den Atlantik, der träge gegen den Schiffsrumpf schwappte. „Glauben Sie, das ist ein schlechtes Omen?“ Mit seinen vielleicht zehn Jahren war er zu jung, um solche Fragen zu stellen. Getrennt von den Eltern und allein auf dem Meer – das Schicksal vieler Jungen, die Haakon auf diesem Schiff ins Erwachsenenleben begleitet hatte.

„Nein.“ Haakon bückte sich, um die Unterseite der Reling zu bearbeiten. „Es ist *Jörmungandr*, die große Schlange.“

Die Augen des Jungen weiteten sich und seine Hand stockte, bevor er weiterarbeitete.

„Eine Schlange, die so riesig ist, dass sie mit ihrem schuppigen Körper die Weltmeere umspannt. Sie beißt sich in ihren eigenen Schwanz und bildet einen großen Kreis, der die Wassermassen zurückhält. Wenn sich ihr Körper beim Atmen hebt und senkt, entstehen Wellen und Gezeiten.“

Der Kapitän näherte sich mit zwei Eimern voll Lack.

Haakon nickte ihm aus den Augenwinkeln zu und erzählte

die Geschichte für den Jungen weiter. „Vielleicht schläft die große Schlange einfach zu tief. So tief, dass sie beim Atmen keine Wellen schlägt.“ Er streckte den Arm aus und entfernte einen Holzsplitter, den der Junge übersehen hatte. „Ich glaube, wir sollten die Schlange wecken. Aber wer ist mutig genug, um das zu wagen? Und das Ungeheuer ist so schlau, dass sogar sein Erzfeind, der mächtige Donnergott Thor, es nicht besiegen konnte. Er wollte es aus dem Ozean fischen, mit dem Kopf eines Stiers als Köder.“

Das körnige Papier in der Hand des Jungen bewegte sich nicht mehr. Auch ohne aufzublicken wusste Haakon, dass alle Umstehenden ihm gebannt zuhörten. Geschichten auf See waren mehr als ein Zeitvertreib. In Zeiten wie diesen dienten sie der seelischen und geistigen Gesundheit. Und er beherrschte die Kunst des Geschichtenerzählens meisterhaft. Selbst der Kapitän stand da und lauschte, an den Fockmast gelehnt, was nun kommen würde. Die Schnallen an seinen Stiefeln glänzten in der heißen Sonne. An seinem Hemd hatte er die obersten Knöpfe geöffnet und das Halstuch abgelegt, als sähe auch er bei der stehenden Luft keinen Grund mehr für eine straffe Kleiderordnung.

„Vielleicht sollten wir einen Köder auswerfen und sehen, ob wir die Schlange wecken können“, fuhr Haakon fort. „Damit sie sich bewegt und Wind und Wellen entstehen. Was meinst du?“

Der Junge schluckte und warf ihm einen angstvollen Blick zu, als sei er es, der als Köder ins Wasser geworfen werden sollte. Haakon beugte sich vor und zerzauste ihm das vom Leben an Bord schmutzige, salzverkrustete Haar.

„Sie und Ihre Geschichten, Norgaard.“ In der Stimme des Kapitäns schwang Belustigung und Bewunderung zugleich. „Würde nicht ein echter Wikinger ein Ruder nehmen und anfangen zu paddeln?“

Haakon stand auf und grinste. „Bei allem Respekt, Sir, aber ein echter Wikinger würde das Rudern seinen Galeerensklaven überlassen.“

Ein Matrose kam und verteilte die Wasserration, die mit jedem weiteren Tag knapper wurde. Haakon füllte seinen Wasserschlauch zur Hälfte, damit es für alle reichte. Er trank einen Schluck, verkorkte den Behälter und setzte seine Schleifarbeit an einer anderen Stelle fort.

Der Junge folgte ihm und fragte mit einem Anflug von Ehrfurcht: „Sind Sie wirklich ein Wikinger, Mr. Haakon?"

Haakon strich sich über den Bart, bevor er antwortete. „Nein, bin ich nicht. Weißt du, die alten Wikinger sind schon lange tot. Aber ich bewundere sie. Mein Pa hat immer erzählt, dass die Wikinger unsere Vorfahren sind, mutige Krieger und Seefahrer aus dem Norden." Selbst wenn er es gewollt hätte, hätte Haakon seine Herkunft kaum verleugnen können.

Die Brettschaukel schwang gegen die Bordwand und Haakon sah Tate über die Reling an Deck klettern. Sein Landsmann stellte den Farbeimer ab und ließ den Pinsel hineingleiten. Seine Hände und Unterarme waren farbbeschmiert; Tate zog einen Lappen aus dem Hosenbund und wischte sich damit ab. Haakon, der das meiste Wasser für ihn aufgehoben hatte, warf ihm den Wasserschlauch zu.

Tate fing ihn auf und zog den Korken heraus. „Und wie ging die Sache aus?"

„Welche Sache?"

Der Schiffsjunge schaltete sich ein. „Die Geschichte. Von Thor und der großen Schlange, als er sie aus dem Wasser fischen wollte."

Das Sandpapier in der kleinen Hand war völlig abgenutzt und Haakon teilte sein eigenes Stück in zwei Teile und gab ihm eins. „Es kam ein Riese und zerschnitt die Angelschnur. Vielleicht, weil er die Schlange retten wollte." Haakon musste plötzlich daran denken, wie Jorgan immer als Beschützer und Retter eingegriffen hatte, wenn die Brüder wieder einmal Streit hatten. Jorgan war zwar keine Riese, aber er hatte ein mindestens ebenso großes Herz.

Die dünne Kinderstimme riss ihn aus seinen Gedanken. „Dann hat also die Schlange gewonnen?"

„Nicht unbedingt." Haakon zog sich einen Eimer mit Klarlack heran und tauchte den Pinsel ein. „Thor hat nicht nur ein Mal, sondern drei Mal mit der Schlange gekämpft. Und in der letzten Schlacht musste die Schlange sterben."

Haakon tränkte das Holz mit Lack. Die ausgedörrte Reling sog begierig die Flüssigkeit auf und dankte es ihm mit einem frischen kastanienbraunen Schimmer. Genauso wie damals. Bei der Veranda seiner Hütte in den Bergen von Virginia. Das kleine Holzhaus war alles gewesen, was er je im Leben besessen hatte. Es war lange her, dass er vor diesem Leben geflohen war.

„Wie denn?" Der Junge hatte sich den zweiten Pinsel geschnappt.

Haakons Pinselstrich war ruhig und konzentriert. Seitlich tropfte der Lack herunter, dunkel und schwer wie Blutstropfen, und rief eine Erinnerung in ihm wach, die er vergeblich zu vergessen suchte. „Weil Thor ein mächtiger Gott war." Er fing die Tropfen mit dem Pinsel auf und glättete die lackierte Stelle. Nicht so leicht auslöschen ließ sich die Erinnerung an seinen Bruder und den erbitterten Kampf mit ihm in der Hütte. „Und die Schlange nur der Sohn eines Gottes."

Schon vor langer Zeit hatte Haakon gelernt, dass er seinem Bruder Thorald nicht gewachsen war. Thor war ihm immer kräftemäßig überlegen gewesen und Haakon beschlich die leise Ahnung, dass das auch heute noch so war. *Wollte* er sich wirklich noch einmal mit Thor messen? Noch einmal gegen ihn kämpfen?

Einerseits ja. Aber andererseits … Thor würde immer gewinnen. Immer.

Haakon hatte von Anfang an verloren, schon als Baby, denn die beiden älteren Brüder hatten plötzlich keine Mutter mehr. Und er? Er hatte sie noch nicht einmal gekannt. Er lag unschuldig in seiner hölzernen Wiege, doch in den Augen seiner Brüder war er schuld am Tod der Mutter.

Haakon senkte den Blick und wischte sich mit dem Daumen den Schweiß von der Stirn.

Wie er sich danach sehnte, noch einmal in dieses Haus zurückzukehren. Wie gern würde er Ida wiedersehen. Und Jorgan. Sie alle. Obwohl er sich gleichzeitig davor fürchtete. Zu seiner Unsicherheit, wie er Thor begegnen sollte, kam eine noch größere Angst, wenn er an Ava dachte.

Er schaute von der Arbeit auf und sah aufs Meer hinaus. Dabei schalt er sich, dass er so lange gebraucht hatte, um in diese Richtung zu blicken. Obwohl er nichts sah außer der gleißenden, unendlichen Wasserfläche, kniff er die Augen zusammen und spähte in die Ferne. Heftiges Heimweh überfiel ihn und er ärgerte sich, dass er es sich immer so schwer machte. Mit *allem*. Plötzlich sehnte er sich nach einer Hand, die ihm die Richtung weisen konnte. Ein Wunsch, der aus dem Innersten seiner Seele kam, die so geschunden und durstig war wie das Deck unter seinen Füßen.

In seinem Kopf hallten die Worte der jungen Witwe nach – ob das alles sei, was er vom Leben erwarte. Sich zufriedengab mit dem, was er war und tat. Als hätte sie eine leise Ahnung, dass mehr in ihm steckte. Dass die Arbeit auf dem Schiff und im Eis ihn niemals ausfüllen konnte. Und dass es etwas gab, das sich nicht mit Axt und Eispickel gewinnen ließ, sondern nur mit dem Herzen. Er hatte das damals nicht hören wollen, aber er hatte bemerkt, dass sie trotz ihres schweren Lebens eine unerschütterliche Hoffnung besaß, die ihr die Kraft gab weiterzuleben. Genauso standhaft hatte sie seine Avancen ignoriert, brauchte sie doch all ihre Kraft, um sich und die Kinder durchzubringen. Und um sich ihren Glauben zu erhalten, an einen Gott, der sie ganz offensichtlich verlassen hatte.

In seiner Torheit hatte er gedacht, sie würde sich nur deshalb mit ihm abgeben, weil sie prüfen wollte, ob er das Zeug zum Ehemann hatte. Was für ein Narr war er gewesen! Vielleicht sollten ihre Worte ihn aufrütteln und ihm Mut machen, umzukehren und die Dinge in Ordnung zu bringen, die ihn bis ans Ende der Welt verfolgten. Und falls sie einen Retter und Beschützer suchte, bezweifelte Haakon, dass ausgerechnet er der Richtige war. Im Gegenteil, er hätte sie nur noch mehr ins Unglück gestürzt, und sie wusste das wahrscheinlich besser als er.

Vielleicht hatte sie einfach nur Ehrlichkeit von ihm erwartet. Vielleicht sogar so etwas wie Verbindlichkeit. Eigenschaften, die einem Herzen innewohnten, das zu ihrem passte – hätte er sein gebrochenes Herz nicht in Blackbird Mountain zurückgelassen.

Würde er den Mut haben, zu seiner Familie zurückzukehren und sich zu entschuldigen? Wie konnte er jemals wiedergutmachen, was er getan hatte?

Als er laute Stimmen hörte, hob Haakon den Kopf und sah, wie zwei seiner Kameraden rufend und gestikulierend vom Achterdeck herunterrannten. Andere standen in Gruppen und zeigten auf das Großsegel. Für einen kurzen Moment kräuselte ein Windhauch das feste Segeltuch, dann hing es wieder schlaff herunter. Haakon legte den Pinsel beiseite und trat näher an den Mast heran. Er schirmte seine Augen gegen die Sonne ab und aus irgendeinem Grund sandte er ein Stoßgebet gen Himmel, das einzige Gebet, das in den vergangenen vier Jahren über seine Lippen gekommen war.

Das Segel kräuselte sich erneut, bauschte sich und füllte sich mit einem Knall, als der Wind hineinfuhr. Das Schiff wiegte sich zur Seite und zum ersten Mal seit Tagen kämpfte Haakon um einen sicheren Stand. Als von überallher Jubelrufe erklangen, stieß er einen lauten Pfiff aus. Ein Deckarbeiter eilte zum Steuerrad und griff in die Speichen, als das Schiff nach Backbord abdriftete.

Tate erteilte die Befehle zum Segel setzen. Haakon war dem Bramsegel zugeteilt. Er sah, wie ein Decksjunge unerfahren an den Reffbändseln herumzerrte, und schubste ihn mit der Schulter beiseite. Fieberhaft löste Haakon das Tauwerk und das Segel rauschte herunter.

„Sicher die Gordings!“, rief er.

Der Decksjunge beeilte sich zu gehorchen und gemeinsam machten sie die Taue fest und führten die vertrauten Handgriffe aus. Der Wind erwachte mit einem Grollen wie ein schlafender Bär.

Haakon behielt das Großsegel im Auge. Bei gleichmäßigem Wind würden sie die Karibik noch rechtzeitig erreichen und wieder verlassen haben, bevor im Mai die Wirbelstürme begannen. Von dort aus würden sie Kurs auf die Küste Nordamerikas nehmen. Und der nächstbeste Zug könnte ihn nach Hause bringen.

Für den Fall, dass er das bis dahin noch vorhatte.

Haakons Blick verlor sich am fernen Horizont. Er bezweifelte zwar, dass der aufkommende Wind mit seinem Gebet zusammenhing, aber dennoch … Vielleicht wollte Gott aus irgendeinem Grund seine Aufmerksamkeit gewinnen.

Fünf

3. April 1895
Fincastle, Virginia

Thors Körper schmerzte, als er um den Wagen herum ging und die Holzkiste mit den Gläsern auslud. Um ihn herum befand sich die kleine Stadt Fincastle, die nur wenige Stunden von der Farm entfernt lag. Die Strecke, bei der er jedes Mal mit der Fähre den James River überqueren musste, legte er regelmäßig zurück. Er lieferte Waren aus, die ein Kaufmann immer per Post bestellte.

Die heutige Lieferung bestand aus achtundzwanzig Gläsern von Avas Apfelgelée und der doppelten Menge an hausgemachter Apfelbutter und Kuchenfüllung. Hinzu kamen etwa 75 Liter Apfelessig.

Der Ladenbesitzer half beim Ausladen und Thor bemerkte, dass er etwas zu ihm sagte, als er sich umdrehte und die Krüge in den Laden trug. Ohne von seinen Lippen ablesen zu können, war Thor verloren und machte durch ein Räuspern auf sich aufmerksam. Räuspern war höflicher als Pfeifen, das hatte Ida ihm beigebracht.

Der Mann mit dem schütteren Haar wandte sich Thor zu. „Entschuldigen Sie." Sein Mund bewegte sich langsamer, als es nötig gewesen wäre, aber Thor wusste es als Höflichkeit zu schätzen. „Ich wüsste gern, ob Sie noch etwas von diesem Apfelwein haben. Ich werde immer wieder danach gefragt."

Mit alkoholischen Getränken ließ sich mehr Profit machen als mit Essig und Marmeladen, aber Thor schüttelte den Kopf. Dieselbe Antwort, die er immer gab. Die Hartnäckigkeit des Krämers in Ehren, aber wenn seinen Kunden der Sinn nach etwas Stärkerem stand, musste er einen anderen Zulieferer finden. Trotzdem gab es immer wieder Tage, an denen Thor sein altes Handwerk vermisste. Und den Geschmack des Weins noch viel mehr. Da ihn das Verlangen danach immer ohne Vorwarnung überfiel, hatte er seine Gärbottiche und die ganze Ausrüstung verkauft, um der Versuchung zu widerstehen. Zum Glück lagen die Attacken weit auseinander, aber das machte sie nicht weniger heftig. Am schlimmsten war es in der Erntezeit. Kein Entzug konnte die Erinnerung tilgen, wie man erstklassigen Wein und Schnaps ansetzte. Daher hielt er es für besser, diese Möglichkeit von vornherein auszuschließen.

Beim Wagen angekommen, hievte Thor zwei weitere Behälter mit Essig von der Ladefläche und stellte sie auf die Treppenstufen vor dem Laden. Im selben Moment durchzuckte ihn wieder der stechende Schmerz in seiner Seite und es wurde ihm gleichzeitig heiß und kalt. Und ehrlich gesagt hatte er sich am Morgen nach dem Aufstehen auch schon fiebrig gefühlt. Hätte er bloß Jorgan oder Peter mitgenommen. Aber er hatte sie nicht fragen wollen, weil er wusste, dass sie auf der Farm genug zu tun hatten. Ava hatte ihn immer gern begleitet, aber in ihrem Zustand wäre die lange Fahrt über die holprigen Straßen zu beschwerlich gewesen.

Thor atmete tief durch und nahm einige weitere Gläser vom Wagen und reichte sie dem Kaufmann. Als das letzte Glas Apfelbutter ausgeladen war und die ersten Gläser den Weg in die Regale gefunden hatten, kam die Frau des Krämers, um die Waren zu begutachten.

„Oh, diese Etiketten werden ja immer schöner!", rief sie begeistert angesichts der Arbeit von Fay und Ava – fein säuberlich ausgeschnittene Papierrosetten mit dem Aufdruck *Norgaard Familienplantage*.

Thor bedankte sich mit einem höflichen Lächeln und nahm sich vor, das Lob an die Frauen weiterzugeben. Der Ladenbesitzer bezahlte die Rechnung und Thor verstaute das Geld in seiner Brieftasche. Mit einem Nicken bedankte er sich bei seinem treuen Kunden. Bevor er den Laden verließ, ging er zu den Regalen ganz vorn neben dem Schaufenster. Dort lagen aufgerollte Spitzenbordüren in verschiedenen Farben, Strohhüte hingen an einem Ständer neben dem Spiegel und winzige bemalte Glasfläschchen leuchteten in der Nachmittagssonne. Ava hätte ihre helle Freude an den Sachen gehabt und Thor erinnerte sich, dass sie bei ihrem letzten Besuch im Laden etwas entdeckt hatte, was ihr besonders gut gefiel. Er fand das Gesuchte in einem Metalleimer neben der Tür: Schirme, wie sie die feinen Damen in der Stadt trugen, um sich vor der Sonne zu schützen.

Thor zog einen Schirm heraus und drehte ihn im Licht, das durchs Schaufenster fiel. Er hätte ihn gern ausprobiert und sah verstohlen über die Schulter, ob ihm jemand zuschaute. Seine großen Hände umfassten das spitzenbesetzte Accessoire und lösten die Schnüre, die es zusammenhielten. Vorsichtig spannte er den Schirm auf. Er war wunderschön. Vor seinem geistigen Auge sah er, wie Ava und sein Kind an einem heißen Sommertag unter dem Sonnenschirm saßen.

Vorsichtig klappte er den Schirm zu und versuchte unter Schwierigkeiten, die zarten Bändchen zu schließen, die ihn zusammenhielten. Eine Kundin bemerkte es und eilte ihm zur Hilfe. Als sie alles fest verknotet und eine ordentliche Schleife gebunden hatte, schenkte sie Thor ein verständnisvolles Lächeln und er lächelte dankbar zurück.

Aus seiner Tasche fischte er ein paar Geldscheine und bezahlte das Geschenk. Der Kaufmann wickelte den Schirm in braunes Papier und Thor freute sich schon auf Avas Gesicht, wenn sie das zarte, mit Spitze verzierte Etwas auspacken würde.

Doch es gab noch etwas, was er den Ladenbesitzer fragen wollte. Er zog sein Notizbuch und einen Bleistift heraus und kritzelte ein paar Worte auf das Papier, worauf der Krämer ihm beschrieb, wo der Arzt wohnte, den er suchte. Thor bedankte sich und machte sich auf den Weg.

Er lenkte das Pferdegespann die Straße hinunter und fand das Haus, vor dem ein Schild mit dem Namen des Doktors angebracht war. Nachdem er die Bremse angezogen hatte, kletterte er vom Wagen und die Stuten senkten zufrieden die Köpfe in das Frühlingsgras unter ihren Hufen.

Ein schmucker, niedriger Zaun führte um das Haus herum und Thor folgte dem Zaun, bis er vor einer schweren Holztür stand. Er klopfte und wartete. Nichts. Er klopfte noch einmal. Beim dritten Versuch hämmerte er mit der Faust kräftig gegen das Holz und hoffte dabei, dass die Lautstärke noch angemessen war. Schließlich sollte der Arzt nicht denken, jemand wollte seine Tür einschlagen.

Als sich im Haus immer noch nichts rührte, näherte er sich

vorsichtig einem Fenster und spähte hinein. Er sah einen Tisch, einen Stuhl und ein paar medizinische Utensilien, aber keine Menschenseele.

Was nun? Falls der Doktor zu einem Patienten auf einer entlegenen Farm gerufen worden war, konnte es Stunden oder sogar Tage dauern, bis er zurückkam. Thor beschloss, in ein oder zwei Wochen noch einmal vorbeizuschauen, nicht aber, ohne dem Arzt eine Nachricht zu hinterlassen und ihm seine Beschwerden zu schildern. Darunter fiel auch etwas, was ihn besonders beunruhigte und wovon er niemandem, noch nicht einmal Ava, erzählt hatte: Seine Blase schmerzte beim Entleeren und ihr Inhalt war dunkelrot wie Rost. Zuletzt schrieb er seinen Namen und seine Adresse ganz oben auf den Zettel, faltete ihn und schob ihn unter der Tür durch.

Enttäuscht, dass er den Arzt nicht angetroffen hatte, kletterte er auf den Kutschbock und lenkte das Gespann zurück auf die Straße Richtung Heimat. Wenigstens hatte er es versucht.

Die ledernen Geschirre knarrten und die Räder knirschten über den Schotter. Vogelgezwitscher erfüllte die Luft. Die Welt war voller Geräusche, das wusste er, aber er nahm sie mit anderen Sinnen wahr. Er sah die Farben und Formen, beobachtete Gesten, Blicke und Bewegungen. Er sah, wie sich die Hufe der Pferde in gleichmäßigem Takt hoben und senkten. Die Luft schmeckte nach Frühling und der Geruch fetter, fruchtbarer Erde stieg ihm in die Nase.

An der Fähre warf er dem Fährmann ein Geldstück zu und nach der Überfahrt zogen die Pferde den Wagen mit sicheren Schritten herunter vom Boot und zurück auf die Straße. Thor rutschte auf dem Kutschbock hin und her und versuchte, eine bequeme Position zu finden. Die Strecke kam ihm länger vor als bei der Hinfahrt. Er fror und schwitzte abwechselnd und seine Glieder schmerzten. Das Stechen in seiner Seite war nicht stärker geworden, aber es meldete sich bei der kleinsten unbedachten Bewegung und ließ ihn zusammenzucken.

Mehr als alles in der Welt sehnte er sich nach seinem Bett. Er wollte nur noch schlafen, mit Ava an seiner Seite. Er liebte es, wenn sie sich an ihn schmiegte, zärtlich und beschützend zugleich. Was wäre er bloß ohne sie? Vor ein paar Tagen hatte Thor angedeutet, dass er sich nicht wohlfühlte und unter Schmerzen litt. Am selben Tag war Idas Schwester Cora gekommen, die sich in Pflanzenheilkunde auskannte, und hatte ihm ein Elixier zur Kräftigung dagelassen. Ava bereitete damit dreimal täglich einen Tee für ihn zu. Warum ging es ihm dann immer noch nicht besser?

Der südliche Teil der Apfelplantage kam in Sicht, von dort war es nur noch eine halbe Meile bis zur Farm. Thor wollte sich gerade entspannt zurücklehnen, da sah er, wie sich am Wegrand etwas bewegte, und verlangsamte das Tempo. Braune und bläuliche Schatten huschten zwischen den Bäumen herum. Er brachte die Pferde zum Stehen und blickte angestrengt in die Richtung, aber er sah nichts. Spielten ihm seine Nerven einen Streich? Vielleicht ein Blauhäher oder ein Reh? Oder sein Fieber war gestiegen und er halluzinierte bereits.

Doch als er den Eingang zur Farm passiert hatte, beschlich ihn ein ungutes Gefühl. Von fern sah er Jorgan, der mit Björn auf der Hüfte wie versteinert vor der Mosterei stand. Das Gesicht seines Bruders war finster. Was war geschehen? Thor ignorierte die Schmerzen, zog die Bremse an und kletterte vom Wagen herunter, so schnell er konnte. Und dann sah er es.

Die eine Seite des Gebäudes war mit blutroter Farbe beschmiert, Worte in Riesenlettern, grausam und bedrohlich.

Wir vergessen niemals.

Die Farbe war noch feucht.

Die letzten Buchstaben waren so hastig hingeschmiert, dass sie kaum lesbar waren. Thor war es, als ob eine kalte Hand nach ihm griff. Eine Kälte, die ihm bis ins Mark drang.

Unter dem Schriftzug war ein weißes Stück Stoff angenagelt. Thor nahm es ab und seine Bewegungen waren mechanisch, als hätte er sich bereits in ein Schicksal ergeben, das nicht mehr abzuwenden war. In seinen Händen hielt er eine spitze Kapuze mit zwei Schlitzen für die Augen – eine Ku-Klux-Klan-Maske. Eine Maske für Leute, die nicht gesehen werden wollten und die ihren Trägern etwas Gespenstisches verlieh.

Als kehrten die Geister der Toten zurück, um sich zu rächen.

Thor suchte Jorgans Blick. Seine Augen waren von Sorge überschattet, doch in ihnen glomm ein Funke, der verriet, dass er bereit war, den Kampf gegen den Klan wieder aufzunehmen – und keine Zweifel hatte, dass es dazu kommen würde.

Um sich gegen die Klansmänner zu verteidigen, würden sie jeden Mann brauchen, und Thor wusste noch nicht einmal, ob er in der Lage sein würde, ein Gewehr zu halten und zu schießen.

Schweigend und mit ernsten Gesichtern betrachteten die beiden Männer die Schrift an der Wand. Nach einer fast vierzigjährigen Familienfehde mit Jed Sorrel und seinen Söhnen war es wieder so weit. Wann würde endlich Frieden einkehren?

Aber niemand vertreibt Wölfe ungestraft aus ihrer Höhle.

Jed war ganz sicher nicht allein, sondern hatte seine Männer im Gefolge. Auch die Schrift und die Kapuze am Scheunentor war nicht das Werk eines Einzelnen, denn der alte General machte sich in der Regel nicht selbst die Hände schmutzig, sondern hatte seine Helfershelfer. Thor dachte an die Schatten, die er im Wald gesehen hatte, und suchte mit den Augen die Umgebung ab. Aber selbst, wenn es die Sorrels gewesen waren, so wären sie nicht so dumm, sich zu zeigen.

I-D-A, wo?, gebärdete Thor.

Jorgan deutete auf das Wohnhaus.

C-O-R-A?, fragte er dann und ergänzte das Wort durch die Gebärde für *Mädchen*, denn er wusste, dass allein ihre Hautfarbe für Cora und ihre Töchter eine tödliche Gefahr war.

„Sie sind zu Hause. Peter bleibt heute in ihrer Nähe und passt auf.“

Während die Brüder zurück zum Wagen gingen, fragte Thor nach Fay und Ava.

„Beide sind mit Sigurd im Haus."

Auch um ihre eigenen Frauen machte Thor sich Sorgen, denn Männer wie die Sorrels schreckten vor nichts zurück und würden auch Frauen mit weißer Hautfarbe nicht verschonen.

Beim Wagen angekommen, warf Thor die verhasste Kapuze auf die Ladefläche und begann die erste Stute auszuspannen. Jorgan löste das Zaumzeug des anderen Pferdes, hielt inne und winkte, um Thors Aufmerksamkeit zu erlangen.

Ich Pferde füttern; signalisierte er ihm.

Thor nickte dankbar. Sah man ihm an, wie schlecht er sich fühlte? Langsam ging er um den Wagen herum, klopfte seinem Bruder auf die Schulter und nahm dann das in Packpapier eingewickelte Geschenk an sich.

Mit dem Päckchen in der Hand ging er auf das Haus zu, das mit seinen drei Stockwerken groß und mächtig vor ihm aufragte. Groß und solide gebaut, aber nicht uneinnehmbar. Er seufzte tief. Selbst wenn sie die Fenster und Türen verbarrikadierten, konnten sie die Frauen und Kinder nicht tage- oder wochenlang im Haus einsperren.

Thor trat ein und stieg die Treppe hinauf. Er musste sich dringend hinlegen; wie nie zuvor hatte er sich so nach seinem Bett gesehnt. Auf dem Weg nach oben tauchte vor seinem geistigen Auge auf einmal Peter Sorrel auf und wie er Ava angeschaut hatte, als er sie zum ersten Mal gesehen hatte. Er hatte in jener unseligen Nacht dagestanden, in seinem weißen Umhang mit der weißen Kapuze, und hatte sie angestarrt, als hätte ihn der Blitz getroffen. Fays Wirkung auf Männer war ähnlich, ihre deutschen Vorfahren hatten ihr eine hellhäutige, elfengleiche Schönheit vererbt. Zum Glück hatte sich Peter inzwischen gefangen und war ein guter, verlässlicher Freund geworden. Von ihm ging keine Gefahr mehr aus. Im Gegensatz zu den anderen Männern der Sippe.

Die Stufen zum Dachgeschoss knarrten laut und Thors Stiefel

polterten auf den Holzdielen. Er war zu müde, um auf seine Schritte zu achten, und Ava sprang von ihrem Platz am Fenster auf, als sie ihn kommen hörte.

Bei seinem Eintreten legte sie ihre Näharbeit auf den Stuhl und ihre schönen Augen weiteten sich vor Sorge, während sie seinen Namen rief.

Thor gab sich Mühe, ihr mit einem Lächeln zu versichern, dass alles in Ordnung war, und lehnte das Päckchen an die Wiege als Zeichen, dass das Geschenk für sie und das Baby war. Ava lächelte zurück, aber anders als er erwartet hatte, griff sie nicht nach dem Päckchen, sondern nach seiner Hand. Ein warmes Gefühl durchströmte ihn. Er führte sie zum Bett, setzte sich und begann seine Stiefel aufzuschnüren. Ava bückte sich, um ihm zu helfen, was für sie genauso beschwerlich war wie für ihn. Fast schon wie ein altes Ehepaar. Thor konnte ein Lachen nicht unterdrücken, die Situation war einfach zu grotesk, und auch Ava verzog amüsiert den Mund.

Eigentlich sollte er ihr jetzt von der drohenden Gefahr erzählen. Ihr erklären, was in blutroten Lettern an der Scheunenwand stand. Aber etwas in ihm sträubte sich dagegen. Das hatte Zeit bis später. Angst und Sorgen konnten warten. Er betete zum Himmel, dass es so sein möge. Nachdem er sich von seinen Stiefeln befreit hatte, ließ er sich auf seine Seite des Bettes fallen und genoss Avas Nähe, die sich dicht an ihn geschmiegt hatte, so dicht, dass er sich kaum bewegen musste, um mit seinem Handrücken ihren runden, festen Bauch zu berühren. Thor schloss die Augen und kostete diesen Moment des Friedens aus. Und es erfüllte ihn eine stille Dankbarkeit, dass ihre Gebete nach einem Kind erhört worden waren.

Ava hob das Kinn und küsste ihn sanft, bevor er die Augen öffnen konnte. Thor hatte nichts dagegen und gab sich dem zärtlichen Augenblick hin, doch dann umfasste er ihren Kopf mit seiner großen Hand und drückte ihn sanft gegen seine Brust. Als Ava protestierte, machte er das Zeichen für *schlafen*. Hoffentlich dachte sie, er wäre schon halb eingenickt. Sie schmiegte sich noch näher an ihn. Er wollte ihre Liebesbeweise nicht im Keim ersticken, und dennoch ... wenn sie wüsste, wie groß sein Verlangen war und wie sehr er dagegen ankämpfte.

Der Gedanke an eine unbekannte Krankheit, die er vielleicht in sich trug, machte es ihm unmöglich, sich ihr zu nähern, bevor er einen Arzt konsultiert hatte. Irgendetwas mit ihm war nicht in Ordnung und er wollte auf keinen Fall, dass Ava oder das Kind auf irgendeine Weise dadurch zu Schaden kamen.

Ava lag regungslos bis auf ihre Fingerspitzen, die ganz langsam seinen Handrücken streichelten. Die Bewegung war gleichmäßig und einschläfernd, doch kurz bevor ihn der Schlaf endgültig übermannte, schreckte er nochmals hoch.

Im Halbschlaf sah er wieder die Schrift, rot und leuchtend wie eine Warnung.

Wir vergessen niemals.

Bei ihrer letzten Begegnung mit den Sorrels war es zu einem heftigen Schusswechsel gekommen. Kugeln hatten sich in den Hang hinter dem Haus gebohrt. Sie waren für Haakon bestimmt gewesen, der geflohen und niemals zurückgekehrt war. Zuvor hatte er nicht nur die Scheune der Sorrels in die Luft gesprengt, um ihren Diebstahl zu rächen, sondern auch Thor die Entscheidung abgenommen, ob er seine restlichen Alkoholbestände verkaufen sollte oder nicht.

Die Freiheit von der Last des Alkohols, mit dem Thor bis heute zu kämpfen hatte.

Ob Heldenmut oder Torheit – Haakon war nur um Haaresbreite dem Tod entronnen. Es war das letzte Mal, dass Thor seinen Bruder gesehen hatte. Aber schlimmer noch als diese unwillkommene Erinnerung war die Gewissheit, dass Jed und Harlan nach Blackbird Mountain zurückgekehrt waren und nun zum zweiten Mal den Fuß auf ihr Farmland gesetzt hatten.

Ava berührte ihn leicht am Arm, genau an der Stelle, wo die Nadel sich in seine Vene gebohrt hatte – so wie auch bei Harlan.

Thor seufzte, diesmal vor Erleichterung, als der Schlaf endlich seinen Tribut forderte. So konnte er wenigstens für kurze Zeit vergessen, dass die rachsüchtigen Klansmänner irgendwo da draußen lauerten. Aber sie würden erst dann zuschlagen, wenn sie sich ihrer Überlegenheit sicher waren. Nun konnte er nur noch beten, dass er, wenn der Tag gekommen war, gesund genug sein würde, um es mit ihnen aufzunehmen.

Sechs

9. April 1895
Im Nordatlantik

Die Albträume quälten ihn fast jede Nacht. Sie rollten über ihn hinweg wie eine Flutwelle, die sich nicht aufhalten ließ. Danach wachte er immer schweißgebadet auf. Erschöpfung und Schuldgefühle stellten sich ein und verzerrten die Erinnerungen zu grausamen Trugbildern.

Die Hängematten knarrten. In ihnen lagen die schlafenden Seeleute. Nur Haakon schlief nicht. Denn lauter als die Geräusche an Bord waren die Schreie des kleinen Mädchens, die sich in sein Gedächtnis gebrannt hatten, sengend heiß wie die Explosion selbst.

Er selbst hatte damals die Zündschnur gelegt und wusste, was passieren würde. Wie ein Irrer war er den Abrang hinuntergerannt, als er sah, dass Jed Sorrels Enkeltochter arglos das Scheunentor öffnen wollte. Kurz darauf flog die Scheune in die Luft.

Er hatte das Kind noch rechtzeitig erreicht, von der Tür fortgerissen und das schreiende Mädchen in Sicherheit gebracht. Er hatte ihr das Leben gerettet, aber das konnte sie natürlich nicht wissen. Sie spürte nur, wie sie plötzlich von kräftigen Armen gepackt und von einem fremden Mann weggetragen wurde und schrie sich die Seele aus dem Leib.

Er rannte so schnell er konnte, aber ihre panischen Schreie gellten weiterhin durch die Luft und drangen ihm bis ins Mark. Doch er hatte keine Zeit, ihr zu erklären, dass er ihr nichts Böses wollte.

In dem Moment bebte die Erde und eine Hitzewelle versengte seinen Rücken durch die Kleidung hindurch. So nah war er der Hölle noch nie gewesen. Er rannte weiter, schweißgebadet, und beinahe wäre ihm das Kind entglitten. Haakon wusste, dass noch eine weitere Explosion folgen würde. Und wenn seine zweite selbst gebaute Bombe hochging, würden Hunderte von Litern Schnaps in Flammen aufgehen. Es folgte ein Knall, der so laut war, dass es ihn nicht gewundert hätte, wenn selbst Thor ihn gehört hatte.

Mit letzter Kraft war es Haakon gelungen, das Kind in Sicherheit zu bringen, als die Sorrels zu den Waffen griffen, Jed als Erster. Haakon duckte sich und rannte im Zickzack durch rauchende Trümmer und Glasscherben. Er wusste nur noch, dass er sich keuchend den Hügel hochkämpfte, während Schüsse die Luft zerrissen und hinter und neben ihm in den Boden einschlugen.

Wie er seine wilde Flucht überlebt hatte, war ihm bis heute ein Rätsel. Noch nie war er dem Tod so nah gewesen. Bis auf die Nacht, als er über Bord ging.

Während er gefallen war, war er gegen die Bordwand gestoßen, sodass er schon fast bewusstlos auf dem Wasser aufgeschlagen war. Später hatte man ihm erzählt, wie Tate ihm nachgesprungen war und wie man ihn mithilfe von einem Tau und der Kraft von einem Dutzend Seeleuten gerettet hatte.

Vielleicht war es Gottes Gnade gewesen, doch Haakon hatte

die leise Ahnung, dass er sein Überleben nicht nur Gottes Güte zu verdanken hatte, sondern auch der Tatsache, dass Gott mit ihm noch nicht fertig war. Und seiner Meinung nach hatte Gott sicher Besseres zu tun, als noch am selben Tag mit ihm wegen seiner Sünden ins Gericht zu gehen.

Das Schiff ächzte und die Hängematten schaukelten. Unten in den Quartieren war es stickig und heiß. Erinnerungen kamen und gingen. Sie gehörten in eine andere, ferne Zeit und waren doch seltsam tröstlich.

„Haakon, du träumst."

Genau diese Worte hatte auch die norwegische Frau geflüstert.

Als er in jener Woche zum dritten Mal den Hügel hinaufgestiegen war, um sie zu sehen, hatte sie ihre tägliche Arbeit unterbrochen und für ihn eine einfache Mahlzeit aufgewärmt, obwohl sie selbst nicht viel besaß. Eine großzügige Geste, doch für ihn bedeutete sie mehr als ein Festmahl auf einem Schloss.

Er hatte in ihrer kleinen Küche gesessen, vor sich ein Eintopfgericht mit Fleisch, und war dann irgendwann – eingelullt von der Behaglichkeit – erschöpft neben dem Herdfeuer eingenickt. Die Frau war an seine Seite gekommen und hatte mit ihrer sanften Stimme auf ihn eingeredet. Er musste im Schlaf gesprochen haben, als die schmerzlichen Erinnerungen ihn heimsuchten. Und sie hatte ihn verstanden, denn auch ihr waren Schmerz und Entbehrung nicht fremd.

Wie war ihr Name?

Sie hatte ihn genannt, als sie sich einander vorgestellt hatten, und er schämte sich, dass er ihn vergessen hatte. Für die Leute im Dorf war sie Mrs. Jönsson und so hatte auch er sich mit der formellen Anrede begnügt. Natürlich hätte er sie noch einmal fragen können, aber die Blöße wollte er sich nicht geben. Es war ein hübscher Name, so viel wusste er noch, doch er hatte ihn sich nicht gemerkt, sondern leichtfertig vergessen. Ein Leichtsinn, der sich durch sein ganzes Leben zog.

Sein Gesicht war schweißnass und ein gequältes Stöhnen entsprang seiner Kehle.

„Norgaard!"

Plötzlich wurde seine Hängematte umgedreht und Haakon ging krachend zu Boden. Unsanft in die Wirklichkeit zurückkatapultiert, sprang er auf die Füße und packte den Schuldigen beim Hemdkragen.

Tate.

Haakon stieß ihn hart gegen die Wand. „Was soll das?", schrie er wütend. „Warum hast du das getan?"

Tate befreite sich aus Haakons Griff und warf ihn zurück in die Hängematte. „Weil du schon wieder im Schlaf geredet und geschrien hast!"

Das brachte Haakon erst richtig in Fahrt und er packte Tate erneut und warf ihn gegen ein Fass mit getrockneten Erbsen. Durch den Lärm wurden die anderen wach. Tate kam auf die Füße und schob Haakon Richtung Treppe. „Hoch mit dir, an die frische Luft! Wir unterhalten uns oben weiter."

Haakon stolperte und fand Halt an einem gepökelten Hammelbein, das von einem Deckenbalken herunterhing. Zwei Mäuse huschten zwischen seinen Stiefeln hindurch, die Schiffskatze hinterher, um das Chaos zu vervollständigen.

Die Kameraden in ihren Hängematten beobachteten die Szene schlaftrunken. Haakon stapfte die Treppe hinauf, öffnete die Luke und stieg an Deck, hinaus in die kalte Nacht. Der Mief der Schlafquartiere wich einer frischen Brise und er sog dankbar die salzige Luft ein. Der Himmel war mit Sternen übersät und gegen den Schiffsrumpf schwappten träge die Wellen. Eine ruhige Nacht, ganz im Gegensatz zu dem Sturm, der in seinem Inneren tobte.

Von Müdigkeit und Niedergeschlagenheit übermannt, zog er ein getrocknetes Kokablatt aus seinem Beutel. Seine Dose mit Natron hatte er nicht zur Hand, und so schob er sich das Blatt ohne das Pulver in den Mund. Durch die Kombination mit Natron, das hatte er in den Jahren auf See gelernt, verstärkte sich die

Wirksamkeit der Blätter gegen Hunger, Durst, Müdigkeit und sogar gegen Schmerzen. Er hatte von Männern gehört, die durch den Kokakonsum den Verstand verloren hatten. Und das, obwohl die Droge längst nicht so stark war wie jene, die der Überlieferung nach von den wilden nordischen Kriegern benutzt wurde, um die Angst zu unterdrücken und die Hemmschwelle herabzusetzen, bevor sie in die Schlacht zogen.

Haakon wusste, dass das Kauen von Kokablättern nicht ungefährlich war, und wollte es sich eigentlich abgewöhnen. Doch da sie regelmäßig in der Karibik vor Anker gingen, wo die Droge an jeder Straßenecke gehandelt wurde, war das leichter gesagt als getan. Und mit jedem Mal, wenn die Erinnerungen kamen und ihm den Schlaf raubten, wurde es schwerer. In seinen Träumen tauchte er tief unter die Oberfläche des Bewusstseins. So tief und so schnell, als würde er wieder von Bord fallen und in das schwarze Wasser hinabsinken, das so kalt wie Nadelstiche gewesen war und das ihm die Luft aus den Lungen gepresst hatte. Dann der Schmerz, als er gegen die Bordwand geschlagen war, und der Gedanke an die Wale in diesen Gewässern, die einen Mann in Stücke reißen konnten.

In so einem Fall hätte der Tod ihn einfach in eine schwarze Decke eingehüllt und alles wäre vorbei gewesen. Fast wünschte er sich, es wäre so gewesen. Doch noch bevor seine Lungen sich mit Wasser hatten füllen können, war er von kräftigen Händen gepackt und aus der Schwärze herausgerissen worden. Plötzlich war sein Kopf über der Wasseroberfläche gewesen und er hatte nach Luft gerungen. Mit aller Kraft hatte er sich an das Leben geklammert, als wäre er soeben aus Walhalla befreit worden. Doch statt der Walküren, die ihn zum Festgelage der Totenwelt rufen wollten, hatte ihn jemand zurück ins Leben gerufen – durch die Tapferkeit eines einzelnen Mannes und durch sein Gebet, das er in die Kälte der Nacht geflüstert hatte.

„Ich hätte besser sterben sollen." Er sagte die Worte mehr zu sich selbst. Sie schmerzten ihn in seiner Brust, aber sie mussten einmal gesagt werden. Er wusste nicht, warum er überlebt hatte. Er wusste, dass Tate damals zu Gott gebetet hatte. Haakon jedoch war sich nicht sicher, ob er überhaupt an eine höhere Macht glaubte.

„Wie meinst du das?"

„In jener Nacht. Als du für mich ins Wasser gesprungen bist."

In der Nacht, als er selbst gesprungen war.

Der Tod wäre eine saubere Lösung gewesen. Besser, als mit der Last zu leben oder eine zweite Chance zu bekommen, die er nicht verdiente.

Es war zu dunkel, um Tates Gesichtszüge zu lesen, deshalb konzentrierte sich Haakon auf die Stimme seines Freundes, der sagte: „Da muss ich dich leider enttäuschen. Aber ich kann nun mal nicht danebenstehen und zusehen, wie jemand ertrinkt. Niemand von der Crew kann das. Ich bin gesprungen, weil ich dich als Erster gesehen habe. Die anderen hätten dasselbe getan."

Haakon bezweifelte es, aber er schwieg und atmete die kalte Nachtluft ein.

Jedenfalls musste er nicht mehr an das schreiende Mädchen denken. Auch nicht an die Frau, die er in Norwegen zurückgelassen hatte. An ihre Stelle trat die Erinnerung an ein anderes Gesicht, so zart und vertraut, dass es wehtat – Ava. Er sah ihre braunen Augen und die Sommersprossen auf ihren Wangen. Er dachte an ihre Stimme, an ihre sanfte Art und wie sie ihm vertraut hatte. An die leichte Berührung ihrer Hände, als sie ihm die Haare geschnitten hatte. Daran, wie er sie beim Schwimmen im Teich geküsst hatte, in der Hoffnung, er könne eines Tages mehr als nur ein Freund für sie sein.

Und immer wieder an ihre unselige Begegnung ein paar Monate später, die er am liebsten aus seinem Gedächtnis streichen würde, als sie seine leidenschaftlichen Annäherungen abgewiesen und sich mit aller Kraft gegen ihn gewehrt hatte.

Warum hatte er sie sich nicht gleich aus dem Kopf geschlagen, als er sie an Thor verloren hatte?

Warum war er so egoistisch gewesen? Hatte er seinen Bruder bestrafen wollen? Wie verzweifelt sie ihn angefleht hatte, sie gehen zu lassen. Und als er ihre Schreie gehört hatte, hatte ihn die Erkenntnis wie ein eiskalter Blitz durchzuckt, sodass er schließlich von ihr abgerückt war: Sie würde ihm nie gehören. Er durfte ihr nichts tun, sonst wäre sein Leben verwirkt und nach seinem Tod blieben nur Leere und ein großes schwarzes Nichts. Denn er war sich sicher gewesen, dass der allmächtige Gott, falls es ihn gab, sich dann für immer von ihm abgewendet hätte.

Er verspürte auf einmal ein beklemmendes Gefühl in seiner Brust und sah auf zum Himmel, der mit unzähligen Sternen übersät war. Nach all den Jahren war er doch jedes Mal wieder neu überwältigt von so viel Schönheit. Dann fiel sein Blick auf das schwarze Wasser unter ihm. Wäre der Tod vielleicht seine Erlösung? Der Gedanke an das Sterben als einzigen Ausweg quälte ihn manchmal in dunklen Stunden und ließ ihn nicht los.

„Ich weiß nicht mehr weiter." Es war das erste Mal, dass Haakon so etwas offen aussprach. „Ich sehe kein Land mehr. Ich weiß nicht, was ich tun soll." Von Koka wurde er immer philosophisch, aber Tate hatte den Eindruck, dass er das nicht unter dem Einfluss der Droge sagte.

Er legte Haakon seine Jacke um die Schultern. „Soll das eine Frage sein?"

„Ja."

Haakons Augen gewöhnten sich an das spärliche Mondlicht und er sah, wie Tate sich mit den Unterarmen an der Reling abstützte und aufs Wasser schaute. Dann hörte er, wie sein Freund die Stimme hob, um den Wind und die Wellen zu übertönen. „Ich weiß nicht, was *du* tun sollst, aber ich kann dir sagen, was ich tun werde."

Ein kühler Windstoß erfasste die Männer. Haakon spürte, wie die Droge zu wirken begann, betäubend und belebend zugleich, was ihn einerseits erleichterte, aber auch beunruhigte. Denn er wusste nicht, wie er einen Tag ohne Koka überstehen sollte.

„Ich werde nach Hause gehen“, verkündete Tate. „Ich bin seit vier Jahren auf diesem Schiff und habe damals keiner Seele gesagt, wo ich hingehe. Jung und dumm, wie ich war. Ich muss ein paar Dinge in Ordnung bringen. Und es gibt Leute, die auf mich warten.“

Haakon wusste wenig über Tates Familie und die Frau, die er zurückgelassen hatte, aber er hörte die Reue und Verzweiflung in seiner Stimme.

„Auch wenn *sie* vielleicht nicht mehr auf mich wartet. Dann muss ich den Tatsachen ins Auge sehen. Aber ich werde es nie erfahren, wenn ich mich feige vor der Heimkehr drücke.“

Haakon lehnte sich an die Reling und schwieg. Aufgewühltes Wasser schlug gegen den Rumpf, schwarz wie Tinte bis auf einen Streifen Mondlicht. „Und was sollte man tun, wenn niemand auf einen wartet?“

„Du glaubst wirklich, dass in deiner Heimat niemand auf dich wartet?“

Haakon schüttelte niedergeschlagen den Kopf. „Niemand.“

Tate stieß mit der Stiefelspitze gegen einen Pfosten und schüttelte unmerklich den Kopf, als ärgerte er sich über so viel Unvernunft. „Dann würde ich sagen, dass du dich gewaltig irrst.“ Er schaute hoch zu den Sternen – Begleiter und Wegweiser der Schiffe seit Anbeginn der Zeit. Als er sprach, war seine Stimme ernst und gleichzeitig voller Hoffnung – eine Hoffnung, die Haakon vor langer Zeit verloren hatte. Und er sehnte sich danach, sie wiederzufinden. „Zugegeben, deine Leute werden vielleicht von deiner äußeren Erscheinung nicht sehr begeistert sein – so ginge es mir jedenfalls –, aber es kommt auf dich an und was du daraus machst.“

Sigurd presste seine Nase gegen die Fensterscheibe und sah einer Silbermöwe nach, die über den wolkenverhangenen Himmel segelte. Nicht selten trieb der Wind die Wolken vom Meer übers Land und an Tagen wie diesen waren auch Seevögel in ihrer Gegend nichts Ungewöhnliches.

Dann rannte er zurück zum Esstisch, wo Ava saß und sich über eine ausgebreitete Landkarte beugte. Sigurd kletterte auf die Sitzbank und war wieder ganz bei der Sache, als wäre er nicht eben noch durch den Schrei der einsamen Möwe abgelenkt worden. „Und was is' das?"

„Das ist Australien."

Der Dreijährige zeichnete mit dem Finger die gezackte Küstenlinie nach. Im oberen Stock brachte Fay den kleinen Björn zum Mittagsschlaf ins Bett. Ava hatte angeboten, sich um seinen quirligen Bruder zu kümmern, der wie immer voller Neugier und Wissensdurst steckte. So hatte er am Vormittag die Weltkarte angeschleppt. Er hatte sie zufällig entdeckt, als er bei der Suche nach einer verlorenen Murmel auf die Knie gegangen war und sie unter dem Regal gesehen hatte. In dem Zimmer, das einst Haakons Zimmer gewesen war.

Ava hatte ihm geholfen, die Papierrolle von den Staubschichten zu befreien. Zu Sigurds Freude hatten sie die Karte mit nach unten genommen, um sie sich gemeinsam anzuschauen.

Zwar war Ava wenig begeistert über die Erinnerung an Haakon, aber ihr Neffe war beschäftigt und sie konnte dabei sitzen und sich ausruhen.

„Wo is' No-Wegen?"

„Norwegen? Hier." Ava nahm Sigurds kleine Hand und führte sie Richtung Skandinavien.

Er zeigte auf England und als sie den Kopf schüttelte, suchte er weiter und landete bei Deutschland. „Beinahe richtig. Das ist das Land, aus dem die Eltern von deiner Mama kommen." Lächelnd berührte sie die deutsche Nordseeküste, ließ dann den Finger übers Meer gleiten so wie früher die Wikinger ihre Boote mit den Drachenköpfen, mit denen sie bei ihren Raubzügen Ruhm und Reichtum suchten und Frauen erbeuteten. Weiter ging es nach Irland, nur eine kurze Überfahrt entfernt, ein Land, das ebenfalls von den nordischen Seefahrern geplündert worden war.

Lebhaft schilderte Ava die Geschichte ihrer Heimat, und als Sigurds Augen sich bei den Raubzügen vor Schreck weiteten, fügte sie schnell hinzu: „Dein Pa und deine Onkel hätten so etwas natürlich nie gemacht."

Sigurd nickte erleichtert. „Nein. Das is' nich' nett. Wir müssen's ihnen sagen."

„Ja, das müssen wir", antwortete Ava ernst und ergänzte augenzwinkernd, dass weder sie noch Fay jemals ausgeraubt worden waren.

In dem Moment kam Ida ins Zimmer gehinkt und setzte einen Korb mit gebügelter Wäsche ab.

Sigurd strahlte sie an. „Nanna!"

Ava zog ihn näher an sich heran. „Bevor deine Nanna zu uns kam, war sie in Louisiana. Das ist kein Land, sondern ein Bundesstaat. Und der ist …" Sie zog die Brauen zusammen. „Ehrlich gesagt, ich weiß nicht genau, wo der ist."

„Hier unten." Ida schlurfte zum Tisch und deutete mit einem knotigen Finger auf den Süden der Vereinigten Staaten.

„Und davor?", fragte Ava. „Woher kommen deine Vorfahren?"

„Von hier." In Idas Stimme schwang ein Hauch Stolz mit, als sie auf eine Inselkette in der Karibik zeigte. „Lange bevor meine Mama geboren wurde."

Avas Blick wanderte über das Papier, über die Meere und Kontinente, und sie fragte sich, in welchem Teil der Welt sich der Besitzer der Landkarte wohl aufhalten mochte. Ob es Haakon gut ging? Ob er überhaupt noch lebte? Hatte er Frau und Kinder, die seinen Namen trugen und sein Leben mit Freude erfüllten?

Oder war er allein und frei zu gehen, wohin immer er wollte?

Über all ihren Fragen stand eine, die sie bis heute quälte: Bereute er, was er getan hatte? Sie hatte ihn nie wiedergesehen nach dieser schrecklichen Stunde, und der Brief, den er nach seiner Flucht geschrieben hatte, war sehr kurz gewesen, nur ein paar hastig hingekritzelte Zeilen. Aber sie konnte sein Bedauern herauslesen. Eine kleine Flamme der Hoffnung, so schwach, dass sie die Dunkelheit kaum zu erhellen vermochte.

Ob Haakon aus der Situation etwas gelernt hatte? Ava hoffte es so sehr. Wo auch immer er war, ob allein oder mit seiner Familie – sie gab die Hoffnung nicht auf, dass das Leben ihn geformt hatte und dass er reifer und weiser geworden war. Und dass niemand durch ihn zu Schaden gekommen war, der schwächer war als er, so wie sie.

Sie würde es vielleicht nie erfahren, aber sie konnte für ihn beten. Denn dazu waren Gebete schließlich da.

Sigurd stand auf dem Stuhl und streckte die Arme nach Ida aus.

Sie nahm ihn hoch und sagte, mit dem Kinn auf die Karte deutend: „Siehst du, wir kommen alle von ganz schön weit her." Sie küsste ihn auf die Stirn und schob die blonde Locke beiseite, die immer dort baumelte. „Und jetzt sind wir alle hier. Zusammen."

Der Kleine schlang seine Arme um ihren Hals. „Ich hab' Hunger, Nanna." Das behauptete er seit mindestens einer Stunde.

„Dann wollen wir mal deinen hungrigen Bauch füllen." Lachend trug sie den Jungen in die Küche. „Aber wie wär's mit einem ‚bitte'?"

„Bitte. Und danke", kicherte Sigurd.

Während die beiden in der Küche beschäftigt waren, rollte Ava die Karte zusammen und stieg die Treppe hoch in den dritten Stock. Sie nahm die Schachtel aus der Kommode, in der Thor allerlei Krimskrams wie Münzen und einzelne Schlüssel aufbewahrte. Ganz unten lag ein Schlüssel, der rostig und leicht verbogen war. Ein Schauder lief ihr über den Rücken. Haakons

Schlüssel. Entschlossen ließ sie ihn in die Hemdtasche eines alten Hemds von Thor gleiten, das sie über ihrem Patchwork-Rock trug. Dann straffte sie die Schultern und ging wieder nach unten.

Thor war nicht zu Hause, er stattete Cora und ihren Töchtern einen Besuch ab. Da sie ihm versprochen hatte, sich allein nicht zu weit vom Haus zu entfernen, machte sie sich auf die Suche nach Jorgan. Beinahe war sie dankbar, dass Thor sie nicht begleiten konnte. Denn auch für ihn war es sicher nicht leicht, Haakons Hütte nach dem Vorfall zu betreten. Wenigstens ihm konnte sie diese Erfahrung ersparen. Schnellen Schrittes lief sie über den Hof. Der Wind war frisch und weiße Wolkenberge türmten sich am Himmel und ließen die Nähe des Meeres ahnen. Obwohl sich die Sonne nur zaghaft hervorwagte, dachte Ava an den spitzenbesetzten Sonnenschirm, den Thor ihr geschenkt hatte. Es würde nicht mehr lange dauern, bis das Baby und die langen, sonnigen Tage da wären, und sie war dankbar für Thors weise Voraussicht.

Sie fand Jorgan in der Scheune, wo er das Heu für die Pferde in die Futterraufen schaufelte. „Könntest du vielleicht mit mir zur Westhütte gehen?" Sie hatte ein schlechtes Gewissen, dass sie ihren Schwager wegen etwas so Nichtigem wie die Landkarte in ihrer Hand bei der Arbeit unterbrach. „Es wird nicht lange dauern, nur ein paar Minuten."

Jorgan stemmte eine weitere Gabel voll Heu in die Höhe. Hinter ihm spazierten zwei von Dottis Katzenkindern vorbei. „Ja, natürlich." Er schaufelte eine letzte Portion in die Raufe, dann lehnte er die Heugabel an die Wand, schnappte sich seinen Hut und wischte sich damit das Heu von seiner wollenen Hose. Dann setzte er sich den Hut auf und bedeutete ihr mit einer Geste, zuerst aus der Tür zu treten.

Schweigend folgten sie dem Pfad, der auf das schmale Waldstück zuführte, das zwischen dem Haupthaus und Haakons Hütte lag. Ava hatte anfangs versucht, höflich Konversation zu machen, aber als sie die ersten Bäume erreichten, blieben ihr die Worte im Hals stecken. Seit Ewigkeiten war sie diesen Weg nicht mehr gegangen. Zögerlich setzte sie einen Fuß vor den anderen. Nun, vielleicht war es an der Zeit.

Als sie das letzte Mal auf Haakons Land gewesen war, hatten die Herbstwinde in den Bäumen gerauscht und einen nahen Winter versprochen. Und Haakon hatte sie mit seinen durchdringenden blauen Augen angeschaut. Inzwischen konnte sie sich kaum noch an sein Gesicht erinnern. Die Wiesen waren übersät mit fedrigen Wildblumen und statt des blonden Wikingers mit den blitzenden Augen und der sanften Stimme betörte der Duft der Blumen ihre Sinne.

Jorgan ging mit festem Schritt sicher und gleichmäßig an ihrer Seite. Als sie den Waldrand erreichten und Ava das Blockhaus sah, verlangsamte sie unweigerlich ihren Schritt. Es stand inmitten einer hohen Wiese mit wogendem Gras, ein bescheidenes Häuschen mit einer halb fertigen Küche und einem spärlich möblierten Wohnzimmer im Erdgeschoss und einem Dachgeschoss, in dem sie nie gewesen war.

Ava hielt die Karte umklammert und zwang sich, durch den Vorgarten zum Haus zu gehen. Alles wirkte leer und verlassen und war von Unkraut überwuchert. Als sie die Verandatreppen hochstieg, knarrten die alten Bretter zum Gruß, als sehnten sie sich danach, dass dieser Ort wieder mit Leben gefüllt würde.

Jorgan war mit etwas Abstand im Garten stehen geblieben. „Soll ich mit reinkommen?“, wollte er wissen.

„Es dauert bloß einen Augenblick“, rief Ava ihm zu und fischte den Schlüssel aus der Hemdtasche. Es klickte leise, als sie ihn im Schloss umdrehte, und wider Erwarten sprang die Tür sofort auf. Ava schluckte. Die Erinnerung stürzte mit ungeahnter Wucht auf sie ein. Mit zitternder Hand drückte sie die Klinke und trat ins Halbdunkel.

Die abgestandene Luft im Haus roch nach modrigem Holz. Ein frischer Wasserfleck war in einer Ecke zu sehen und die Vorhänge waren ausgeblichen vom Sonnenlicht. Ava trat ans Fenster und befühlte den Stoff – so wie damals, als Haakon neben ihr gestanden hatte. Sie war es gewesen, die diese Vorhänge für ihn genäht und zur Hütte gebracht hatte. Er hatte die Vorhangstange eingehängt und ihr diesen Seitenblick zugeworfen, der sie hatte frösteln lassen. Von dem Moment an war in ihr ein ungutes Gefühl entstanden. Dann sein Flehen, sein Drängen – doch sie hatte ihr Herz bereits an Thor verloren gehabt und ihn abgewehrt.

Sie schauderte bei dem Gedanken an das, was danach geschehen war. Hastig legte sie die Landkarte auf einen wackligen Tisch und wandte sich zum Gehen. Keine Minute wollte sie länger hierbleiben. Sie stürzte nach draußen, zog hastig die Tür hinter sich zu und drehte den Schlüssel um.

Als sie sich umdrehte, bemerkte sie am Himmel einen kleinen weißen Fleck und als sie den Kopf in den Nacken legte, sah sie, wie die einsame Möwe in die Wolken eintauchte. Ava ging zurück zu Jorgan, den Seevogel immer noch im Blick, der jetzt über den Baumwipfeln seine Kreise zog. Die Möwe stieß einen klagenden Schrei aus, als sehnte sie sich nach ihrer Heimat, dem Ozean.

„Du bist ganz schön weit weg von zu Hause, kleiner Vogel." Ava fröstelte und schlang die Arme um den Körper, dankbar für Thors Hemd und den vertrauten, erdigen Geruch, den es trug. „Aber ich bin sicher, du wirst es schaffen", flüsterte sie in den Wind.

Als sie Jorgan erreichte, drehte die Möwe um und flog zurück Richtung Meer und ihr Flügelschlag war sicher und gleichmäßig. Dann breitete sie die Schwingen aus und stieg höher und höher in den Himmel, mit einer Entschlossenheit, die nur jemand hat, der sein Ziel kennt. Und Ava dachte an all die Verlorenen, die genauso wie dieser Vogel den Weg nach Hause finden konnten, wenn sie es nur wirklich wollten.

Sieben

24. April 1895
Speightstown, Barbados

Die Crew stand an Deck, als die karibische Sonne sank und den Hafen in ein goldenes Licht tauchte. Der runde Feuerball am Horizont schickte seine Strahlen über das glitzernde Wasser zum Schiff und über die frisch gebeizten Planken. Nach so vielen Wochen auf See wieder an Land zu gehen, war wie ein Nachhausekommen und Haakon durchströmte ein warmes Gefühl.

Die Formalitäten waren erledigt, die Hafengebühren bezahlt und der Preis für das Eis mit dem Schiffsagenten ausgehandelt. Die Preise lagen überall zwischen zehn und fünfundzwanzig Cent pro Pfund. Der bevorstehende Sommer, die zahlreichen wohlhabenden Engländer und Plantagenbesitzer der Insel und eine Schiffsbesatzung, die bezahlt werden wollte – all das hatte die Diskussion über die Preise reichlich aufgeheizt.

Hinter dem Hafengelände erstreckten sich weiße Sandstrände, wo hohe Palmen sich sanft im Wind wiegten. Der Hafen selbst war umgeben von imposanten Häusern im Kolonialstil und bescheidenen Hütten. Einheimische durchkämmten das Gelände auf der Suche nach Arbeit oder einer Gelegenheit, ihre Waren zu verkaufen. Ihre Stimmen erfüllten die Luft, Englisch mischte sich mit dem Inseldialekt – eine willkommene und vertraute Geräuschkulisse.

Haakon lehnte am Großmast und wartete auf das Signal zum

Entladen. Sein Magen knurrte trotz des Frühstücks, das aus Schiffszwieback und gepökeltem Schweinefleisch bestanden hatte. Mehr als alles andere sehnte er sich nach frischem Obst. Nur noch wenige Stunden, dann durfte er an Land gehen und essen, was und so viel er wollte. Bis dahin versuchte er zu ignorieren, wie sein Magen sich über das karge Frühstück beschwerte. Zu allem Überfluss lief auf dem Dock eine Frau vorbei, die auf dem Kopf einen Korb mit Obst und anderen Köstlichkeiten balancierte. Ihre Haut war schokoladenfarben und sie hatte ein buntes Tuch um ihr Haar geschlungen, so wie Idas Schwester Cora und ihre Nichte Tess es gerne trugen.

Ein Anflug von Heimweh durchströmte ihn bei dem Anblick und Haakon zwang sich, seine Aufmerksamkeit auf die Verhandlungen der Schiffsagenten zu richten. Das Verhandeln der Preise war in jedem Hafen eine langwierige, zermürbende Prozedur. Und nicht selten kam es vor, dass sie ihre empfindliche Fracht – die Arbeit eines ganzen Winters – aus schierer Verzweiflung unter dem Marktwert verkaufen mussten. Noch schlimmer war, wenn ihnen ein anderes Schiff zuvorgekommen war und sämtliche Eishäuser der Stadt bereits bis zum Rand gefüllt hatte. Haakon konnte sich noch lebhaft daran erinnern, wie sie ihre gesamte Schiffsladung im Meer versenken mussten. Wie sie tonnenweise Eisblöcke über Bord gehievt und dem warmen Wasser der Bucht preisgegeben hatten, denn Schmelzwasser im Laderaum hätte die Stabilität des Schiffes gefährdet.

Ruhelos scharrte er mit den Stiefeln und verscheuchte eine Fliege, die um seinen Kopf herumschwirrte. Tate stand daneben und seufzte. Die Verhandlungen zogen sich scheinbar endlos in die Länge, was selbst den Bootsmann nervös machte, der gewöhnlich die Ruhe selbst war.

Endlich wurde das Signal zum Löschen der Ladung gegeben. Nach langem Feilschen hatte man sich auf einen Preis geeinigt.

Tate stand an Deck und erteilte Befehle. Die Crew machte sich an die Arbeit, beflügelt durch die allgemeine Geschäftigkeit und die Tatsache, dass das Warten endlich ein Ende hatte. Unten im Laderaum bedienten die Männer einen Flaschenzug, der mit einer Hebevorrichtung mit stählernen Greifzangen verbunden war, und zogen ächzend den ersten Block hoch. Haakon manövrierte die kalte, rutschige Fracht oben an Deck mit einer Eiszange. Er arbeitete rasch und konzentriert, denn ein dreihundert Pfund schwerer Eisblock konnte einem Mann die Knochen zermalmen, wenn er wegrutschte. Alle Seeleute kannten die Gefahr und waren besonders vorsichtig, während sie die gefrorene Ladung die Rampe hinunter zu den wartenden Wagen beförderten, die sie dann auf dem schnellsten Weg in die Eiskeller und Kühlhäuser brachten.

Haakon sicherte weitere Blöcke und schleifte sie über das Deck – wieder und wieder, bis seine Muskeln schmerzten und sein Atem stoßweise ging. Es war eine schwere, nasse Knochenarbeit. Die Kälte des Eises drang durch die Handschuhe, bis seine Hände taub und gefühllos wurden. Unermüdlich machte er weiter und schob die schweren Blöcke über die Planken zum nächsten Mann in der Reihe. Die Muskeln in seinen Armen und seinem Rücken waren bis aufs Äußerste angespannt. Kleine Eisstücke bedeckten den Boden und knirschten unter den Stiefeln wie Schnee. Die Crew arbeitete wie eine gut geölte Maschine, schnell, ausdauernd und mit äußerster Sorgfalt, um die kostbare Fracht nicht zu beschädigen.

Den größten Teil des Tages waren sie mit dem Löschen der Ladung beschäftigt, bis endlich der letzte Eisblock aus dem Laderaum gehoben, übers Deck und die Rampe hinunter geschleift und auf die Wagen verladen war. Die erschöpften und durchnässten Matrosen feierten das Ende der Arbeit mit Jubelrufen und lautem Gejohle. Dann machten sie sich daran, das Wasser aufzuwischen und die Werkzeuge wegzuräumen. Der Kapitän kam, tippte sich an die Mütze und bedankte sich bei der Crew, schüttelte den umstehenden Seeleuten die Hand und ließ auch den kleinsten Schiffsjungen nicht aus. Ein Handschlag vom Kapitän war eine besondere Ehre und sie hatten alle hart dafür gearbeitet.

Auch Haakon gab dem Kapitän die Hand. Er war diesem Mann immer noch dankbar, dass er damals im Hafen von Norfolk als unerfahrene Landratte bei ihm hatte anheuern dürfen. Die Schrammen und blauen Flecken, die Thor ihm verpasst hatte, waren noch nicht verheilt gewesen, als er den Vertrag unterschrieben hatte. Und nun hatte er mehr als ein halbes Dutzend Mal den Atlantik überquert und die Küsten der nördlichen Halbkugel gesehen. Ein Abenteuer, von dem er als kleiner Junge schon geträumt hatte.

Er mochte die vergangenen Jahre nicht missen, aber er hätte alles dafür gegeben, um dieses eine Ereignis in der Vergangenheit rückgängig zu machen, das Thor an jenem unseligen Tag die Tür der Hütte hatte aufbrechen lassen.

Ein Deckarbeiter wischte die Planken mit einem triefenden Lappen und Haakon trat beiseite. Er stellte sich hinter seine Kameraden in die Reihe, um seine Heuer in Empfang zu nehmen. In der Regel bekamen die Matrosen nach dem Verkauf der Ladung zunächst die Hälfte ihres Gehalts, doch diesmal erhielten sie den vollen Betrag, denn die Eissaison war zu Ende und der Hafen von Speightstown ihre letzte Station.

Die meisten von ihnen heuerten gleich für die nächste Saison an. Aus Loyalität und Gewohnheit hätte auch Haakon sich beinahe wieder in die Liste eingetragen, doch dann hielt er inne und legte den Stift nieder. Seufzend tauschte er einen Blick mit dem Ersten Offizier und dem Bootsmann, der dabei war, von Bord zu gehen.

Ein paar Tage hatte er noch Zeit, um sich zu entscheiden. Er konnte später immer noch zurückkommen, nachdem er sich an Land die Beine vertreten und seine Gedanken geordnet hatte. Mit seinem Lohn in Pfund Sterling im Gepäck machte er sich in Richtung Markt auf. Er brauchte dringend neue Kleidung und Schuhe, denn seine Hemden und Stiefel hatten durch die Salzluft und die harte Arbeit gelitten.

Die Crew würde für ein paar Tage das Hafenleben auskosten,

während sich der Kapitän und der Erste Offizier um die neue Ladung kümmerten. Die *Le Grelotter* wurde den Sommer über für andere Güter wie etwa Zucker oder Gewürze gechartert, bis die Winde sie im Winter zurück nach Norwegen trugen.

Haakon atmete die Freiheit ein und schlenderte mit einer Gruppe von Seeleuten den Kai entlang. In der Bucht ankerten mehrere kleine Fischerboote. Am Ufer stapelten sich Körbe mit frischem Fisch, die auf Karren verladen und zum Markt gebracht wurden. Sein hart verdientes Geld hatte er sicher in einem Lederbeutel verstaut, den er unter seinem Hemd trug. Und jeder Taschendieb, der versuchen würde, ihm den Beutel zu entreißen, würde es bitter bereuen.

Der Markt befand sich hinter dem Strandabschnitt, inmitten von herrschaftlichen Häusern auf der einen und elenden Baracken auf der anderen Seite. Die Luft war gesättigt vom Duft der Gewürze und allen Arten von frisch zubereiteten exotischen Speisen. Tate holte sich geröstete Brotfrüchte und Haakon kaufte sich gegrilltes Fleisch, das er so gierig hinunterschlang, dass er sich die Finger und den Mund verbrannte. Er holte eine zweite Portion für Tate. Für sich kaufte er noch einen Becher Rum und leerte ihn in einem Zug. Während Haakon den hölzernen Becher zurückgab, begutachtete Tate einen farbenfrohen Damenfächer, den er vorsichtig hin und her drehte, öffnete und wieder schloss.

Haakon trat neben seinen Freund. „Das ist nicht dein Ernst?"

Tate lachte. „Ich brauche noch ein Geschenk." Er legte den Fächer zurück.

„Du planst ernsthaft, nach Hause zu fahren?" Haakon kaufte sich ebenfalls eine geröstete Brotfrucht und ließ das zarte Fleisch genüsslich auf der Zunge zergehen. Der Geschmack ähnelte dem einer Kartoffel, nur süßer, und war eindeutig das Beste, was er in den letzten Wochen gegessen hatte.

Tate nahm einen Bissen von dem gewürzten Fleisch. „Sobald ich von hier eine Überfahrt in die Staaten kriege. Ich werde mich morgen mal umhören. Letzte Woche habe ich mit dem Kapitän gesprochen und meine Kündigung bekannt gegeben. Er war zwar enttäuscht, hatte aber volles Verständnis."

Haakon verschluckte sich beinahe an seinem Bissen. „Es ist dir also ernst."

„Klang es so, als würde ich scherzen?"

„Das heißt, du gehst tatsächlich von Bord."

Tate nickte. „So ist es."

„Was ist mit deinem Bruder?" Timothy Kennedy war eine Saison auf der *Le Grelotter* gesegelt, hatte aber dann bei einem norwegischen Reeder angeheuert, der gut bezahlte und ausschließlich die Nordsee befuhr. Sie begegneten sich hin und wieder, wenn ihre Wege sich kreuzten, hatten ihn aber schon viele Wochen nicht mehr gesehen.

„Tim geht es gut. Er ist zufrieden mit seinem Leben." Tate riss ein Stück Fleisch ab und leckte sich die Finger.

„Du hast ihn nicht überredet mitzukommen?"

„Er ist ein erwachsener Mann. Er weiß, was er tut."

Es war nicht Tates Art, sich in fremde Angelegenheiten einzumischen, weder bei seinem Bruder noch bei Haakon.

Dabei würde es die Dinge so viel einfacher machen, wenn er es täte.

Haakon stellte plötzlich fest, dass sie vor einer einschlägigen Kneipe stehen geblieben waren. Im oberen Stockwerk lehnte sich eine füllige Insulanerin über die Brüstung und winkte ihnen zu. Ihre Haut hatte die Farbe von geschmolzener Schokolade und stand in starkem Kontrast zu ihren kirschroten Lippen. Es dauerte nicht lange, bis noch mehr Frauen auf dem Balkon erschienen und versuchten, das Interesse der neu angekommenen Matrosen zu wecken. Tate warf ihnen einen Seitenblick zu, schaute dann auf seine Schuhspitzen und vergrub die Hände in den Taschen. Es war ihm sichtlich unwohl in der Situation.

Haakon grinste, als sie weiterschlenderten. Warum sein Freund in all den Jahren wie ein Mönch lebte, war ihm unbegreiflich. Ganz im Gegensatz zu ihm, der die Gelegenheit nach weiblicher Gesellschaft ergriff, wann immer sie sich bot. Doch während die meisten Seeleute bald nach dem Anlegen das nächstbeste Etablissement ansteuerten, wartete Haakon auf den rechten Augenblick, was potenzielle Eroberungen betraf.

Er vermied es, sich mit den leichten Mädchen in den Tavernen einzulassen, um den unangenehmen Folgen zu entgehen, die einige seiner Kameraden plagten. Außerdem liebte er die Herausforderung und war eher auf die jungen einheimischen Frauen der Umgebung aus. Sie zu verführen, war nicht immer leicht, aber genau das reizte ihn daran.

Nur mit der Witwe Jönsson war alles ganz anders gewesen. Sie schien zu keiner Zeit damit gerechnet zu haben, dass sich eine Romanze zwischen ihnen entwickeln könnte. Ihre Aufrichtigkeit rührte ihn und beinahe hätte er sich seiner Absichten geschämt. Und er wunderte sich, dass er immer noch an sie denken musste.

Haakon hatte sie zuerst nur von ferne gesehen, als sie nach ihrer Ankunft mit der Eisernte begonnen hatten. Offenbar lebte sie allein auf der Farm mit ihren Kindern und ihren Ziegen, denn einen Mann hatte er nie entdecken können. Und das brachte ihn auf die Idee, sie zu fragen, ob sie vielleicht etwas Ziegenmilch für die Schiffsbesatzung verkaufen würde. Der Kapitän war einverstanden und Haakon hatte sich als Freiwilliger gemeldet, um den Hügel zu ihrer kleinen Farm hochzusteigen. Der Handel war bald geschlossen und so kam die Crew jeden Morgen in den Genuss frisch gemolkener Ziegenmilch. Am ersten Tag hatte die Frau kaum gesprochen, aber am zweiten erfuhr er, dass sie ihren Mann erst vor wenigen Monaten beerdigt hatte. Am dritten entdeckte er ein Loch im Weidezaun und fragte sie, ob er es für sie reparieren konnte.

So gingen fast drei Wochen ins Land, in denen er sie täglich sah und versuchte, ihr den Hof zu machen. Und obwohl die Vertrautheit zwischen ihnen nicht das von ihm gewünschte Resultat erbrachte, wuchs sie ihm in einer Weise ans Herz, wie er es noch nie erlebt hatte. Umso mehr ärgerte es ihn, dass er sich nicht an ihren Namen erinnern konnte.

Außerdem hatte er das Gefühl, dass sie ihn durchschaut hatte. In jener Nacht im Stall, als sie sich um das neugeborene Zicklein kümmerten, hatte sie ihn mit diesem ganz besonderen Blick angeschaut. Das zarte, flauschige kleine Wesen im Arm, hatte sie mit leiser Stimme gesagt, dass sie noch nie einen Mann mit einer solchen Verlorenheit und Leere in seinen Augen kennengelernt habe. Es war, als hätten Tausende von Meilen zwischen ihnen gelegen, obwohl sie in dieser kalten Schneenacht Seite an Seite beisammengesessen hatten. Und Haakon hatte sich ertappt gefühlt, wie nah sie der Wahrheit gekommen war. Es war einer der Gründe gewesen, weshalb er sich an jenem Morgen aus der Scheune gestohlen hatte, ohne sie zu wecken. Er mochte es nicht, sich von Fremden in die Karten, geschweige denn in die Seele schauen zu lassen. Bei ihr war es, als könne sie seine innersten Gefühle und Gedanken lesen. Dabei wusste sie nichts von seinem Leben. Sicherlich war sie nicht so naiv zu glauben, dass es keine anderen Frauen in seinem Leben gegeben hatte. Aber sie konnte nichts wissen von Ava und der Schuld, die er auf sich geladen hatte.

Mehr als alles andere wünschte er sich, die Dinge in Ordnung zu bringen – er wusste nur nicht, mit wem er zuerst sprechen sollte: mit der Frau aus Kristiansand oder der Frau, die er in Blackbird Mountain zurückgelassen hatte. Beide waren in entgegengesetzten Teilen der Welt, dazwischen lag der Atlantik. Doch Amerika war näher als Norwegen. War dies ein Zeichen? Und war er wirklich bereit? Er musste es sein.

Ein alter Mann, der auf einer Steintreppe saß, riss Haakon aus seinen Gedanken. Sein Rücken war gebeugt und seine Beine so dünn, als könnten sie sein Gewicht nicht tragen. Neben ihm lehnte ein knorriger Stock als Krücke. Doch was Haakons Aufmerksamkeit auf sich zog, war der Korb mit Kokablättern.

Er nahm ein paar Geldstücke aus seinem Beutel und drückte

sie dem Mann in die Hand. Der Händler zählte sechs Blätter ab und legte sie auf einen Fetzen groben Stoff. Haakon schüttelte verärgert den Kopf. Er zeigte auf den Korb und gestikulierte nach mehr, doch der Mann zuckte die Schultern und sagte etwas in einer Sprache, die er nicht verstand.

Hilfesuchend blickte Haakon zu Tate, der sich als Bootsmann mit vielen Sprachen vertraut gemacht hatte, sodass er sich überall verständigen konnte, doch der weigerte sich, für ihn zu übersetzen.

„Bitte!“ Haakon klang verzweifelt.

„In diesem Fall, nein, mein Freund. Tut mir leid.“

Haakon kramte die wenigen französischen Worte hervor, die er kannte und die in den meisten Situationen gut ankamen. Doch die Augen des Mannes weiteten sich erstaunt und zogen sich dann ärgerlich zusammen, bevor er ihm eine wütende Antwort entgegenschleuderte.

Nun kam Tate ihm doch noch zur Hilfe. „Was machst du da?“, fuhr er Haakon an. Zu dem alten Mann sagte er: „*Je vous demande pardon*“, und etwas, was Haakon nicht verstand – wahrscheinlich, dass er geisteskrank und deshalb nicht zurechnungsfähig sei, um den Händler zu besänftigen. Er beendete seine Erklärungen mit einer weiteren Entschuldigungsfloskel: „*Veuillez m'excuser.*“

„*Veuillez m'excuser*“, echote Haakon und deutete wieder auf den Korb. Wie gut, dass er Tate als Dolmetscher hatte.

Sein Freund nahm die Brille ab und begann, sie mit dem Saum seines Hemdes zu polieren. „Er sagt, das ist alles. Mehr kriegst du nicht.“

Ärgerlich griff Haakon in seinen Beutel und nahm einen Betrag heraus, von dem ein Insulaner zwei volle Wochen leben konnte. Der Händler sah erstaunt auf. „Sag ihm, dass ich mehr will. Das Geld sollte wohl reichen.“ Er brauchte den Stoff, denn in den kommenden Wochen würde er all seinen Mut zusammennehmen müssen – mehr als jemals zuvor in seinem Leben.

„Du weißt, dass ich dir *dabei* nicht helfen werde", erwiderte Tate.

„Bitte!"

Doch der Bootsmann wandte sich ab und ging weiter.

Mit zusammengebissenen Zähnen ging Haakon in die Hocke und hielt dem Händler das Geld hin. Der alte Mann nickte zufrieden und zählte ohne Eile zwei Dutzend Blätter ab. Als Haakon wartete, fügte er noch vier weitere hinzu.

Dann band er die Blätter mit einem Grashalm zusammen und überreichte sie dem Käufer. Blätter, die in manchen Teilen der Welt nicht mit Gold aufzuwiegen waren. Man gab sie sogar den Toten mit ins Grab. Haakon verstaute das Päckchen sorgfältig in seinem Lederbeutel, den er immer um den Hals trug. Später würde er einige davon in seinem Seesack verstecken, als eiserne Reserve, von der niemand etwas zu wissen brauchte. Wenn er seinen Vorrat weise einteilte, würde er für ein paar Monate reichen. Was danach kam, daran wollte nicht denken. Noch allzu gut wusste er, was Thor durchgemacht hatte, obwohl er das Trinken freiwillig aufgegeben hatte. Der Entzug war furchtbar gewesen.

Haakon zog die Kordel straff, versteckte den Beutel unter seinem Hemd und setzte seinen Weg fort. Koka war in den Vereinigten Staaten nicht erhältlich, schon gar nicht in Blackbird Mountain.

Der Gedanke, wirklich nach Hause zurückzukehren, erfüllte ihn gleichermaßen mit Nervosität und freudiger Erregung.

So schnell er konnte, lief er über den ganzen Marktplatz, bis er Tate einholte. Außer Atem griff er seinen Freund beim Arm, fester, als es nötig gewesen wäre, und bat ihn keuchend und nach Luft ringend, auch für ihn einen Platz für die Überfahrt nach Amerika zu sichern.

Acht

5. Mai 1895
Blackbird Mountain, Virginia

Obwohl die Erinnerung an jene Zeit verschwommen war wie ein Nebeltag, dachte Thor plötzlich daran, wie er auf dem Treppenabsatz geschrien und getobt hatte und seine Brüder mit aller Kraft versucht hatten ihn zurückzuhalten. Es war kurz nach seinem achtundzwanzigsten Geburtstag gewesen. Tagelang hatte er sich in die Dachkammer einschließen lassen, um sich selbst und die anderen zu schützen, wenn die Halluzinationen kamen, die der Alkoholentzug mit sich brachte. Es war seine freie Entscheidung gewesen, denn er wollte nicht länger an der Flasche hängen.

Doch im Delirium war er aus dem Zimmer ausgebrochen und Haakon, der sich der Gefahr bewusst gewesen war, hatte ihn auf dem Weg die Treppe hinunter verfolgt und im Flur mit voller Wucht gegen die Wand gerammt, dass die Balken krachten. Auch Jorgan hatte mit ihm gerungen und selbst Idas Neffe Al war herbeigerannt, um zu helfen. Doch Thor hatte sich nicht aufhalten lassen und hatte die drei wie von Sinnen mit sich geschleift. Er hatte getreten, geboxt und um sich geschlagen, nur um freizukommen. Dann war er auf dem untersten Treppenabsatz vor Erschöpfung zusammengebrochen.

Drei Männer gegen einen – und trotzdem hatten sie kaum eine Chance gehabt gegen Thor.

Wieso musste er auf einmal daran denken? Weil seine Hand

zitterte, als er die Schachtel mit der Munition aus dem Waffenschrank nahm?

Er stellte die Schachtel beiseite, holte Haakons messingbeschlagene Winchester heraus und legte das Repetiergewehr daneben. Sein Gesicht war gerötet, aber die Arbeit war leicht genug, dass er dabei nicht außer Atem geriet. Etwas mit ihm war nicht in Ordnung und es beunruhigte ihn zutiefst. Bisher hatte er gegen jeden und alles gekämpft, was sich ihm in den Weg stellte. Aber mit dem unbekannten Leiden, das ihn plagte, war es anders ... Es ließ sich von ihm nicht einschüchtern.

Im Gegenteil. Diese Krankheit hatte ihn fest im Griff und wenn sie ihn zerstören wollte, dann leistete sie gute Arbeit dabei. Aber er würde kämpfen, so wie damals auf der Treppe mit Jorgan und Haakon, und dann würde sich zeigen, wer der Stärkere war. So leicht würde er nicht aufgeben. Es musste einen Weg geben ... Etwas, woran er noch nicht gedacht hatte.

Thor kontrollierte Haakons Gewehr und stellte fest, dass es nicht geladen war. Es war eine Winchester Yellowboy aus dem Jahr 1866 und Haakon hatte lange dafür gespart. Eigentlich wollte Thor Haakons Sachen nicht anrühren, aber die Winchester war eine zuverlässige Waffe und außerdem durch die Messingverzierungen eine begehrte Beute für jeden Dieb, falls noch einmal in die Mosterei eingebrochen wurde. Thor nahm eine Schachtel großkalibriger 44er-Patronen aus dem Schrank. Er und Jorgan hatten ein Arsenal von Handfeuerwaffen und Patronen im Haus, doch im Ernstfall würde er die 44er benutzen.

Mit dem Ärmel wischte sich Thor den kalten Schweiß von der Stirn. Eisern kämpfte er gegen die Schwäche in den Beinen und den Drang, sich hinzusetzen.

Der Patchwork-Rock wippte sanft, als Ava die geräumige Werkstatt betrat, um Thor Gesellschaft zu leisten, wie sie es oft tat. Sie trat an seine Seite und berührte ihn leicht am Arm, so wie es die meisten Menschen taten, wenn sie ihn auf sich aufmerksam machen wollten. Doch Ava hatte bereits seine ganze

Aufmerksamkeit, sobald sie den Raum betrat. Und auch dann, wenn sie nicht im Raum war. Thor schenkte ihr ein warmes Lächeln. Als sie zurücklächelte, sah er die Besorgnis in ihren Augen.

„Wie fühlst du dich?"

Thor machte die Gebärde für *gut*, indem er Daumen und Zeigfinger zu einem Kreis schloss. Im selben Moment wurde ihm klar, dass er seiner Frau gegenüber nicht ehrlich war, und er hob die Hand vor die Brust und machte eine rasche, wegwerfende Abwärtsbewegung für *schlecht*.

Sorge spiegelte sich in Avas Gesicht. „Kann ich irgendwas für dich tun?"

Bleib, bat er sie.

Ava nahm seine Hand und drückte sie. Dann wandte sich Thor wieder dem Schrankinhalt zu. Seine Frau ging um ihn herum und sah sich in der Mosterei um. Oft sah man Ava und Fay zwischen den Regalen, wie sie die Vorräte kontrollierten, Gläser abstaubten oder berieten, welche Produkte sie noch ausprobieren könnten. Ava beschloss, ein wenig aufzuräumen, wobei sie stets in Thors Nähe blieb, und er freute sich über ihre Gesellschaft.

Sie nahm den Besen und kehrte getrocknete Apfelblätter aus einer Ecke hinter einem Stapel Obstkisten und ein federleichter Hauch von Herbst wehte durch den Raum. Als sie fertig war, räumte sie eine Ansammlung schmieriger Lappen weg, die neben der Apfelpresse lagen. Die Presse nahm in der Mosterei den größten Raum ein, doch sie würde erst in ein paar Monaten wieder benutzt werden, wenn die Erntezeit begann.

Ava gab ein Handzeichen, um Thor auf sich aufmerksam zu machen, und er las von ihren Lippen: „Wir sollten einen Namen für ein Mädchen aussuchen."

War sie deshalb zu ihm gekommen? Seine Mundwinkel hoben sich zu einem Lächeln. *Du Idee?*, gebärdete er.

„Ein paar Ideen hätte ich schon, aber ich weiß nicht, ob sie dir gefallen werden. Und du?"

Auch. Welche Namen?

„Ich fände einen Blumennamen schön. Vielleicht Rose oder Jasmin. Oder Iris."

Unwillkürlich verzog Thor das Gesicht. Die Norgaards stammten aus einem alten Wikingergeschlecht und trugen allesamt traditionelle nordische Namen, selbst Grete, ihre alte Hündin. Er wollte kein Kind Iris nennen.

Ava sah ihn belustigt an. „Ich kann dir ansehen, was du denkst."

Kannst du nicht. Thors Züge wurden weicher und er nahm zwei Schachteln Schrotmunition aus dem Schrank.

„Oh, doch!" Ava stemmte die Hände in die Hüften, machte sich so groß wie möglich und sagte mit betont ernstem Gesicht: „Alle Norgaards brauchen gute, alte, solide Wikingernamen!" Sie machte eine Faust und reckte sie hoch in die Luft. „Namen wie Ulf oder Torstein."

Thor lachte, aber er musste zugeben, dass sie recht hatte. Doch als Ava von Blumen gesprochen hatte, war ihm ein Name durch den Kopf gegangen und er buchstabierte T-U-S-E-N-F-R-Y-D.

Sie zog verwirrt die Brauen zusammen. „Was ist das?"

Er wiederholte die Buchstaben, diesmal langsamer.

„Tusenfryd?"

Thor nickte, schloss die Hand zur Faust und tat so, als würde er vorsichtig mit zwei Fingern Blütenblätter zupfen. *Gänseblümchen. N-O-R-W-E-G-I-S-C-H.*

„Oh." Ava wiederholte den Namen, zögerlich, wie es schien. Vielleicht klang er fremd in ihren Ohren? Er wusste es nicht. Er wusste nur, dass er die Bewegung der Buchstaben auf seiner Hand mochte. Die Art, wie man sie formte. Er fühlte sich gut an, vollkommen und schön.

Avas Rock schleifte über den Boden, als sie einen Schritt zur Seite machte. „Tusenfryd. Kleine Tusie", sagte sie zu sich selbst. „Tusie-Schatz."

Thor grinste, wohl wissend, dass sie den Namen in allen Variationen ausprobieren würde, bevor sie ihm eine Antwort gab.

Er betrachtete sie, wie sie dort stand, in Gedanken versunken und mit ihrem gerundeten Bauch, in dem ihr gemeinsames Kind schlummerte wie eine Knospe. Kein Wunder, dass Ava an Blumen dachte. Jetzt im Frühling war ihre Haut immer noch blass vom Winter und ließ die Sommersprossen auf ihrer Nase und ihren Wangen deutlich hervortreten. Ihr Haar fiel ihr bis zur Hüfte und leuchtete wie Bernstein. Thor wünschte sich wie so oft, dass er Worte hätte, um ihr zu sagen, wie schön sie war und wie sehr er sie liebte.

Wie lange war es her, dass sie gemeinsam den Freuden eines Ehepaars nachgegangen waren? Es mussten Wochen sein. Sein gesundheitlicher Zustand und ihre zunehmende Müdigkeit sorgten dafür, dass die Nächte nur noch zum Schlafen da waren.

Thor räusperte sich und Ava lächelte ihm über die Schulter zu.

Vielleicht war jetzt der Moment …

Er stellte die Kisten mit der Munition auf die Werkbank, ging zu seiner Frau und schob sanft ihren Zopf beiseite, um ihren Nacken zu küssen, als sich die Tür öffnete.

Natürlich.

Jemand trat ein, doch das hereinflutende Licht war so hell, dass er zuerst nicht erkennen konnte, wer es war. Peter.

Der junge Mann stockte und blickte von Thor zu Ava, deren Wangen sich mit Röte überzogen hatten.

„Entschuldigung. Komme ich gerade ungelegen?“

Thor, dem so schnell keine Antwort einfiel, warf ihm einen finsteren Blick zu.

Peters Hemd hatte Schweißflecken von der Arbeit bei den Apfelbäumen und er wischte sich mit dem Ärmel über die Stirn. Sein leichtes Grinsen verschwand, als er sagte: „Ich wollte mit euch über meinen Großvater sprechen … und über meinen Pa.“

Jed und Harlan. Ava zog es vor, die beiden allein zu lassen, drückte rasch Thors Hand und entschuldigte sich. Thor sah, wie die Tür hinter ihr zufiel, und wandte sich Peter zu. Vier Jahre war es her, seit sich die Familie Sorrel in zwei Lager gespalten hatte – Jed und sein Gefolge und die anderen, die geblieben waren und die in friedlicher Nachbarschaft mit den Norgaards lebten. So wie sich die Dinge zugespitzt hatten, konnte es keinen wichtigeren Botschafter geben als Jeds eigenen Enkel. Und Thor musste zugeben, dass er sich manchmal insgeheim doch fragte, ob Peter, sollte es hart auf hart kommen, seinem eigenen Klan in den Rücken fallen würde. Doch bisher hatte der junge Sorrel in all den Jahren seine Treue bewiesen.

„Keiner von meinen Leuten hat irgendwas gesehen oder gehört. Aber das heißt nicht, dass die beiden nicht da sind." Peters Stimme klang dunkel und ernst, doch sein Blick war fest und unerschrocken, als er sagte: „Ma glaubt nicht, dass Pa und Grandpa zurückkommen – aber wir wissen, dass sie oft genau das tun, was man am wenigsten erwartet."

Nach der Drohung an der Hauswand hatte Thor keine Zweifel, dass Jed und seine Männer nur einen Steinwurf entfernt waren und irgendwo in der Nähe in den Wäldern ihr Camp aufgeschlagen hatten.

Und es würde ihn nicht wundern, wenn sie das Haus beobachteten und genau wussten, dass Ava den Weg hierher allein zurückgelegt hatte.

Der Gedanke versetzte ihn in Panik und Jorgan und er mussten alles tun, was in ihrer Macht stand, um die Farm und ihre Familien zu beschützen. Wenn diese Verbrecher in der Nähe waren, würden sie nicht für immer unsichtbar bleiben und bald ihre Deckung aufgeben. Peters Vater hatte sich schon als vermeintlicher Taubstummer ausgegeben und den Doktor getäuscht. Thor hoffte, dass sein Brief an die Forschungsgesellschaft endlich Licht in die Sache bringen würde. Und dass sie beim nächsten Schachzug der Sorrels besser vorbereitet sein würden.

Thors Muskeln schmerzten und er zog sich einen Stuhl heran.

Peters Mund bewegte sich von Neuem, doch die Umrisse verschwammen vor Thors Augen und er machte die Gebärde für *wiederholen*.

„Ist alles in Ordnung bei dir?"

Es war leichter, sich vor Ava eine Schwäche einzugestehen als vor Peter und er antwortete mit einer Handbewegung für *es geht so*.

Peter sah ihn zweifelnd an. „Pa steht in zwei Counties auf der Fahndungsliste und Grandpa in noch viel mehr. Und die Liste der Straftaten ist ellenlang. Heute kam ein Sheriff aus Roanoke und hat unser Haus vom Keller bis zum Dachboden durchsucht. Jetzt kämmen sie die ganze Umgebung durch, aber ich glaube, sie werden nicht viel finden. Und wenn Pa und Grandpa Jed davon Wind bekommen, werden sie umso mehr auf der Hut sein."

Thor hoffte es. Aber er hatte seine Zweifel. Peter kaute an seiner Lippe, als ob er sich selbst nicht so sicher war.

Und ob der Sheriff hinter ihm her war oder nicht – Jed Sorrel war nicht der Typ, der auf seine Rache verzichten würde.

Aus dem Grund hatte Thor heute den Waffenschrank in Augenschein genommen.

Der Sheriff und seine Männer würden nicht ewig hierbleiben und dann hätten die Schurken in ihrem Hinterhalt freie Bahn.

Thor zog sein Notizbuch und einen Bleistiftstummel aus der Brusttasche und brachte die Frage zu Papier, die er Peter stellen wollte. Peter kritzelte seine Antwort in düsterem Schweigen, was den Ernst der Lage noch betonte. Während er wartete, nahm Thor sein Gewehr aus dem Schrank und ein extra Magazin Munition. Danach schloss er den Schrank sorgfältig ab.

Peter gab das Notizbuch zurück und Thor las die Antwort, was durch Peters eigenwillige Rechtschreibung erschwert wurde, aber er verstand in groben Zügen, welche Verbrechen den Sorrels angelastet wurden und wozu sie fähig waren. Ein Schauder überfiel ihn und er fühlte tiefes Mitleid mit den Opfern, während er die Seite herausriss und das Papier zusammenfaltete, um es später Jorgan zu zeigen. Sie mussten dringend einen Familienrat halten und alle warnen vor der Gefahr, die in den Wäldern lauerte.

Thor reichte Peter die Schachteln mit der Munition und das Gewehr. Am liebsten hätte er sich gleich an die Arbeit gemacht und die Schmiererei an der Wand beseitigt, aber er fühlte sich körperlich zu schwach. Er ging zurück zu seiner Werkbank, um das Kassenbuch zu holen und einen Stapel Rechnungen und Quittungen. Was er jetzt brauchte, war eine sitzende Tätigkeit, und er beschloss, sich bis zum Einbruch der Dunkelheit mit der Buchhaltung zu beschäftigen. Er war gerade dabei, die Papiere zusammenzuraffen, als Peter ihm die Hand auf die Schulter legte und mit einer Kopfbewegung zur Tür wies.

Dort stand Ida, die Augen vor Schreck geweitet. Sie sprach so gehetzt, dass Thor Mühe hatte, sie zu verstehen. „Da ist jemand, der Thor sehen will. Schnell." Sie atmete schwer und presste sich die Hand auf die Brust.

Thor formte die Gebärde für *wer?*.

„Ein Doktor. Der Arzt aus Fincastle." Ida schluckte. „Er sagt, es ist eilig. Er hat deine Nachricht gelesen." Sie sah über die Schulter und trat beiseite, als ein junger Arzt an ihr vorbei in die Scheune stürzte. Der Mann trug einen maßgeschneiderten Anzug und sah aus wie jemand, der keine Zeit zu verlieren hatte. Hastig blickte er sich um, und als seine Augen sich an das Halbdunkel gewöhnt hatten, erblickte er Thor. Und Thor las etwas in seinem Gesicht, was seine schlimmsten Befürchtungen bestätigte.

Neun

Der Tod wohnte in zu vielen Erinnerungen. Zuerst zwischen den steinernen Wänden des Armenhauses, in dem der gebrechliche Körper ihrer Mutter dahinschwand. Dann war es Benn, der sein Leben und sein Eheversprechen weggeworfen hatte, weil er keinen anderen Ausweg mehr sah. Und als Ida in den Garten gelaufen kam und meldete, dass ein Arzt aus Fincastle gekommen sei, sank Avas Herz erneut. Mit zitternden Händen öffnete sie das Gartentor und rannte über den Hof, wo Peter sein schweißnasses Reitpferd mit Stroh abrieb. Leichter Regen fiel, aber sie spürte es nicht, während sie mit fliegenden Röcken zum Wohnhaus lief.

Ida vergaß vor lauter Aufregung sogar, mit Ava zu schimpfen, weil sie in ihrem Zustand so schnell rannte.

„Wo sind sie?", keuchte Ava, während sie die Stufen hinaufeilte. Ida hinkte hinterher. Ava wartete und reichte ihr die Hand, um ihr zu helfen, doch Ida wehrte barsch ab.

„Lass mich, ich komm' ja schon! Der Doktor hat Thor nach oben gebracht. Geh schon mal vor!"

Draußen zogen dunkelgraue Wolken herauf. Ein Gewitter braute sich zusammen. Ava rannte den Flur entlang und die Wendeltreppe hoch, die zur Dachkammer führte. Dort stand Jorgan mit einem anderen Mann in der Tür.

Ava wollte schon an ihm vorbei ins Zimmer stürzen, doch der junge Arzt griff sie beim Arm und hielt sie zurück.

„Bitte, ich muss zu meinem Mann!"

„Ma'am, ich muss Sie bitten, hier zu warten."

Ava warf Thor einen verzweifelten Blick zu, aber auch er forderte sie mit einer Handbewegung auf, Abstand zu halten. Was ging hier vor?

„Er könnte ansteckend sein." Der Doktor ließ langsam Avas Arm los. Er war nicht viel älter als sie selbst und in seinen Augen las sie Mitgefühl und Besorgnis. „Ich bin Dr. Abramson", stellte er sich vor, „und habe vor Kurzem die Praxis in Fincastle übernommen. Mr. Norgaard wollte zu mir, aber ich war nicht im Hause. Er hat mir eine Notiz mit seinen Symptomen hinterlassen und ich hielt es für das Beste, sofort herzukommen. Und ich werde alles tun, damit es Ihrem Mann bald besser geht. Aber bevor wir nichts Genaueres wissen, kann ich Sie nicht in seine Nähe lassen."

„Wie meinen Sie das?"

„Erlauben Sie mir, ihn zu untersuchen, dann kann ich Ihre Frage beantworten."

Der Doktor legte seinen schwarzen Hut ab, stellte seinen Arztkoffer ans Fußende des Bettes und öffnete ihn mit einem klackenden Geräusch.

„Kann ihm bitte jemand für mich sagen, dass er sich hinsetzen soll?"

Jorgan stampfte mit dem Fuß, dass die Dielen zitterten, und bedeutete Thor, sich zu setzen.

Dr. Abramson begann mit der Untersuchung von Thors Augen und fühlte ihm danach den Puls. Seine Bewegungen waren fließend und von großer Selbstverständlichkeit. Es war totenstill im Raum, bis der Arzt Thors Handgelenk losließ und in seiner Tasche kramte. „Der Puls ist langsam, aber gleichmäßig."

Thor sah fragend zu Ava.

„Langsam, aber gleichmäßig", wiederholte sie für ihn. Und zu dem Arzt sagte sie: „Wenn Sie ihn anschauen, während Sie sprechen, kann er Sie besser verstehen."

„Natürlich. Entschuldigen Sie bitte." Seine kräftigen Augenbrauen zogen sich zusammen, als er mit leichtem Druck Thors Bauch abtastete. Diesmal richtete er die Frage direkt an ihn. „Tut das weh?"

Thor schüttelte den Kopf.

„Mussten Sie sich in letzter Zeit häufiger übergeben?"

Thor buchstabierte *Ü-B-E-L-K-E-I-T* und Jorgan übersetzte.

Die Hand des Doktors wanderte zur anderen Bauchseite. Thor sog scharf die Luft ein und stieß mit einer heftigen Bewegung die Hand weg.

Der Arzt trat einen Schritt zurück. „Entschuldigung. Hier tut es weh?"

Thor nickte und keuchte vor Schmerz. Sein Atem ging schwer und stoßweise.

Eine Hand legte sich beruhigend auf seine Schulter. „Warten wir einen Moment. Gönnen Sie sich eine kurze Verschnaufpause."

Thor nickte dankbar und der Arzt bat um einen Schluck Wasser für den Patienten.

„Ja, natürlich." Ava trat vor und wollte den Wasserkrug von der Kommode holen, doch der Doktor hielt sie mit einer Handbewegung zurück. Dann füllte er selbst die Blechtasse und reichte sie Thor.

Nachdem er getrunken hatte, bat er ihn, sein Hemd anzuheben, damit er seine Haut untersuchen konnte. Als er fertig war, wandte er sich Thor zu, damit er von seinen Lippen ablesen konnte. „Leider kann ich noch keine Diagnose stellen. Aber ich rate Ihnen dringend, bis auf Weiteres das Bett zu hüten. Durch die Bettruhe werden Sie wieder zu Kräften kommen – allerdings glaube ich nicht, dass das ausreicht, um die Krankheit zu heilen."

„Haben Sie irgendeinen Verdacht, was es sein könnte?", fragte Ava leise. Kummer und Sorge schnürten ihr die Kehle zu.

„Ich kann vorläufig nur so viel sagen" – wieder wandte er sich direkt an Thor – „dass Ihre Leber stark in Mitleidenschaft gezogen ist. Dafür gibt es nicht so viele Ursachen … und um ehrlich zu sein, Mr. Norgaard, Ihr Ruf ist Ihnen vorausgeeilt. Sie gelten als sehr trinkfest, doch ich stelle keine Diagnose aufgrund von Hörensagen. Deshalb sagen Sie mir bitte ehrlich: Haben

Sie regelmäßig Alkohol konsumiert und wenn ja, in welchem Ausmaß?"

Thor senkte den Blick und nickte bedauernd. Er sah Jorgan hilfesuchend an.

„Sir", begann Jorgan, „mein Bruder hat in jungen Jahren so viel getrunken, dass es für ein ganzes Leben reicht."

„Und heutzutage?"

Thor schüttelte den Kopf und Jorgan sprach für ihn. „Er hat seit vier Jahren keinen Tropfen mehr angerührt."

Ava spürte, wie sich das Kind in ihrem Bauch bewegte, und presste ihre Hand auf die Stelle.

Dr. Abramson suchte Jorgans Blick. „Und da sind Sie ganz sicher?"

„Absolut."

Thors Gesichtsausdruck war ernst und er nickte beinahe feierlich, um die Aussage seines Bruders zu bestätigen. Doch Ava bemerkte, wie sein zweifelnder Blick auf ihr ruhte.

Glaubte er, dass sie ihm misstraute? Aus der Zeit ihrer Ehe mit seinem Cousin Benn in ihrer winzigen Behausung an der norwegischen Küste kannte sie die Abgründe im Leben eines Alkoholikers. Und jedes Mal, wenn sie neben ihm lag, roch sie weder die Meeresbrise noch den Fischmarkt auf dem Dock, sondern den Schnaps, dem er so verfallen war. Der Geruch, der an seiner Haut haftete und jeden seiner Atemzüge begleitete.

Aber das hier war nicht Benn, es war Thor.

Sie dachte zurück an ihre allerersten Wochen und Monate, als er noch an der Flasche gehangen und sie zarte freundschaftliche Gefühle für ihn entwickelt hatte, aus denen bald mehr wurde. Und als Thor die schlimmste Zeit seines Entzugs hinter sich hatte, wusste sie, dass er zu seinem Versprechen stehen würde. Anders als Benn hatte Thor bewiesen, dass ein Mann eine Entscheidung treffen und dazu stehen konnte. Deshalb hatte er auch die Schnapsbrennerei aufgegeben, die ihm ehemals so viel bedeutet hatte.

In ihrem Bedürfnis, ihn zu trösten und in die Arme zu schließen, machte Ava einen Schritt auf Thor zu und vergaß dabei die Warnung des Arztes, doch diesmal war es Jorgan, der sie zurückhielt.

Dr. Abramson machte ein nachdenkliches Gesicht. „In diesem Fall, also wenn er keinen Alkohol mehr zu sich nimmt, sollte sich die Leber erholen. Dass er trotzdem so starke Schmerzen hat, legt einen anderen Schluss nahe." Er bedankte sich für den Stuhl, den Jorgan ihm anbot, und setzte sich gegenüber von Thor. „Es gibt eine Theorie, die eventuell Ihre Frage beantworten könnte, Mrs. Norgaard. Während des Krieges kam es verstärkt zu Fällen von Gelbsucht und starken Leibschmerzen unter den Soldaten. Weitere Symptome waren Gelenkschmerzen und in manchen Fällen Übelkeit und Erbrechen. Von der Krankheit waren Zehntausende von Soldaten betroffen, auf beiden Seiten der Mason-Dixon-Linie. Die Gründe für die Gelbsucht bleiben umstritten. Man ist sich jedoch weitgehend einig, dass unhygienische Verhältnisse schuld daran sind. Das trifft hier natürlich nicht zu, also muss es einen anderen Grund geben. Aber wir wissen noch nicht, welchen."

Der Arzt stand auf und studierte sorgfältig die Verfärbungen in Thors Augäpfeln, die im Licht einen gelblichen Schimmer zeigten. Ava trat einen kleinen Schritt näher, überzeugt, dass es sich um eine optische Täuschung handeln musste.

„Wenn Sie in den vergangenen Jahren keinen Alkohol getrunken haben, könnte es sein, dass die Krankheit durch eine Infektion übertragen wurde. Wodurch das passiert ist, kann ich noch nicht sagen, aber es wäre interessant, dies herauszufinden. Aber noch wichtiger ist, dass Sie wieder gesund werden – und zu verhindern, dass die Krankheit sich ausbreitet."

„Sie sind also der Meinung, dass die Krankheit ansteckend ist", stellte Jorgan fest.

„Ja, das heißt, wenn es sich hier um denselben Krankheitserreger handelt wie bei den Soldaten im Bürgerkrieg, dann ist es unerlässlich, dass Mr. Norgaard unter Quarantäne gestellt wird. Es ist nicht vollständig geklärt, wie die Krankheit übertragen wird, daher ist größte Vorsicht angebracht. Ich besitze leider kein umfassenderes Wissen über Epidemische Gelbsucht, aber ich verspreche Ihnen, ich werde alles darüber in Erfahrung bringen, was mir möglich ist. Vorläufig kann ich nur sagen: Sie alle könnten gefährdet sein, vor allem die Kinder – und für Sie, Mrs. Norgaard, besteht in Ihrem Zustand ein erhöhtes Risiko. Deshalb ist eine sofortige Quarantäne Ihres Mannes so wichtig. Und achten Sie auf mögliche Symptome bei sich selbst oder bei den Kindern." Er stand vom Stuhl auf und stellte seinen Arztkoffer auf den Sitz. „Das klingt vielleicht zunächst niederschmetternd, aber bedenken Sie auch, dass sich die meisten Soldaten bei guter Pflege von der Krankheit erholt haben."

Der Doktor klappte den Koffer zu und ging zum Waschtisch, wo er sich sorgfältig die Hände einseifte und wusch. „Ich habe einen Kollegen in Vermont, einen guten Freund und Mentor, der damals an der Front gearbeitet hat." Er schüttelte sich das Wasser von den Händen. „Er weiß zweifellos mehr darüber und ich werde ihm noch heute ein Telegramm schicken. Zusätzlich werde ich meine eigenen Recherchen anstellen. Aber das Wichtigste ist jetzt, dass wir für Mr. Norgaard eine geeignete Unterkunft finden."

Thor ließ den Kopf hängen und blickte zu Boden, als ob er nicht mehr sehen wollte, was gesprochen wurde. Oder, schlimmer noch, was er bereits wusste.

„Und wenn es nicht ansteckend ist?", fragte Ava zaghaft.

Der Arzt tat einen tiefen Seufzer. „Wenn es sich um eine Leberschädigung handelt, die nicht durch eine Infektion, sondern durch das Trinkverhalten in der Vergangenheit entstanden ist … dann besteht leider wenig Hoffnung auf Heilung."

Ava wagte es kaum, Thor anzusehen. Es zerriss ihr beinahe das Herz und der Schmerz war so tief, dass sie fürchtete, das Kind könnte Schaden nehmen. Sie glaubte, jeden Augenblick würden ihre Beine nachgeben und sie würde ohnmächtig werden. Der Arzt fasste den ledernen Griff seines Koffers und fügte leise hinzu: „Ich hoffe sehr, dass es Epidemische Gelbsucht ist – sonst sieht es für ihn sehr, sehr schlecht aus."

Zehn

Thor saß auf der Bettkante im Schlafzimmer und der Raum schien ihm auf einmal so leer und kalt wie ein Grab. Alle waren auf Anordnung des Arztes gegangen, doch wie er seine Familie kannte, würde er nicht lange allein bleiben. Er stellte sich vor, wie sie unten in der Stube berieten, was zu tun war. Ava würde am hartnäckigsten sein, wenn es darum ging, wer ihn pflegen sollte, aber sie musste vernünftig sein und an das Kind denken.

Als Nächstes käme Jorgan infrage, der sich auch während des Alkoholentzugs um ihn gekümmert hatte. Tag und Nacht hatte sein Bruder bei ihm am Bett gesessen und ihm beigestanden, als es am schlimmsten war. Er hatte seine Angstzustände erlebt und seine Übelkeit. Wenn es irgendjemanden gab, der das Elend eines kranken Menschen ertragen konnte, dann Jorgan. Aber Jorgan hatte Frau und Kinder und das Risiko einer Ansteckung war zu groß.

Dann gab es noch Ida mit ihrem Herzen aus Gold und dem Mut einer Löwin, der ihr Alter mehr als wettmachte. Sie würde ihn aufopfernd pflegen und sich kaum eine Pause gönnen, aber Thor wollte sie genauso wenig damit belasten wie alle andern. Es war wohl am besten, wenn er allein für sich sorgen würde. Nachdem er diesen Entschluss gefasst hatte, stand er auf und angelte nach seiner Jacke, die über einem Stuhl hing. Die Bewegung schmerzte und das Anziehen war mühsam, aber er biss die Zähne zusammen. Er würde schon zurechtkommen. Es dauerte eine ganze Weile, bis er die Jacke zugeknöpft hatte, aber es war zu kalt, um sie offen zu lassen. Sein Mund war trocken und er hätte gern einen Becher Wasser getrunken, aber stärker als sein Durst war die Angst vor den Schmerzen beim Wasserlassen. Doch am schlimmsten war der Kloß im Hals, der immer größer wurde.

Er liebte Ava über alles, aber jetzt war ihre gemeinsame Zukunft plötzlich überschattet von dem Gedanken, dass er sie eines Tages verlieren würde. Und das im Wissen darum, dass dieser Tag vielleicht schon bald kommen würde, war mehr, als er ertragen konnte.

Immerhin hatte der Arzt wohl die Hoffnung, dass er bloß an dieser seltsamen Epidemie litt. Aber die Auswirkungen der Krankheit waren so furchtbar, dass Thor seine Zweifel hatte. Außerdem durfte er seine Familie nicht gefährden, vor allem die Kinder. Später könnte man immer noch über eine andere Lösung nachdenken, aber jetzt war es am vernünftigsten, wenn er ging. Vorsichtig hob er den Deckel von der Schachtel, in der er allerlei Krimskrams aufbewahrte. Er brauchte den Schlüssel, an den in den letzten Jahren keiner mehr gedacht hatte. Umso merkwürdiger fand er es, dass der Schlüssel nicht wie erwartet unter all den anderen Sachen lag, sondern ganz oben. Hatte ihn jemand vor Kurzem benutzt?

Ohne sich weiter den Kopf darüber zu zerbrechen, steckte Thor den Schlüssel ein und verließ das Zimmer. Am Geländer tastete er sich treppabwärts und ging langsam, Schritt für Schritt, durch den Flur im zweiten Stock und bis ins Erdgeschoss. Unten angekommen, sah er seine Familie, ernst und ins Gespräch vertieft. Fay saß in einem Sessel am Fenster. Jorgan stand hinter ihr und hatte seine Hände auf ihre Schultern gelegt. Seine Finger spielten gedankenverloren mit der Spitze ihres Kragens. Der Doktor stand mit dem Rücken zum Licht, sodass

Thor sein Gesicht und seine Mundbewegungen nicht erkennen konnte, doch seine Körperhaltung verriet den Ernst der Lage.

Thor wollte das Gespräch nicht unterbrechen und wartete, bis einer nach dem anderen verstummte. Er sah es nur aus den Augenwinkeln, denn seine ganze Aufmerksamkeit galt Ava. Ihre Hände auf dem Bauch gefaltet, als wollte sie das Baby beschützen, schaute sie ihn an und hatte nur Augen für ihn. Thor sehnte sich danach, sie in die Arme zu schließen, ihren Kopf an seiner Brust zu bergen und ihr zu versichern, dass alles gut würde. Er wollte es selbst so gerne glauben, was den Augenblick umso schmerzlicher machte.

Jorgan signalisierte ihm, dass er etwas sagen wollte, und Thor drehte den Kopf, um besser sehen zu können. „Ich begleite dich."

Ida schaltete sich ein. „Unsinn. Ich gehe mit. Ich kenne dich, seit du ein Dreikäsehoch warst, also bild' dir nicht ein, du könntest ohne mich irgendwohin gehen."

Thor wurde es warm ums Herz. Er liebte Ida – und seinen Bruder –, aber diesen Weg musste er alleine gehen. Jorgan sagte etwas, was er nicht verstand, und Thor schüttelte nur den Kopf und formte die Gebärde für *Hütte*. Und *allein*.

Ida gestikulierte wild mit beiden Armen. „Und wer kümmert sich um dich?"

Thor tippte sich mit dem Zeigefinger an die Brust. *Allein kümmern*.

Ava trat einen Schritt vor. „Thor, du bist krank. Jemand muss dich pflegen. Und dir etwas zu essen machen."

Thor antwortete, dass sie ihm das Essen ganz einfach vor die Tür stellen konnten, doch seine Familie sah das anders. Diese Diskussion führte zu nichts. Er merkte, dass sie so nicht weiterkamen, also blieb ihm nur, die Flucht nach vorn anzutreten. Zielstrebig durchquerte er die Küche und öffnete die Tür nach draußen. Die kühle Abendluft wehte ihm entgegen. Fröstelnd schlug er seinen Kragen hoch und trat in die Dämmerung hinaus.

Thor machte ein paar Schritte unter dem grauen Himmel und sah noch einmal über die Schulter, als wollte er sichergehen, dass ihm niemand folgte. Dann drehte er sich nicht mehr um, bis er das Wäldchen erreichte, das das Haupthaus von Haakons Hütte trennte. Seine Schritte wurden langsamer, als die Schmerzen von Neuem einsetzten. Vor seinen Augen wurde es dunkel wie schon in den Tagen zuvor – und das hatte nichts mit der hereinbrechenden Nacht zu tun. In seinem Kopf begann sich alles zu drehen und er stütze sich am nächstbesten Baum ab, um sein Gleichgewicht wiederzufinden. Jetzt nur nicht ohnmächtig werden! Alles, was er brauchte, war eine kleine Pause. Er atmete mehrmals tief ein und aus, bis der Schwindel nachließ. Das Licht wurde schwächer, aber es war noch hell genug, dass er in einiger Entfernung die Umrisse der Hütte erkennen konnte. Als Thor am Gartentor angekommen war, drehte er sich ein letztes Mal um.

Und da waren sie alle, seine ganze Familie. Sie waren ihm in einigem Abstand gefolgt und er vermutete, dass sie gestritten hatten. Zuvorderst Ava mit gerafften Röcken. Sie rannte beinahe, als versuchte sie ihn einzuholen. Jorgan lief mit großen Schritten neben ihr her und redete auf sie ein – dass sie vernünftig sein solle –, doch Ava schritt unbeirrt weiter. Der Doktor schloss von der anderen Seite zu ihr auf, aber sie beachtete ihn nicht.

Thor zwang sich, schneller zu laufen, damit sie ihn nicht einholen konnten. Das Stechen in seiner Seite war so stark, dass er nur noch hinken konnte, und ein Stöhnen entsprang seiner Kehle. Er stolperte und beinahe wäre er gefallen. Nur noch wenige Meter. Unter Aufbietung all seiner Kräfte setzte er einen Fuß vor den anderen und versuchte, so gut es ging, den Schmerz auszublenden. Haakons Hütte lag jetzt dicht vor ihm.

Wie er diesen Ort hasste.

Aber es war die einzige Zuflucht, die ihm einfiel. Weit genug entfernt, um die Menschen, die er liebte, vor Ansteckung zu schützen. Und nah genug, um auf irgendeine Weise in Kontakt zu bleiben. Mühsam schleppte er sich weiter. Auf einmal blieb er mit seinem Stiefel an einer Bodenwelle hängen und als er nach unten schaute, sah er Fußspuren, die sich in den weichen Boden eingedrückt hatten – menschliche Spuren. Vielleicht ein halbes Dutzend, von Stiefeln unterschiedlicher Größe.

Sorrels. Sie waren hier gewesen und hatten das Haus umkreist wie ein Rudel Wölfe.

Plötzlich nahm er aus den Augenwinkeln eine Gestalt wahr. Thor erschrak und wäre beinahe wieder gestolpert. Es war Jorgan, der versuchte, ihn mit allen Mitteln zu überzeugen, mit zurück zur Farm zu kommen und dort eine andere Unterkunft für die Nacht zu finden. Doch Thor schlug seine Hand weg und beendete die Diskussion mit einer scharfen Geste für *nein*. Dann trat er einen Schritt zurück, hielt abwehrend die Hände hoch und flehte Jorgan damit an, ihn in Ruhe zu lassen. Um Avas willen. Er wollte sich jetzt nicht streiten.

In dem Moment erreichte Ava ebenfalls das Haus. „Av–." Der Laut entfuhr ihm ohne sein Zutun und der Klang musste so harsch gewesen sein, dass Ava wie angewurzelt stehen blieb. Immer hatte er ihren Namen sanft und liebevoll ausgesprochen, niemals laut oder ärgerlich. Auch diesmal war es die Liebe zu ihr und die Sorge um sie und das Kind, die ihn so heftig reagieren ließen. Und er betete, dass sie es verstehen würde.

Jorgan hatte die Fußspuren noch nicht bemerkt und Thor hatte eigentlich nicht vorgehabt, ihn mit der Nase darauf zu stoßen. Aber da man Ava und Ida höchstwahrscheinlich nicht davon abhalten konnte, zur Hütte zu kommen und ihm Essen zu bringen, musste er ihn warnen.

Thor schnippte mit den Fingern zum Zeichen, dass er Jorgan etwas mitteilen wollte, und zeigte auf die Fußabdrücke am Boden. Jorgan verfolgte die Spuren ums Haus herum. Als er zurückkam, war ihm alle Farbe aus dem Gesicht gewichen. Er sah Thor flehend an.

„Du kannst nicht hierbleiben."

Aber er musste. *Du A-V-A beschützen.*

„Thor, bitte. Es ist zu gefährlich hier."

Thor wiederholte *beschützen* und deutete auf seine Frau.

„Natürlich, Thor. Ich verspreche es."

Als Nächstes formte Thor die Worte für *Gewehr* und *bringen* und zeigte auf sich.

Jorgan nickte widerstrebend. „Gut. Ich bringe dir zwei."

Ein Schüttelfrost ergriff Thor, sodass er kaum in der Lage war, sich zu bedanken. Er nickte seinem Bruder kurz zu und drehte sich um. Während er die Verandatreppen hochstieg, fing er einen Blick des Doktors auf und ihm war, als läge ein Funken Hoffnung in dessen Augen.

An dieser Hoffnung hielt er sich fest, während er die letzten Stufen emporstieg und spürte, wie seine Kräfte schwanden. Seine Hand zitterte, als er den Schlüssel aus der Tasche fischte und die Tür aufschloss. Dann trat er ein, in dieses Haus, in dem die düstere Erinnerung an Haakon zwischen den kalten Wänden hing. Sein Blick schweifte durch den Raum und blieb an der Stelle hängen, wo sie am Boden gelegen und erbittert gekämpft hatten. Die Blutflecken auf den Holzdielen waren noch deutlich zu sehen. Thor riss sich von dem Anblick los, schlug die Zimmertür mit einem Knall zu und schleppte sich zur Treppe, die nach oben führte.

Elf

5. Mai 1895
Charleston, South Carolina

Es war, als ob sich der Nebel extra für sie gelichtet hatte. Seit das amerikanische Festland sichtbar war, schien selbst die Luft eine andere, leicht und klar anstatt dick wie ein verkochter Frühstücksbrei. Es war fast Mittag und die Sonne stand hoch über der Küstenlinie von South Carolina. Am Horizont zeichneten sich Städte und einzelne Gebäude ab und über den Dächern erhoben sich Kirchtürme, deren Höhe und Erhabenheit nur von den Masten der Segelschiffe übertroffen wurde, die im Hafen vor Anker lagen.

In der Stadt herrschte reges Treiben. Charleston galt als einer der größten Frachtumschlagplätze im Südosten der Staaten. Während es nach dem Zusammenbruch des Plantagensystems und des Sklavenhandels zu einem allgemeinen Niedergang der Wirtschaft in den Küstenregionen gekommen war, hatte Charleston eine neue Blüte als florierende Hafenstadt erlebt. Der Glanz der Metropole hatte wenig gemein mit dem Leben auf der Apfelfarm, dennoch rief der Anblick des Festlandes bei Haakon heimatliche Gefühle hervor – die allerdings sehr gemischt waren. Denn je näher er Blackbird Mountain kam, desto größer wurde die Ungewissheit, was ihn dort erwarten würde.

Es war erst ein paar Tage her, seit sie von Bord der *Le Grelotter* gegangen waren. Als sie aus Barbados auslief, standen die Kameraden salutierend an Deck und Haakon und Tate verfolgten das Schiff mit den Augen, bis es nur noch ein kleiner Punkt am Horizont war. Ein Abschied, der nicht leichter war als alle anderen Abschiede. Danach hatten sie auf einem kleinen Zweimastschoner angeheuert. Sie schliefen im Laderaum zwischen Reissäcken und Indigoblöcken und verdienten sich ihre neuntägige Überfahrt nach Amerika mit Hilfsarbeiten an Bord.

Die schmale Gangway schwankte, als sie an Land gingen und ihre Füße auf amerikanischen Boden setzten. Haakon spürte, wie sich die ganze Last dieses bedeutsamen Moments auf seine Schultern senkte. Er konnte nicht länger vor der Vergangenheit weglaufen. Seine Flucht, die ihn um den halben Erdball geführt hatte, endete hier an dieser Küste.

Unter den vielen Menschen im Hafen waren auch etliche Frauen und Kinder, die freudig die heimkehrenden Matrosen begrüßten. Sie stellten sich auf die Zehenspitzen und schirmten die Augen gegen die Sonne ab, um unter den bärtigen, wettergegerbten Gesichtern ihre Ehemänner, Brüder oder Väter zu erkennen.

Haakon bahnte sich einen Weg durch die Menschenmenge. Unweit von ihm stand eine Frau, die in seine Richtung blickte. Sie war klein und zierlich, hatte pechschwarzes Haar und ihr Lächeln war strahlend wie die aufgehende Sonne. Ihr Gesicht leuchtete in freudiger Erwartung.

Kannte sie ihn etwa? Im Laufe seiner Reisen hatte er so viele Frauen kennengelernt, dass er sich unmöglich alle Gesichter merken konnte.

Doch dann drängte sich ein Seemann mit einem ungeduldigen „Tschuldigung!" an ihm vorbei, ging auf die Frau zu, schloss sie fest in seine Arme und wirbelte sie im Kreis herum, sodass sie lachend nach Luft rang. Er musste ihr Ehemann sein, denn nun entdeckte Haakon den Ring an ihrem Finger. Mit gesenktem Blick ging er an den beiden vorbei.

Er nahm seinen Seesack von der Schulter, fischte nach seiner Taschenuhr und studierte die Zeit, um sich von den Gedanken an Blackbird Mountain abzulenken. Und an die Frau, die er dort zurückgelassen hatte und die er so dringend um Verzeihung bitten musste. Doch auch diese Frau war verheiratet – ausgerechnet mit seinem Bruder.

Tate verlagerte das Gewicht seines Gepäckstücks auf die andere Schulter. Seite an Seite schoben sie sich durch die Menge, vorbei an Händlern, Reisenden und Seeleuten aus aller Herren Länder. Haakon hatte Mühe, seinen Freund im Getümmel nicht aus den Augen zu verlieren. Nie zuvor hatte er sich so unsicher und verloren gefühlt wie hier inmitten all dieser Menschen. Er wusste nicht, wer er war und wohin er gehörte. Er war ein Fremder in seinem eigenen Land.

„Ich glaube, es geht hier lang." Tate gab die Richtung vor und führte ihn an einem beladenen Fuhrwerk und einem Backsteingebäude vorbei.

Das Rattern einer vorüberfahrenden Kutsche und das helle Lachen einer Schönheit im eleganten Rüschenkleid drang an ihre Ohren, gefolgt von der leisen Stimme eines Mannes, der in schleppendem Südstaatenakzent etwas zu ihr sagte. Haakon fragte sich, ob er wirklich die meiste Zeit seines Lebens in diesem Teil der Welt verbrachte hatte. Charleston lag nur wenige Tagesreisen von der Norgaard-Farm entfernt – warum kam er sich plötzlich so furchtbar fremd und verloren vor?

Auf der Suche nach dem Bahnhof entfernten sie sich immer weiter vom Hafenviertel. Schweigend gingen sie nebeneinanderher und ließen die Umgebung auf sich wirken. Haakon dachte an die Zeit, die hinter ihnen lag, an Seemannslieder und an tosende Stürme, wenn der Bug der Vierhundert-Tonnen-Brigg durch das Wasser pflügte. Nie wieder würden sie in sternenklaren Nächten auf dem Vorderdeck sitzen, während der Wind durch ihre Jacken pfiff, und sich Geschichten erzählen, um Kälte und Langeweile zu vertreiben. Nie wieder würden sie das Schimmern des Nordlichts am Himmel sehen oder eine Schule Delfine, die bei Vollmond vorüberschwamm. Nie würde Haakon die Geräusche an Bord vergessen, das Knarren der Taue und Planken unter Deck – und die Kameraden, die an der Reling standen, während das Schiff, das seine Heimat gewesen war, immer kleiner wurde und sich im blauen Dunst verlor.

In der Ferne hörten sie das Pfeifen eines Zuges.

Haakon sank das Herz. Sein altes Leben, in dem Kameradschaft, Mut und Durchhaltewillen zählten, ließ er hinter sich, ohne zu wissen, was die Zukunft für ihn bereithielt.

In den kommenden Tagen würde er wohl vor allem Mut und Durchhaltewillen brauchen. Und er fragte sich, ob sein Plan, nach Hause zurückzukehren, wirklich eine so gute Idee gewesen war. Vielleicht würde er bloß eine neue Schlägerei mit seinem Bruder Thor heraufbeschwören. Er könnte einfach hierbleiben, sich Arbeit und eine Frau suchen und in Charleston sesshaft werden. Die Welt war voller Möglichkeiten, warum sollte er dann unbedingt auf die Norgaard-Farm zurückkehren? Was zog ihn dorthin zurück?

Nichts. Nichts außer sein Gewissen. Und dieses Gewissen würde ihm sonst sein Leben lang keine Ruhe lassen.

Tate hatte sich hingekniet und nestelte an seinem Rucksack. „Ich wollte dir noch etwas mitgeben.“ Als er aufstand, hielt er seine Bibel in der Hand. Er schlug das schwarze Buch auf und blätterte, bis er die Seite fand, riss das Blatt heraus, faltete es und gab es Haakon.

Haakon hob die Augenbrauen und nahm zögernd das Geschenk.

„Hier ist die Antwort auf deine Frage. Und das ist auch der Grund, weshalb du in der Nacht nicht über Bord springen musstest.“

Tate hatte ihn also gesehen. Hatte beobachtet, wie er sich über die Reling gebeugt hatte und gesprungen war. Darum war er als

Erster zur Stelle gewesen, um ihn zu retten. Und dafür würde er ihm ewig dankbar sein.

Der ehemalige Bootsmann tat einen tiefen Seufzer und blinzelte seine Rührung weg. „Leb wohl. Es war mir eine Ehre, mein Freund."

Haakon nickte benommen und eine Welle der Traurigkeit schnürte ihm die Kehle zu. „Warum sagst du das? Da vorne wartet unser Zug." Aber Tate blieb stehen.

„Dein Zug. Ich muss in der Stadt noch etwas erledigen. Bankgeschäfte."

„Was willst du damit sagen?"

Ein Anflug von Bedauern huschte über Tates Gesicht. „Wurdest du in Münzen bezahlt?"

Haakon bejahte. „Gold Sovereigns und Sterling Schillinge." Die Währung von Barbados, und er hatte keine Eile, sie umzutauschen. Gold und Silber würden auch in den Appalachen ihren Wert nicht verlieren und für die Zugfahrkarte hatte er noch ein paar US-Dollar im Gepäck.

„Mich haben sie in britischen Banknoten bezahlt."

„Oh."

Als Bootsmann hatte Tate natürlich mehr verdient als ein einfacher Matrose, deshalb war auch die Art der Bezahlung eine andere gewesen.

„Ich warte auf dich", schlug Haakon vor. „Während du das Geld umtauschst." Er hatte keine Eile.

„Unsinn. Die Bank hat erst am Montag wieder geöffnet und ich will nicht, dass du wegen mir den Zug verpasst. Wirklich, du brauchst nicht auf mich zu warten."

Haakon schaute zu Boden, dann in die eine und danach in die andere Richtung und zuletzt über seine Schulter zum Bahnhof. Wenn er nur wüsste, was er tun sollte.

„Geh schon, Haakon. Du musst jetzt los."

Doch Haakon rührte sich nicht vom Fleck. Ihm war, als hätte er Bleigewichte an den Füßen.

„Ich finde schon ohne dich nach Hause." Tate warf einen Blick auf seine Taschenuhr. „Und du ohne mich." Er lächelte aufmunternd.

Haakon schüttelte den Kopf. Tate konnte nicht wissen, was ihn in Blackbird Mountain erwartete. Und wie es war, die Urgewalt der alten Wikinger in den Fäusten seines Bruders zu spüren. „Ich denke, ich werde …"

Die Erinnerungen überschlugen sich in Haakons Kopf. Sein Plan, seine Hoffnung, seine Abreise – es ging alles viel zu schnell. Vielleicht sollte er eine Nacht darüber schlafen und am nächsten Morgen in den Zug steigen. Nur noch einen Tag länger …

Andererseits – waren vier Jahre nicht lange genug?

Haakon schluckte und dachte wieder an Thor, dem er gegenübertreten und in die Augen sehen musste, ganz gleich, ob er seine Abreise um ein paar Tage verschob oder nicht.

Auf See war er es gewohnt gewesen, Befehle zu befolgen, nun musste er selbst entscheiden. Jetzt, wo selbst sein Bootsmann für ihn kein Vorgesetzter mehr war, wurde ihm klar, wie sehr er sich an dieses Leben gewöhnt hatte. Tate war an Land ein ganz normaler Farmerssohn, genau wie er. Sie waren nicht mehr auf dem Nordatlantik. Der Boden unter seinen Füßen knarrte und schwankte nicht mehr. Und es gab keinen Wind mehr, der die Segel füllte. Nur noch den Wind, der ihn nach Hause trug.

Es wurde jetzt wirklich Zeit.

Haakon fuhr sich mit der Hand übers Gesicht. Der Zug würde nicht mehr lange warten. In der Schlange am Fahrkartenschalter standen nur noch wenige Leute. Er trat einen Schritt vor und streckte Tate die Hand hin. Jahr für Jahr hatten sie gemeinsam die Weltmeere befahren und nun hatte er nichts anderes zu bieten außer einem schnöden Handschlag.

„Es war mir eine Ehre."

Tate ergriff Haakons Hand und hielt sie einen Augenblick fest.

„Ganz meinerseits."

Haakon trat einen Schritt zurück. Der Abschied fiel ihm schwerer, als er zugeben mochte. Jetzt bloß nicht sentimental werden. Er drehte sich um, winkte ein letztes Mal zurück und ging eiligen Schrittes Richtung Bahngleis zu dem wartenden Zug. Eine Fahrkarte hatte er nicht, aber das war ihm egal. Zur Not würde er beim Schaffner bezahlen. Und wenn schon. Er hatte schon ganz andere Regeln gebrochen als diese.

Gegen seinen Willen musste er grinsen, als er die anderen Reisenden im Laufschritt überholte. Hier kam Haakon Norgaard – der Mann, der die Widrigkeiten des Lebens bei den Hörnern packte. Ein ungeheuer befreiendes Gefühl. Nein, er würde sich nicht unterkriegen lassen. Er würde es schaffen.

Nach einem letzten Pfiff setzte sich der Zug schnaufend in Bewegung. Die stählernen Räder begannen sich langsam zu drehen. Haakon erhöhte sein Tempo und schloss zu einem der Personenwagen auf, erwischte den Haltegriff neben der geöffneten Tür und schwang sich hinauf.

Im Zug war es brechend voll. Nachdem seine Augen sich an das Halbdunkel gewöhnt hatten, bemerkte Haakon, dass kein einziger Sitzplatz mehr frei war. Es machte ihm nichts aus zu stehen, aber auch das war wegen des Gedränges schwierig.

Zu seiner Rechten nahm er eine Bewegung wahr und sah, dass eine Großfamilie für ihn zusammenrückte. Der Vater nahm ein kleines Mädchen auf den Schoß, sodass Haakon sich setzen konnte. Er nickte einen Dank und nahm Platz. Seinen Seesack stopfte er unter die Bank zwischen seine geflickten Stiefel. In seinem Gepäck waren nur wenige Habseligkeiten: ein Satz Wechselwäsche, etwas Schiffszwieback, ein alter Kompass und eine Dose Natronpulver. Und das zusammengerollte Bild, das der Sohn der Witwe für ihn gemalt hatte.

Das Pfeifsignal ertönte noch einmal. Haakon bemerkte, wie seine Mitreisenden ihn neugierig musterten. Er musste einen abenteuerlichen Anblick bieten. Sein Gesicht hatte seit Jahren kein Rasiermesser mehr gesehen und seine fettigen, salzverkrusteten Haare waren notdürftig im Nacken zu einem Pferdeschwanz zusammengebunden. Seine müden Augen waren gerötet und mehr als alles andere hätte er ein Bad nötig gehabt.

Er fühlte sich müde und elend und zwischen all den Menschen, die lauter Fremde waren, so einsam wie schon lange nicht mehr.

Wenn er sich vorbeugte, konnte er aus dem Fenster den Atlantik sehen, der in der untergehenden Sonne glitzerte. Das war das Ende seiner Reise. Vor ihm lag nur noch seine ungewisse Heimkehr.

Zwei Tage, dann würde er Thor gegenüberstehen. Und – was noch schwerer war – Ava.

Wie würde seine Familie reagieren, wenn er plötzlich wie aus dem Nichts auftauchte? Sollte er wie ein Besucher an die Haustür klopfen? Oder warten, bis ihm draußen jemand über den Weg lief? Er fragte sich, ob Grete bellen würde, wenn sie ihn kommen hörte. Und ob seine alte Hündin, die er zurücklassen musste, überhaupt noch am Leben war. Er dachte an Ida. Bestimmt waren die Jahre auch an ihr nicht spurlos vorübergegangen. Er fühlte bei dem Gedanken, dass sie vielleicht schon gestorben war, einen Stich im Herzen.

Er kramte in seinem Brustbeutel, bekam zuerst Tates Bibelseite in die Finger und legte das Papier in den Schoß. Unter den neugierigen Blicken der Leute zog er ein Kokablatt heraus und besprenkelte es mit Natronpulver. Er würde all seinen Mut brauchen, den er aufbringen konnte. Mit geübtem Griff schob er sich das Blatt in die Backentasche und versuchte dabei so nonchalant wie möglich zu erscheinen. Die ältere Dame, die ihm gegenübersaß, weitete die Augen vor Entsetzen. Er griff nach dem gefalteten Papier, doch er war zu müde zum Lesen.

Während der Zug an Fahrt aufnahm, lockerte er die Bänder seines Lederbeutels, der sein Geld und die Kokablätter enthielt. Das Wort Gottes hatte ihm nie besonders viel bedeutet, doch es war ein Geschenk seines besten Freundes. Des ersten echten Freundes, den er je gehabt hatte. Deshalb nahm er das Papier, faltete es noch kleiner zusammen und verstaute es in dem Beutel mit seinen wertvollsten Besitztümern.

Zwölf

6. Mai 1895
Blackbird Mountain, Virginia

Das Morgenlicht fiel durch das Fenster im Obergeschoss. Thor setzte sich auf. Er hatte die Nacht auf dem Fußboden verbracht, mit zwei zusammengerollten Jutesäcken als Kopfkissen. Vor Einbruch der Dunkelheit hatte jemand einen Stapel Bettwäsche, Kissen und Daunendecken auf die Veranda gelegt, aber er hatte die Tür nicht entriegeln wollen, um die Sachen zu holen. Ava wäre außer sich, wenn sie wüsste, wie er geschlafen hatte.

Mühsam stand er auf und ging zum Fenster, um es zu öffnen. Frische Luft strömte herein, feucht und schwer vom Tau, der über den Wiesen hing wie Nebelschwaden. Thor ging die Treppe hinunter, um das Bettzeug zu holen, und sah, dass jemand noch eine Kiste mit Lebensmitteln und zwei Eimer voll frischem Wasser danebengestellt hatte.

Seine Bewegungen waren langsam und steif.

Alles tat weh.

Seine Gelenke, sein Bauch und auch gewisse andere Körperteile, die er lieber nicht von einem Arzt untersuchen lassen wollte.

Zu schwach, um die Kiste zu heben, schleifte er sie über den Boden ins Haus hinein. Danach schlug er entkräftet die Tür zu. Schweiß rann ihm übers Gesicht und er musste sich hinsetzen, bevor seine Beine ihm den Dienst versagten. Erschöpft lehnte er den Kopf an die Wand und wollte die Augen schließen, doch seine Neugier siegte und er zog die Kiste heran und warf einen Blick hinein.

Ein Säckchen geschälte Pekannüsse und ein Glas gepökeltes Hirschfleisch. Daneben ein Tontopf, dessen Inhalt noch warm war. Thor nahm den Deckel ab. Apfelkompott. Und ganz unten ein frischer norwegischer Hefezopf, der nach Kardamom duftete. Der Backtag war Anfang der Woche gewesen und das Brot lag gestern noch nicht in der Küche. Ava musste es also spät abends noch gebacken haben. Sie war die Einzige, die Brot nach dem traditionellen Rezept backen konnte. Thor strich mit dem Finger über die glatte, goldene Kruste. Er hatte zwar noch immer keinen Appetit, aber der Gedanke, dass Ava extra für ihn aufgeblieben war und mitten in der Nacht Brot gebacken hatte, war köstlicher als jeder Bissen.

Aus den Augenwinkeln nahm er eine Bewegung wahr und sah Jorgan am Fenster stehen, der ihn mit einem Kopfnicken aufforderte, nach draußen zu kommen. In den Händen hielt er zwei dampfende Kaffeebecher. Thor brauchte eine Weile, bis er auf den Beinen stehen und zum Fenster gehen konnte. Als er hinausschaute, sah er, dass Jorgan den Becher für ihn auf den Sims gestellt hatte. Sein Bruder hatte sich einen alten Stuhl geschnappt und vor die Veranda ins Gras gestellt. Dort saß er rittlings und nippte an seinem Kaffee, als sei dies ein ganz normaler Morgen.

Trotz der widrigen Umstände hoben sich Thors Mundwinkel zu einem Lächeln.

Er schaffte es, die Jacke anzuziehen, entriegelte die Tür und trat hinaus in die kühle Morgenluft. Dann nahm er seinen

Kaffeebecher, setzte sich auf die oberste Verandastufe und nahm einen großen Schluck. Der Kaffee war gut und stark. Zum Dank hob er die Tasse, als ob er Jorgan zuprosten wollte, und sein Bruder antwortete mit einem Nicken. Es gab nicht viel zu sagen und die beiden Männer tranken schweigend ihren Kaffee. Thor war dankbar für Jorgans stille Gegenwart.

Sein Magen fühlte sich flau an und so nahm er nur noch einen weiteren Schluck und stellte dann die Tasse beiseite.

„Wie hast du geschlafen?“, fragte Jorgan.

Thor zuckte bloß die Achseln, doch sein Gesicht sprach Bände.

Genau das hatte Jorgan befürchtet. „Wie kann ich dir helfen? Kann ich dir irgendwas bringen, damit du es bequemer hast?“

Im oberen Stockwerk stand ein altes Seilbett, aber es war kein Seil da, um es zu reparieren. Thor wollte Jorgan danach fragen, aber er verschob es auf später. Zuerst wollte er wissen, wie es Ava ging.

Er drehte den Becher in seiner Hand. „Av–.“ Noch nie hatte er ihren Namen Jorgan gegenüber ausgesprochen, aber er war gestern Abend so heftig aus ihm herausgebrochen, dass er wünschte, er würde wieder sanft und zärtlich über seine Lippen kommen wie zuvor. Und er hoffte, sie wusste das.

Jorgans Augenbrauen schossen erstaunt in die Höhe. „Ihr geht es, äh, so weit gut. Sie macht sich natürlich Sorgen, wie du dir vorstellen kannst. Sie denkt die ganze Zeit darüber nach, wie sie dir helfen könnte. Und sie würde am liebsten jetzt hier bei dir sitzen, wenn ich nicht darauf bestanden hätte, dass ich dich zuerst besuche. Sie war ziemlich wütend auf mich, aber ich bin sicher, sie hat sich inzwischen beruhigt.“ Jorgan grinste.

Thor lächelte breit. Das sah seiner Frau ähnlich. Er konnte sich die Szene lebhaft vorstellen.

Jorgan erzählte weiter, dass Ava unterwegs nach Fincastle sei, um noch einmal mit Dr. Abramson zu sprechen, und Peter gebeten hatte, sie zu begleiten.

Nun war Thor derjenige, der überrascht war. Es war ein weiter Weg nach Fincastle und sie mussten mit dem Gespann den Fluss überqueren. Aber vielleicht sollte er sich nicht zu viele Gedanken machen. Ava war alles andere als leichtsinnig und sie hatte Peter an ihrer Seite, dem er genauso vertraute wie Jorgan.

Was ihm mehr Sorgen machte, waren die zahlreichen Fußspuren auf dem Gelände. Jorgan stand auf und umrundete noch einmal das Haus. Als er zurückkam, räusperte sich Thor und fragte, was zu tun sei.

„Ich weiß es nicht. Keine Ahnung, was sie vorhaben, aber es gefällt mir nicht."

Thor machte ein finsteres Gesicht.

„Aber ich werde den Sheriff informieren", sagte Jorgan, „und ihm sagen, dass es sich um ganz frische Spuren handelt."

Thor nickte zustimmend. Er bezweifelte zwar, dass der Sheriff und seine Männer aus Roanoke viel ausrichten konnten, aber es war einen Versuch wert. Und Thor würde sein Bestes tun, um zur Verhaftung der Sorrels beizutragen. Vielleicht sollte es so sein, dass er gerade jetzt in Haakons Hütte war. Eine glückliche Fügung. Sobald er sich besser fühlte, könnte er von hier aus die Umgebung bewachen. Jorgan hatte ihm zwei Gewehre mitgebracht, seine eigene Schrotflinte und Haakons Jagdgewehr. Die Waffen lehnten einträchtig nebeneinander am Geländer wie alte Freunde. Oder wie Brüder, die schon immer zusammengehört hatten.

Ava hatte Thor bereits vor längerer Zeit einmal gebeten, ihr das Fahren mit dem Zweispänner beizubringen. So war es ihr nun ein Leichtes, die Pferde von der langgestreckten Plattform der Fähre hinunter und zum Ufer zu lenken. Die Stuten legten sich kräftig ins Geschirr und zogen den Wagen knirschend die flache Böschung hinauf, wobei sie braune Strudel im seichten Wasser hinterließen. Die kurze Überfahrt war schnell und problemlos verlaufen. Und wären die Pferde auf der Fähre unruhig geworden, wäre Peter zur Stelle gewesen, um zu helfen.

Seit dem Besuch des Arztes am Tag zuvor taten sich für Ava immer mehr unbeantwortete Fragen auf und nach dem Frühstück hatte sie Jorgan und Peter eröffnet, dass sie nach Fincastle fahren wollte. Die Männer hatten zuerst Bedenken gehabt, doch Ava hatte unbeirrt ihren Strohhut und ihr Schultertuch genommen und Jorgan gebeten, ihr beim Anspannen der Pferde zu helfen. Er tat es mit einem Funken Bewunderung in den Augen und nahm sich vor, Thor später darüber zu berichten.

Der Wagen rumpelte die Straße entlang und bei jeder Bodenwelle wurden sie kräftig durchgeschüttelt. Ava hielt die Zügel höher, als ob sie damit den Weg ebener machen könnte, und fühlte, wie Peter ihr jedes Mal einen besorgten Seitenblick zuwarf.

Aber er ließ sich nichts anmerken und plauderte zwanglos über das Wetter und darüber, wie Jorgan ihm bei der Arbeit an seinem Häuschen half – eine kleine Blockhütte, nur einen Steinwurf entfernt von Coras Haus. Die Miete konnte Peter durch seine Mitarbeit auf der Farm begleichen und so war allen geholfen. Was Cora betraf, waren sich die Brüder einig gewesen, dass sie mit ihren Töchtern umsonst auf ihrem Land wohnen durfte, in Frieden und Sicherheit gleich neben den Apfelplantagen und in der Nähe ihrer Schwester Ida.

Cora war Hebamme und seit über zehn Jahren Witwe. Alle schätzten ihre Weisheit und Kenntnisse der Heilkunde, wann immer sie gebraucht wurde. Für die Norgaard-Brüder gehörten die beiden Frauen seit jeher zur Familie – Cora, die ihrer Mutter bei drei schweren Geburten beigestanden hatte, und Ida, die sie wie eine Mutter geliebt und erzogen hatte, nachdem die leibliche Mutter vor fünfundzwanzig Jahren bei Haakons Geburt gestorben war.

Peters Stimme holte Ava zurück in die Gegenwart.

„Wir haben zwei neue Glasfenster eingesetzt. Jetzt ist die Stube schön hell und ich kann abends länger lesen."

„Nimmst du noch Unterricht bei Tess?" Der Wagen holperte über eine weitere Bodenwelle. Ava ließ mit der einen Hand die Zügel los und hielt sich den Bauch. Die Reise war mehr als beschwerlich, aber sie biss tapfer die Zähne zusammen.

„Ja." Peters Blick war fest auf die Straße geheftet, doch sein Gesichtsausdruck wurde weich. „Wir üben abends in Miss Coras Haus mit Georgies Lesebuch für Erstklässler und Georgie findet das sehr lustig."

Ava konnte sich gut vorstellen, wie die lebhafte, pfiffige Zehnjährige mit ihrer übersprudelnden Energie die Unterrichtsstunden kommentierte. „Ich bin stolz, dass du so gute Fortschritte machst, und Tess ist es sicher auch."

Peter lächelte. „Tess lobt mich auch immer. Doch ich bin furchtbar langsam."

Tess hatte ein fröhliches Wesen und immer gute Laune. Ava freute sich jedes Mal, wie die junge Frau Peter unterstützte und ermutigte. „Aber dein Fleiß wird sich auszahlen."

„Danke, Ma'am."

Hinter der nächsten Kurve sahen sie den Wegweiser nach Fincastle. Die Sonne kletterte höher. Es würde ein warmer Tag werden. Links und rechts der Straße lagen großzügige Farmen mit ausgedehnten Ländereien, dazwischen einzelne Blockhütten in lichten Buchenwäldern, die ihre Anwesenheit nur durch den Geruch von Holzkohlefeuern und holprige Zufahrtsstraße verrieten.

Die braunen Köpfe der Pferde nickten bei jedem Schritt auf und ab. In gemächlichem Tempo ließen sie die Wiesen und Felder hinter sich, bis in der Ferne eine Ansammlung von Häusern auftauchte. Ava reckte den Hals, um besser sehen zu können. Schon bald hatten sie die Stadtgrenze erreicht. Backsteingebäude warfen dunkle Schatten auf die Straße und schindelgedeckte Häuser mit hohen, hellen Fassaden ragten unter der Mittagssonne empor. Kinder spielten auf dem Schulhof und zwei Männer reparierten ein kaputtes Scheunentor. Das Hämmern ihrer Werkzeuge war noch nicht verklungen, als Ava das Schild entdeckte, das den Weg zur Praxis des Doktors wies.

Auf der Hauptstraße herrschte reger Verkehr und Ava biss sich nervös auf die Unterlippe. Peter klammerte sich am Sitz fest und war kurz davor, ihr die Zügel aus der Hand zu nehmen, doch Ava schaffte es irgendwie, das Gespann sicher ans Ziel zu bringen. Vor dem Haus des Arztes brachte sie den Wagen zum Stehen und zog die Bremse an. Sie nahm den Hut ab und prüfte den Sitz ihres Haarknotens. Peter war als Erster heruntergesprungen, um ihr beim Aussteigen zu helfen, und sie nahm dankbar seine Hand.

Er ließ Ava auf dem schmalen Gartenweg den Vortritt und sie ging eiligen Schrittes auf das Haus zu. Beherzt klopfte sie dreimal an die Tür.

Von drinnen waren Schritte zu hören, dann drehte sich der Schlüssel im Schloss und Dr. Abramson stand vor ihnen. Seine Tweedweste war zerknittert und die Tintenflecken an seinen Fingern noch frisch. „Guten Tag, Mrs. Norgaard.“ Er öffnete die Tür und ließ sie in den Hausflur treten, wobei sein Blick auf Avas rundliche Silhouette fiel. „Haben Sie vorzeitige Wehen?“

Ava legte impulsiv eine Hand auf den Bauch. „Um Himmels willen, nein.“

Der Arzt stieß einen erleichterten Seufzer aus und Peter unterdrückte ein Kichern.

„Entschuldigen Sie. Ich nahm nur an … als ich Sie sah …“ Er deutete unbeholfen auf ihren Bauch. „Aber kommen Sie doch bitte herein.“

Er führte sie in sein Sprechzimmer. Ava stellte Peter vor und die Männer schüttelten einander die Hand.

„Bitte setzen Sie sich, Ma'am.“ Dr. Abramson deutete auf einen Klappstuhl und bot an, einen weiteren für Peter zu holen, doch der lehnte höflich ab.

Ava sah sich im Zimmer um. Auf einem schweren Eichensekretär lagen mehrere Bücherstapel. Dahinter, in einer Glasvitrine, befanden sich blank polierte medizinische Instrumente, Medizinfläschchen und Bandagen.

Peter, der sich neben das Fenster gestellt hatte, nahm die Rolle des stillen Beobachters ein.

Der Doktor rückte seinen Schreibtischstuhl zurecht und setzte sich Ava gegenüber. „Und was führt Sie zu mir?"

„Ich wollte mich erkundigen, ob Sie schon etwas herausgefunden haben, was die Krankheit meines Mannes betrifft." Ava nahm ihr Schultertuch ab und faltete es zusammen.

„Heute früh habe ich ein Telegramm an meinen Mentor aufgegeben und werde sicher bald von ihm hören. In ein paar Tagen weiß ich hoffentlich mehr." Und mit einem Blick auf die Bücherstapel ergänzte er: „Aber ich recherchiere natürlich auch selbst zu dem Thema."

„Danke, ich bin Ihnen sehr verbunden. Und sind Sie dabei schon auf etwas Interessantes gestoßen?"

„Leider bin ich noch nicht sehr weit gekommen. Ich blätterte gerade das Inhaltsverzeichnis durch, da klopfte es an die Tür." Er lächelte leicht verlegen.

Ava zupfte nervös an der Manschette ihres Blusenärmels.

„Oh, das macht nichts. Ich warte gerne."

Der Doktor sah sie verwundert an. „Sie wollen hier warten?"

Sie nickte. „Ich habe keine Eile. Allerdings … darf ich Sie fragen, wie lange Sie schon Arzt sind?" Er war sehr jung und wahrscheinlich mangelte es ihm an Erfahrung.

„Mrs. Norgaard, bitte, geben Sie mir etwas Zeit. Ich brauche ein paar Tage, um mich in das Thema einzulesen, bevor ich irgendwelche Schlüsse ziehen kann."

„Ja, Sir." Ava nickte tapfer. „Es ist nur … wissen Sie, der letzte Arzt, der meinen Mann untersuchte, hat uns nur noch mehr verunsichert, anstatt uns zu helfen. Ich wünschte, ich hätte damals genauer nachgefragt." Sie war nicht sicher, was sie noch sagen oder fragen sollte, aber der Gedanke, dass Thor unzureichend oder gar nicht behandelt wurde, weil es an der richtigen Diagnose fehlte, war ihr unerträglich. Aber so leicht gab sie sich nicht geschlagen. „Sie haben meine Frage nicht beantwortet. Ich wüsste gern, wie lange Sie schon praktizieren."

„Seit zwei Jahren, Ma'am. Aber ich bin erst seit ein paar Wochen in Fincastle. Davor habe ich bei einem Chirurgen in Boston gearbeitet und kenne mich im Bereich Chirurgie sehr gut aus, selbst für jemanden in meinem Alter." Er schlug die Beine übereinander und lehnte sich in seinem Drehstuhl zurück. „Allerdings, was Ihre Schwangerschaft betrifft …" Der Arzt wirkte mit einem Mal verunsichert. „… muss ich gestehen, dass ich in Geburtshilfe noch keine Erfahrung habe. Aber ich werde demnächst an einer Schulung teilnehmen. Daher bin ich froh, dass das Kind nicht schon heute kommt."

Ava lächelte versöhnlich. Dann konnten sie ja beide erleichtert sein.

Peter war inzwischen an eine Vitrine herangetreten und betrachtete interessiert die ausgestellten Gegenstände, unter anderem einen menschlichen Schädel.

„Aber ich verstehe natürlich Ihre Besorgnis", fuhr der Arzt fort. „Es ist schwer zu sehen, wie ein geliebter Mensch leidet, während man selbst scheinbar hilflos danebensteht." Er drehte sich mit dem Stuhl zum Schreibtisch und ergriff einen Bleistift. „Vielleicht kann diese frühere Untersuchung über ein paar wichtige Dinge Aufschluss geben. Können Sie mir etwas darüber erzählen? Wie war denn der Name des Arztes?"

„Ja, natürlich. Sein Name war Dr. Kent und er arbeitete für diese Taubstummen-Gesellschaft. Der vollständige Name ist mir leider entfallen, aber wenn Sie ihn brauchen, kann ich zu Hause in den Unterlagen nachschauen. Ich wünschte, ich hätte sie gleich mitgebracht."

Der Doktor nickte und machte sich Notizen.

Ava setzte ihren Bericht fort: „Thor und ich waren äußerst besorgt über die Umstände dieser Untersuchung."

Sie schilderte mit knappen Worten, wie der Arzt aus dem Zug von Jed und Harlan Sorrel mutwillig getäuscht worden war. Es tat ihr leid, dass Peter alles mitanhören musste, schließlich handelte es sich um seine Familie.

Aber Peter war weit davon entfernt, seine Sippe in Schutz zu nehmen. Im Gegenteil, er fügte hinzu: „Den beiden ist nicht zu trauen, Sir. Sie haben den Arzt an der Nase herumgeführt."

Dr. Abramson machte ein nachdenkliches Gesicht und schlug eine neue Seite in seinem Notizbuch auf. Dann wandte er sich wieder Ava zu. „Können Sie die Untersuchung beschreiben? Was genau wurde gemacht?"

„Mein Mann musste einen Fragebogen ausfüllen zu seiner Gehörlosigkeit. Dann hat der Arzt den Gehörgang untersucht und Blut abgenommen. Für eine wissenschaftliche Studie, die dann zu einem späteren Zeitpunkt stattfinden sollte."

Der Doktor nahm den Bleistift und brachte seine Gedanken zu Papier.

„Wie invasiv war die Untersuchung des Gehörgangs? Ich meine, wie tief führte der Arzt das Instrument ein?"

Ava sah, wie er weitere Notizen machte.

Trommelfellperforation? Schwindel und Übelkeit. Gleichgewichtsstörungen beim Gehen.

Symptome recherchieren.

„Nicht sehr tief, glaube ich. Die Ohruntersuchung schien mir eher oberflächlich."

„Und wann genau war das? Zeigte ihr Mann damals schon die Symptome seiner Krankheit?"

Er nahm ein Buch aus dem Stapel und ging das Inhaltsverzeichnis durch.

„Nein, er war damals kerngesund." Sie dachte einen Moment nach und nannte ihm das Datum und die Uhrzeit.

Der junge Arzt studierte nachdenklich seine Notizen, als fehlte ihm ein Puzzleteil, um das Bild zu vervollständigen. Aus dem Inhaltsverzeichnis ergänzte er ein weiteres Wort. *Labyrinthitis?*

„Bitte erzählen Sie mir noch mal so genau wie möglich, was Sie beobachtet haben. Jedes Detail ist wichtig."

Ava gab sich Mühe, sich an alles zu erinnern. Sie beschrieb die Blutabnahme, die angeblich zu dem Zweck durchgeführt wurde, um die Anatomie taubstummer Menschen besser zu verstehen, vor allem derer, die von Geburt an taub waren. „In dem Brief, den wir erhielten, stand, dass das Blut zum Zweck der Studie unter dem Mikroskop untersucht würde. Das Blut wurde ihm mit einer speziellen Nadel abgenommen, aber ich habe leider vergessen, wie sie heißt. Ich kann Ihnen morgen – "

„Mikroskopische Untersuchung, hm …" Dr. Abramson klemmte sich den Bleistift hinters Ohr und trat ans Fenster, um seine Aufzeichnungen noch einmal bei Licht zu studieren. Seine Brauen zogen sich zusammen. Dann ging er zum Regal, zog zwei Bücher heraus und aus dem untersten Fach ein schmales Lederetui.

„Diese Nadel, sah die etwa so aus?"

Auf dem Samtfutter lagen eine gläserne Spritze und eine glitzernde Nadel.

Auch Peter neigte aus der Entfernung neugierig den Kopf.

„Ja, mit dem Unterschied, dass die Ampulle ganz aus Glas war." Die hier vor ihnen war von einem Metallring umgeben.

Der Doktor hielt die Spritze gegen das Licht. „Ich habe sie erst vor Kurzem bekommen und bin mit ihrer Anwendung noch nicht besonders vertraut. Mein Vorgänger, von dem ich die Praxis übernommen habe, hat sie mir überlassen. Im Krieg hat er im Lazarett gearbeitet und, so viel ich weiß, Morphin als Schmerzmittel bei verletzten Soldaten gespritzt. Der Chirurg, bei dem ich meine praktische Ausbildung gemacht habe, benutzte so etwas hin und wieder zur Medikamentengabe."

„Aber der Doktor hat nichts in Thors Vene gespritzt", warf Peter ein. „Im Gegenteil, er hat Blut *heraus*gezogen."

„Ja, das ist der Unterschied, natürlich. Trotzdem frage ich mich …"

Nachdenklich betrachtete Dr. Abramson das Instrument mit der scharfen Nadelspitze einen Augenblick länger, klappte das Etui zu und legte es auf den Schreibtisch. „Noch fehlt mir die Antwort auf die entscheidende Frage, Mrs. Norgaard, aber ich verspreche Ihnen, dass ich mein Bestes tun werde. Sobald ich etwas Neues weiß, werde ich zu Ihnen kommen und Sie in Kenntnis setzen. Und bitte halten Sie diese Dokumente für mich bereit. Ich habe das Gefühl, dass sie uns noch nützlich sein werden."

Dreizehn

Haakon näherte sich der Farm von Westen und ging zuerst über den kleinen Friedhof. Falls irgendjemand aus der Familie in seiner Abwesenheit verstorben war, wollte er vorbereitet sein. Raben krächzten in den Ästen über ihm, als er die Ruhestätte oben auf dem Hügel betrat. Seine Stiefel hinterließen tiefe Spuren in der weichen Erde. Sein Herz hämmerte in derselben Lautstärke wie das Geschrei der Vögel. Dann atmete er auf. Nur drei Kreuze. Pa, Ma und Tante Dorothee. So wie es gewesen war.

Seine Brüder waren also noch am Leben. Und ihre Frauen.

Keine Kinder – falls in der Zeit welche geboren worden waren – hatten den Tod gefunden.

Die Erleichterung ließ ihn schneller laufen, rutschend und stolpernd den bewaldeten Abhang hinunter. Er hielt sich abseits der ausgetretenen Wege, denn er wollte nicht gesehen werden. Noch nicht. Es war nur eine Frage der Zeit, bis er jemandem in die Arme laufen würde, und er hatte keine Ahnung, was er dann sagen sollte. Es kam darauf an, wer dieser Jemand war. Vor manchen Begegnungen fürchtete er sich mehr als vor anderen, denn sie waren schmerzlicher und schwieriger. Auf dem ganzen Weg zur Farm hatte er sich im Verborgenen gehalten, im Schatten der Wälder und im Schutz der Dunkelheit. Er schlug sich durchs Unterholz und durchquerte flaches Grasland, wo Rinderherden weideten. Einmal war er auf ein verlassenes Schwarzbrenner-Camp gestoßen, das er schnellstmöglich hinter sich gelassen hatte.

Haakon lief an der Uferböschung entlang und pfiff leise nach Grete, in der Hoffnung, dass sie ihn hören würde und zu ihm gelaufen käme. Unter ihm gurgelte das Wasser so klar und einladend, dass er hinabstieg und sich neben den Bachlauf kniete. Er spuckte den Rest des Kokablattes aus, beugte sich hinab und schöpfte mit den Händen das kristallklare Bergwasser. Er wusste nicht, wann er das letzte Mal etwas so Köstliches getrunken hatte. Es war wie früher – alles. Selbst die Frühlingsluft war satt und schwer, wie damals, als er sie zum ersten Mal geatmet hatte.

Haakon stand auf, pfiff noch einmal, diesmal etwas lauter, und warf sich den Seesack über die Schulter. Er folgte einem Tierpfad bergauf, bis er auf einem kleinen Hügel stand. Von der Anhöhe aus hatte er einen guten Blick auf die Farm und die grasbewachsene Lichtung, an deren Rand sein Holzhaus stand. Alles war still, nur das mannshohe Gras wogte im Wind. Und da überfiel ihn die leise Ahnung, dass Grete nicht mehr lebte.

Die braune Jagdhündin war nicht gekommen. Wenn sie nicht zu alt war, um die Veranda zu verlassen, dann war sie gestorben. Früher war sie nie von seiner Seite gewichen. Bis zu dem Tag, an dem er sie verlassen hatte. Seine Brust zog sich vor Schmerz zusammen und er hielt nur mühsam seine Tränen zurück, während er sich einen Weg durch das hüfthohe Unkraut bahnte. Er stieg über einen niedrigen Drahtzaun, der schief in den Pfosten hing. Nie wieder würde seine treue Hündin mit fliegenden Ohren über die Wiese zu ihm gerannt kommen. Und weil er fortgegangen war, hatte er nicht bei ihr sein können, als ihre letzte Stunde geschlagen hatte.

Haakons Herz war schwer, als er dem kleinen Wäldchen folgte, das sein Stück Land vom Rest der Farm trennte. Sollte er nach rechts abbiegen oder nach links? Nach kurzem Überlegen gab er seinem Bedürfnis nach Schutz und Sicherheit nach und schlug die Richtung zu seiner Hütte ein. Er brauchte ein paar Minuten, um allein zu sein und sich zu sammeln. Vielleicht sollte er sich am Brunnen vor dem Haus noch das Gesicht waschen, bevor er seiner Familie unter die Augen trat. Obwohl die Familie sich höchstwahrscheinlich nicht darum scheren würde, wie er aussah. Sie würden tiefer schürfen und viel mehr daran interessiert sein, wie es um seine inneren Beweggründe bestellt war. Und was das anging, fühlte er sich unzulänglich und als Versager. Wenn sie ihm in die Seele schauen könnten … Er war nicht sicher, was sie dort finden würden.

Zwischen den Bäumen nahm er eine Bewegung wahr und verlangsamte seinen Schritt. Auf dem Weg vor ihm ging jemand Richtung Hütte. Haakon kniff die Augen zusammen, um besser sehen zu können. Es war eine Frau. Zwischen den belaubten Ästen blitzte die Farbe ihres Kleides auf und er sah den Spitzensaum über ihren nackten Füßen. Ihr leuchtendes Haar hatte die Farbe des Zimttees, den sie so gerne mochte.

Ava.

Haakon erstarrte. Sie war vielleicht dreißig Meter entfernt. Was wollte sie in seinem Haus? Sie trug einen Weidenkorb und hatte es offenbar eilig, ihr Ziel zu erreichen. Ihr Anblick war für Haakon, als drohte plötzlich eine steife Brise aus Nordost sein Schiff zum Kentern zu bringen, und zwang ihn, den Kurs zu ändern. Dass Ava ihm unvorbereitet hier draußen im Wald begegnete, war das Letzte, was er wollte.

Sie schien mit ihren Gedanken woanders zu sein und bemerkte ihn nicht. Doch für Haakon gab es plötzlich nichts anderes mehr als Ava und ihn – und den unendlichen Schmerz, der zwischen ihnen stand. Das Gras und die Bäume verschwammen vor seinen Augen.

Er blinzelte ein paarmal, bis er wieder klar sehen konnte. Dann erst bemerkte er den Mann an ihrer Seite. Thor? Er musste es sein. Aber nein. Der Mann war hochgewachsen und schmal gebaut. So groß und schlank war nur Jorgan. Von Gefühlen überwältigt, trat Haakon einen Schritt vor, doch im selben Moment schalt er sich für seine Unvorsichtigkeit, stützte sich an einem Baum ab und zwang sich stehen zu bleiben. Er war schon zu nah an der Lichtung, um noch lange unbemerkt zu bleiben und wollte sich ins Dickicht des Waldes zurückziehen. In dem Moment knackte ein Ast unter seinem Fuß. Ava und Jorgan blieben abrupt stehen. Haakon hielt den Atem an.

Ein Gewehrlauf zeigte plötzlich in seine Richtung. Haakon sah die Anspannung in Jorgans Körper. Die Augen seines Bruders bohrten sich in seine eigenen. Er wartete, dass Jorgan das Gewehr sinken ließ, aber vergeblich.

Na schön.

Haakon machte langsam einen Schritt nach vorn. Und dann tat Ava etwas, was er am wenigsten erwartet hätte. Sie trat ebenfalls einen Schritt vor und kam direkt auf ihn zu. Sie blieb erst stehen, als sie nah genug war, um ihn genau zu sehen. Haakons Herz hämmerte in seiner Brust und er schluckte schwer.

Die Gedanken überschlugen sich in seinem Kopf und er bemerkte mehrere Dinge gleichzeitig.

Das Erste – sie war hinreißend. Genauso schön, wie er sie in Erinnerung hatte. Ihre Schultern waren gestrafft, ihr Kopf erhoben und sie zeigte keinerlei Furcht vor ihm. Obwohl ihre großen braunen Rehaugen geweitet waren, schien sie vollkommen ruhig und gelassen. Ihre ganze Haltung strahlte den Mut und die Kraft der Frauen aus, deren Heimat die fernen Küsten Irlands waren, und eine innere Stärke, die ihr Glaube ihr verlieh. Und in dem Moment durchfuhr ihn ein Gedanke genauso schmerzlich wie beim letzten Mal an diesem Ort. Er hatte diese Frau nicht verdient.

Als Zweites bemerkte er, dass sie in anderen Umständen war. Und das schon ziemlich weit. Thor hatte sie nicht nur zur Frau genommen, sondern sie würden auch bald ein Kind haben und eine richtige Familie sein. Haakon versuchte sich an den Gedanken zu gewöhnen – und zwar möglichst schnell –, aber es wollte ihm nicht so recht gelingen. Im selben Augenblick machte er eine dritte Beobachtung, die ihn am meisten erschütterte. Ava hätte guten Grund gehabt, ihn zu verachten, aber in ihrem Gesicht entdeckte er keine Spur von Hass. Nur Überraschung und eine Spur Befangenheit, die ihre Erinnerung an ihr letztes Zusammentreffen verriet. Doch stärker als alles andere war das Mitleid in ihren Augen.

Haakon senkte den Blick und kämpfte um seine Selbstbeherrschung. Als er zur Hütte schaute, sah er jemanden im Schatten der Veranda. Er wusste nicht, wer es war, bis er schwere Schritte hörte. Das konnte nur Thor sein. Haakons Impuls zu fliehen war so heftig, dass er unweigerlich einen Schritt zurück tat.

Dann trat Thor ins Licht und Haakon sah seinen Bruder zum ersten Mal seit dem unseligen Tag, als sie auf Leben und Tod gegen die Sorrels gekämpft hatten.

Thor hielt Haakons Blick fest und lehnte sich gegen einen Pfosten. Seine kräftige Statur war immer noch einschüchternd, doch seine Haltung war gebückt und er presste seine Hand gegen die Seite, als hätte er Schmerzen. War er verletzt?

Haakon blickte zwischen Thor und Ava hin und her und wusste nicht, was er tun oder sagen sollte. Ava nahm ihm die Entscheidung ab, indem sie ihren Korb abstellte und sich abwendete. Er schaute ihr nach, als sie ging, und bereute es im selben Moment, denn sie sah noch einmal über die Schulter zurück und in ihren Augen lag der ganze Schmerz, den er ihr zugefügt hatte. Er hätte niemals zurückkommen dürfen.

Als Ava gegangen war, suchte Haakon nach Worten, aber seine Lippen wollten sich nicht bewegen. Auch seine Hände nicht, bis auf ein leichtes Zittern, das von Gebärdensprache meilenweit entfernt war. Thor schien es zu bemerken wie immer, denn seine Sprache war die der Bewegung und des Beobachtens, sei es eine ausladende Geste oder ein noch so schwaches nervöses Zucken.

Haakon zermarterte sich das Gehirn, was er tun oder sagen sollte, doch er konnte nur stumm dastehen. Beim Anblick seines Bruders, der nur wenig älter war als er, musste er auf einmal an Pa denken. Wie ähnlich sie sich sahen – dieselben breiten Schultern und der muskulöse Oberkörper. Nur Pas Haare waren hell gewesen wie ein Weizenfeld, Thors dagegen waren dunkelbraun wie die Erde.

Die Geschichte, die Haakon gerne den Decksjungen erzählt hatte, war eine der nordischen Sagen, die sie von ihrem Vater gehört hatten. Die Legende von der großen Seeschlange und ihrem Kampf gegen Thor, Odins Sohn. Der Name des mächtigen Wikingergottes hatte schon immer gut zu seinem Bruder gepasst. Haakon dachte an all die Geschichten ihrer Kindheit, die Pa ihnen am Lagerfeuer erzählt hatte, stets mit seiner Pfeife im Mundwinkel. Geschichten, in denen es um Ehre und Tapferkeit ging, um mutige Krieger und mächtige Könige.

Wenn diese Lichtung ein Schlachtfeld wäre, so würde er als Friedensangebot seinen Schild niederlegen. Aber Haakon hatte keinen Schild, nur seinen Seesack, also nahm er das Gepäckstück von der Schulter und stellte es zu seinen Füßen auf den Boden.

Thor blickte von dem zerschlissenen Stoffbeutel zurück zu ihm. Vielleicht zog er daraus den Schluss, dass Haakon gekommen war, um zu bleiben. In dem verzweifelten Bemühen, sich zu erklären, beugte Haakon zuerst das eine, dann das andere Knie. Dann zog er sein Messer aus der Scheide und legte es flach auf den Boden.

Thors Brauen kräuselten sich und auf seinem ernsten Gesicht lag Verwirrung.

Erkannte er ihn denn nicht? Haakon wusste, dass er sich in den vier Jahren verändert hatte. Seine Haut war von Wind und Wetter gegerbt und er trug einen Vollbart. Seine ehemals kurzen Haare waren lang und zu einem Pferdeschwanz gebunden. Seine Schuhe bestanden aus Flicken und waren so schmutzig, dass Ida ihm verboten hätte, damit die Küche zu betreten. Aber er war immer noch sein Bruder. Und je länger Thor ihn anschaute, desto deutlicher wurde Haakon, dass Thor nie daran gezweifelt hatte. In Thors Augen las er, dass er ihn sehr wohl erkannt hatte, aber einfach nicht glauben konnte, dass Haakon den Schneid gehabt hatte zurückzukommen.

Haakon räusperte sich. „Tut mir leid, dass ich so ganz ohne Vorwarnung hier auftauche." Seine Stimme klang rau. „Ich wollte ein paar Dinge klären, was mein Haus betrifft und mein Land und vor allem … mit euch." Vor allem mit Ava. Aber das sagte er nicht. Weil es auch nicht nötig war. Und weil Thor es sicher unpassend gefunden hätte, wenn er ihren Namen erwähnt hätte.

„Willst du uns vielleicht verraten, wo du warst?", fragte Jorgan mit ruhiger Stimme.

„Ich war auf See."

Jorgan nickte unbeeindruckt, als ob ihn die Antwort nicht überraschte, und sah zu Thor. Der warf Haakon einen langen Blick zu und gebärdete *bleiben* durch eine mehrmalige Abwärtsbewegung mit der flachen Hand und deutete mit dem Zeigefinger auf den Boden für *hier*. Dabei zog er fragend die Augenbrauen hoch. Haakon fühlte sich beschämt. So viel Großzügigkeit und Wohlwollen hatte er nicht erwartet. Doch in Thors Gesichtsausdruck lag keine Freundlichkeit, sondern eine Verzweiflung, die Haakon nicht zu deuten vermochte.

Er wusste, dass sein Bruder auf die Entfernung nicht von den Lippen ablesen konnte, und stand auf und ging näher heran. „Wenn du nichts dagegen hast", beantwortete er Thors Frage. „Nur für kurze Zeit. Wenn es dir lieber ist, kann ich mir auch woanders eine Unterkunft suchen." Er sah, dass die Sonne bereits hinter den Bäumen verschwunden war. Bald würde es dunkel werden.

Die Zeit drängte, aber seine Brüder machten keine Anstalten, eine Entscheidung zu treffen. Vielleicht durfte er im Stall schlafen oder in einem der Nebengebäude? Er würde sich zu benehmen wissen und sich nichts zuschulden kommen lassen. Wenn ihnen das nicht passte, könnte er auch unter freiem Himmel sein Lager aufschlagen.

Er wünschte, die Dinge wären nicht so kompliziert. Und mehr als alles andere wünschte er sich, dass er das wiedergutmachen könnte, was er getan hatte. Er wusste bloß nicht, wo er beginnen sollte. Am schlimmsten war jedoch, dass er nicht wusste, wie er sich Ava gegenüber verhalten sollte. Ava, die ihm einst so viel bedeutet hatte. Aber die große Liebe war es nicht gewesen, nicht wie bei Thor. Stattdessen hätte er ihr damals beinahe etwas Schreckliches angetan, weil er seine Gefühle nicht hatte im Zaum halten können.

Würde sie ihm eine Chance geben, sich bei ihr zu entschuldigen?

Was ihn noch mehr verwirrte, war, dass er noch immer so viel für sie empfand. Er hatte gehofft, seine Gefühle würden mit der Zeit verschwinden – einer der Gründe, weshalb er so lange und so weit fortgegangen war. Aber selbst der Ozean war nicht weit und tief genug, um die Vergangenheit auszulöschen.

Thor hielt sich mit beiden Händen am Geländer fest, als er langsam die Verandatreppe hinunterkam. Nach der zweiten Stufe blieb er stehen, die Faust in die Seite gepresst.

Was war los mit ihm?

Haakon warf Jorgan einen fragenden Blick zu, doch der beobachtete nur schweigend die Szene.

Thors Atem ging keuchend und stoßweise, er setzte den Fuß auf die nächste Stufe und sein Gesicht verzerrte sich vor Schmerzen. Seine Knöchel wurden weiß, so fest hielt er das Geländer umklammert. Auf seinen Reisen war Haakon allen möglichen

Leiden und Krankheiten begegnet. Von Hunger gezeichnete Gesichter, Fieberwahn und Ruhr – er hatte alles gesehen und wusste, dass das hier ebenso schlimm war. Thors Augen suchten seinen Blick. Sie waren gelblich und in ihnen las Haakon die Angst eines Mannes, der fürchtete, nicht mehr lange zu leben. Thor Norgaard war im Begriff zu sterben.

Vierzehn

Mit zitternden Fingern durchforstete Ava Thors Bücherregal im Schlafzimmer. Sie fand das gesuchte Buch und zog es heraus, doch es entglitt ihrem fahrigen Griff und fiel zu Boden. Als sie sich bückte, um es aufzuheben, schwammen ihre Augen in Tränen. Ihre Hände wurden kraftlos, hörten auf, fieberhaft einen Sinn in dem Ganzen finden zu wollen. Verstehen zu wollen, dass …

... dass Haakon wieder da war.

Jahr um Jahr hatte sie sich gefragt, ob er noch am Leben war, und jetzt kam die Antwort so plötzlich und unerwartet wie ein Tornado, der alles durcheinanderwarf. Sie wünschte, er wäre ihr gleichgültig, doch der Mann, der ihr Vertrauen missbraucht hatte, war einmal ein guter Freund gewesen.

Nichts wäre so wichtig, wie ihm zu vergeben, sollte er sich entschließen zu bleiben. Doch in ihr tobte ein Sturm der Gefühle und sie wusste nicht, wie sie diesen Sturm stillen sollte. Würde es je möglich sein, mit diesem Mann wieder zurechtzukommen?

Ava nahm das Buch auf und legte es zur Seite. Dann griff sie erneut ins Regal, ganz oben, wo Thor die dicksten Bände hingestellt hatte. Sie suchte kein bestimmtes Buch, sondern etwas, das in dem Hohlraum hinter den staubigen Bänden schlummerte. Auf Zehenspitzen tastete sie sich vor und bekam mit zwei Fingern den Briefumschlag zu fassen. Thor hatte ihn vor langer Zeit dort versteckt, weil sie ihn darum gebeten hatte. Sie blickte auf den Umschlag in ihren Händen und wünschte, Thor wäre hier.

Vorsichtig zog Ava den Brief heraus. Haakon hatte ihn damals geschickt, nachdem er fortgegangen war. Nur ein paar spärliche Zeilen, hastig auf ein zerknittertes Blatt Papier gekritzelt, doch die Worte gingen ihr genauso nah wie damals. Und sie las darin einen Anflug von Reue und die Bitte um Vergebung.

Es sah Haakon Norgaard ähnlich, seinen Abschiedsbrief kurz und bündig zu halten. Und keinen Absender anzugeben.

Ava vernahm ein leises Klopfen an der Tür und darauf Fays Stimme: „Darf ich reinkommen?“

Rasch wischte sie sich über die Augen und ließ den Brief sinken. „Ja, bitte.“

Die Tür öffnete sich mit einem Quietschen und Fay schlüpfte ins Zimmer, den schlafenden Björn im Arm. Eine kleine Faust hing schlaff herunter und seine blonden Locken waren zerzaust. „Ich dachte mir, dass du hier oben bist.“ Fay sah, wie Ava sich erneut die Augen abtupfte. „Wie geht es dir?“

„Oh …“, war alles, was Ava sagen konnte, und ihre Augen füllten sich mit Tränen, als sie den Brief zurück ins Regal legte.

Fay trat zu ihr und umarmte ihre Schwägerin mit ihrem freien Arm, Björns kleiner Körper zwischen ihnen, tröstlich, warm und weich. Ava berührte seine flaumigen Haare.

„Du bist so tapfer.“

Ava schniefte und fühlte sich alles andere als tapfer, doch Fays Gegenwart tat gut.

„Ich weiß nicht, warum er gekommen ist“, sagte sie schließlich.

„Er hat Jorgan erzählt, dass er zur See gefahren ist“, antwortete Fay. „Irgendetwas von Norwegen und Eishandel. Er scheint viel in der Welt herumgekommen zu sein."

Ava dachte daran, wie Haakon ihr einmal von seinem Traum erzählt hatte, in ferne Länder zu reisen und die Welt zu sehen. Er hatte sie sogar gefragt, ob sie mit ihm kommen würde.

„Hat er denn keine eigene Familie? Kein Zuhause?" Vier Jahre waren eine lange Zeit.

Fay schüttelte den Kopf. „Ich glaube nicht. Wir sind seine Familie."

In Avas Kopf jagten sich die Gedanken und ihre Finger krampften sich nervös zusammen. Sie wollte etwas sagen, fand aber keine Worte für das, was ihr Herz bewegte.

„Haakon hat lange mit Jorgan geredet. Und ich wollte, dass du darüber Bescheid weißt, was sie besprochen haben." Fay wählte ihre Worte sorgfältig. „Ich weiß nicht, wie ich beginnen soll, Ava, ... ohne dir zu nahe zu treten. Was möchtest du hören, das Geschäftliche oder das Private? Ich will dich nicht verletzen und werde dir nur das erzählen, was du hören magst."

„Ich danke dir." Ava wählte das unverfänglichere Thema. „Dann zuerst das Geschäftliche."

„Er ist gekommen, weil ihm die Blockhütte gehört. Und das Land dazu."

Was Ava nicht überraschte. Schließlich war es sein einziges Erbe.

Fay schmiegte ihre Wange an Björns seidige Haare.

„Sei es, weil er hier leben oder sie verkaufen will, das weiß ich nicht. Allerdings hat Jorgan ihm ausdrücklich klargemacht, dass er sein Recht darauf verwirkt hat."

Ava wusste zu wenig über die Vereinbarungen zwischen den Brüdern, aber sie bezweifelte, dass es notariell beglaubigte Verträge zur Aufteilung des Landes gab. Sie hatte keine Vorstellung, wie sie einen Erbschaftsstreit regeln würden.

Fay zögerte, bevor sie weitersprach. „Haakon hat auch gesagt, dass er gern versuchen will ... das Unrecht wiedergutzumachen, das er dir angetan hat. Jorgan hat den Eindruck, dass er echte Reue zeigt."

Ava sah aus dem Fenster in die hereinbrechende Dunkelheit. So lange war dies schon ihre Hoffnung, und nun fühlte sie sich verzagt und ängstlich statt froh und erleichtert. Obwohl sie Haakon nur kurz gesehen hatte, war ihr nicht entgangen, dass er sich verändert hatte. Zumindest äußerlich. Er war nicht mehr der leichtsinnige, jugendliche Draufgänger. Aber es genügte nicht, aus dem Nichts hier aufzutauchen und plötzlich als gereifter, erfahrener Weltenbummler aufzutreten.

Fay wiegte sich wie im Tanz hin und her, damit Björn weiterschlief. „Es müssen sicher noch viele Gespräche geführt und Entscheidungen getroffen werden. Aber ich wollte dir versichern, dass Thor und Jorgan, so wie die Lage jetzt ist, darauf achten werden, dass Haakon nicht in deine Nähe kommt."

Ava merkte, wie ihr von Neuem die Tränen in die Augen stiegen, und sie nickte dankbar. „Und was ist mit heute Nacht?" Sie legte eine Hand schützend auf ihren Bauch und spürte, wie erschöpft sie war. Es war ein langer Tag gewesen. „Wo soll Haakon schlafen?"

„Das wollte ich gerne mit dir besprechen. Jorgan hat vorgeschlagen, dass er woanders übernachtet, bei Peter vielleicht, wenn Peter einverstanden ist. Und nichts spricht dagegen, dass er im Wald sein Lager aufschlägt."

Ava gab zu bedenken, dass das zu gefährlich sei, solange sie nicht wussten, wo die Sorrels sich aufhielten.

„Oder er könnte im Pferdestall im Stroh schlafen oder in der Mosterei – das heißt, wenn du nichts dagegen hast! Wenigstens für eine Nacht. Morgen ist ein neuer Tag, dann können wir alles noch einmal in Ruhe besprechen und vielleicht eine andere Lösung finden. Wir sollten erst mal eine Nacht darüber schlafen. Aber ich möchte auf jeden Fall, dass es auch für dich eine friedvolle Nacht wird."

„Was ist mit Thor?"

Fay streichelte Björn gedankenverloren über den Rücken. „Er ruht sich aus.“ Sie wandte sich ab und in ihren Augen glänzten Tränen.

Ava hatte selbst gesehen, wie schwach Thor an diesem Abend gewesen war. Sie hatte ihm Gesellschaft leisten und bei ihm sitzen wollen, wenn auch nur in einiger Entfernung. Aber dann war Haakon aufgetaucht. Ein Schluchzen stieg in ihrer Kehle hoch. Viel wichtiger als alle Aufregung um Haakon war Thor – und sie würde alles tun, was in ihrer Macht stand, damit er bald wieder gesund würde.

„Oh, Fay. Ich weiß nicht, was ich tun soll.“

Fay streckte die Hand aus und legte sie ihrer Schwägerin tröstend auf den Arm. „Mach dir nicht zu viele Sorgen, Liebes. Ich bin sicher, dass Thor heute Nacht friedlich schlafen wird, und die Ruhe wird ihm guttun. Jorgan hat mit ihm gesprochen und ihm versichert, dass wir gut auf dich aufpassen werden. Und was Haakon angeht – Jorgan wird ihm sagen, dass er woanders übernachten soll. Morgen können wir dann noch einmal neu beratschlagen.“ Sie lächelte Ava aufmunternd zu und ging zur Tür. „Ich komme nachher noch einmal vorbei. Ida macht dir einen Tee und eine Kleinigkeit zu essen. Und nun ruh dich aus. Du musst sehr müde sein.“ Ihr Blick glitt wissend über Avas gewölbten Bauch.

Ava sah aus dem Fenster, das nach Norden wies, und dachte an die Warnung, die jemand mit groben Pinselstrichen an die Wand der Mosterei geschmiert hatte. Auf die verwitterten Bretter dieses Gebäudes, das, groß und solide gebaut, jeden Sturm überstanden hatte. Sie dachte an Ida, die treu und unerschrocken für die Familie sorgte, während draußen im Wald oder zwischen den Häusern die nächtliche Gefahr lauerte.

Björn hatte den Kopf an die Brust seiner Mutter gelehnt und seufzte im Schlaf. Ava wurde plötzlich bewusst, was sie bisher nicht wahrhaben wollte: Wenn Haakon in der Nähe des Hauses war, konnten sie sich alle sicherer fühlen.

„Warte, Fay. Die Mosterei wäre in Ordnung. Für Haakon. Er kann dort schlafen."

„Bist du sicher?"

„Ja." Die Dämmerung brach herein und es gab keinen Grund, Haakon fortzuschicken. Von ihm ging keine Bedrohung aus. Außerdem war er weit genug von ihr entfernt, drüben in der Mosterei. „Sagst du Jorgan Bescheid?"

„Ja, natürlich. Ich spreche gleich mit ihm."

Ava dankte ihr und als sie wieder allein war, ging sie zum Fenster und zog die Vorhänge zu. Das Zimmer war leer und still, viel zu still ohne Thor. Keine Dielen knarrten unter seinen schweren Schritten und es gab keine Hand, die ihre Schulter wärmte. Er würde sie nicht zu sich heranziehen, um sie zu küssen, und sie fühlte weder seine starken Arme noch die leichte Berührung seines Bartes. Sie war allein und das Dachzimmer trostlos und leer.

Neben dem Bett stand die hölzerne Wiege, die seit vielen Jahren im Besitz der Familie war. Thor hatte sie vor vier Wochen aus Fays und Jorgans Schlafzimmer hochgetragen, nachdem sie für Björn zu klein geworden war. Wie viele Norgaards hatten schon in dieser Wiege gelegen? Fünf Söhne bisher, Haakon eingeschlossen. Und schon bald das sechste Kind.

Ava nahm ein frisches Nachthemd aus der Kommode und hängte es über das Fußteil des Bettes. Sie kontrollierte noch einmal, ob die Vorhänge auch dicht genug schlossen. Im abgedunkelten Zimmer zog sie ihr Kleid aus und schlüpfte in ihr Nachtgewand. Sorgfältig knöpfte sie die Manschetten zu. Nun das Nachtgebet. Ihr Herz war übervoll, aber nun, da Haakon da war, war ihre innere Stimme verstummt.

Sie kniete sich vor das Bett und fühlte das Gewicht ihres schwerer werdenden Leibes und ein leichtes Ziehen im Unterbauch. Denselben Schmerz, den sie auch tagsüber schon gespürt hatte. Das Baby würde nicht mehr lange auf sich warten lassen. Wahrscheinlich noch nicht einmal mehr einen Monat. Würde es Thor bis dahin besser gehen? Oder würde er die Geburt nicht mehr erleben und nie das Gesicht seines Kindes sehen? Und wann würde Haakon aus ihrem Leben verschwinden? Die Antworten auf ihre Fragen lagen in weiter Ferne – so fern wie ihr Mann. Ava faltete ihre Hände und neigte den Kopf, aber kein Gebet kam aus ihrem Mund. Es kamen nur Tränen.

Fünfzehn

Sie hatte ein schwarzes Kleid getragen an jenem Tag. Das Trauerkleid einer Witwe, schwarz vom Saum bis zum hochgeschlossenen Kragen. Der Stoff hatte bei ihrer Ankunft sanft im Sonnenlicht geschimmert, wie Rabenfedern, und der Kontrast zu ihrer hellen Haut war so auffallend gewesen, dass selbst die Vögel zu verstummen schienen, um sie zu betrachten. Ihre Schönheit war beinahe überirdisch gewesen, als sei sie nicht von dieser Welt. Das war Haakons erster Eindruck von Ava gewesen, als er damals aus dem Haus getreten war, um die Frau zu begrüßen, die den weiten Weg übers Meer zu ihnen auf sich genommen hatte.

Noch nie zuvor war jemand aus der Fremde zur Norgaard-Farm gekommen, um zu bleiben. Bis zu dem Tag, an dem Ava aufgetaucht war und wahrscheinlich ebenso wenig gewusst hatte, was sie von den Brüdern halten sollte, wie die Brüder von ihr.

Sie war einundzwanzig, hatte er an jenem Tag erfahren. Genauso alt wie er, und er hatte sofort gedacht, dass sie gut zusammenpassen würden.

Haakon beobachtete sie damals von der Veranda aus, während der sieben Jahre ältere Thor mit einigem Abstand zu ihr stand. Seine Haltung drückte etwas Beschützendes aus. Er schien Haakon mit Blicken durchbohren zu wollen. Die Luft zwischen ihnen schien zu brennen, sodass selbst Jorgan es bemerkte und irritiert von einem zum anderen sah.

Während Haakon sich bemühte, bei Ava einen guten Eindruck zu machen und möglichst lässig und souverän zu wirken, wusste er, dass es für Thor doppelt schwer sein musste, sich zu beherrschen. Haakon fand Ava anziehend und interessant, aber Thor liebte sie von Anfang an. Es war unmöglich zu übersehen. Er hatte sich in ihr Foto verliebt, das sie an Benns Seite zeigte und das früher im Großen Raum an der Wand gehangen hatte. Und es war unmöglich gewesen, nicht zu bemerken, wie Thor seinen Schritt verlangsamt hatte, wann immer er an der Fotografie vorbeigegangen war. Nach dem frühen Tod des Cousins hatte er das Bild abgenommen und aufbewahrt. Das zumindest war Haakons Vermutung gewesen, als das gerahmte Foto auf einmal verschwunden war.

Haakon hatte immer gedacht, dass solche Erinnerungen der Vergangenheit angehörten, aber jetzt nach seiner Rückkehr waren sie so lebhaft wie damals.

Als er aus dem Schlaf erwachte, wusste er nicht, ob alles ein Traum oder Wirklichkeit war. Er blinzelte gegen das helle Sonnenlicht und stellte fest, dass er sich in der Mosterei befand. An seine Ohren drang das Quietschen und Knarren einer Seilschaukel. Beides ergab keinen Sinn. Erstens schlief er nie länger als bis zum Morgengrauen und zweitens war die Seilschaukel schon vor Jahren abgenommen worden. Schlaftrunken rieb er sich die Augen und sah sich um. Die Sonne stand schon hoch am Himmel und erhellte den weitläufigen Innenraum des Gebäudes. An einen der Deckenbalken war eine Seilschaukel geknotet und darauf saß Jorgans ältester Sohn.

Der Junge schwang sich in weitem Bogen nach vorn, sprang

ab und landete in einem Heuhaufen neben Haakons Lager. Er robbte zu ihm hinüber und sagte etwas Unverständliches.

Haakon sah ihn fragend an. „Was?“

„Du has zu wange geschwafen.“

Da hatte der Knirps wohl recht. Tatsächlich hatte Haakon schon lange nicht mehr so tief geschlafen. Er war dankbar, dass seine Brüder ihm erlaubt hatten, hier zu übernachten. An diesem Ort, an dem es nach Äpfeln und getrockneten Blättern roch und an dem so viele Erinnerungen wach wurden. Wo der Duft zahlreicher Erntemonate in Ritzen und ungekehrten Ecken hing.

Er konnte sich nicht an den Namen von Jorgans Sprössling erinnern und wurde auf sein Nachfragen sofort informiert. „Und wie alt bist du, Sigurd?“

Der Kleine zählte leise, die Zunge konzentriert im Mundwinkel, und hielt vier Finger hoch, wobei er den fünften immer wieder herunterdrückte. Mit seinem schlaksigen Körperbau ähnelte er seinem Vater, aber die weißblonden Haare hatte er von Fay. Ebenfalls aus der mütterlichen Linie stammten seine freundlichen, weit auseinanderliegenden Augen unter den hellen Brauen, die ihm ein vornehmes, beinahe aristokratisches Aussehen verliehen.

Als Haakon ihm die Hand reichte, strahlte Sigurd ihn an. Haakon stand auf und klopfte sich das Stroh von seiner wollenen Hose und dem dünnen Baumwollhemd. Er hatte nicht vorgehabt, so lange zu schlafen, aber er war die ganze Nacht aufgeblieben und hatte Wache gehalten. Niemand hatte ihn darum gebeten, aber als er die Schrift an der Wand gesehen hatte, konnte er einfach nicht anders.

Jorgan hatte ihm erzählt, dass dies das Werk der Sorrels war. Haakon hatte sich draußen vor die Scheune gesetzt, das Gewehr im Schoß, über sich die Sterne. So horchte er in die Nacht, ob er irgendwelche außergewöhnlichen Geräusche hörte, wie er es auf See gelernt hatte. Zuvor hatte er das Schloss des Waffenschranks geknackt und festgestellt, dass seine Winchester fehlte. Er hatte sich vorgenommen, Jorgan am nächsten Morgen danach zu fragen, und zunächst beschlossen, mit einer anderen, weniger imposanten Waffe vorliebzunehmen.

Er verspürte Hunger und zog eine Packung Schiffszwieback aus seinem Gepäck. Die trockenen Hartkekse waren nicht seine erste Wahl, aber er wollte nicht an die Küchentür klopfen und fragen, ob es noch etwas zu essen gab. Er sah sich in der Scheune um. In den Regalen an den Wänden, wo sie einst ihren Schnapsvorrat gelagert hatten, standen jetzt allerlei Gläser unterschiedlichen Inhalts, von Marmeladen bis zu Apfelmus und Apfelessig. Und Apfelbutter. Bei ihrem Anblick lief Haakon das Wasser im Mund zusammen, aber er wagte es nicht, ein Glas zu öffnen. Stattdessen brach er einen Schiffszwieback entzwei und reichte Sigurd die Hälfte.

„Hier, für dich."

Sigurd knabberte an dem farblosen Keks, der ihm zu schmecken schien.

„An den komischen Geschmack gewöhnt man sich schnell."

Das Tor zur Scheune quietschte und Jorgan trat ein. Sigurd rannte zu seinem Vater und schlang seine dünnen Ärmchen um ihn. Dieser tätschelte seinem Sohn liebevoll den Rücken und schickte ihn dann ins Haus zu seiner Mutter.

„Alles in Ordnung?", fragte Haakon.

Jorgan antwortete nicht, sondern blickte sich suchend in der Scheune um.

„Tut mir leid wegen Sigurd. Ich wusste nicht, dass er hier drinnen war." Vielleicht hätte er nicht mit dem Jungen sprechen sollen, ohne zuvor Jorgan zu fragen.

„Oh, das ist es nicht." Jorgan schob ein leeres Fass beiseite. „Es ist wegen Thor."

„Was ist mit ihm?"

Die Antwort ließ so lange auf sich warten, dass Haakon beinahe noch einmal nachgefragt hätte. Jorgan seufzte. „Ava wollte ihm heute Morgen sein Frühstück bringen und sah, dass er sein

Abendessen nicht angerührt hat. Es stand noch draußen vor der Tür. Wir haben zwei Stunden gewartet, aber er ließ sich nicht blicken."

Ava würde nicht mehr ein noch aus wissen vor Sorge.

„Was genau hat er denn?"

„Der Arzt hat noch keine genaue Diagnose stellen können. Aber er sagt, es ist das Beste, wenn Thor fürs Erste für sich bleibt."

Haakon konnte sich vorstellen, dass die Familie das nicht besonders gut aufgenommen hatte.

Die Lage war vertrackt. Da Thor nicht hören konnte, hatte es keinen Sinn, an die Tür zu klopfen. „Habt ihr versucht, die Tür aufzubrechen?"

Jorgan antwortete nicht, aber Haakon kannte seinen Bruder gut genug, um zu wissen, dass er bereits alles versucht hatte, um ins Haus zu gelangen. Und wenn Thor in der Lage wäre, die Treppe hinunterzukommen, dann hätte er es getan. Niemand ließ ohne triftigen Grund Essen stehen. Und der Zustand, in dem er Thor gestern gesehen hatte, war äußerst kritisch.

„Eines der oberen Schiebefenster steht einen Spaltbreit offen." Jorgan hatte entdeckt, was er suchte, und wollte die Leiter nach draußen tragen.

„Du brauchst keine Leiter." Haakon warf seinen Seesack beiseite und ging hinaus. Ein Schwarm Krähen flog erschrocken auf.

„Was hast du vor?"

„Ich zeige dir, dass wir keine Leiter brauchen!"

Haakon erwartete, dass Jorgan ihn aufhalten würde, aber der kümmerte sich nicht um ihn, sondern war in Gedanken nur bei Thor.

Kaum hatte Haakon die Blockhütte erreicht, sah er auch schon Ava, die davorstand und zu dem halb offenen Dachfenster hochblickte. Sie drehte sich um, als sie ihn kommen hörte, und er blieb abrupt stehen. Wortlos ging er dann an ihr vorbei.

Hinter ihm näherte sich Jorgan mit der Leiter auf dem Rücken. Avas Augen weiteten sich vor Erstaunen. Haakon taxierte die Fassade, dann stieg er über die Verandabrüstung und hielt sich am Geländer fest.

„Was machst du da?“, rief Jorgan ihm hinterher.

„Nachsehen, wie es Thor geht.“

Die Rundhölzer des Hauses waren jeweils einen Fuß breit, doch die Rundungen waren abgeschliffen und Stämme bündig gesetzt, sodass Haakon keinen Halt zum Klettern finden konnte. Mit einem beherzten Sprung bekam er den Dachvorsprung zu fassen. Seine Hände drohten abzurutschen, aber irgendwie schaffte er es, sich abzustützen und ein Bein hochzuschwingen. Jorgan versuchte ihn zurückzurufen, aber vergeblich. Mit aller Kraft zog Haakon sich höher und schob den Oberkörper auf das Vordach. Seine Brust presste sich gegen die Schindeln. Er robbte weiter, bis er auf dem Vordach zum Stehen kam.

Doch nach ein paar Schritten verloren seine Füße den Halt und er rutschte. Ava schlug die Hände vor den Mund und unterdrückte einen Aufschrei. Laub und Tannennadeln rieselten herunter. Haakon bekam ein altes Abflussrohr zu fassen, das ihn vor dem Fall bewahrte, und tastete sich langsam weiter vor. Gott sei Dank, er war mit ein paar blauen Flecken davongekommen. Das Fenster war jetzt in greifbarer Nähe.

Haakon duckte sich unter dem geöffneten Schieberahmen durch. Obwohl draußen die Sonne schien, lag das Zimmer im Halbdunkeln. Sämtliche Vorhänge waren zugezogen, einschließlich dem, in denen er sich beim Einsteigen durchs Fenster verwickelt hatte. Beinahe hätte er nach Thor gerufen, aber so lange war er dann doch nicht fort gewesen, um zu vergessen, dass sein Bruder taub war.

Und das hier war der Ernstfall und kein Versteckspiel aus ihrer Kinderzeit. Bei dem Gedanken, dass Thor hier irgendwo im Zimmer war, stellten sich Haakon die Nackenhaare auf. Vorsichtig ging er durch den Raum, um einen Stapel alter Holzkisten herum, konnte aber niemanden entdecken. Um sich bemerkbar zu machen, stampfte er ein paarmal mit dem Fuß auf, dass die Bodendielen vibrierten. Sein Signal zeigte sofort Wirkung und er sah Thor um die Ecke kommen, ein gezücktes Messer in der Hand. Haakons Hoffnung auf ein friedliches Zusammentreffen schwand. Er hatte in seinem Leben noch nie einen Kampf mit dem Messer verloren. Deshalb war er so weise gewesen, nie gegen Thor zu kämpfen.

Haakon hob die Hände und trat einen Schritt zurück. Thor hielt den geschnitzten Griff fest umklammert, aber seine Augen glänzten fiebrig.

Da er nicht wusste, ob sein Bruder vernünftig genug war, um auf ihn zu hören, wählte Haakon seine Worte mit Bedacht. „Wir machen uns alle Sorgen um dich."

Thor drehte den Messergriff in seiner Hand.

Haakon nahm einen neuen Anlauf. „Ava macht sich Sorgen, weil du nichts gegessen hast. Ich bin gekommen, um dir zu helfen."

Thor blickte zum geöffneten Fenster und zurück zu seinem Bruder.

„Vor der Haustür steht eine Kiste mit Essen für dich. Ich will sie für dich reinholen, verstehst du?" Haakon hatte keine Ahnung, ob Thor von seinen Lippen ablesen konnte, was er sagte.

Schweißperlen bildeten sich auf Thors Stirn und er wirkte verwirrt.

Haakon ging langsam auf die Treppe zu. „Ich gehe jetzt das Essen holen." Er zeigte auf die Treppenstufen, formte die Gebärde für *Essen* und bedeutete ihm, dass er es hinauftragen würde.

Mit finsterem Gesichtsausdruck machte Thor einen Schritt auf ihn zu. Er atmete schwer, taumelte und sank auf die Knie, das Messer immer noch fest in der Hand. Es wäre Haakons Chance gewesen, ihm die Waffe abzunehmen, aber er rührte sich nicht vom Fleck. Thor war wütend – und immer noch stark –, aber tief in seinem Inneren war Haakon überzeugt, dass sein Bruder ihm nichts tun würde. Es war dieses unerschütterliche Vertrauen, dass ihn stehen bleiben und warten ließ.

Immer noch schwer atmend stand Thor auf und steckte das Messer weg. Seine Haut war gelblich und mit Schweiß überzogen, seine Augen glänzten wie im Fieberwahn.

Haakon machte das Zeichen für *Bett* und *hinlegen*. Er zeigte auf das Bett in der Ecke des Zimmers.

Thor machte eine fluchende Gebärde als Antwort, was er davon hielt.

Na, so schlecht schien es ihm ja nicht zu gehen.

„Du mich auch", murmelte Haakon auf der ersten Treppenstufe. Er musste die Tür aufschließen und die Sachen holen. Was Thor als Allererstes brauchte, war Wasser. Durch das Fieber hatte er schon viel zu viel Flüssigkeit verloren und befand sich kurz vor dem Delirium. Allzu oft hatte Haakon dies bei seinen Kameraden auf See erlebt.

Thor konnte sich kaum noch auf den Beinen halten, streckte eine Hand aus, schwankte und stürzte zu Boden.

Haakon wollte ihm helfen, kniete sich neben seinen Bruder und versuchte, ihm unter die Arme zu greifen. Aber Thor stieß ihn mit aller Kraft weg, sodass Haakon gegen die Wand krachte. Thor blieb liegen und krümmte sich vor Schmerzen. Haakon, der sich bei dem Aufprall auf die Zunge gebissen hatte, schluckte den Blutgeschmack hinunter und wischte sich über den Mund. Als Thor ihn zum zweiten Mal wegschubsen wollte, boxte Haakon ihn gegen die Schulter. Thor hob den Blick.

„Ava wartet auf dich. Sie braucht dich. Und ich bin der Einzige, der dir jetzt helfen kann. Also reiß dich gefälligst zusammen!"

Er legte sich Thors Arm um die Schulter und stützte ihn seitlich. Eine gefährliche Position, in die er sich brachte, aber Haakon glaubte nicht, dass sein Bruder stark genug war, um ihn in den Schwitzkasten zu nehmen. Mit aller Kraft gelang es ihm, Thor beim Aufstehen zu helfen. Er war sehr wacklig auf den Beinen und Haakon war sich sicher, er würde wieder hinfallen und ihn mit sich reißen, aber Thor schaffte es unter großer Anstrengung, ein paar Schritte zu laufen. Haakon führte ihn in die Ecke, wo das alte Seilbett stand, nur um festzustellen, dass der Rahmen leer war. Kein Wunder, dass Thor ihn einen Idioten genannt hatte.

Haakon ärgerte sich, dass er nicht auf die Idee gekommen war, vorher nachzuschauen, und half seinem Bruder, sich neben dem Bett auf den Boden zu setzen. Thor lehnte erschöpft den Kopf an die Wand, die fiebrigen Augen zur Decke gerichtet. Das Wasser – es war allerhöchste Zeit. Haakon rannte die Stufen hinunter, schob den Riegel an der Tür zurück und stieß beinahe mit Ava zusammen. Sie sah ihn stumm an, mit großen, sorgenvollen Augen, und er brauchte einen Moment, um sich zu sammeln.

Er räusperte sich, dann bückte er sich schnell und holte die Kiste mit den Vorräten in den Hausflur. Ava hob an, etwas zu sagen, doch Haakon schloss rasch die Tür. Er hasste es, ihr die Tür vor der Nase zuschlagen zu müssen, aber er wollte vermeiden, dass sie sich an ihm vorbei ins Haus drängte, um zu Thor zu gelangen. Fest verriegelte er die Tür von innen. Er tat es für Ava und das Baby.

Oben im Zimmer setzte Haakon die Kiste ab und nahm ein Wasserglas heraus. Er machte die Bewegung für *Wasser*, damit Thor genau wusste, dass das hier kein klarer Whiskey war, und schraubte den Deckel ab.

Thor ergriff das Glas und stürzte durstig das Wasser hinunter. Als Nächstes förderte Haakon eine Schüssel Bratkartoffeln zutage. Sie waren zwar schon kalt, aber sie dufteten köstlich. Mit zitternder Hand nahm Thor die Gabel, die Haakon ihm reichte, und führte sie zum Mund.

Da die anderen noch draußen warteten, machte er Thor ein Zeichen, dass er gleich wiederkäme, bevor er erneut nach unten ging. Sie standen alle vor der Haustür und sahen Haakon fragend an. „Er wirkt noch sehr lebendig."

„Wo ist er?" Ava wollte an ihm vorbei ins Haus stürzen.

„Nein!“ Beinahe hätte er sie zurückgestoßen, doch Jorgan kam ihm zuvor und hielt sie am Arm fest. „Du weißt, was der Arzt gesagt hat!“

Verzweiflung spiegelte sich in ihrem Gesicht wider. Haakon bereute, dass er laut geworden war, und nahm sich vor, sich bei Gelegenheit bei Ava zu entschuldigen. Dafür und für noch viel mehr. Aber jetzt ging es erst einmal um Thor. „Jorgan, ich brauche ein starkes Seil, mindestens fünfzehn Meter lang, und eine Strohmatratze. Und zwar so schnell wie möglich.“

„Was hast du vor?“ Jorgans Brauen zogen sich zusammen, während er Ava weiter von der Tür weg dirigierte.

„Ich muss das Bett reparieren. Und ich werde bei ihm bleiben, bis es ihm besser geht. Bis er wieder nach Hause kann.“ Haakon zog sich in den Hausflur zurück. „Thor ist sehr krank. Er könnte ansteckend sein und er würde niemals euer Leben aufs Spiel setzen.“ Bevor er die Tür schloss, fügte er mit einem schiefen Grinsen hinzu: „Aber bei mir hat er vielleicht weniger Bedenken.“

Sechzehn

Das Fieber ließ nach, doch es kam in Schüben, gefolgt von Übelkeit und Erbrechen. Thor presste die Hand auf den Leib, bis der Schmerz unter dem rechten Rippenbogen nachließ. Alle seine Gelenke taten gleichzeitig weh. Der Arzt hatte gesagt, wenn es sich tatsächlich um eine Infektion der Leber handelte, würden die Symptome wieder verschwinden. War seine Leber jedoch durch den Alkohol so stark geschädigt, dass sie ihren Dienst versagte, würden die Schmerzen in den nächsten Wochen und Monaten zunehmen – bis zu seinem Tod. So wie es bei Pa gewesen war. Hatte Thor wirklich gehofft, bei ihm würde es anders sein? Er hatte keine Ahnung, wie seine Chancen standen. Jahrelang hatte er seinen Körper mit so viel Alkohol vollgepumpt, dass die Leute vermutlich schon Wetten abgeschlossen hatten, wie lange er noch leben würde.

Thor verlagerte sein Gewicht auf der Holzpalette, die ihm als Bett diente. Ein bequemes Liegen war unmöglich und er sank resigniert in die Kissen zurück.

Die Gedanken an Ava waren sein einziger Trost und er sprach ein Gebet für sie. Wie er seine Frau kannte, würde sie vor Sorgen Tag und Nacht kein Auge zutun. Vielleicht würde er sich heute kräftig genug fühlen, um ihr ein paar Zeilen zu schreiben. Er hatte Haakon gebeten, ihm Papier und einen Stift zu bringen. Und wenn Ava zurückschrieb, könnte er daraus Zuversicht schöpfen, während er hier lag.

Er wollte sich aufsetzen und suchte etwas, woran er sich festhalten konnte. Seine tastende Hand bekam das Gewehr zu fassen, das neben ihm auf dem Boden lag. Er schloss die Finger um den Lauf, mit derselben quälenden Langsamkeit, mit der er sich aufrichtete. In der gegenüberliegenden Ecke des Zimmers kauerte Haakon und war dabei, ein Seil zu entwirren.

Mit steifen Gliedern lehnte sich Thor an die Wand.

Das Profil seines Bruders wurde vom Licht der aufgehenden Sonne beleuchtet, das zum Fenster hereinströmte, und einen Augenblick lang dachte Thor, sie seien auf einem Schiff. Doch das Schaukeln kam bloß von seinem Schwindelgefühl. Thor war nie an Bord eines Schiffes gewesen und er hatte es auch nicht vor. Diese Berge waren sein Zuhause, das einzige Stück Land, das er wie seine Westentasche kannte und in dem er die schönste und die schlimmste Zeit seines Lebens verbracht hatte. Hier hatte er als kleiner Junge mit seinen Brüdern gespielt und gelacht und zu den Füßen seiner Mutter gesessen, während sie Äpfel schälte. Hier am selben Ort hatten sie Ma zu Grabe getragen. Und Haakon hatte Avas Herz gebrochen.

Sein Bruder drehte sich um und schaute ihn an. Seine großen, rauen Hände, die den seinen so ähnlich waren, legten die Arbeit nieder. „Du bist wach."

Typisch Haakon. Immer musste er kommentieren, was ohnehin offensichtlich war.

„Geht's dir besser?"

Thor antwortete nicht und blinzelte gegen das Licht.

Es gab so vieles zwischen ihnen, was unausgesprochen war. So vieles, was gesagt und geklärt werden musste, auch – und vor allem – um Avas Willen, aber er hatte nicht die Kraft, das Thema anzuschneiden. Er hatte schon genug damit zu kämpfen, dass Haakon hier war. Ausgerechnet Haakon. Hier bei ihm in diesem Raum.

Und das hier war kein Alptraum, es war Wirklichkeit.

Haakon hatte das Bett von der Wand abgerückt und machte sich nun daran, aus dem Seil eine Stützkonstruktion für die Matratze zu knüpfen, eine Art Hängematte. Über den jahrhundertealten Rahmen gebeugt, saß er am Fußende und fädelte das Seil durch die Löcher in den Seitenteilen, sodass eine Querbespannung entstand. Thor sah ihm still zu. Wenn er sich nicht irrte, machte Haakon es genau falsch, aber er hatte keine Lust einzuschreiten und seinen Bruder aufzuklären. Er würde es irgendwann schon selbst merken.

Plötzlich stand Haakon auf, ging nach unten und kam mit einer dampfenden Blechtasse wieder. Ein Teekessel musste gepfiffen haben. Er setzte die Tasse vor Thor ab und buchstabierte C-O-R-A. Thor nickte. Das bedurfte keiner weiteren Erklärungen. Coras berühmter Kräutertee. Thor schloss die Hand um die heiße Tasse und nippte daran. Er schmeckte scheußlich, aber wenn Cora darauf bestand, würde er das Gebräu trinken.

Noch weniger schmeckte ihm Haakons Gegenwart. Aber solange er hier bei ihm war, machte er wenigstens keine anderen Dummheiten.

Wie bei einem Webrahmen fädelte Haakon das Seil emsig durch die Löcher, betrachtete dann sein Werk und kratzte sich am Kopf. Verunsichert sah er zu Thor hinüber. „Ich glaube, das geht so nicht."

Wenigstens in dem Punkt waren sie sich einig.

Haakon fing an, das Seil wieder herauszuziehen. Dabei sagte er mit einem Blick zu Thor: „Ich habe ein paar Dinge aufgeschrieben, auf dem Papier dort drüben." Er deutete mit einer Kopfbewegung auf einen Zettel mit einem Bleistift daneben. „Wenn du irgendetwas brauchst, schreib es einfach dazu. Jorgan kann uns die Sachen bringen."

Unsicher, was er davon halten sollte, studierte Thor den Zettel. Er benötigte so vieles, aber kaum etwas davon ließ sich in Worte fassen und zu Papier bringen. Haakon beugte sich wieder über das Bettgestell und Thor machte sich durch Klopfen auf die Holzdielen bemerkbar. Dann zeichnete er in der Luft das Muster nach und zeigte Haakon, dass das Seil zuerst der Länge nach gespannt werden musste.

„Ach so." Haakon probierte es mit der neuen Strategie, wobei er abwechselnd in den Holzrahmen hinein- und wieder hinausstieg. Mit geschickten Fingern führte er das faserige Seilende durch die Öffnungen im Holz und zog das Seil straff, wobei ihm die Erfahrung, die er auf See gesammelt hatte, bestimmt zugutekam.

Als die Längsbespannung fertig war, drehte Haakon das Bett und knüpfte die Querverstrebungen, bis die Konstruktion vollendet war.

Thor fragte sich, was sein jüngerer Bruder in den vergangenen Jahren alles erlebt haben mochte. Welche Kontinente er besucht hatte, wie der Alltag auf dem Schiff aussah und ob es Situationen gab, bei denen er dem Tod hatte ins Auge sehen müssen. Aber so wie die Dinge momentan zwischen ihnen standen, war ihm nicht danach, Haakon irgendwelche Abenteuergeschichten zu entlocken. Allzu schwer lastete die Vergangenheit auf ihnen – und das, was in diesem Haus geschehen war.

Haakon stand auf und prüfte die Spannung der Seile. Sie waren zu locker. Seufzend sah er sich im Zimmer nach einem Werkzeug um und fand einen Holzsplitter, der sich vor langer Zeit vom Fensterbrett gelöst hatte. Er setzte sich neben den Bettrahmen, stemmte einen staubigen Stiefel dagegen, schob den Splitter wie einen Keil durch eine der Seilschlingen und zog das eine Ende fest. Nun hing die andere Seite durch. Mühsam wiederholte er den Vorgang, bis alle Seile straff waren.

„Ich sehe mal nach der Strohmatratze." Haakon warf das Hölzchen in die Ecke und rieb sich die Hände. „Bevor ich die Matratze hier hochschleppe … sollen wir das Bett nicht lieber nach unten stellen? Das wäre viel praktischer."

Thor starrte ihn bloß an.

Haakon erklärte es ihm noch einmal in Gebärdensprache.

Wieder keine Reaktion.

„Glaub bloß nicht, dass ich für dich einen Nachttopf die Treppe rauf- und runtertrage."

Thor zuckte bloß die Achseln.

Resigniert stieß Haakon die Luft aus und begann langsam und umständlich, das unbenutzte Seil aufzurollen. Nach einer gefühlten Ewigkeit sagte er: „Thor, es tut mir so leid … alles."

Wurde auch langsam Zeit. Aber reichte das? Thor formte mit den Händen Avas Namen und zeigte abwechselnd auf ihn und auf sich. Hatte sein Bruder ihn verstanden?

Haakon richtete sich auf. „Thor … glaub mir … es tut mir wirklich leid, was ich getan habe."

Er wandte den Kopf ab und Thor sah, wie sich seine Lippen bewegten, aber aus diesem Blickwinkel konnte er nichts erkennen. Ungeduldig klopfte er an die Wand. Haakon drehte den Kopf und sah ihn an. „Ich weiß nicht, wie ich das jemals wiedergutmachen kann."

Thor nickte langsam. Wieder und wieder hatte er diesen Moment in Gedanken durchgespielt, seit dem Tag, an dem Haakon gegangen war. Fast jede Nacht, in der er neben seiner Frau lag, erfüllt von dem Wunsch, sie zu beschützen, und betend, dass sie Frieden finden möge. Die ganze Zeit über hatte er sich gefragt, ob Haakon jemals zurückkommen würde – und wenn, ob es jemals möglich war, die Wunden zu heilen.

Sprechen A-V-A, du?

Haakon nahm sein Messer und schnitt das lose Seilende ab. „Nur wenn ihr beide einverstanden seid."

Thor nickte zustimmend. *A-V-A einverstanden?* Er zeigte auf sich. *Ich fragen.*

Haakon drehte das Seil nervös in den Händen. „Danke." Ein zaghaftes Lächeln kam über seine Lippen. Thor fühlte eine leise Hoffnung aufsteigen, allerdings mit der unterschwelligen Sorge, dass sein Bruder noch immer so impulsiv und unberechenbar war wie früher. Er hoffte, dass es nicht so war.

Siebzehn

Haakon wachte erneut in der Mosterei auf, zerknirscht, dass er schon wieder verschlafen hatte. Er war immer noch müde, sodass er den Dreijährigen zuerst nicht bemerkte, der neben ihm stand und ihn tadelte, dass er zu *wange geschwafen* habe.

Er stand auf und fuhr sich mit der schwieligen Hand übers Gesicht. Es war einer dieser Tage, an dem er alles gegeben hätte für einen Schluck Rum. Er würde auch mit Kaffee vorliebnehmen, wusste aber nicht so recht, wie er es anstellen sollte, einen Becher Kaffee zu bekommen. Zur Not musste er sich mit Wasser und Schiffszwieback zufriedengeben.

Gerne hätte er noch länger geschlafen, aber die Sonne stand schon hoch am Himmel. Auch in dieser Nacht hatte er Wache gehalten und mit den Augen die umliegenden Hügel nach Rauchsäulen oder Lagerfeuern abgesucht. Er war ganz sicher, dass die Sorrels da draußen waren. Nicht nur, weil Jorgan es ihm erzählt hatte. Mit eigenen Augen hatte er im Wald Fußspuren und andere Zeichen ihrer Anwesenheit gesehen. Kaum mehr als einen Steinwurf von ihrem Land entfernt hatte er eine Feuerstelle entdeckt, daneben Scherben von Gläsern, die noch nach Schnaps gerochen hatten, sowie eine leere Flasche, die ihrem Etikett nach eine Morphinlösung enthalten hatte. Verdächtig war ebenfalls die Anzahl und Größe der Fußabdrücke, ähnlich denen in der Nähe der Blockhütte.

Obwohl Haakon in dieser Nacht nichts Verdächtiges bemerken konnte, spürte er, dass er etwas übersehen hatte. Er wurde das Gefühl nicht los, dass Jed und Harlan unweit des Hauses irgendwo im Dickicht auf der Lauer lagen, und es ärgerte ihn maßlos, dass er nichts dagegen tun konnte. Morgen würde er eine andere Strategie anwenden. Schließlich hatte er Jed und seine Komplizen schon einmal ausgetrickst. Warum sollte es ihm nicht noch ein zweites Mal gelingen?

Durchs Fenster sah er, wie sich die Küchentür öffnete. Fay trat aus dem Haus und ging zur Pumpe, um einen Eimer Wasser zu holen. Die Tür schwang ein zweites Mal auf, als Jorgan herauskam und in Richtung Pferdestall lief. Sigurd war zum Eingang der Scheune gerannt und winkte seinen Eltern zu. Sie schienen nicht besorgt zu sein, dass er sich hier bei ihm aufhielt.

Haakon kniete im Stroh und fischte den letzten Schiffszwieback aus seinem Seesack. Er brach ihn in zwei Teile, doch im selben Moment fiel ihm ein, dass er Sigurd nichts mehr abgeben durfte. Schließlich war er mit Thor in engem Kontakt gewesen. Der kleine Junge kletterte auf eines von Thors alten Weinfässern, die schon lange leer waren, und setzte sich darauf. Eine Katze kam hinter dem Fass hervor und streckte sich genüsslich. Sigurd rutschte hinunter, um die Katze zu verfolgen, aber sie war schneller und entfloh.

Haakon musste plötzlich wieder an Grete denken. So viele Jahre war sie immer an seiner Seite gewesen und ihm auf Schritt und Tritt gefolgt. Ohne sie erschien ihm hier alles so einsam und er hatte sich nicht mal von ihr verabschieden können ... Sigurds Gesellschaft war tröstlich. Der Ort schien weniger kalt und leer und Haakon fühlte sich weniger allein.

Er seufzte schwer, klopfte sich die Krümel von den Händen und stand auf. „Sag mal, kleiner *ciderkin*, du hast doch einen Bruder?"

Sigurd nickte. „Er is' nur ein Baby. Pa sagt, er läuft wie einer, der suviel getunken hat. Er tinkt ganz viel Milch."

„Das glaube ich gern." Haakon musste lachen. „Wie heißt er denn?"

„Björn."

„Das ist ein schöner Name. Fast so schön wie deiner."

„Tante Avas Baby heißt Jarle. Wie Grandpa."

Die kleine Katze kam zurück und rieb schnurrend ihr Köpfchen an Haakons Hosenbein. Er bückte sich und kraulte sie zwischen den Ohren. „Und wenn es ein Mädchen wird?"

Sigurd legte die kleine Stirn in Falten und schaute ihn verständnislos an. Offenbar gingen alle davon aus, dass es ein Sohn werden würde. Er konnte es ihnen nicht verdenken, schließlich war in fast vier Jahrzehnten auf dieser Farm keine einzige Tochter geboren worden. Vielleicht war es ja an der Zeit.

Um sich zu beschäftigen, durchwühlte er die Kiste unter Thors Werkbank, jedoch ohne das Gesuchte zu finden. An der gegenüberliegenden Wand standen weitere Werkzeugkisten neben der großen Apfelpresse. Er nahm eine Feile heraus, prüfte, ob der

Griff fest saß, fand in der Kiste noch eine kleinere, leichtere und gab sie Sigurd. Die erste nahm er für sich selbst.

„Komm, wir schauen mal, ob wir das Haus wieder schön machen können." Thor und Jorgan hätten sich sicher längst darum gekümmert, die Schrift an der Wand zu entfernen, aber sie waren beide verhindert oder beschäftigt. Und er hatte alle Zeit der Welt.

Draußen stellte er sich vor die beschmierte Wand, setzte die Feile an und raspelte über die rauen Bretter. Holzspäne und getrocknete Farbe fielen zu Boden.

Sigurd schaute interessiert zu und blinzelte gegen die Sonne. „Was machst du da?"

„Die Farbe wegmachen. Sie gehört hier nicht hin."

„Kann ich helfen?"

Aber der Junge war zu klein, um die Schrift zu erreichen. Haakon zog eine Metallkiste heran, klopfte mit der Hand auf den verrosteten Deckel und Sigurd kletterte hinauf.

„Jetzt kannst du loslegen."

Der Kleine war sofort mit ganzem Eifer dabei.

Haakon tat es ihm gleich, und schon bald war ein großes Stück von der Wand gekratzt. Noch müde von der kurzen Nacht rieb er sich mit dem Handrücken die Stirn. Sein Magen knurrte, und so langsam hätte er ein herzhaftes Frühstück vertragen können. Als der Hunger immer größer wurde, ging er zurück in die Scheune, um sich ein Stück Schiffszwieback zu holen. Er brach den altbackenen Keks gerade mittendurch, als Ida mit einem Tablett erschien. Ihre Lippen waren zusammengepresst – ihr Gesichtsausdruck zeigte deutlich, was sie von ihm dachte –, doch ihre schmalen Hände mit den knotigen Fingern waren dieselben, die ihm damals als kleinem Jungen die Tränen abgewischt hatten.

Haakon stand auf und wagte kaum, ihr in die Augen zu sehen.

Sie stellte das Tablett schweigend auf die Werkbank.

„Danke." Mit gesenktem Blick zog Haakon die Liste heraus.

„Hier, das ist für … ein paar Sachen für Thor." Er legte den Zettel neben das Tablett und Ida steckte ihn in die Tasche ihrer abgetragenen Schürze.

Sie nickte zur Bestätigung, dass sie sich darum kümmern würde, und anstatt zu gehen, sagte sie: „Hier ist jemand, der dich sprechen möchte."

Haakon spürte plötzlich einen Kloß im Hals und versuchte krampfhaft, seine Gefühle unter Kontrolle zu behalten. Er räusperte sich. „Danke, Miss Ida."

„Ich erwarte von dir Freundlichkeit und Respekt ihr gegenüber. Und ich werde in der Nähe bleiben. Jorgan ebenfalls, hörst du?" Die kleine Frau reckte das Kinn in die Höhe und blitzte ihn herausfordernd an. „Ich freue mich, dass du zurückgekommen bist, Junge. Pass auf, dass ich es nicht bereue."

Sein Hals zog sich noch enger zusammen, doch Haakon zwang sich zu sagen: „Ja, Ma'am." Hastig zog er seine Hosenträger hoch und steckte sich das zerknitterte Hemd in die Hose. Dann fuhr er sich rasch über den Bart und band seine Haare zusammen, um so ordentlich wie möglich auszusehen.

Ida nahm Sigurd an die Hand und Haakon trat hinaus vor das Gebäude.

Draußen im Sonnenlicht stand Ava, ihr wollenes Tuch fest um die Schultern geschlungen.

Hinter ihr saß Jorgan auf der Verandaschaukel, einen Kaffeebecher in der Hand. Haakon nickte seinem Bruder kurz zu und blieb dann mindestens ein Dutzend Schritte vor Ava stehen. Schuldgefühle lasteten tonnenschwer auf seinen Schultern, seine Kehle war zugeschnürt vor Angst, aber es geschah ihm recht. Er blinzelte gegen die Helligkeit der Morgensonne und schirmte seine Augen ab, um sie besser sehen zu können. Ava kam zu ihm herüber in den Schatten der Scheune, was es für ihn einfacher machte. Auch wenn er es nicht verdient hatte.

Obwohl Ida gesagt hatte, dass Ava mit ihm sprechen wollte, wusste Haakon, dass er derjenige war, der den Anfang machen musste. Aber er brachte es nicht fertig. Er konnte sie nur stumm anschauen und denken, wie unsagbar leid ihm alles tat. Um sie mit seinem Blick nicht in Verlegenheit zu bringen, senkte er den Kopf und schaute auf seine Schuhspitzen.

Himmel, jetzt könnte er ein Kokablatt vertragen, aber es war zu spät.

„Ich … äh …" Er leckte sich über die trockenen Lippen und hielt tapfer ihrem Blick stand. „Ich wollte dir sagen … Es tut mir leid, Ava." Er krümmte sich innerlich, wie leer und nichtssagend das klang. „Unendlich leid."

Sie verschränkte die Hände ineinander und legte sie sich auf den Bauch, in dem das ungeborene Kind ruhte. Thors Kind.

„Es tut mir leid, dass ich dich damals … zu etwas gedrängt habe, was du niemals wolltest." Da Ava immer noch schwieg, zwang er sich weiterzusprechen. „Ich wollte dich nicht verletzen. Niemals. Mein Verhalten ist einfach unentschuldbar. Und ich weiß, es braucht mehr als Worte, um das, was geschehen ist, wiedergutzumachen."

Avas Augen begannen verdächtig zu glänzen und sie presste die Lippen zusammen, doch ihr Kinn zitterte leicht. Haakon war dankbar für den Bart, der einen Großteil seines Gesichts verbarg und somit auch den Sturm der Gefühle, der in ihm tobte.

„Dass ich hier stehen und mit dir sprechen darf, verdanke ich allein deiner Güte und Freundlichkeit. Und der von Thor und der ganzen Familie." Sein ganzer Körper war angespannt und er ballte die Hände zu Fäusten, ohne es zu merken. „Ich verspreche dir, dass so etwas nie wieder vorkommen wird. Dass ich dir nie wieder wehtun werde. Ich habe volles Verständnis, wenn du mir nicht mehr glauben kannst, das ist dein gutes Recht. Aber wenn du es mir erlaubst, werde ich dir beweisen, dass ich es ernst meine – mit allem, was ich bin und habe."

Ava stand reglos. Nichts an ihr bewegte sich, außer einem Zipfel ihres Schultertuchs und einer Haarsträhne im Wind, die sich aus ihrer Flechtfrisur gelöst hatte.

„Wenn es dir lieber ist, dass ich gehe, dann werde ich morgen meine Sachen packen und weiterziehen. Aber ich bitte dich inständig, meine Entschuldigung anzunehmen. Glaube mir, ich bereue von ganzem Herzen, was ich getan habe. Mehr, als ich jemals in Worte fassen könnte."

Verflixt noch mal, gleich würde er anfangen zu weinen. Haakon versuchte, es zu verbergen, indem er so tat, als müsste er husten. Dass Ava die ganze Zeit gegen die Tränen ankämpfte, machte es auch nicht leichter.

„Kannst du mir vergeben, Ava?" Haakon versagte die Stimme, sie war nur noch ein Flüstern. „Ich meine … vielleicht … eines Tages?"

Sie wich seinem Blick aus und sah nach unten auf seine Stiefel, die genauso schäbig und ramponiert waren, wie er sich fühlte, und er musste sich zwingen, ruhig stehen zu bleiben. Eine Wolke schob sich vor die Sonne und die Welt wurde für einen Augenblick dunkler, die Luft kühler. Haakon konnte Avas Gesichtsausdruck nicht sehen, aber er wagte es nicht, näher zu kommen. Zu seiner Überraschung war es Ava, die einen Schritt auf ihn zu machte. Nicht so deutlich, dass es als Freundschaftsangebot gelten konnte, aber nah genug, dass er ihre Sommersprossen erkennen konnte und das tiefe Braun ihrer Augen. Dieser Augen, die einst voller Panik gewesen waren.

Nun waren sie groß und sanft und ihr Blick war von solcher Wärme, dass Haakon den Kampf um Selbstbeherrschung verlor und sich mit der Hand über die Augen wischen musste. Avas Anblick verschwamm und ihre Stimme war kaum mehr als ein Flüstern, als sie sagte: „Ich vergebe dir, Haakon."

Achtzehn

Nur noch wenige Minuten, dann würde Cora hier sein. Ava stellte den Weidenkorb aufs Bett und legte Haakons Liste daneben, die Ida ihr gegeben hatte. Es war merkwürdig, seine Handschrift auf dem Zettel zu lesen. Die Begegnung mit ihm am Vormittag hatte sie aufgewühlt, aber nach seiner Entschuldigung war sie immerhin in der Lage, das Papier zu halten, ohne dass ihre Hände zitterten. Der erste Schritt war getan. Nun würde sich zeigen, ob mit der Zeit wirklich Frieden in ihr Herz einkehren würde.

Ganz oben auf der Liste für Thor standen Briefpapier und Stifte. Sie legte beides in den Korb, zusammen mit seiner Pfeife, einem Beutel Tabak sowie diversen anderen Dingen, die er gebrauchen konnte – dankbar, dass sie etwas für ihn tun konnte, und sei es noch so wenig.

Als Letztes hatte Haakon die gerahmte Fotografie aufgelistet, ein Bild von Ava und Benn am Tag ihrer Hochzeit. Thor hatte es gehütet wie einen Schatz und dass Haakon davon wusste, zeigte, dass er viele Jahre lang im Dachgeschoss gewohnt hatte, bevor Ava kam. Es widerstrebte ihr, dass Haakon dieses persönliche Erinnerungsstück in den Händen halten würde, aber sie tat es für Thor. Vorsichtig nahm sie das Bild aus der Kiste, in der er seine wertvollsten Besitztümer aufbewahrte, und legte es zu den anderen Sachen in den Korb.

Cora kündigte sich mit einem leisen Klopfen am Türrahmen an. Als Ava sich umdrehte, stand sie bereits mit ihrem Hebammenkoffer in der Tür.

„Komm doch herein.“

Cora trat ein, ein breites Lächeln im Gesicht, und stellte schwungvoll die schwarze Tasche aufs Bett. Ein paar grau melierte Haarsträhnen lugten unter dem Baumwolltuch hervor, das sie sich um den Kopf geschlungen hatte, so wie viele ehemalige Sklavinnen es trugen. Ihre ebenmäßige, kastanienbraune Haut bildete einen hübschen Kontrast zu den zarten Blautönen des Tuchs.

„Nun, wie wär's, wenn du dich aufs Bett legst und wir schauen mal, wie es dem Kleinen geht?" Die Hebamme, die seit über dreißig Jahren bei den Norgaards ein und aus ging, trat ans Fenster und zog die Vorhänge auf. Licht flutete herein. Dotti, die auf der sonnigen Fensterbank geschlafen hatte, hob den Kopf und ihre Schnurrhaare zuckten empört über die Störung. Cora kraulte die Katze versöhnlich am Kinn, bevor sie die Vorhänge zurückband.

Sie stellte die Tasche und den Weidenkorb auf den Boden, zog die Tagesdecke glatt und half Ava, sich aufs Bett zu legen. Es war eine Wohltat, die Beine hochlegen zu können. Ava freute sich immer über Coras Besuche. Sie waren nicht nur ein willkommener Grund, sich ein wenig auszuruhen, sondern ein Geschenk für Körper und Seele gleichermaßen. Cora war Anfang fünfzig und verströmte dieselbe lebhafte Fröhlichkeit wie ihre ältere Schwester Ida und Ava schätzte die Gespräche mit ihr und ihre Güte und große Lebensweisheit.

Die erfahrenen Hände der Hebamme begannen, Avas gerundeten Bauch abzutasten, zuerst die eine, dann die andere Seite. Oft wurde Cora von ihrer jüngsten Tochter Georgie begleitet und man hörte aus dem Erdgeschoss ihr helles Lachen, wenn sie mit Sigurd und Björn spielte. Doch heute war alles still. Cora wusste, dass Haakon im Herzen der Zehnjährigen einen besonderen Platz hatte, und wollte ihr wohl eine mögliche Enttäuschung ersparen.

Die Hebamme übte einen leichten Druck aus, dort, wo sie den Kopf des Babys vermutete, und nickte zufrieden. „Das is' gut. Sehr gut. Genau, wo er sein soll."

Sie zog Avas Bluse und Unterhemd hoch, sodass ihr Bauch bloß lag. Ava hatte Fays Rat befolgt, in den letzten Monaten der Schwangerschaft kein Korsett mehr zu tragen. Ein sehr befreiendes Gefühl und, wie Cora sagte, auch viel besser für das heranwachsende Kind. Das Licht der Spätnachmittagssonne fiel auf den gewölbten Bauch und das kleine Wesen darin schien übermütig zu werden. Es trommelte einen fröhlichen Rhythmus gegen die Bauchdecke. Cora fühlte es auch und ihre Gesichtszüge wurden weich.

„Habt ihr schon 'nen Namen? Letztes Mal, als ich hier war, hast du gesagt, dass ihr noch keinen für'n Mädchen habt."

„Ja, wir haben jetzt einen schönen Mädchennamen." Ava erzählte, wie sie und Thor sich auf einen Namen geeinigt hatten, und Cora lächelte.

„Der Name gefällt mir. Er passt zu euch." Aus ihrer Tasche nahm sie ein Instrument, mit dem sie die Herztöne des Babys abhören konnte. „Hast du Schmerzen?"

„Manchmal spüre ich ein Ziehen, aber meistens bloß ein Gefühl der Schwere. Denkst du, dass es nicht mehr lange dauert?"

„Nachdem, was du gesagt hast, noch ein paar Wochen. Aber die Babys wissen, wann ihre Zeit gekommen is'. Das Warten is' schwer, aber du machst das gut!" Sie versicherte Ava, dass das Kind einen starken, regelmäßigen Herzschlag habe, und tastete noch einmal ihren Bauch ab, um die Größe und Lage des Babys abzuschätzen.

„Was glaubst du, wie groß dieser kleine Norgaard sein wird?", wollte Ava wissen. Von Thor wusste sie, dass seine Mutter es sehr schwer gehabt hatte, weil er so kräftig gewesen war.

Cora lächelte beruhigend. „Wenn du dir Sorgen machst, weil Thor das größte Baby war, das je auf der Norgaard-Farm geboren wurde, dann lass dir sagen, dass die Papas nicht immer Einfluss auf die Größe der Babys haben." Sie blinzelte Ava zu. „Es fühlt sich vielleicht nur so groß an, weil du klein und zierlich bist. Aber ich würde mir deshalb nicht zu viele Sorgen machen."

Ava nickte erleichtert.

Die Hebamme zupfte Avas Kleidung wieder zurecht und bedeckte ihren Bauch. Von draußen ertönte ein kratzendes Geräusch, aber Coras ganze Aufmerksamkeit galt Ava. „Egal, was passiert, die Kinder kommen immer irgendwie zur Welt. So wie Gott es in seiner Weisheit vorherbestimmt hat. Eine Geburt is' nie einfach, aber du kannst darauf vertrauen, dass dein Körper weiß, was er tun muss." Sie schloss einen Knopf an Avas Bluse. „Und ich werd bei dir sein und dir helfen. Was auch immer in diesen Stunden auf dich wartet – denk dran, dass alles einen Sinn hat!" Ihre gütigen Augen waren voller Weisheit. „Ich verspreche dir, Gott wusste genau, was er tat, als er dieses neue Leben in dir schuf. Und ich verspreche dir auch, dass ich hier nicht eher weggehe, bevor ihr beiden nicht alles gut durchgestanden habt."

„Danke, Cora." Ava schluckte die Tränen hinunter. Mit Coras Hilfe setzte sie sich auf und nickte tapfer. Doch sie konnte nicht verhindern, dass ihre Augen erneut feucht wurden. Und dann brach alles aus ihr heraus. „Ich ... ich mache mir solche Sorgen um Thor. Wir ... haben uns so auf unser Kind gefreut. Und jetzt ..." Die Stimme versagte ihr und ihre Worte gingen in Schluchzen über. Sie dachte an Thor, der jetzt in Haakons Hütte lag und um sein Leben kämpfte. Angst und Sorgen brachen wie eine Woge über ihr zusammen und löschten alles aus, selbst die Freude über das neue Leben.

Cora legte tröstend ihre Hand auf Avas Arm. Ihr Blick fiel auf den Korb mit den Sachen für Thor. „Du musst jetzt sehr tapfer sein, Liebes." Sie ergriff Avas Hand und drückte sie. „Zu allen Zeiten mussten Männer ihre Frauen allein lassen – Soldaten, die an der Front kämpften, oder Matrosen, die zur See fuhren. Sie waren nicht da, wenn ihre Frauen zu Hause in den Wehen lagen. So ist es auch heute noch. Aber die Frauen bringen die Kinder auch ohne sie zur Welt. Du bist nicht die Erste und du wirst nicht die Letzte sein, die das erleben muss." Coras Blick war voller Liebe und Mitgefühl. „Ich will dir Mut machen", sagte sie.

„Du bist stark. Und du brauchst keine Angst zu haben. Je stärker die Stürme des Lebens, desto näher ist uns Gott."

Ava nickte. Ein sanfter Windstoß wehte durchs Fenster herein, erfasste ihr Tuch, das über dem Bettgestell hing, und blähte es wie ein Segel. Der Stoff streifte die hölzerne Wiege, die Jarle Norgaard gebaut und mit filigranen Ornamenten versehen hatte. Sie erinnerten an die Verzierungen der alten Wikingerschiffe.

Cora schob das Fenster noch ein Stück weiter nach oben und ließ die milde Luft hereinströmen. Als der Schal sich löste und zu Boden fiel, hob sie ihn auf und faltete ihn sorgfältig zusammen. „Auch wenn Thor nich' bei dir sein kann, wird er dich deshalb nicht weniger lieben." Sie schenkte Ava ein warmes Lächeln. „Und jetzt ruh dich noch einen Moment aus. Ich setze mich gleich wieder zu dir."

Ava lehnte sich dankbar gegen das Kissen, das Cora ihr in den Rücken gestopft hatte. Sie schloss die Augen und ihre Hand tastete nach der leeren Bettseite, wo Thor immer lag.

Sie hörte Cora hin und her gehen und vernahm dann das leise Rasseln der Ketten, die zu der Hängewaage gehörten. Normalerweise wurden mit ihr Äpfel gewogen, doch sie eignete sich auch dazu, das Gewicht eines Neugeborenen festzustellen. Es war ein festes Ritual, dass die Waage jedes Mal, wenn die Geburt eines Kindes bevorstand, ins Zimmer geholt und neben die Wiege gestellt wurde.

Das kratzende Geräusch von draußen war immer noch da. Ava konnte sich keinen Reim darauf machen und warf einen Blick aus dem Fenster.

Sie sah Haakon vor der Scheune stehen, wie er mit einer Feile in der Hand das verwitterte Holz bearbeitete. Ein Teil der Schrift an der Wand war schon verschwunden. Sein Hemd hatte dunkle Schweißflecken und anstatt seiner jugendlichen Leichtigkeit sah Ava etwas anderes in ihm: eine wilde Entschlossenheit und die Fähigkeit, das Leben zu meistern – komme, was wolle. Die Jahre auf See hatten ihm offensichtlich nicht geschadet.

Coras Blick wanderte ebenfalls zum Fenster und ein Schatten legte sich auf ihr Gesicht. Ihr Unmut über den jüngsten Norgaard war nicht zu übersehen. Schweigend sah sie ihm bei der Arbeit zu. Sie war die Frau, die ihm geholfen hatte, das Licht der Welt zu erblicken. Vielleicht sogar in diesem Zimmer. Ihre ältere Tochter Tess war im gleichen Alter und Ava hatte den Verdacht, dass Cora sogar Haakons Amme gewesen war. Und dass sie durchaus auch mütterliche Gefühle für ihn hegte. In ihren Augen lag eine so unendliche Traurigkeit, dass Avas Herz noch schwerer wurde.

Aus der Karaffe auf der Kommode goss Cora sich ein Glas Wasser ein, während sie Haakon beobachtete. „Da hat er aber noch ein Stück Arbeit vor sich, bis die Farbe ab ist“, kommentierte sie tonlos. Doch Ava hatte den Eindruck, dass auch eine winzige Spur Stolz in ihrer Stimme mitschwang. Immerhin war Haakon dabei, furchtlos eine Drohung des mächtigen Ku-Klux-Klans zu beseitigen.

Dieselben mütterlichen Gefühle sprachen aus ihren Worten, als sie Ava fragte: „Und wie geht's dir damit – dass er wieder da is'?“

„Ich weiß es nicht. Ehrlich gesagt, war ich zuerst ziemlich schockiert, als ich ihn sah. Er stand plötzlich da, so ganz ohne Vorwarnung.“

„Das sieht ihm ähnlich. Typisch Haakon, nich' wahr?“

Ava nickte. „Aber ich weiß nicht mehr, was ich denken oder glauben soll. Ich hätte genug Zeit gehabt, mich auf die Begegnung mit ihm vorzubereiten … Aber ich bin nicht sicher, ob ich wirklich schon bereit dafür war.“

„Ich finde, das war sehr mutig von dir.“

„Wir haben nicht lange gesprochen. Aber er hat sich entschuldigt und mich gebeten, ihm zu vergeben.“

Cora, die dabei war, ein Kissen aufzuschütteln, hielt in der Bewegung inne. „Und was hast du geantwortet?“

Das Kratzen draußen ging weiter – gedämpft durch die Entfernung, aber stetig und entschlossen.

„Ich habe gesagt, dass ich ihm vergebe, aber ich kann nicht feststellen, dass sich etwas geändert hat. Meine Gefühle ihm gegenüber sind immer noch die gleichen. Cora, ich bin noch genauso verletzt wie zuvor."

Cora legte ihre kühle Hand auf Avas Wange. „Du brauchst dich nicht für deine Gefühle zu schämen. Nach allem, was du durchgemacht hast ... Er hat dein Vertrauen missbraucht und nun muss er die Konsequenzen tragen."

„Trotzdem ... ich verstehe es nicht. Ich *habe* ihm doch vergeben. Was muss ich denn noch tun?"

„Vergebung is' ein Geschenk, Liebes. Sie kommt von dem Einen, der uns zuerst vergeben hat. Durch ihn kam die Vergebung in die Welt. Das hast du dir zu Herzen genommen, als du mit Haakon gesprochen hast, und ich bin sehr stolz auf dich. Und dass du dich unwohl fühlst in seiner Nähe, daran is' er allein schuld. Vergebung is' *eine* Sache, Vertrauen eine *andere*. Und für das Vertrauen muss *er* etwas tun."

Ava beobachtete Haakon durch das Fenster. Er stand da und sagte etwas zu Sigurd, der dabei war, ihm zu helfen. Und für einen kurzen Moment sah sie die Güte und Freundlichkeit, die auch Teil seines Wesens war.

„Dieses Vertrauen muss er sich erst verdienen. Es is' durch die Sünde zerstört worden. Vergebung is' gut und wichtig ... aber sie is' erst der Anfang. Alles andere braucht Zeit. Verletzte Gefühle heilen nich' über Nacht. Aber glaub mir, Gott kann immer Heilung und Hoffnung schenken!"

Cora, die erfahrene Hebamme, hatte seit Jahrzehnten Kindern aus der ganzen Umgebung auf die Welt geholfen und dabei sicher auch viel Leid und Unrecht gesehen. In wie viele zitternde Hände hatte sie ein Baby gelegt? Und wie vielen ledigen Müttern mit verweinten Augen hatte sie tröstende Worte zugesprochen?

Sie legte das Schultertuch über das Fußteil des Bettes. „Wenn wir einen Schmerz verarbeiten müssen, is' das so ähnlich wie mit der Arbeit, die der Mann da draußen gerade macht." Ihr

Blick wanderte wieder zum Fenster. „Die Farbe wird bald abgekratzt sein, aber die Schleifspuren bleiben. Die Kratzer und Rillen im Holz erinnern uns dran, dass Unrecht und Sünde in der Welt bleiben. Aber irgendwann werden auch sie verblassen und weniger sichtbar sein. Genauso is' es mit der Vergebung und der Heilung." Coras Mundwinkel hoben sich zu einem Lächeln, das so hell war wie das hereinströmende Sonnenlicht. „Unsre Herzen sind wie diese alten Bretter. Das Böse und was uns beschwert, wird entfernt durch die Hände unseres Schöpfers, der alles neu macht."

Neunzehn

Neben einem Stapel leerer Apfelkisten im hinteren Teil der Scheune stand Haakon und schloss die Knöpfe seiner Winterunterwäsche. Frisch gebadet und mit sauberer Wäsche fühlte er sich wieder wie ein Mensch. Entferntes Hundegebell durchbrach die Stille und er sah aus dem Fenster und suchte die umliegenden Hügel mit den Augen ab. Er wusste, dass der Sheriff und seine Männer mit ihren Bluthunden die ausgedehnten Wälder absuchten, konnte jedoch niemanden entdecken.

Haakon hätte sich an der Suche nach den Sorrels beteiligen können, aber er hatte seinen eigenen Plan, bei dem er den Sheriff nicht gebrauchen konnte.

Er griff nach seiner Hose und schüttelte sie aus. Auf dem Dachboden der Hütte hatte er die Kisten mit seinen alten Sachen ausgegraben und war damit zur Quelle marschiert, um die verstaubten, muffig riechenden Kleidungsstücke zu waschen – und sich selbst gleich mit. Er bückte sich, um die Hose anzuziehen, und war gerade dabei, den Gürtel zu schließen, als die schwere Schiebetür aufging und Peter hereinkam.

Er hob die Hand zum Gruß und kam auf Haakon zu, wobei seine Schritte durch das hohe, leere Gebäude hallten. Als Kinder hatten Peter und er zusammen die Schulbank gedrückt. Sie hatten nebeneinander gesessen und sich die Schiefertafel geteilt, aber sonst waren sie wie Feuer und Wasser gewesen und der Lehrer hatte alle Hände voll zu tun gehabt, ihre Streitigkeiten zu schlichten. Erst wenige Tage bevor Haakon fortgegangen war, hatten die beiden gelernt, einander zu tolerieren. So war es das erste Mal in seinem Leben, dass Haakon auf Peter Sorrel zuging und ihm die Hand zum Gruß hinstreckte. „Jorgan hat mir erzählt, dass du jetzt auf der Farm arbeitest."

Peter wischte seine Hand an seinem abgetragenen Overall ab und reichte sie Haakon. „Deine Leute sind gut zu mir. Es sind gute Menschen." Seine Ähnlichkeit mit seinem Vater Harlan war beinahe unheimlich, mit dem Unterschied, dass Peter keinen Bart trug.

Haakon nahm ein Baumwollhemd und zog es sich über den Kopf. Als Peter keine Anstalten machte zu gehen, fragte er: „Wolltest du irgendwas Bestimmtes?"

„Ich wollte dir bloß sagen, dass ich mitkomme."

„Ich weiß nicht, wovon du redest."

„Du weißt genau, wovon ich rede. Du suchst nach meinem Pa und Grandpa und wo immer du heute Nacht hingehst, ich komme mit dir."

Die Hunde bellten erneut, diesmal weiter entfernt.

Haakon knöpfte sich die Manschetten zu. „Woher weißt du, dass ich irgendwohin gehe?"

„Das ist doch sonnenklar."

„Nichts ist *sonnenklar*."

„Für mich schon." Peter verschränkte die Arme vor der Brust

und lehnte sich gegen die Wand. Er versuchte lässig zu wirken, doch sein Gesicht war angespannt. „Die Lage ist ernst und wir beide wissen das. Tess traut sich nicht mehr als zehn Schritte vom Haus weg und sie lässt Georgie kaum noch vor die Tür."

Sie waren wie Schwestern für Haakon – Tess, die in seinem Alter war, und die kleine Georgie. Auch Peter schien beiden sehr verbunden und Haakon spürte eine leichte Eifersucht.

Peter fuhr fort: „Cora hat keine Angst, aber sie sollte besser vorsichtig sein. Und du kannst drauf wetten, dass Grandpa Jed und mein Pa nicht alleine sind. Wie ich sie kenne, sind sie mindestens zu sechst oder zu siebt. Gestern sind sie auf der Plantage in ein Nebengebäude eingebrochen und laufen immer noch frei rum. Die Hunde werden sie nicht finden. Wenn Pa so leicht zu kriegen wäre, dann hätten sie ihn längst geschnappt. Der Sheriff wird bald aufgeben, so wie alle anderen auch."

In dem Punkt musste Haakon ihm recht geben. Peters Sippschaft hatte in all den Jahren so gut wie keine Gelegenheit ausgelassen, das Gesetz zu brechen. Und sie waren immer noch auf freiem Fuß. Haakon dachte zurück an seinen Kampf mit Thor an jenem Tag in der Hütte, als Peter Jorgan zur Hilfe geeilt war, um Thor von ihm wegzuziehen.

Einen mutigen, loyalen Mann an seiner Seite könnte er durchaus gebrauchen.

„Na schön. Aber ich breche erst in der Dämmerung auf. Du kannst wiederkommen, wenn es dunkel wird."

Peter, der etwas größer als Haakon war, schien vor Stolz noch ein paar Zentimeter zu wachsen. „Geht in Ordnung."

Bevor der junge Sorrel die Scheune verließ, rief Haakon ihm nach: „Du hast wohl eine Schwäche für Tess?"

„Wir sind Nachbarn. Und ich verdanke Tess und ihrer Mutter eine Menge. Sie waren immer gut zu mir und ich will, dass sie sicher und in Frieden leben können. Alle, nicht nur Tess."

„Dann wird es wohl so sein."

Haakon nickte zufrieden. Das machte Peters Motivation umso

ehrenvoller. Er wusste noch, wie Peter einmal Prügel von seiner eigenen Familie bezogen hatte, um Tess zu schützen. Wenn es jemanden gab, auf den er sich im Kampf gegen Jed und Harlan verlassen konnte, dann Peter.

Haakon steckte sein Messer in die Halterung an seinem Gürtel. „Komm am besten eine Stunde vor Sonnenuntergang."

„Du kannst auf mich zählen." Er zögerte einen Moment, rieb sich verlegen mit der Hand über den Arm. „Was ich noch sagen wollte … meine Schwester … Sibby … Sie hat geheiratet."

„Wirklich?"

„Nur damit du nicht enttäuscht bist."

Haakon grinste. „Ich bin nicht enttäuscht." Obwohl ihn mit Sibby Sorrel einige schöne Erinnerungen verbanden. Aber nach etwas mehr als einer Handvoll heimlicher Treffen – die obendrein ziemlich harmlos gewesen waren –, war es gut, dass sie beide ihrer eigenen Wege gegangen waren. Eine Verbindung ihrer verfeindeten Familien wäre einfach undenkbar gewesen.

„Sie war bis über beide Ohren in dich verliebt, weißt du? War monatelang beleidigt, nachdem du fort warst."

Haakon schob die Kiste mit den Kleidern beiseite. „Dann ist sie jetzt bestimmt besser dran."

„Allerdings", konterte Peter mit schiefem Grinsen. „Sie ist mit einem Schwarzbrenner verheiratet, drüben auf der anderen Seite des Bergkamms. Sie haben zwanzig Morgen buckeliges Land, das nicht als Ackerland taugt. Aber er ist ohnehin kein Farmer. Brennt einen hervorragenden Whiskey, der selbst Thor geschmeckt hätte."

„So gut?"

„Echt gut. – Und ich möchte, dass du ihn kennenlernst."

„Peter, ich weiß nicht, ob das der beste Zeitpunkt ist, um-"

„Nein, du hast mich falsch verstanden. Sibbys Mann hat meinen Grandpa gesehen. Vorgestern Abend."

Jed? „Und deine Schwester?"

„Sie war nicht da. Jed weiß nicht, dass sie geheiratet hat. Das heißt, er wusste nicht, wer ihm den Whiskey verkauft. Orville ist sein Name. Ein anständiger Kerl, grundehrlich. Er glaubt, dass Jed morgen oder übermorgen zurückkommt."

„Bist du sicher?"

„Todsicher."

„Weiß der Sheriff davon?"

Peter schüttelte den Kopf. „Das würde alles vermasseln – wenn der Sheriff dort aufkreuzt mit seinem Rattenschwanz an Männern und seiner Hundemeute."

Haakon war ganz seiner Meinung. Am besten, sie hängten das vorläufig nicht an die große Glocke. Der Sheriff mochte seine Methoden haben und Haakon wollte ihm nicht ins Handwerk pfuschen, aber in dem Fall zog er es vor, die Dinge allein und auf seine Art zu regeln.

„Pa ist vielleicht auch dabei", ergänzte Peter. „Er war letztes Mal nicht mit. Grandpa sagte, er war krank."

„Jed?"

Peter fischte einen Strohhalm aus einem Heuhaufen. „Nein, mein Pa." Er steckte sich den Halm zwischen die Zähne.

Woran auch immer Harlan Sorrel krankte – Haakon war sicher, er würde bald wieder auf den Beinen sein. Es gab nicht viel, was einen Mann wie Harlan umhauen konnte. „Du glaubst also, sie kommen noch mal zur Farm dieses Schwarzbrenners?"

„Vermutlich ja."

Warum hatte er nicht eher daran gedacht? Auch Piraten kehrten immer an den Ort des Schatzes zurück. Als er noch zur See gefahren war, hatte er mit eigenen Augen gesehen, dass Piraten nicht nur im Märchen vorkamen.

Man brauchte bloß in Jed Sorrels Gesicht mit der Augenklappe zu schauen, um zu ahnen, dass dieser Mann um einiges böser war als manch anderes Gesindel. Und seine Hand mit den verbliebenen zwei Fingern war stark wie eine eiserne Faust. Der Patriarch der Sorrel-Familie hatte allen Grund, wütend zu sein. Durch den Krieg hatte er alles verloren, einschließlich über dreißig Sklaven, unter ihnen Cora und Ida. Er war nicht länger der Herr dieser Berge. Stattdessen ging es immer weiter bergab: Thor hatte sich geweigert, ihm den Apfelschnaps zu verkaufen, und Haakon hatte seine Scheune mit gestohlenem Schnaps im Wert von fast tausend Dollar in die Luft gejagt.

„Er wird sich an mir rächen wollen", sagte Haakon. „Und ich will meine Brüder da raushalten."

Peter drehte den Strohhalm im Mund herum. „Ich glaube, er kümmert sich einen Dreck um dich."

„Aber ich habe seine Scheune angezündet."

„Er denkt, dass dich jemand dazu angestiftet hat."

„Wer?"

„Wer wollte denn nicht an ihn verkaufen? Wer hat ganz mit der Schnapsbrennerei aufgehört?"

„Dein Grandpa ist hinter Thor her?"

„Sieht ganz danach aus. Darum sind sie auch damals hier eingestiegen und haben die Schnapsvorräte geklaut. Um Thor einen Denkzettel zu verpassen."

Einen Moment lang stand Haakon da wie betäubt, unfähig, einen klaren Gedanken zu fassen. Dann rieb er sich langsam mit der Handfläche über die Schläfe. Peters Blick wanderte hinüber zum Haus und durch die offene Tür sahen sie Ava, die mit einem Korb über dem Arm auf die Veranda hinaustrat.

Haakon griff nach seiner Winchester und einer Schachtel Munition. „Bis heute Abend." Mit einem Satz war er an der geöffneten Tür. „Ich warte auf dich."

Ava hielt wahrscheinlich Ausschau nach Jorgan, damit er sie zu Thor begleitete. Haakon wollte sie nicht in Verlegenheit bringen oder dazu, dass sie dachte, er wollte sich aufdrängen und diese Aufgabe übernehmen. Er schaute zu Boden und tat, als würde er sie nicht sehen, und hielt stattdessen mit großen Schritten auf die Bäume zu, hinter denen seine Hütte lag. Unterwegs nahm er ein Kokablatt aus seinem Beutel und schob es sich in die Backentasche. Die Blätter wurden langsam brüchig und ließen in der Wirkung nach, doch in einer Stunde hatte er hoffentlich das meiste geregelt.

Thor saß auf den Verandastufen vor dem Haus, mit gesenktem Blick, den Kopf in die Hände gestützt. Haakon hatte ihn noch nie so niedergeschlagen gesehen. Er wusste wenig über die Krankheit, an der sein Bruder litt, und dachte, sie sei das Ergebnis seines früheren Alkoholkonsums, doch der Arzt schien anderer Meinung. Er hatte ihn danach fragen wollen, aber jetzt fand der erst mal wichtiger, bei Thor zu bleiben und ihm zu helfen, wie er es versprochen hatte. Und was die Ansteckungsgefahr betraf, war es jetzt sowieso zu spät, sich darüber Gedanken zu machen.

Thor hatte ihn nicht kommen sehen. Haakon ging seitlich auf ihn zu, sodass sein Schatten auf ihn fiel.

„Alles okay bei dir?"

Thors Antwort in Gebärdensprache kam so widerstrebend, als sei Haakon der Letzte, dem er so etwas mitteilen wolle. *Frühstück nicht drin bleiben.*

Wie gut, dass er nicht da gewesen war. „Und jetzt muss ich oben die Schweinerei wegputzen?"

Thor schüttelte den Kopf. Er fuhr mit der Zunge über seine trockenen Lippen und seine Haut war fahl wie noch nie. Selbst in seinen schlimmsten Tagen als Alkoholiker hatte Haakon seinen Bruder nicht in einem so erbärmlichen Zustand gesehen.

„Soll ich nicht doch lieber das Bett nach unten tragen? Es wäre wirklich praktischer."

Thor schaute zur Seite und blieb regungslos. Na schön, auch eine Antwort.

„Sturer Esel", murmelte Haakon und lehnte sein Gewehr gegen das Geländer. Wütend stampfte er die Verandatreppe hoch und ging ins Haus. Es wurde Zeit, im Erdgeschoss einmal gründlich aufzuräumen, dann hätte Thor vielleicht ein Einsehen. Er nahm einen kaputten Stuhl und warf ihn durch die geöffnete Haustür nach draußen, vorbei an der Verandaschaukel über das Geländer ins Gras. Dasselbe tat er mit einem durchgerosteten Eimer und ein paar farbverschmierten Stofflappen. Das ganze Gerümpel erinnerte ihn an eine längst vergangene Zeit und es tat gut, sich davon zu befreien.

Verbissen arbeitete er weiter und fegte Spinnweben aus den Ecken. Doch dann hielt er plötzlich inne, als er ein altes Fass zur Seite schob und darunter rötliche Flecken auf dem Boden entdeckte. Auch das Fensterbrett und die unterste Fensterscheibe waren rot gesprenkelt. Blutflecken. Sein eigenes Blut, längst angetrocknet, und selbst jetzt, Jahre später, spürte Haakon bei dem Anblick den heftigen Schmerz am Hinterkopf, als er daran dachte, wie Thor sich damals wutentbrannt auf ihn gestürzt hatte.

Darum wollte Thor also nicht im Erdgeschoss schlafen. Haakon hatte die Blutflecken zuerst nicht bemerkt, aber seinem Bruder, der seine Umgebung ganz anders wahrnahm, waren sie natürlich sofort aufgefallen. Alles, was Haakon jetzt brauchte, waren ein Eimer Wasser, Seife und ein Scheuerlappen. Und ein bisschen Zeit und Geduld. Heute würde das leider nichts mehr werden. Er ging wieder nach draußen in der Gewissheit, dass es einfacher war, hundert Scheunenwände zu säubern, als die schändlichen Flecken der Vergangenheit zu beseitigen.

Draußen erhob sich Thor mühsam von den Stufen.

Haakon tippte ihm auf die Schulter. *Treppen. Du Hilfe brauchen?*

Thor schüttelte den Kopf und stapfte zurück ins Haus. Seine Schritte waren schwer und langsam. Haakon hörte noch, wie sich sein Bruder die Treppen hinaufschleppte. Eine Minute später war alles still.

Haakon wollte ebenfalls hineingehen und das Entrümpeln fortsetzen, aber als er an der Haustür vorbeikam, fiel sein Blick auf das Türschloss. Er ging in die Hocke und befühlte das Schlüsselloch. Der Messingbeschlag war zerkratzt und eingekerbt. Jemand hatte mit einem Metallwerkzeug versucht, sich gewaltsam Einlass zu verschaffen. Aber warum? Auf einmal hatte er ein flaues Gefühl in der Magengrube.

Es konnten nur die Sorrels gewesen sein. Niemand anders hätte Interesse, in ein Haus einzubrechen, in dem nichts zu holen war. Die Spuren waren gestern noch nicht da gewesen, sonst wären sie ihm sicher aufgefallen. Es musste also vergangene Nacht passiert sein. Haakon stand auf und ging ums Haus herum. Sein Puls raste, als er auch an einem der Fenster Spuren fand, als hätte jemand versucht, mit einem Brecheisen den Rahmen aus der Wand zu stemmen. Warum hatten sie nicht einfach die Scheibe eingeschlagen? Thor hätte sie bestimmt nicht gehört.

Sie dachten also, Thor sei nicht allein.

Das hieß, sie wussten, dass Haakon zurückgekommen war. Aber sie wussten nicht, dass er in der Mostereischeune schlief. Hätten sie geahnt, dass Thor allein im Haus gewesen war, wäre er jetzt vielleicht ein toter Mann.

Haakon bückte sich und betrachtete erneut den Schaden. Er musste Thor und Jorgan warnen. Und, was genauso wichtig war, er musste von nun an hier übernachten.

Plötzlich hörte er ein Geräusch und als er sich umdrehte, sah er Peter kommen, Ava an seiner Seite. Haakon ging ihnen entgegen und sie trafen sich vor dem Haus. Peter blieb zurück und Haakon nickte ihm einen freundlichen Gruß zu. Er war nicht sicher, ob Peter mitgekommen war, um Ava vor den Sorrels zu schützen oder vor ihm. Was wohl in beiderlei Hinsicht gerechtfertigt war.

Ava hielt den Weidenkorb in der Hand. Sie reichte Peter gerade bis zur Schulter und in ihrem Zustand wirkte sie fraulich und zugleich zerbrechlich. Haakon verspürte den dringenden Impuls, sie zu beschützen, und sein Blick wanderte zu seinem Gewehr. Sie hätte nicht kommen sollen. Es war zu gefährlich für sie hier.

Sie sah ihn hoffnungsvoll an. „Ist Thor wach?"

Er kämpfte mit widerstrebenden Gefühlen. „Ich kann reingehen und nachschauen."

Auf seinem Weg ins Haus war er dankbar, dass Peter draußen Wache hielt. Ava folgte ihm zur Tür. „Wie geht es ihm heute?"

„Noch immer ziemlich schlecht."

„War der Doktor schon hier?"

„Nein, noch nicht. Wenn er noch länger auf sich warten lässt, kann ich in die Stadt reiten und ihm eine Nachricht von dir überbringen, wenn du magst."

„Danke."

Vor dem Haus blieb sie unter einem Fenster stehen und schaute hoch, so als ob sie ihn rufen wollte. Wie einfach das wäre, wenn sie ihren Mann rufen oder Steinchen gegen das Fenster werfen könnte. Aber nicht bei Thor.

„Hör mir bitte zu, Ava. Ich denke, du solltest nicht mehr hierherkommen. Nicht einmal mehr mit Peter. Es ist zu gefährlich für dich."

Sie sah ihn fragend an. Misstrauen lag in ihrem Blick.

Sollte er ihr von seinem Verdacht erzählen? Oder würde er sie damit nur unnötig ängstigen? Es war wichtig, dass Ava Bescheid wusste, aber zuvor würde er gern noch einige Zweifel ausräumen. Außerdem war die Tatsache, dass sie von den Sorrels beschattet wurden, nichts Neues für sie. Warum sollte er sie dann noch mal daran erinnern? Trotzdem war es besser, wenn Ava dem Blockhaus fernblieb.

Ava riss ihn aus seinen Gedanken. „Haakon … was ist mit Thor?"

Ja, natürlich. „Ich gehe mal nachschauen." Mit langen Schritten stürmte er durch den Flur und hoch in den ersten Stock, warf einen kurzen Blick in Thors Zimmer und ging zurück zu Ava, nicht ohne zur Sicherheit sein Gewehr an sich zu nehmen.

Ihre Augen weiteten sich erwartungsvoll, doch seine Worte würden sie bitter enttäuschen.

„Er schläft tief und fest. Ich könnte ihn aufwecken, aber das letzte Mal, als ich ihn geweckt habe, ging es ihm danach sehr schlecht."

Alle Hoffnung war aus ihrem Gesicht gewichen und sie wirkte so verletzt, als hätte sie von ihrem Mann eine persönliche Zurückweisung erlebt. Mit niedergeschlagenen Augen gab sie Haakon den Korb und zog einen versiegelten Briefumschlag aus ihrer Rocktasche. „Ein Brief für Thor", sagte sie leise. „Aus Washington D.C. Er kam mit der Post heute Morgen."

Haakon nahm beides entgegen. „Er wird alles bekommen. Und Ava, es wäre das Beste, wenn Jorgan dich in Zukunft begleitet, wenn du irgendwohin gehst. Besser als Peter." Peter war ein Sorrel. In den Augen seiner Sippe war er ein Verräter, denn er hatte sich von seiner Familie abgewandt und den Treueeid des Klans gebrochen. Deshalb stand er bei den Sorrels bestimmt genauso auf der Abschussliste wie Thor.

„In Ordnung", entgegnete sie und er konnte sehen, dass sie es ernst meinte. Sie drehte sich um, warf einen letzten, verzweifelten Blick zum Haus und hob die Augen zum grauen Himmel, als wollte sie um Beistand flehen.

Sie durfte nicht mehr herkommen und wusste nicht genau, weshalb. Sie wusste nichts über die Grausamkeit dieser Männer, die im Hinterhalt lauerten und wie weit sie gehen würden, um ihre Rachegelüste zu stillen.

Haakon hatte sie nicht wegschicken wollen. Aber er musste es tun – für sie und das Baby. Und für Thor.

Trotzdem fühlte er sich wie ein Schuft. Sie wusste nicht, dass er sie angelogen hatte. Denn bereits auf dem oberen Treppenabsatz hatte er gesehen: Thor schlief nicht. Er war hellwach und wartete auf sie.

Zwanzig

Als Thor am nächsten Tag erwachte, war es bereits hell und Haakon hing schlafend in einem Stuhl, den Kopf auf der Brust. Irgendwann in der Nacht musste er eingenickt sein. Warum schlief er hier in der Hütte und nicht wie gewöhnlich in der Scheune?

Neben ihm auf dem Boden stand eine Laterne und unter dem Stuhl lag ein Almanach. Vielleicht war ihm das Buch vom Schoß gerutscht, als er eingeschlafen war. Sein Repetiergewehr lehnte an der Wand. Thor angelte vom Bett aus nach einem Schuh, bekam den Schnürsenkel zu fassen und warf.

Er verfehlte sein Ziel nicht und traf Haakon mit voller Wucht am Kopf. Mit einem Schlag war sein Bruder hellwach.

„Sag mal, spinnst du?" Er rief sich die schmerzende Schläfe und funkelte Thor böse an.

Du wieder meine Frau fortschicken? Ich dreh dir Hals um!

Haakon sah ihn entgeistert an. Er beugte sich vor und hob den Almanach auf, wobei er Thor nicht aus den Augen ließ. Dann lehnte er sich betont lässig in seinem Stuhl zurück, schlug die Beine übereinander und fing an zu lesen. Thor bückte sich nach dem zweiten Schuh.

Haakon hielt schützend die Arme über den Kopf. „Okay, es tut mir leid! Es soll nicht wieder vorkommen. Versprochen."

Thor zeigte auf seinen Bruder, legte die Hände übereinander und führte sie vor der Brust mehrmals hintereinander auf und ab für *Versprechen. Dein Versprechen wertlos.*

Haakon blinzelte und ein Gefühl, das man selten bei ihm sah, verschleierte seinen Blick. Reue.

Thor hatte Ava und ihn zwar gestern nicht belauschen, aber durchs Fenster beobachten können. Und es war ihm nicht entgangen, wie Haakon bis zum Treppenabsatz gekommen war, einen Blick ins Zimmer geworfen hatte und schnell wieder verschwunden war. Durch die Fensterscheibe hatte er Ava beobachten können, wie sie wartend vor dem Haus stand, ihr geflochtenes Haar leuchtend wie Herbstlaub. Er sah ihre alabasterfarbene Haut, ihre Sommersprossen und sehnte sich danach, ihr Gesicht in seine Hände zu nehmen und ihr sanft über die Wange zu streicheln.

Er wusste, dass er ihr nicht zu nahe kommen durfte. Trotzdem war er aufgestanden und hatte seine Jacke geholt, um nach draußen zu gehen. Als er die Jacke aber endlich angezogen hatte, war Ava nicht mehr da gewesen. Wutentbrannt war er wieder ins Zimmer gegangen und hatte sich hilflos und entmündigt gefühlt. Er hatte sich vorgenommen, mit seinem Bruder abzurechnen, aber der war nicht zurückgekommen. Müde vom Warten hatte er sich irgendwann erschöpft aufs Bett gelegt und war eingeschlafen. So hatte er Haakons Rückkehr nicht bemerkt, erst als er ihn heute früh auf dem Stuhl sitzen sah.

Der Brief fiel ihm wieder ein, den Ava Haakon gegeben hatte. Seitdem waren zwölf Stunden vergangen und er hatte den Brief noch immer nicht zu Gesicht bekommen. Und heute war Sonntag, das hieß, Ava würde zur Kirche gehen und ihn wieder nicht besuchen können.

Wütend formte er die Gebärde für *Brief*.

Haakons Augenbrauen schnellten nach oben. Natürlich, der Brief. Er sprang auf, rannte die Treppe hinunter und kam mit zerknirschtem Grinsen zurück, den Korb und den Briefumschlag in der Hand. „Entschuldige, ich –"

Thor riss den Brief an sich.

Haakon setzte den Korb ab. „Es tut mir leid wegen gestern, aber –"

Thor beachtete ihn nicht, seine ganze Aufmerksamkeit galt

dem Umschlag in seiner Hand. Er las den Absender. *Alexander Graham Bell, Washington, D.C.*

Haakon tippte ihm auf die Schulter, aber Thor schlug seine Hand weg.

Unbeirrt schob Haakon Avas Korb zur Seite, setzte sich und kommunizierte weiter in Gebärdensprache, in der Hoffnung, Thors Aufmerksamkeit auf sich zu lenken. Vergeblich.

Bevor er ihn rausschmeißen konnte, sprang Haakon wieder auf und eilte zur Tür hinaus.

Thor wandte sich dem Korb zu, den Ava liebevoll für ihn gepackt hatte. Vorsichtig hob er das Tuch an, das sie darübergelegt hatte. Pfeife und Tabak – sie hatte an alles gedacht. Oder Haakon. Schließlich hatte er die Liste geschrieben. Und dann das alte Foto, Ava mit Benn bei ihrer Hochzeit in Norwegen vor rund acht Jahren. Mit diesem Foto war sie in sein Leben getreten. Eine zierliche Gestalt, weiche Gesichtszüge, sanft und liebenswert. So hatte sie sich in sein Herz geschlichen, von Anfang an, und als sie sich Jahre später gegenüberstanden, glaubte er sie schon lange zu kennen.

Das Bild für ihn einzupacken, war wahrscheinlich Haakons Idee gewesen, nicht Avas, aber es in den Händen zu halten und sie anzuschauen, war tröstlich.

Im selben Augenblick nahm er wahr, wie es im Haus heller wurde und kurz darauf wieder dunkel. Der Boden vibrierte, als die Haustür ins Schloss fiel. Er spürte Schritte auf den Stufen, aber es war nicht sein Bruder, sondern Dr. Abramson. Haakon trat nach ihm ins Zimmer.

Der junge Arzt stellte seine schwarze Tasche auf den leeren Stuhl.

„Schön, Sie auf den Beinen zu sehen, Mr. Norgaard. Vor Kurzem hatte ich ein interessantes Gespräch mit Ihrer Frau und sie brachte mich auf eine Idee, die ich sofort weiterverfolgt habe. Ich bin gekommen, um Ihnen von meinen neuesten Erkenntnissen zu berichten."

Thor sah ihn erwartungsvoll an. Den ungeöffneten Brief legte er auf den Fenstersims.

„Wie geht es Ihnen?"

„Etwas besser." Der Arzt lächelte, als Haakon für seinen Bruder sprach.

„Die Ruhe tut Ihnen gut. Das Beste, was Sie jetzt für Ihren Körper tun können. Und es bestätigt meinen Verdacht." Er kam näher und beugte sich vor, um Thor in die Augen zu sehen. „Ihre Augäpfel sind noch leicht gelblich, aber schon besser." Er nickte zufrieden. „Ich möchte einen kleinen Test machen. Strecken Sie bitte die Hände aus, die Handflächen zu mir, als ob Sie sich an einer Wand abstützen wollten." Thor hob die Hände und der Doktor drückte dagegen, sodass die Handgelenke leicht zurückgebogen wurden. Nach einigen Sekunden ließ er los. Nichts Ungewöhnliches geschah.

Thor, der es gewohnt war, Gesichtszüge zu deuten, las Erleichterung im Gesicht des Arztes.

„Und wie ist es mit der Übelkeit?"

Thor machte mit gespreizten Fingern eine Drehbewegung.

„Er sagt manchmal", übersetzte Haakon. „Hin und wieder, nicht die ganze Zeit."

Dr. Abramson nickte. „Würden Sie sich bitte hinlegen, Mr. Norgaard? Ich möchte Sie untersuchen."

Thor legte sich aufs Bett und der Arzt schob sein Hemd hoch. „Ich suche nach kleinflächigen Hautblutungen." Vorsichtig betastete er Thors Oberbauch, zuerst auf der einen, dann auf der anderen Seite. „Haben Sie noch Schmerzen?"

Thor machte dieselbe Handbewegung.

„Hin und wieder?"

Er nickte.

„Wenigstens haben Sie diesmal nicht versucht, mir den Arm auszukugeln." Der Doktor grinste. „Ich fühle keine Schwellung und kann keine Hautveränderungen feststellen. Das ist ein gutes Zeichen. Es zeigt, dass Ihre Leber sich erholt. Auch der Handreflex fällt negativ aus, das heißt nicht wie üblich bei Leberkranken."

Thor fiel ein, dass Pa, als er schon schwer krank war, seine Hände nicht mehr kontrollieren konnte. Sie zitterten stark und hingen kraftlos an den Handgelenken. Drohte ihm dasselbe Schicksal? Er äußerte seine Sorgen gegenüber Haakon und sein Bruder übersetzte.

Dr. Abramson antwortete: „Vielleicht ist es noch etwas früh für eine Prognose, aber ich bin ziemlich sicher, dass der Fall hier anders gelagert ist. Ich habe viel zu dem Thema gelesen und auch mit meinem Mentor gesprochen. Aufgrund Ihrer Symptome und der zusätzlichen Information, die ich über Ihre Frau erhielt, bin ich zu folgendem Schluss gekommen:" – er bemühte sich, beim Sprechen Thor direkt anzusehen – „Sie haben höchstwahrscheinlich keine tödliche Lebererkrankung, die zu vollständigem Leberversagen führen würde. Ich bin immer mehr davon überzeugt, dass es sich bei Ihnen um einen typischen Fall von Epidemischer Gelbsucht handelt."

Thor atmete auf. Das hieß zwar, dass er ansteckend war, aber auch, dass es Hoffnung gab. Er würde nicht sterben.

Die Erkenntnis traf ihn mit solcher Wucht, dass er scharf die Luft einsog und gegen die Tränen ankämpfen musste.

Der Doktor bedeutete ihm, dass er sich wieder aufsetzen konnte. „Sie haben wirklich Grund zur Erleichterung, Mr. Norgaard. Das bedeutet zwar, dass Sie sich noch eine Zeit lang von Ihrer Familie fernhalten sollten. Aber Sie werden bald gesund und kräftig genug sein, um nach Hause zurückzukehren."

Thor drückte in Gebärdensprache seine Dankbarkeit aus und Haakon dolmetschte.

Als Nächstes stellte er die Frage, die Thor wahrscheinlich ebenso brennend interessierte. „Und wann, denken Sie, darf er wieder nach Hause?"

Dr. Abramson ging zum Waschtisch und seifte sich die Hände ein. Er antwortete, während er sich die Hände wusch und mit dem Rücken zu Thor stand, worauf Thor seinem Bruder ungeduldig Handzeichen gab.

Haakon wartete, bis der Arzt zu Ende gesprochen hatte, und sagte dann zu Thor gewandt: „Vielleicht schon in ein paar Wochen. Es kommt darauf an, wie schnell du dich erholst und wie viel Zeit vergangen ist seit dem Treffen mit dem Doktor im Zug.“ Haakons Augenbrauen zogen sich zusammen. „Was für ein Doktor im Zug?“

Thor schüttelte den Kopf zum Zeichen, dass das jetzt keine Rolle spielte. Er würde es später erklären. Außerdem – was hatte das mit der Untersuchung im Zug zu tun?

Der Arzt schüttelte die Wassertropfen von den Händen und schaute Thor an. „Erinnern Sie sich noch an die Blutabnahme?“

Er nickte.

Haakon blickte verwirrt von einem zum anderen.

„Dort könnte der Schlüssel für Ihre Erkrankung liegen. Ich habe mich intensiv mit dem Thema befasst und bin auf etwas äußerst Interessantes gestoßen.“ Er zog ein Handtuch aus seiner Tasche und trocknete sich die Hände ab. „Im Krieg waren etwa siebzigtausend Soldaten an Epidemischer Gelbsucht erkrankt, eine erschreckend hohe Zahl. Aber weshalb griff die Krankheit derart um sich? Manche machten die schlechten Lebensbedingungen der Soldaten dafür verantwortlich oder verdorbenes Essen. Ich denke, das spielte sicher auch eine Rolle, aber es gibt noch einen anderen Grund.“ Er faltete das Handtuch zusammen und legte es zurück in die Tasche. „Den Offizieren wurde Morphin als Schmerzmittel gespritzt, um Wundbrand und Amputationen erträglicher zu machen. Es wurde auch den Soldaten niedrigeren Grades verabreicht, wenn ihre Verletzungen schwer genug waren. Die Lazarettärzte benutzten dazu Injektionsspritzen, die so ähnlich aussahen wie die Hohlnadel, mit der Sie vor einigen Monaten Bekanntschaft gemacht haben.“

Thor hing an den Lippen des Arztes, damit ihm nichts von

seinen Erklärungen entging. Mit einem kurzen Seitenblick auf Haakon wurde ihm klar, dass sein Bruder nicht wissen konnte, worum es ging.

„Ich weiß nicht, was das alles mit Thors Krankheit zu tun haben soll. Zur Zeit des Bürgerkriegs war er noch nicht mal geboren."

Der Doktor nickte. „Das ist richtig. Aber worauf ich hinauswill, ist: Es muss einen Zusammenhang geben zwischen der Handhabung der Spritze und der Ausbreitung der Epidemie. Auch mein Mentor bestätigt den Verdacht, dass diese Nadeln, die unzähligen Soldaten injiziert wurden, die Krankheit möglicherweise *übertragen* haben. Dann könnte es in Ihrem Fall sein, dass Sie die Epidemische Gelbsucht durch die Blutentnahme bekommen haben."

Thor dachte zurück an jenen Tag und erinnerte sich, dass auch Harlan Sorrel Blut abgenommen worden war – mit derselben Spritze.

Dr. Abramson holte weiter aus. „In meiner chirurgischen Ausbildung als junger Assistenzarzt kam ich in Kontakt mit den Schriften von einem Dr. Joseph Lister, der als Erster ein antiseptisches Mittel zur Wundheilung verwendete und damit verhinderte, dass sich die Wunde infizierte." Er erklärte, dass für eine Infektion kleinste, mikroskopische Lebewesen verantwortlich seien, die sich aber durch Karbolsäure abtöten ließen, sodass sie keinen Schaden mehr anrichten könnten. „Man nennt diesen Vorgang *desinfizieren.*"

Thor hatte keine Ahnung, was das bedeutete, aber er nahm die Information begierig auf und versuchte sie zu verstehen.

Der Arzt dozierte weiter. „Und das Interessante ist: Listers Beobachtungen zeigten, dass das Desinfektionsmittel den Fäulnisprozess verhinderte; die Wunden heilten schneller ab und die Patientensterblichkeit sank. Krankheiten und Todesfälle konnten verhindert oder stark eingeschränkt werden, wenn diese Methode angewendet wurde. Dazu gehört auch die

Desinfektion von chirurgischen Instrumenten, Operationstischen oder anderen Oberflächen. Und natürlich gründliches Händewaschen."

Haakons Stirn umwölkte sich. „Ich verstehe kein Wort."

„Das kommt daher, weil das Thema sehr umstritten ist und bis heute kontrovers diskutiert wird. Viele Ärzte glauben heute noch, dass ein blutverkrusteter Arztkittel ein Zeichen von Fachkenntnis und Tüchtigkeit ist, aber dem ist nicht so. Von meinem Mentor, der übrigens ein großer Verfechter von Dr. Listers Methoden ist, habe ich gelernt, dass peinliche Sauberkeit förderlich ist, wenn nicht sogar unerlässlich."

Haakon sah auf seine schmutzverkrusteten Hände hinab und wagte nichts mehr zu sagen.

„In einfachen Worten: Sollten organische Substanzen in der Lage sein, im Blut zu überleben und eine Infektion zu verursachen …"

Thor konnte ihm nicht mehr folgen, er blinzelte erschöpft und machte mit der Hand ein Zeichen, dass der Doktor langsamer sprechen möge.

Er war recht gut im Lippenlesen, aber die Monologe des Arztes waren schwierig und voller medizinischer Ausdrücke, die er nicht kannte.

Haakon kam ihm zur Hilfe. „Er fragt, ob Sie bitte langsamer sprechen könnten."

„Ja, natürlich." Dr. Abramson entschuldigte sich und drosselte sein Redetempo. „Daraus lässt sich schließen, dass krank machende Substanzen auch auf einem ärztlichen Instrument überleben können, wie etwa einem Skalpell oder – wie in unserem Fall – einer Nadel." Er machte eine bedeutsame Pause, als wolle er Thor Zeit geben, das Gesagte zu verarbeiten. „Eine optimale Reinigung der Instrumente könnte das Problem beseitigen. Immer mehr Kollegen in unserem Berufsstand sind überzeugt davon, vor allem jene, die mit Listers Methode schon Erfolge verzeichnen konnten."

Wieder eine Pause. „Wie war es bei Ihnen, Mr. Norgaard? Haben Sie gesehen, ob die Nadel, die bei Ihnen verwendet wurde, anschließend desinfiziert wurde?“

Thor warf Haakon einen fragenden Blick zu und buchstabierte *D-E-S-I-N-F-I-Z-I-E-R-T?*

Sein Bruder zuckte die Achseln.

Der Doktor versuchte es auf andere Art. „Früher, beim Schnapsbrennen, haben Sie da manche Geräte oder Teile Ihrer Ausstattung mit heißem Wasser ausgekocht?“

Ja, manche schon, damit der Schnaps nicht schlecht wurde. Thor antwortete mit Haakons Hilfe und der Arzt nickte zufrieden.

„Sehen Sie. Das genau ist der Punkt. Wie war das mit der Nadel nach Ihrer Blutentnahme – wie wurde sie gereinigt?“

Wasser. Trockener Lappen. Das war alles.

Haakon übermittelte die Antwort.

„Ich fürchte, dann ist das der Grund für Ihre Krankheit.“

Haakon war immer noch verwirrt. Er deutete fragend auf seinen Bruder. „Aber Thors gelbe Augen und seine Schmerzen … wie kommt das alles auf die Nadel?“

„Durch Bakterien, Sir. Mikroskopisch kleine Keime. Ich könnte es Ihnen erklären, aber das würde vielleicht zu weit führen. Einfach zusammengefasst, heißt das: Jemand, der diese Krankheit hatte, kam zuvor mit der Nadel in Kontakt.“

Thor starrte abwechselnd den Doktor an und auf seine Armbeuge. Der Arzt setzte sich aufs Bett, nahm einen kleinen Gegenstand aus seiner Tasche und legte ihn auf die zerwühlte Bettdecke. Ein kleines Kästchen. Er öffnete es und zeigte Thor die Hohlnadel und den Glaskolben.

„Mit so einer Spritze, Mr. Norgaard, wurde die Epidemische Gelbsucht höchstwahrscheinlich übertragen. Weil jemand, der daran erkrankt war, vor Ihnen in Kontakt mit der Nadel kam. Wahrscheinlich unwissentlich, denn manchmal kommt es vor, dass man die Krankheit Wochen oder Monate in sich trägt, bevor sie zum Ausbruch kommt." Er seufzte. „Dass das passiert ist, ist sehr bedauerlich."

Thor fuhr sich mit der Hand durch die Haare.

Harlan. Er war vor ihm dran gewesen.

„Ich werde mir die Dokumente von diesem Arzt noch mal ansehen. Vielleicht führt es ja zu nichts, aber es könnte auch Leben retten."

Leben retten? Thor hatte gedacht, die Epidemie verliefe nicht tödlich.

„Es gibt noch etwas, was ich Ihnen sagen muss." Dr. Abramson zog ein zusammengefaltetes Papier aus seiner Arzttasche. „Mein Mentor schickte mir dies per Eilpost. Es ist die Mitschrift einer Vorlesung zum Thema Epidemische Gelbsucht, die er vor zwanzig Jahren besucht hat." Der Arzt machte auf einmal ein sehr besorgtes Gesicht. „Es ging um eine Studie, in der die Auswirkungen der Krankheit bei werdenden Müttern untersucht wurden."

Thor spürte einen Stich im Herzen und er fröstelte plötzlich.

„Auf der karibischen Insel Martinique waren dreißig schwangere Frauen von der Epidemie betroffen." Er faltete das Papier auseinander und reichte es Thor. „Zwanzig von ihnen starben oder verloren die Babys."

Thor schüttelte heftig den Kopf, in seinem Gesicht lagen Verwirrung und Panik. *A-V-A kein Kontakt Nadel.*

Haakon übersetzte hastig, auch er war von Panik ergriffen.

„Nein, aber Ihre Frau hatte Kontakt zu Ihnen, als Sie die Krankheit schon in sich trugen."

Alles Weitere, was er sagte, wurde undeutlich, als Thors Sicht verschwamm.

„... so weit in ihrer Schwangerschaft ... bedeutet Gutes für das Baby ... Wenn es jetzt käme, könnte es wahrscheinlich überleben ..."

Thor blinzelte heftig und zwang sich, weiterhin den Mund des Arztes zu fokussieren.

„… wenn es noch im Mutterleib ist. Mr. Norgaard, es tut mir sehr leid, dass ich Sie das fragen muss, aber wann wurde der Herzschlag des Kindes zuletzt abgehört?“

Haakon war schneller. „Vor ein paar Tagen, glaube ich.“

Dr. Abramson wirkte erleichtert. „Wir werden das sofort noch einmal überprüfen. Leider habe ich, wie gesagt, noch keine Erfahrungen im Bereich der Gynäkologie. Der Gesundheitszustand Ihrer Frau wird wohl noch ein paar Tage ungewiss bleiben.“

Er wandte sich wieder an Thor. „Dies ist eine Krankheit, über die wir leider noch zu wenig wissen, doch da Sie noch Symptome zeigen, müssen Sie unbedingt weiterhin in Quarantäne bleiben. Allerdings denke ich, dass für Ihren Bruder keine Gefahr besteht, dasselbe gilt für alle anderen erwachsenen, gesunden Familienmitglieder. Aber das Risiko für Ihre Frau und das Baby wäre einfach zu groß.“

Thor verspürte plötzlich eine unbändige Wut auf Harlan Sorrel.

„In der Zwischenzeit können wir nur abwarten und hoffen. Und ich bete, dass Gott Ihre Frau und das ungeborene Kind beschützen möge.“

Der junge Arzt verstaute die Dokumente in seiner Tasche und verabschiedete sich mit den Worten: „Ja, auch ich suche Zuflucht im Gebet … Selbst als Arzt. Ich habe viel Leid gesehen in meinem Beruf und habe Sterbenden die Hand gehalten. Ich habe mit eigenen Augen gesehen, wie vergänglich das menschliche Leben ist. Als Mediziner glaube ich an die Wissenschaft, aber ich wäre ein Narr, wenn ich nicht auch an Gott glauben würde.“

Einundzwanzig

Ava spürte ein Ziehen im Unterleib, als sie ihren leinenen Fächer öffnete. Die Luft in der Kirche schien auf einmal stickig und heiß. Neben ihr in der Bank klappte Fay das abgegriffene Gesangbuch zu und legte die Arme um Björn und Sigurd. Björn zappelte und wand sich, um dem Griff seiner Mutter zu entkommen, und wäre am liebsten hinaus ins Freie entwischt. Auf der anderen Seite des Mittelgangs saßen die Männer, getrennt von den Frauen und Kindern. Ava betete, dass Thor wieder neben Jorgan und Peter in der Bankreihe sitzen würde. Und dass dieser Tag bald kommen würde.

Sigurd lehnte sich zu seinem Bruder hinüber: „Sei still, *ciderkin.*“ Dann zog er ein kleines hölzernes Wikingerschiff aus der Hosentasche. Die Bordwände und der Drachenkopf am Bug waren so filigran und originaltreu gearbeitet, als sei es ein antikes Fundstück aus Norwegen. Jorgan liebte es, für seine Söhne Spielsachen aus Holz zu schnitzen, und seine Fertigkeiten auf diesem Gebiet waren beachtlich.

Björn ließ das Schiffchen mit seiner kleinen Hand auf einem imaginären Meer fahren und war zufrieden. Sigurd tätschelte seinem Bruder den Kopf. „Baver kleiner Börni.“

Ava und Fay tauschten ein Lächeln. Auch Peter warf ihnen über den Gang hinweg einen amüsierten Blick zu. Dann schaute er wieder nach vorn, den Rücken kerzengerade, ein Leuchten auf dem Gesicht. Ava hatte Mitleid mit Peter. Seit der Rückkehr seines Vaters und Großvaters wurde er wieder mit seiner Vergangenheit konfrontiert. Was mochte er dabei empfinden?

Es hatte eine Zeit gegeben, da hatte sie sich vor Peter gefürchtet. Früher, als er noch Angst und Schrecken verbreitete. Als er mit seiner Sippe gewaltsam ins Haus eingedrungen war, in weißer Robe und Kapuze. Sie hatten Fensterscheiben eingeschlagen und Feuer gelegt. Peter hatte damals dicht neben Ava, Tess und der kleinen Georgie gestanden und sie durch seine Augenschlitze beobachtet. Aber das war lange her. Heute hatte Peter mit dem Ku-Klux-Klan nichts mehr zu tun und auf der Norgaard-Farm ein neues Leben begonnen. Ava schätze ihn als freundlichen, verlässlichen Mann, der immer hilfsbereit war und der sein Leben für Cora und ihre Töchter geben würde. Besonders Tess hatte es ihm angetan mit ihrem strahlenden Lächeln und ihren großen braunen Augen.

Der Pfarrer schlug seine dicke Bibel auf und begann aus dem Buch Lukas, Kapitel 15, zu lesen. Ava verlagerte ihr Gewicht, aber es gelang ihr nicht, in der Kirchenbank eine bequeme Sitzposition zu finden. Die Schmerzen im Bauch kamen und gingen in regelmäßigen Abständen. Und die Abstände schienen kürzer zu werden.

Um sich abzulenken, machte sie sich Notizen von der Predigt. Für Thor hatte sie immer die Predigt mitgeschrieben, denn er hatte Mühe, von den Lippen abzulesen, wenn sich der Pfarrer beim Sprechen mal dem linken, mal dem rechten Flügel der Gemeinde zuwendete. Doch er ließ sich nie etwas anmerken, sondern saß ernst und andächtig in der Bank, als sei allein die Anwesenheit im Gotteshaus für ihn genug. Vielleicht könnten ihre Notizen für Thor Trost und Ermutigung sein und sie nahm sich vor, Jorgan nach dem Gottesdienst zu fragen, ob er sie zur Hütte begleiten würde. Falls sie sich kräftig genug fühlte.

Der Pfarrer predigte über das Gleichnis vom verlorenen Sohn. Avas Stift glitt über das Papier, um so viel wie möglich für Thor mitzuschreiben. Das Knarren der schweren Holztür ließ sie innehalten und sich umdrehen. Ein Windstoß fuhr herein und ein heller Sonnenstrahl fiel auf den Mittelgang. Sie sah eine Frau und einen Mann, die sich möglichst leise und unauffällig in die Kirche stahlen. Die junge Frau hatte flachsblondes Haar und Ava erkannte Sibby Sorrel. Der Mann musste ihr Ehemann sein, denn sie hatte vor Kurzem geheiratet. Peter nickte seiner Schwester freundlich zu.

Sibby schlüpfte in eine Bankreihe und nahm zwischen den Frauen Platz. Ihr langer Zopf fiel ihr über die Schulter, als sie sich bückte, um ihr Gesangbuch aufzuheben. Ava wusste wenig über Sibbys Mann. Er wirkte scheu und zurückhaltend, wie einer von der Sorte, die einem nie direkt in die Augen schauen konnten. Auch jetzt sah er starr zu Boden und warf nur hin und wieder einen kurzen Blick auf den Pfarrer, der ihn seinerseits neugierig musterte. Der Fremde hatte seinen verblichenen Hut abgenommen und seine dunklen, strähnigen Haare hingen ihm bis auf die Schultern.

Der Pfarrer fuhr in gleichmäßigem Tonfall fort: „Und der jüngste unter ihnen sprach zu dem Vater: Gib mir, Vater, das Teil der Güter, das mir gehört. Und er teilte ihnen das Gut. Und nicht lange darnach sammelte der jüngste Sohn alles zusammen und zog ferne über Land; und daselbst –“

Ava glitt der Bleistift aus der Hand, als Björn an ihrem Ärmel zupfte und ihr auf den Schoß krabbeln wollte – bei ihrem Bauchumfang ein Ding der Unmöglichkeit. Sie rutschte ein Stück zur Seite und legte den Arm um ihn, während sein älterer Bruder unter die Bank kroch und den Bleistift aufhob. Björn kuschelte sich an Ava und begann mit den Knöpfen ihres Armbands zu spielen. Sie trug das Knopfarmband absichtlich an solchen Tagen, damit die kleinen Finger beschäftigt waren, wenn sich der Gottesdienst in die Länge zog.

Die Stimme des Pfarrers wurde lauter: „… und bin hinfort nicht mehr wert, dass ich dein Sohn heiße; mache mich zu einem deiner Tagelöhner! Und er machte sich auf und kam zu seinem Vater. Da er aber noch ferne von dannen war, sah ihn sein Vater, und es jammerte ihn.“

Ava musste an Haakon denken. Auch er war in die Ferne gezogen und dann zurückgekehrt, um sein Erbe anzutreten auf dem Land seines Vaters.

Der Pfarrer legte mit glühendem Eifer den Bibeltext aus, doch Ava hörte nicht alles, weil jetzt Björn lautstark zu protestieren begann. Sie sprach beruhigend auf ihn ein, aber er strampelte unleidig und wäre fast von der Bank gerutscht. Seine Mutter warf ihm einen strengen Blick zu und zog ihn zu sich auf den Schoß. Er quengelte weiter, bis Fay seufzend aufstand und mit ihm hinausging. Der Gottesdienst neigte sich dem Ende zu und sie war nicht die Einzige, die mit ihrem Kind draußen vor der Kirche wartete.

Ava spürte von Neuem einen Schmerz im Unterbauch, diesmal so heftig, dass sie sich beherrschen musste, um nicht aufzustöhnen. Genauso schnell, wie er gekommen war, war er wieder vorbei. Doch sie ahnte, dass dies erst der Anfang war.

Der Gottesdienst war vorbei, die Leute standen auf und bewegten sich auf den Ausgang zu. Ihre Stimmen schwirrten durcheinander und hallten durch den Raum bis hoch in die Dachbalken. Ava überflog ihre Mitschrift und wünschte, sie hätte sie beenden können, aber vielleicht konnte auch das Gleichnis allein Thor Kraft und Trost schenken. Und vielleicht … vielleicht sogar Haakon.

Sorgfältig faltete sie das Papier zusammen. Alles Weitere lag in Gottes Hand.

Sie schlang die Enden ihres Tuchs fest um die Schultern und folgte ihrer Familie nach draußen, wobei sie unterwegs einigen bekannten Gesichtern zunickte. Der Wind fegte über den Kirchhof, zerzauste die Blumen und wirbelte alte Blätter hoch. Jorgan sammelte seine Söhne ein, die auf dem Rasen mit den anderen Kindern herumtollten. Björn und Sigurd protestierten. Sie konnten nicht verstehen, warum es ihr Vater auf einmal so eilig hatte. Vielleicht wollte er Thor und Haakon nicht länger allein lassen als nötig. Und Ava war dankbar, denn als der Schmerz wieder einsetzte, wünschte sie sich nichts sehnlicher als ihr Bett und eine Tasse starken Tee. Das Baby würde nicht mehr lange auf sich warten lassen. Flüsternd teilte sie Fay ihren Verdacht mit und ihre Schwägerin nickte wissend.

„Wir bringen dich schnell nach Hause." Sie streichelte ihr tröstend über den Rücken.

Jorgan ließ seine Frau und die Kinder hinten einsteigen, danach half er Ava, auf die vordere Sitzbank zu klettern, wobei sie ihre ganze Kraft aufbieten musste. Als sie endlich saß, schob er ihren Rocksaum ins Innere der Kutsche, damit er sich nicht im Rad verfing.

Auf dem Kirchhof sahen sie Peter, der mit Sibbys Mann in ein Gespräch vertieft war. Peter sprach und gestikulierte leidenschaftlich, während sein Schwager regungslos dastand wie eine Statue, als hoffte er, dadurch weniger aufzufallen. Was immer sie zu besprechen hatten, es schien ein ernstes Thema zu sein, denn selbst Sibby machte ein bekümmertes Gesicht.

Sie hatten in der Tat allen Grund zur Sorge. Der Sheriff und seine Leute hatten die Umgebung der Norgaard-Farm und der Sorrel-Plantage mit Hunden abgesucht – vergeblich. Dann hatte Jorgan veranlasst, dass die Suche auf einen Umkreis von zwanzig Quadratkilometern erweitert wurde – ein riesiges Gebiet –, doch auch das war bisher erfolglos geblieben.

Der Wind zerrte an Avas Schultertuch und sie begann zu frösteln.

Peter wechselte noch ein paar Worte mit Sibbys Mann, verabschiedete sich dann von seiner Schwester und kam zum Wagen gelaufen.

„Danke fürs Warten." Er kletterte hinein und setzte sich nach hinten.

„Entschuldige, dass ich zur Eile dränge." Jorgan nahm die Zügel auf, schnalzte mit der Zunge und die Pferde setzten sich in Bewegung. „Aber ich habe ein ungutes Gefühl, Thor und Haakon allein in der Hütte zu lassen."

Peter stützte seine Arme auf die Oberschenkel. „Um Thor

würde ich mir nicht so viele Sorgen machen, er ist der Stärkste von uns allen. Ich wette", grinste er, „Thor wird uns alle noch überleben."

Jorgan musste lachen. „Das mag schon sein. Aber auch Haakon ist ziemlich hart im Nehmen."

„Jungs", sagte Fay mit gespielter Empörung, „müsst ihr unbedingt am Tag des Herrn Wetten abschließen?" Ava warf ihr einen amüsierten Blick zu.

Die Heimfahrt war windig – ein frischer Wind, der nach Veränderung und Neuanfang schmeckte. Jorgan hielt die Zügel locker in einer Hand und Ava sah, wie er seinen freien Arm über die Lehne der Sitzbank legte, um Fays Hand zu halten. Von Zeit zu Zeit spürte sie ein leichtes Ziehen im Unterbauch, aber es war erträglich und sie hatte das sichere Gefühl, dass sich am heutigen Tag nichts ereignen würde.

Als sie die Farm erreichten, sahen sie Haakon, der Richtung Apfelplantage unterwegs war, gefolgt von dem jungen Arzt aus Fincastle. Der Doktor rief ihm etwas zu und beide blieben wie angewurzelt stehen, als sie den näher kommenden Wagen sahen.

War irgendetwas passiert? Was war mit Thor? Ava umklammerte die Armlehne, während Jorgan die Zügel anzog und das Gespann zum Stehen brachte.

Ava wartete nicht, bis Haakon den Wagen erreicht hatte.

„Was ist mit Thor?"

Haakons Augenlider flatterten nervös. „Er ist … äh … Es geht ihm ganz gut. Wirklich gut."

Dr. Abramson schloss mit wehendem Mantel zu ihnen auf. „Mrs. Norgaard, ich habe eine gute Nachricht: Ihrem Mann geht es schon wesentlich besser und er wird voraussichtlich schon bald vollständig genesen sein."

Avas Griff wurde noch fester und sie schloss einen Moment lang die Augen. Die Erleichterung durchströmte ihren ganzen Körper wie eine warme Welle. Ihre panische Angst, Thor zu verlieren, fiel auf einmal von ihr ab, so plötzlich, dass sie einen leichten Schwindel verspürte.

Der Doktor sprach weiter und Ava hatte Mühe, sich auf seine Worte zu konzentrieren, so groß war ihre Freude. Aber um Thors willen zwang sie sich zuzuhören. „Da ich schon einmal hier bin, würde ich auch gern Sie und das Baby untersuchen. Wir waren gerade unterwegs, um die Hebamme zu holen."

„Cora? Warum? Besteht denn Grund zur Sorge?"

„Nun steigen Sie bitte erst einmal aus. Ich werde Ihnen alles erklären, nachdem ich Sie untersucht habe." Ava griff nach der Hand des Doktors, doch ein plötzlicher Schmerz hinderte sie daran aufzustehen. „Sir –" Sie hielt sich den Bauch. „Geben Sie mir einen Moment Zeit."

„Haben Sie Wehen?"

Ava nickte. „Nicht sehr stark. Aber öfter als in den letzten Tagen."

Der Arzt warf Haakon einen Blick zu. Der sprach ein paar Worte mit Jorgan und schickte sich dann an, Ava vom Wagen herunter zu helfen. Sie zuckte zurück.

„Keine Angst, Mrs. Norgaard", sagte der Arzt, „von ihm geht keine Gefahr aus."

Der Doktor wusste nicht, was er da sagte, aber die Worte trafen Haakon mitten ins Herz. Wenn es doch nur so gewesen wäre. „Wegen der Ansteckungsgefahr", sagte er leicht verlegen.

Ava blickte hilfesuchend zu Jorgan. Er verstand sofort, ging um den Wagen herum und fasste sie um die Hüfte. Sie schlang ihren Arm um seinen Hals, während der Wind an ihrem Schultertuch und an ihrem Haarknoten zerrte und einzelne Strähnen herausriss. Vorsichtig stellte er Ava auf den Boden und ließ sie erst los, als ihre Füße einen festen Stand hatten.

Seine Schulter war wie ein starker Schild und sie lehnte sich erschöpft dagegen. „Ich brauche Thor!"

Sie musste ihn sehen. Sie brauchte seine Nähe, um noch einmal Kraft und Mut zu schöpfen für das, was vor ihr lag.

„Ich gehe ihn holen“, bot sich Haakon an.

Jorgan kletterte zurück auf den Kutschbock und nahm die Fahrleinen auf. „Und ich hole Cora.“ Die Pferde trabten an und der Wagen entfernte sich in schnellem Tempo. Fay eilte mit Björn auf dem Arm die Verandatreppe hoch und versprach, gleich wiederzukommen. Sigurd rannte hinter ihnen her.

Verzweifelt wandte sich Ava an den Doktor. Warum gab er ihr keine klare Antwort? „Was ist wirklich los mit Thor? Sie haben gesagt, es ginge ihm besser. Hat er noch irgendeine andere Krankheit?“

„Mrs. Norgaard, ich kann Sie beruhigen. Sein Zustand ist stabil und er ist, wie gesagt, auf dem Weg der Besserung. Aber zuerst müssen wir uns um Sie und das Baby kümmern. Das ist einer der Gründe, weshalb wir die Hilfe Ihrer Hebamme brauchen.“ Er griff seinen Arztkoffer fester. „Ich wünschte, es wäre eine ganz normale Routineuntersuchung.“

So ruhig und sachlich wie möglich schilderte er, was er auch Thor erklärt hatte: dass seine Krankheit auch für sie und das Kind ein Risiko darstellte – vielleicht ein noch größeres als für ihn selbst.

Ava wusste nicht, wie sie das Gesagte verarbeiten sollte. Sie wünschte, sie hätte die Worte nie gehört. Sie wollte sie von sich weisen, weit weg, und stärker denn je sehnte sie sich nach Ruhe, Sicherheit und dem Frieden früherer Tage. „Was … was soll ich tun?“, stammelte sie. „Mir geht es gut. Und das Baby … was ist mit dem Baby?“ In ihrer Stimme lag eine wachsende Panik.

„Ich bin sehr erleichtert, dass es Ihnen gut geht.“ Der Arzt beschrieb Thors Symptome, aber sie hatte nichts dergleichen bei sich feststellen können und auch sonst keine Beschwerden. „Aber was ist mit dem Baby?“, wiederholte sie.

„Ich würde gern seine Herztöne abhören. Die Hebamme wird darin mehr Erfahrung haben. Sie wird gleich hier sein und dann –“

„Können wir das nicht gleich machen, sofort?“ Sie sah ihn flehend an.

„Natürlich, wenn Sie wollen. Ich kann es gern versuchen. Gehen wir ins Haus."

„Nein, hier! Sofort. Bitte!" Ihre Hände krampften sich um den Stoff ihres Schultertuchs.

Der Arzt nickte. „Also gut. Schauen wir einmal, was sich machen lässt." Er stellte seine schwarze Tasche auf den Boden und nahm eine Art Hörrohr heraus, ähnlich wie das von Cora. Er platzierte das Instrument zuerst auf die rechte Seite ihres Bauchs, dann auf die linke, dann in die Mitte und lauschte angestrengt mit geschlossenen Augen. „Ma'am, ich versichere Ihnen, dass Ihre Hebamme die Position des Babys viel besser lokalisieren kann. Ich versuche mein Bestes, aber ich fürchte, dass ich Sie noch mehr verunsichere, wenn ich –"

„Ava!"

Sie fuhr herum und sah Haakon mit Thor auf sie zukommen. Thors Schritte waren langsam und er musste sich auf seinen Bruder stützen, aber als er Ava sah, konnte ihn nichts mehr aufhalten. Ava raffte ihre Röcke und lief ihm entgegen. Sie hatte das Gefühl, durch einen reißenden Fluss zu waten, gegen eine Strömung aus Angst und Schmerzen.

Haakon duckte sich, als Thor sich von ihm losriss. „Er war schon unterwegs und kam mir entgegen."

Dann standen sie sich gegenüber. Ava kämpfte gegen den Impuls, seine Hände zu ergreifen, und umklammerte stattdessen den Stoff ihres Rockes. „Thor, ich glaube, das Baby kommt bald." Sie legte die Hand auf den Unterbauch, dort, wo der Schmerz kam und ging. Aber das Baby …

Ihr Kinn begann zu zittern. Sie hatte heute noch keine Kindsbewegungen gespürt. Und sich nichts dabei gedacht.

Thor kam näher und kniete sich vor ihr auf die Erde. Ehe sie sich's versah, hatte er den Arm um ihre Taille gelegt – was er zuletzt getan hatte, als sie zusammen im Bett lagen. Ihr Kind war damals noch viel kleiner gewesen und er stärker und gesünder. Wie sehr hatte sie sich nach seiner Nähe gesehnt. Ava stand einfach nur da, unfähig, sich zu bewegen, und genoss den Augenblick vollkommenen Friedens.

Thors Griff wurde fester und mit einem Seufzen neigte er den Kopf und berührte Avas Bauch mit der Stirn. Sie fühlte seine Wärme durch die dünnen Schichten ihrer Kleidung. So standen sie lange Zeit und Avas Augen füllten sich mit Tränen. Thor betete.

Sie legte sanft die Hände auf seine Schultern und streichelte seine Haare, die ihm lose in den Nacken fielen. Haakon holte einen Stuhl und bat sie, sich zu setzen. Thor stellte ein Bein auf, blieb aber nah an ihrer Seite. Auch der Arzt schien nichts dagegen zu haben und Ava war dankbar dafür.

Da er sein Stethoskop noch in der Hand hielt, trat er näher, um seine Arbeit zu Ende zu führen. Er kniete sich ebenfalls neben Ava, hielt das trichterförmige Instrument gegen ihren Bauch und horchte mit geschlossenen Augen. Nach einer gefühlten Ewigkeit stand er auf und wiederholte das Ganze auf der anderen Seite. Avas eigenes Herz raste und sie hielt tapfer die Tränen zurück. Warum dauerte es nur so lange?

Hochkonzentriert führte der Arzt das Stethoskop über Avas Bauch. Seine Brauen waren zusammengezogen, die Augen nur noch schmale Schlitze. Dann plötzlich entspannten sich seine Züge und auf seinem Gesicht lag ein Lächeln, das so überirdisch war, als sei ihm ein Engel erschienen.

„Ein guter, starker Herzschlag." Er vergewisserte sich noch einmal und nickte bestätigend. „Das Herz schlägt schnell, aber ich glaube, das ist normal."

In dem Moment hörten sie Hufgeklapper und das Rattern der Wagenräder. Wenig später war Cora an ihrer Seite und übernahm die Regie. Nachdem sie Ava abgehört hatte, hob sie den Blick und ihr Lächeln war wie die aufgehende Sonne.

„Da ist es. Laut und deutlich. Dem Kleinen hier drin geht's gut. Und wie ich von Jorgan gehört habe, haben die Wehen auch schon eingesetzt." Cora legte ihre Hand auf und spürte, wie sich die Bauchdecke spannte. „Eine schöne Wehe. Ich glaube, da will jemand nicht länger warten und Mama und Papa begrüßen."

Zweiundzwanzig

Bei seinen Reisen um die halbe Welt hatte Haakon genug gesehen, um zu wissen, was Frauen durchmachten, um Kinder auf diese Welt zu bringen. Hinzu kam der Tod seiner eigenen Mutter. Haakon war so nervös, dass seine Hände zitterten, als er versuchte, das Gefäß mit den Bohnen zu öffnen.

Thor selbst saß seit Stunden regungslos auf der Veranda, den Blick starr auf den Boden gerichtet. Mit aller Kraft gelang es Haakon, den Deckel abzuschrauben. Er stellte die Bohnen beiseite und ging nach draußen, um die anderen Lebensmittel für das Abendessen hereinzuholen. Er trug die Kiste ins Haus und stellte sie auf den alten Tisch. In Zeiten wie diesen tat es gut, eine Aufgabe zu haben. Seine war es, Thor in den nächsten Stunden zur Seite zu stehen. Er konnte zwar nichts für Ava tun, aber er konnte dafür sorgen, dass Thor nicht allein war.

Er seufzte tief auf und begann die Sachen auszupacken, die Peter ihnen vorbeigebracht hatte. Zu dem Bohneneintopf gab es zwei dicke, mit Butter bestrichene Scheiben Maisbrot. Peter wusste zu berichten, dass die Geburt bereits in vollem Gange war und dass Dr. Abramson geblieben war, um von Cora zu lernen und ihr, wenn nötig, zur Hand zu gehen. Nach Coras Schätzungen würde das Baby nicht vor Mitternacht kommen, vielleicht auch erst am nächsten Morgen.

Das Abendlicht fiel sanft zum Fenster herein, als Haakon sich daranmachte, den Tisch zu decken. Er war nicht richtig bei der Sache, zu groß war seine Sorge um Ava und das Baby. Nie hätte er gedacht, dass ihn das Ganze so mitnehmen würde. Im Küchenschrank befanden sich zwei hölzerne Schalen, zwei Becher, Besteck und andere nützliche Utensilien. Der Tisch wackelte, als er die Sachen darauf herumschob. Neben das Brot und den Bohneneintopf stellte er eine Teedose mit Thors Kräutertee. Haakon war nicht besonders häuslich, aber er konnte Wasser kochen und Tee aufgießen und er achtete darauf, dass Thor täglich drei Tassen trank, so wie Cora es angeordnet hatte.

Thor stand der Sinn vermutlich eher nach einem stärkeren Getränk, aber er beklagte sich nicht.

Durch das Fenster sah Haakon ihn immer noch an derselben Stelle sitzen. Ob ihn das Verlangen nach Alkohol immer noch quälte? Thor hatte den Kopf in die Hände gestützt und stieß einen Seufzer aus, den er selbst nicht hören konnte. Haakon spürte einen Stich im Herzen. Sein Bruder tat ihm leid.

Der Teekessel pfiff und dampfte. Haakon griff nach einem Lappen, wobei er eine Papierrolle vom Tisch stieß. Nachdem er einen Becher mit dampfend heißem Wasser gefüllt und die Teeblätter hineingegeben hatte, bückte er sich und hob die Rolle auf.

Etwas ließ ihn zögern. Dieses Papier mit den ausgefransten Ecken kam ihm bekannt vor. Vorsichtig faltete er die Rolle auseinander. Es war die Weltkarte, die damals in seinem Dachzimmer über dem Bett gehangen hatte. Seine Hand fuhr über das Papier – von Nordamerika über die riesige Wasserfläche des Atlantiks bis zu den entfernten Küsten von Island, Grönland, England und Nordafrika. Und Norwegen. Kühn ragte das Land ins Meer hinaus, umtost von eisigen, unberechenbaren Strömungen. Sein Finger verharrte an einem kleinen Punkt an der Südspitze des Landes. Kristiansand. Die meiste Zeit seines Lebens hatte er die Nächte unter dieser Karte verbracht, schlafend, träumend und ohne zu wissen, dass es diesen Ort überhaupt gab.

Er spürte plötzlich einen Stich in der Brust und schluckte.

Haakon ließ den Tee noch eine Weile ziehen und stieg die Treppe nach oben in den ersten Stock. Er griff nach seinem Seesack und schüttete den Inhalt auf den Boden. Unter seinen Habseligkeiten war das Blatt Papier, das er suchte. Er faltete es auseinander und vor ihm lag das Bild, das der kleine Junge der Witwe für ihn gemalt hatte. Derselbe Junge, der hoch über dem Fjord über die Felskuppen gerannt war, während Haakon den Weidezaun gegen den eisigen Wind gesichert hatte. Der Junge hatte die ganze Zeit in einer Sprache mit ihm gesprochen, die Haakon nur ansatzweise verstand. Aber er sah den Hunger, der aus den Augen des Kindes sprach. Nicht nur den leiblichen Hunger, sondern einen Hunger nach der Liebe und Aufmerksamkeit einer Vaterfigur.

Er dachte an die tiefblauen Augen der Witwe Jönsson und wie sie ihn angesehen hatte, als er den Schal auf den Tisch legte. Er musste ihn ihr einfach schenken, denn er war von dem gleichen intensiven Blau wie ihre Augen. Sie hatte seinen Blick gesucht und ihr Lächeln hatte heller als der Sonnenuntergang über dem Fjord gestrahlt. Er war gern bei ihr in ihrer kleinen Küche gewesen, um ihr und den Kindern Gesellschaft zu leisten, auch wenn er dabei insgeheim auf eine Gelegenheit gesonnen hatte, wie er von ihr bekommen konnte, was er wollte. Aber sie war eine Witwe in Trauer gewesen und er ein Narr, wenn er geglaubt hatte, dass sie einem anderen Mann schenken würde, was heilig und für die Ehe bestimmt war. Oft genug hatte er sich nicht um die Gefühle einer Frau geschert, wofür er sich nun zunehmend schämte.

Sie hatte das Richtige getan, indem sie ihren verstorbenen Mann in Ehren gehalten hatte und ihrem Glauben treu geblieben war, doch Haakon war enttäuscht und gekränkt gegangen, ohne sich von ihr zu verabschieden.

In Gedanken versunken schaute er auf das Papier in seiner Hand. Die grasbewachsenen Klippen Norwegens waren nur noch eine schwache Erinnerung. Er faltete das Bild zusammen und verstaute es sicher in dem Lederbeutel, den er um den Hals trug. Statt der Vergangenheit nachzuhängen sollte er vielleicht lieber an die Zukunft denken und daran, was in den nächsten Stunden geschehen würde. Er wollte Thor nicht länger allein lassen und ging zurück nach draußen.

Thor saß immer noch vor dem Haus und starrte vor sich hin. Ein paar tröstende Worte wären sicher angebracht, aber Haakon wusste nicht, was er sagen sollte. Er glaubte zu wissen, was im Kopf seines Bruders vorging. Haakon selbst dachte oft daran, an fast jedem einzelnen Tag seines Lebens: Ihre Mutter war im Kindbett gestorben. Haakons Geburt hatte sie das Leben gekostet.

Er fasste sich ein Herz und setzte sich auf die Bank am anderen Ende der Veranda. Thor knetete seine schwieligen Hände und war ein Bild des Jammers. Haakon konnte die gedrückte Stimmung nicht länger ertragen und warf einen kleinen Zweig, den er unter der Bank fand, in Thors Richtung. Sein Bruder blickte zu ihm hinüber.

„Du solltest etwas essen. Ida hat uns einen Korb voll leckerer Sachen geschickt."

Thor schüttelte langsam den Kopf und schaute wieder zu Boden.

Haakon klopfte ein paarmal mit dem Stiefelabsatz gegen die Holzbretter. „Dein Tee ist gleich fertig."

Thor zeigte keine Reaktion, sondern stieß abermals einen tiefen Seufzer aus. Haakon tat es ihm gleich.

Es gab nichts zu tun außer zu warten und beide Männer versanken in brütendes Schweigen. Haakon war noch mit Sibbys Mann verabredet, aber er konnte Thor jetzt unmöglich allein lassen. Orville, ein ruhiger, umgänglicher Charakter, würde ihn sicher verstehen. Haakon und Peter hatten den Schwarzbrenner bereits vergangene Nacht aufgesucht und zu dritt einen Plan geschmiedet, der, sofern alles gut ging, Jed und Harlan hinter

Schloss und Riegel bringen würde. Nur die Details mussten sie noch besprechen.

Überzeugt, dass der Tee jetzt wirklich genug gezogen hatte, ging Haakon ins Haus. Er goss das starke Gebräu in eine Blechtasse und rührte etwas Honig hinein. Thor war es wahrscheinlich egal, aber Haakon fand, nachdem er einmal einen Schluck probiert hatte, dass es nur so genießbar war.

Das Ritual des Teekochens hatte etwas Beruhigendes. Und es erinnerte ihn an Ava. Wie oft hatte er sie in der Küche beobachtet, wie sie mit ruhigen, fließenden Bewegungen den Tee zubereitete. Und er versuchte, den Gedanken aus seinem Kopf zu verbannen, dass sie in diesem Moment in den Wehen lag und um ihr Baby kämpfte – genauso wie die Frau, die zuletzt in jenem Dachzimmer vor fünfundzwanzig Jahren ein Kind geboren hatte.

Er trug die Tasse nach unten und reichte Thor den Tee. Da es nichts weiter zu tun gab, setzte er sich wieder auf die Bank unter dem Fenster. Zum ersten Mal seit Langem dachte er an die Seite, die Tate für ihn aus seiner Bibel herausgerissen hatte. Er wollte das Papier gerade aus seinem Beutel fischen, als er in seiner Hosentasche einen harten Gegenstand bemerkte. Das kleine Holzschiff, das auf dem Boden der Kutsche gelegen hatte.

Er stützte die Unterarme auf die Knie und betrachtete das Schiffchen von allen Seiten. Bewundernd strich er mit dem Daumen über die feinen Details und Ornamente, die Jorgan geschnitzt hatte.

In dem Moment sah er, wie sich dieser dem Haus näherte. Haakon legte die Schnitzerei beiseite und sprang auf, aber Jorgan bedeutete ihm, ruhig sitzen zu bleiben. Auch Thor hatte ihn kommen sehen und seine Augen weiteten sich erwartungsvoll. Brachte er Neuigkeiten von Ava?

Es lag in der Natur der Männer. Zu allen Zeiten waren sie in den Krieg gezogen, um für das zu kämpfen, woran sie glaubten, und diejenigen zu beschützen, die sie liebten. Und es war Sache der Frauen, unter Schmerzen ihre Kinder zur Welt zu bringen. So war es immer gewesen, ganz gleich zu welcher Zeit oder in welchem Land. Und manchmal war es keine Schlacht mit Schwert und Schild, sondern ein Kampf zwischen Furcht und Hoffnung, wenn die Frau, die man liebte, nicht nur um ihr eigenes Leben kämpfte, sondern auch um das ihres Kindes.

Zweimal schon hatte Jorgan dies erlebt und es würde nicht das letzte Mal sein. Er ging zu Thor, beugte sich zu ihm hinunter und sagte mit leiser Stimme, dass es Ava gut ginge. Bei Thor musste man niemals laut werden. Er sah seinem Gegenüber an, wie die Worte gemeint waren und ob sie von Herzen kamen. Ein Austausch, so intensiv, wie ein Gespräch zwischen zwei Menschen sein kann.

Beim Anblick seiner Brüder merkte Haakon, wie es ihm die Kehle zuschnürte. Die beiden hatten etwas gemeinsam, wovon er seit jeher ausgeschlossen war und es immer sein würde. Etwas, das durch seine eigene Geburt zerstört worden war. Er hatte seine Mutter nie kennengelernt. Aus Erzählungen wusste er, dass sie freundlich und großzügig gewesen war. Dass ihr Haar dunkel war wie das von Thor und dass sie Haakon in den wenigen Minuten, die sie noch zu leben hatte, stolz im Arm gehalten hatte. Er hatte sich immer vorgestellt, dass in dem Moment ein friedlicher Ausdruck auf ihren schönen nordischen Gesichtszügen lag. Und wie sein Pa stolz auf sie und ihren dritten Sohn herabgeblickt hatte. Ihren letzten.

Wenn er es könnte – Haakon würde für seine Mutter kämpfen bis zum letzten Blutstropfen.

Er würde sein Leben für sie geben.

Pa hatte seinen Söhnen immer beigebracht, für die Menschen zu kämpfen, die man liebte. Und wenn Haakon die Zeit zurückdrehen könnte, würde er die Frauen in seinem Leben anders behandeln. Fürsorglicher. Ritterlicher. Pa hatte sie als Söhne dieser Berge hier erzogen, wild und frei. Aber Kristin Norgaard war eine Tochter aus dem hohen Norden Norwegens gewesen, sie hatte ihre Wurzeln im Land der großen Wälder und mächtigen Fjorde. Sie war als kleines Mädchen über die grasbewachsenen Klippen gelaufen, die hoch in den Himmel ragten, wo die Nordlichter über dem weiten Land strahlten. Bis zu dem Tag, an dem sie übers Meer nach Amerika gekommen war, so wie Ava.

Er dachte an die junge Witwe aus Kristiansand. Fünf Kindern hatte sie das Leben geschenkt. Die kurz darauf ihren Vater verloren hatten.

Haakon sah auf seine Stiefel hinunter. Sie hatte sie für ihn geflickt. Mitten in der Nacht musste sie aufgestanden sein, damals im Ziegenstall an dem windumtosten Hang. Sie hätte den Schlaf dringend nötig gehabt, aber sie war wach geblieben, weil sie ihm ein Geschenk hatte machen wollen und nichts anderes hatte geben können. Feste, gleichmäßige Stiche von liebevoller Hand, obwohl sie kein anderes Licht gehabt hatte als das Mondlicht in jener bitterkalten Nacht. Er wäre ein Narr, würde er nicht sehen, dass das von größtmöglicher Zärtlichkeit sprach.

Er sah seine Brüder und hätte zu gern gehört, was sie zu besprechen hatten. Aber es war nur für Thor bestimmt und ging ihn nichts an, denn Ava war Thors Frau, nicht seine. Er hatte keine – zu seinem wachsenden Bedauern. Und die einzige, bei der er sich vorstellen konnte, sie jemals zur Frau zu nehmen, war dreitausend Meilen weit weg.

Wie durch einen Nebelschleier hörte Ava Coras Stimme. Sie kniete auf der Matratze und krallte sich am Stoff des Lakens fest. Ihr Nachthemd war bis zur Hüfte hochgeschoben und hing über eine Schulter, durchnässt vom Wasser der geplatzten Fruchtblase. Tess kam herein und brachte einen Stapel frischer Handtücher. Als sie Ava sah, weiteten sich ihre Augen vor Mitleid. An der gegenüberliegenden Wand stand der Doktor, der sein rastloses Hin- und Hergehen unterbrach, um ein paar Notizen zu machen. Ava fühlte, wie Fay ihr sanft das Kreuz massierte, aber die Schmerzen waren inzwischen so stark, dass sie keine Linderung verspürte.

Sie stöhnte, als die nächste Wehe einsetzte, und unterdrückte einen Schrei. Zuvor hatte sie schon geschrien und geweint, sie hatte sich über die Bettkante erbrochen und laut nach Thor gerufen. Ihr einziger Trost war die Gewissheit, dass es ihrem Baby gut ging. Der Herzschlag war stark und gleichmäßig, das hatte Cora ihr immer wieder bestätigt. Daran hielt sie sich fest, wenn der Schmerz sie wie eine Welle überrollte.

Die Wehen kamen jetzt in immer kürzeren Abständen und waren so stark, dass sie ihr den Atem raubten und sie wie eine Ertrinkende nach Luft ringen ließen.

„Ich kann nicht mehr!“, keuchte sie, als der Schmerz abebbte. Die Sonne war längst untergegangen. Sie hatte kein Zeitgefühl mehr und wusste nur, dass die Frauen um sie herum längst zu Bett gegangen wären, wenn sie die Wahl gehabt hätten. Die Einzige, die in diesem Haus fest schlief, war die kleine Georgie, die Cora unten aufs Sofa gebettet hatte. „Ich kann … nicht mehr!“ Ava presste die Worte mit aller Kraft heraus.

Ida schob ihr ein Kissen unter die Hüfte, und obwohl Ava nicht sprechen konnte, war sie dankbar für die Unterstützung.

„Ava“, hörte sie Fays leise Stimme. Auch wenn sie erschöpft war, zeigte sie es nicht. „Du bist so tapfer. Du bist stärker, als du glaubst, und du machst das sehr gut. Vielleicht kommt es dir so vor, als ob es nicht vorangeht und dass die Schmerzen nie enden werden, aber du hast es bald geschafft. Das Baby wird bald kommen.“ Das Licht der Laterne tauchte Fays Gesicht in sanftes Licht, als sie Ava die Haare aus der schweißnassen Stirn strich. „Bald wirst du dein Kind im Arm halten.“

Avas Körper krampfte sich von Neuem zusammen. Ein

Schluchzen entsprang ihrer Kehle und ging in einen verzweifelten Schrei über. Cora wischte sich mit dem Handrücken über die Stirn und bat Ava, näher an den Rand des Bettes zu rutschen, doch Ava war unfähig, sich zu bewegen. Sie konnte an nichts anderes denken als an den Schmerz. Ein Schmerz, der den ganzen Raum zu erfüllen schien. Der keinen Anfang und kein Ende hatte und der sie zu zerreißen drohte.

Schritte hallten auf dem Flur und es klopfte sacht an die Tür. Dann hörten sie Jorgans Stimme: „Hat jemand kurz Zeit?"

Ida schlüpfte aus dem Zimmer und schloss leise die Tür.

„Ava." Cora brachte eine zweite Laterne. Mit ruhiger Stimme sagte sie: „Das Baby will jetzt kommen, aber du musst mithelfen. Dazu musst du hier rüberrutschen und die Füße auf den Boden stellen. Fay und ich helfen dir."

Die beiden Frauen fassten die Gebärende links und rechts unter den Armen und zogen sie in eine aufrechte Position hoch. Ava schluchzte auf und stand plötzlich auf zitternden Beinen. Fast wäre sie zusammengeklappt, doch Cora und Fay stützten sie.

Dann tauschte Cora den Platz mit Tess und kniete sich hin, um die Position des Babys zu kontrollieren. Der kleine Kopf war bereits zu sehen. „Es kommt! Bei der nächsten Wehe bitte ganz fest pressen! Du schaffst das."

Als der Druck in ihrem Inneren wieder zunahm, biss Ava die Zähne zusammen und presste mit aller Kraft. Erschöpft schnappte sie nach Luft.

Tess drückte ihre zitternde Hand. „So ist es gut, Miss Ava."

Übelkeit stieg in Ava auf und jemand reichte ihr gerade noch rechtzeitig eine Brechschale. Sie ergriff die angeschlagene Porzellanschüssel mit zitternden Fingern und sah, dass es der Doktor war, der sie hielt. Tess strich ihr das Haar zurück, und als es vorbei war, trug der Arzt die Schüssel fort. Fay stützte Ava und sprach beruhigend auf sie ein. Dr. Abramson kam mit einem Becher kühlem Wasser zurück und gab ihr einen Schluck zu trinken.

Obwohl das Fenster geöffnet war, hatte Ava das Gefühl, in dem heißen Zimmer zu ersticken. Eine Träne rollte ihr über die Wange, aber sie hatte keine Kraft, sie wegzuwischen.

Auf einmal stand Ida wieder im Zimmer. Sie fasste Avas Kinn und schaute ihr in die Augen. „Thor ist da. Er wartet draußen vor dem Haus, hier unter dem Fenster."

Ein kleiner Aufschrei kam aus Avas Mund und das Zimmer verschwamm vor ihren Augen.

„Er ist da, Liebes. Er wartet auf dich. Und er betet für dich. Du bist nicht allein."

Ava schluckte tapfer die Tränen hinunter und nickte.

„Er ist allein hierher gelaufen, den ganzen Weg, ohne dass jemand davon wusste." Idas schwarze Augen sahen sie eindringlich an. „Ich soll dir sagen, dass er sehr stolz auf dich ist. Mächtig stolz. Und dass er sich nicht von der Stelle rühren wird. Er wird draußen auf dich warten. Wenn's sein muss, die ganze Nacht."

Ava weinte, diesmal vor Erleichterung und Rührung. Die Tränen waren ihr egal. Thor war da, und der Gedanke erfüllte sie mit neuer Kraft.

„Legen wir sie zurück aufs Bett", sagte Cora. „So vorsichtig wie möglich! Ava, die Wehen werden noch stärker werden, aber hab keine Angst, hörst du?"

Ava ließ sich langsam und unter Schmerzen aufs Bett sinken. Cora hob ihr die Füße hoch und stellte ihre Knie auf. Fay schob ihr ein Kissen in den Rücken. Der Doktor setzte sich auf einen Stuhl in der Ecke und beobachtete alles aus sicherer Entfernung.

„Du hast es gleich geschafft", flüsterte Fay.

Ava nickte mit zusammengebissenen Zähnen.

Tess tupfte ihr mit einem kühlen Tuch vorsichtig den Schweiß von der Stirn. „Du bist die tapferste Mama, die ich je gesehen habe."

„Und jetzt tüchtig pressen", spornte Cora sie an. Dann bat sie Ida, ihr ein feuchtes, heißes Handtuch zu bringen.

Ava tat wie ihr geheißen und presste mit allem, was in ihr war.

Sie hatte keine Ahnung, wie lange die Geburt schon dauerte. Die Zeit bestand nur noch aus einer endlosen Serie von Wehen, aus dem Stimmengemurmel der Frauen und dem stärker werdenden Druck des Kindes. Zwischen den Wehen klammerte sie sich an Fay fest und schaute zu dem dunklen Fenster, unter dem Thor Wache hielt.

Auch Cora, bisher die Ruhe selbst, war die Anspannung anzumerken und ihre Stimme wurde lauter und eine Spur drängender. „Jetzt, Ava! Gut so. Immer weiter pressen. Weiter so! Weiter so!"

Mit dem Kinn auf der Brust presste Ava mit aller Kraft, die sie aufbieten konnte. Sie war damals noch zu jung gewesen, um ihre Mutter zu diesen Dingen zu befragen. Aber ihre Mutter hätte bestimmt gesagt, dass auch die Schmerzen bei der Geburt irgendwann vorübergingen. Und das würden sie auch. Ava griff nach der Matratze, als suchte sie die tröstenden Mutterhände. Stattdessen bekam sie Fays Hand zu fassen. All diese wunderbaren Frauen an ihrer Seite, sie wachten mit ihr, kämpften mit ihr und weinten mir ihr. Und sie hätte sie nie kennengelernt, hätte ihre eigene Mutter nicht so viele Opfer gebracht und alles dafür getan, dass ihre Tochter überlebte. Und hätte Tante Dorothee nicht in ihren Briefen die Hoffnung auf ein besseres Leben geweckt.

Ava presste ein letztes Mal – und ein neues weibliches Wesen erblickte das Licht der Welt. Eine kleine, wunderbare Tochter. Cora stieß einen Freudenschrei aus, als sie das glitschige Baby in Empfang nahm. Das erste Mädchen, das je in diesem Haus seinen ersten Atemzug getan hatte.

Die Hebamme drehte das Kind um und wischte mit geübten Händen Mund und Nase sauber. Dann klopfte sie ihm leicht auf das Hinterteil, worauf es seinen ersten Schrei tat. Auf Coras Gesicht lag dieselbe unendliche Erleichterung und Freude, die Ava durchströmte. „Ja doch, mein kleiner Schatz. Wir hören dich!" Strahlend reichte sie Ava die kleine Tusenfryd und bettete ihren weichen, feuchten Körper in Avas erschöpfte Arme.

Tess holte eine flauschige Decke und legte sie sacht um das Baby. „Oh, kleine Tusie! Du willst wohl, dass selbst dein Papa dich hören kann!"

„Oh ja, sie gibt ihr Bestes!", lachte Ida. „Aber ich glaub', dass sie ein wenig Hilfe braucht. Ich werd's dem Papa erzählen!" Ihr Gesicht leuchtete vor Stolz. Sie nahm die Laterne, ging damit zum offenen Fenster und beugte sich mit dem Licht in der Hand hinaus. „Sie haben eine süße kleine Tochter, Mr. Norgaard! Und sie begrüßt ihren Papa gerade mit lautem Geschrei."

Dreiundzwanzig

Thor konnte es fühlen – das Knirschen des Schnees unter seinen Stiefeln. Der Schlitten pflügte durch die Verwehungen. Sanft glitten die frisch gewachsten Kufen über die weiße Fläche. Er hielt die Schnur sicher und fest. Er schaute sich um und sah sie, eingehüllt in Felle und dicke wollene Decken. Ein kleines Mädchen saß auf dem Schlitten, den er aus feinstem Fichtenholz für sie gebaut hatte, ihr rundes Gesicht mit den rosigen Wangen umrahmt von einer weißen Fellmütze. Wie eine kleine Waldfee, und sie nannte ihn Pa. Ihre Augen strahlten wie die ihrer Mutter, vor Freude, mit ihm zusammen zu sein.

Gemeinsam machten sie einen Ausflug in die Wälder. Sie spürte die Kälte nicht, denn ihre Vorfahren kamen aus dem hohen Norden, aus dem Land der Berge und des Eises. Sie liebte es, die kleinen Schneeflocken zu fangen und sich unter dichten Tannenzweigen zu verstecken. Er sah, wie sie ihre ersten unsicheren Schritte machte, in ihren kleinen weichen Lederstiefeln, die er für sie gemacht hatte, und ihrem warmen Wollmantel, den ihre Mutter an langen Herbstabenden kunstvoll bestickt hatte.

Er war ein Vater. Ein Beschützer. Ein Freund.

Und er hatte eine Tochter.

Jemand legte die Hand auf seine Schulter und rüttelte ihn wach. Thor setzte sich auf und blinzelte in die Morgendämmerung. Vor ihm kniete Haakon und reckte den Daumen nach oben für *gut. Baby gut. Frau gut.*

Thor atmete erleichtert auf. Er hätte nicht beschreiben können, wie viel ihm diese Worte bedeuteten. Dankbarkeit seinem Bruder gegenüber erfüllte ihn. Haakon buchstabierte T-U-S-E-N-F-R-Y-D.

Thors Herz machte einen kleinen Sprung. Es war das erste Mal, dass jemand ihren Namen buchstabierte. Und noch dazu Haakon.

„Sie möchte dir Hallo sagen." Haakon zeigte mit dem Finger auf ein Fenster im Erdgeschoss.

Als Thor hochschaute, sah er Fay hinter der Scheibe. Ein Lächeln lag auf ihrem Gesicht, ihr sonst so ordentlicher Knoten hatte sich gelöst und das Haar hing ihr wirr in die Stirn und erzählte von den Strapazen der vergangenen Nacht. Thor kämpfte mit seinen Gefühlen. Wie sehr sehnte er sich danach, Ava zu sehen, und wusste gleichzeitig, dass es nicht sein durfte. Doch dann verflog seine Enttäuschung, als er in Fays Armen Avas winziges, perfektes Ebenbild entdeckte. Tusie schlief tief und fest, eingewickelt in eine Strickdecke, und verzog die rosa Lippen zu einem kleinen, milchigen Schmollmund.

Thor, der so gut wie nie ein Geräusch von sich gab, entschlüpfte ein Laut der Freude und Überraschung. Der Anblick seiner Tochter verschwamm und er wischte sich mit dem Ärmel über die Augen. Er trat näher ans Fenster. Sie war wunderschön. Ihre Wangen waren rundlich, ihre Haut elfenbeinfarben und zarter als alles, was er jemals gesehen hatte.

Fay strich mit den Fingerspitzen über Tusies hellbraunen Haarflaum. „Im Licht sind ihre Haare rötlich."

Thor grinste. Wie könnte es anders sein. Instinktiv legte er die Hand gegen das Glas.

Fay befreite ein winziges Ärmchen aus der Decke. Sie presste ihre Schulter gegen das Fenster und berührte mit der kleinen Faust die Scheibe. Thor hielt von der anderen Seite seinen Finger dagegen, bis ihm, überwältigt von dem Augenblick, erneut die Tränen in die Augen traten. Fay winkte, als sie ihm etwas sagen wollte, und er richtete den Blick auf ihren Mund.

„Sie hat braune Augen. Und wunderschöne Ohren." Er presste die Hand wieder gegen die Fensterscheibe und hätte alles dafür gegeben, seine Tochter in die Arme schließen zu dürfen. Er betete, dass dieser Tag nicht mehr fern sein möge.

Ein Schatten schob sich heran und er sah, dass Haakon ebenfalls vor dem Fenster stand, um das Baby zu betrachten.

Thor fühlte sich wie in einem Traum, er konnte es kaum fassen, dass seine Tochter jetzt auf der Welt war. Sie lebte. Es ging ihr gut. Er dachte an Ava und was sie wohl durchgemacht hatte bei der Geburt.

Er zupfte Haakon am Ärmel. *Baby Gewicht? F-A-Y fragen.*

Als sein Bruder sprach, fühlte er, wie das Glas vibrierte.

Fay schaute sie beide an, als sie antwortete: „4100 Gramm."

Thor stieß überrascht die Luft aus. Nur etwa 1000 Gramm weniger als er – seine Tochter war kein Leichtgewicht. *A-V-A gut?*

Fays Augen wanderten zwischen den Brüdern hin und her, während Haakon übersetzte.

„Ja, es geht ihr gut. Cora kümmert sich um sie und der Doktor hat auch seine Hilfe angeboten. Sie ist noch sehr müde, aber sie wird bald wieder auf dem Damm sein, Thor. Sie war sehr tapfer. Sie ist eine gute Mama für die Kleine hier." Fays blaue Augen leuchteten. „Ihr solltet mal sehen, wenn sie beide schlafen. Man kann sie kaum auseinanderhalten, wenn sie so nebeneinanderliegen." Sie blinzelte vergnügt.

Mehr als alles in der Welt sehnte Thor sich danach, das zu sehen. Er warf noch einen Blick auf sein kleines Gänseblümchen und als Tusie sich im Schlaf regte und ihr Mündchen bewegte, formte er für Fay das Zeichen für *danke*.

Sie lächelte. „Dann bringe ich sie jetzt zurück zu ihrer Mama."

Thor nickte und sah Fay mit Tusie auf dem Arm seinen Blicken entschwinden. Er wartete vor dem Fenster und zählte die Treppenstufen, bis sie oben in der Dachkammer angekommen waren, und stellte sich vor, wie Fay seine Tochter in Avas Arme legte. Er presste seine Stirn gegen die Fensterscheibe, schloss die Augen und war in Gedanken bei ihnen. Einige Augenblicke stand er regungslos da, bis ihm einfiel, dass er sich bei Haakon bedanken wollte. Schließlich hatte er ihn aufgeweckt, damit er seine Tochter sehen konnte, und ihm geholfen, die Verständigungslücke zu überbrücken. Aber als er sich umdrehte, war er allein auf der Veranda. Haakon war fort.

Haakon war unschlüssig, ob er sich möglichst unauffällig bewegen oder auf direktem Weg den Hügel hinaufstürmen sollte. Halbherzig rief er etwas aus seinem Versteck hinter einer Gruppe junger Eichen, um sich bemerkbar zu machen. Orville hatte gesagt, dass er richtig sei, sobald er den Rauch von Kastanienholzfeuer roch. Ein Holz, das benutzt wurde, wenn das Feuer nicht auffallen sollte. Die Destille musste irgendwo in der Nähe sein. Er musste sie finden. Der Anblick des neugeborenen Kindes heute hatte ihn auf eine Weise berührt, wie er es noch nie erlebt hatte. Bis heute war er unsicher gewesen, was den Plan mit dem Schwarzbrenner betraf, aber jetzt fügte sich eins nach dem anderen zusammen.

Er hatte es die ganze Zeit gewusst, was er tun musste. Er wollte es nur nicht wahrhaben.

Bis vor einer Stunde, als er vor dem Fenster gestanden und das bezauberndste kleine Wesen erblickt hatte, das er je gesehen hatte. Auf einmal wusste er, wofür er kämpfen würde. Doch um die große Seeschlange zu besiegen, musste er alles an Mut, Klugheit und Stärke aufbieten, was er besaß. Es würde nicht leicht werden, aber er war bereit.

Über seinem Kopf zwitscherten die Vögel in den Baumkronen. In diesen warmen Frühlingstagen gab es schon Klapperschlangen und Mokassinschlangen, so setzte er im hüfthohen Gestrüpp vorsichtig einen Fuß vor den anderen. Zweige knackten unter seinen Stiefeln. Wenigstens brauchte er sich keine Gedanken mehr darüber machen, ob er sich unauffällig nähern sollte oder nicht. Wahrscheinlich hatte Orville sein Camp absichtlich an diesem Ort aufgeschlagen. Man konnte ungebetene Gäste ohne Weiteres kommen hören.

In der Nähe rauschte ein Bach. Wasser war zur Herstellung von Whiskey unentbehrlich. Haakon schlug sich durch das dornige Dickicht und auf einmal sah er die Destille – ein großer Kupferkessel mit Kupferrohren, beschwert mit Steinen und Lehm, und ein paar alte Fässer. Rauchgeruch und der süßliche Geruch von Gerstenmaische lag in der Luft. Er sah leere Zucker- und Getreidesäcke, gegenüber einen Haufen Brennholz. Ein niedriges Zelt stand daneben, davor hing eine Wäscheleine mit zwei abgetragenen Socken. Im Vergleich zu dieser spartanischen Ausrüstung war die Brennerei auf der Norgaard-Farm geradezu fürstlich gewesen. Aber ein Mann brauchte nicht mehr als dies, um seinen Lebensunterhalt zu verdienen.

Ein Klacken ließ Haakon zusammenfahren. Orville würde nicht ohne Grund schießen. Haakon blieb stehen, bis die Gestalt aus der Deckung der Bäume kam, das Gewehr im Anschlag.

Der Schütze ließ die Waffe sinken und fluchte. „Nächstes Mal sag bitte Bescheid, bevor du mitten am Tag hier aufkreuzt!"

Haakon ging mit erhobenen Händen auf den Mann zu. „Es ist wichtig. Ich habe eine Idee."

„Da bin ich aber gespannt." Orville setzte sich und lehnte das Gewehr an einen Felsen.

Eine nette Art, Besucher willkommen zu heißen. Haakon bahnte sich einen Weg durch mannshohes Unkraut bis zu der Lichtung. Am Ufer des Baches blühten Wildblumen. Klares, kaltes Wasser plätscherte über die Steine. Haakon wurde klar, weshalb Orvilles Whisky so gepriesen wurde. Die Qualität des Wassers hatte einen großen Einfluss auf den Geschmack.

Haakon setzte sich auf einen am Boden liegenden Holzstamm. „Du weißt schon, dass du längst nicht so nervös sein müsstest, wenn du mal endlich lernen würdest, wie man seine Steuern zahlt, oder?" Sein Blick fiel auf Orvilles Waffe. Ein Armeegewehr, wenn ihn nicht alles täuschte. Solche Gewehre waren bekannt für ihre hohe Treffsicherheit auf weite Distanzen. Wie gut, dass Orville keinen lockeren Finger am Abzug hatte.

„Du klingst schon wie Sibby. An meiner lieben Frau ist ein Sheriff verloren gegangen." Orville grinste und hielt einen trockenen Halm ins Feuer, um seine Pfeife anzuzünden.

Haakon musterte sein Gegenüber verstohlen. Er schätzte Orville auf vielleicht Anfang zwanzig. Sein Bart war so dünn, dass man seine pockennarbige Haut hindurchscheinen sah. Seine kleinen, dunklen Augen erinnerten an die eines Erdhörnchens. Sibby war ein hübsches Mädchen und man hätte sich fragen können, warum sie sich so einen Typen ausgesucht hatte. Aber seit Haakon Orville näher kennengelernt hatte, wusste er, dass der Sonderling ein großes Herz und einen wachen Geist besaß. Und eine Engelsgeduld. Alles Eigenschaften, die Sibby zu Hause auf der Sorrel-Farm vergeblich gesucht hatte.

Eine halb volle Kiste mit Gläsern stand auf dem Boden. Orville paffte seine Pfeife, während er seine Arbeit beendete und die Kiste auffüllte. Ein Glas blieb übrig und er bot es Haakon an, der es dankend annahm.

„Warum warst du neulich in der Kirche?“

„Wahrscheinlich aus demselben Grund wie du.“ Orville nahm einen langen Zug und sprach mit der Pfeife im Mund. „Ich wüsste nicht, was daran so bemerkenswert sein soll.“

„Die Leute reden. Du solltest vorsichtiger sein.“

„Na ja, Sibby wollte in die Kirche und sie hat mich gefragt, ob ich mitkomme.“

Mit der Spitze seines abgewetzten Stiefels schob Orville die Kiste zur Seite.

Es war schon eine Weile her, seit Haakon einen ordentlichen Drink gesehen hatte. Er schraubte den Deckel ab und nahm einen Schluck. Genau wie Thor hatte er den derben Geschmack von schwarzgebranntem Schnaps nie gemocht, doch dieser hier war anders, sanft und süffig. Er trank einen zweiten Schluck und hielt die klare Flüssigkeit gegen das Licht. „Ein echt guter Whisky.“

Orville nickte zufrieden. „Er verkauft sich auch gut.“

„Die Geschäfte florieren wohl?“

„Jemand musste ja einspringen, als ihr euren Laden dichtgemacht habt.“ Er nahm die Kiste und lud sie auf den Wagen, so wie Haakon es bestimmt tausendmal getan hatte. Die Auslieferung der Ware war seine Aufgabe gewesen und er hatte seine Arbeit immer gern gemacht. Es war nicht ganz ungefährlich gewesen und Thor hatte darauf bestanden, dass er stets sein Gewehr mitnahm.

Orville setzte sich und rührte in einem Topf mit Bohnen auf einem provisorischen Herd.

„Sibbys Großvater wird heute Abend nicht hier sein, falls du deshalb gekommen bist.“ Er nahm die Pfeife aus dem Mund, um den Kochlöffel abzulecken. „Er war gestern da und ich denke, er wird erst in zwei bis drei Tagen wieder eintrudeln. Ich habe ihm nur vier Gläser auf einmal verkauft, um sicher zu sein, dass er wiederkommt. Er war nicht begeistert, wie du dir vorstellen kannst. Und ich kann das nicht noch mal mit ihm machen.“

„Wenn er das nächste Mal hier ist, schick jemand, der mich holen kommt", sagte Haakon.

„Ich habe niemanden, den ich schicken kann. Und ich bin nicht dein Laufbursche."

„Ich weiß. Aber wenn wir unseren Plan durchziehen können und alles klappt, wirst du es nicht bereuen. Dann winkt dir eine gute Bezahlung."

„Wie gut?"

Haakon hatte ein paar Münzen in seiner Hosentasche. Das Geld hatte er zu Hause schon abgezählt. Er nahm drei davon heraus und legte sie auf einen Stein. Nicht unbedingt US-Währung, aber Gold blieb Gold. Es war eine schöne Summe und er gab sie ungern leichtfertig aus, aber für das Gelingen seines Plans war ihm kein Einsatz zu hoch.

Orville studierte eine der verzierten Münzen. „Ich kann dich trotzdem nicht holen lassen. Sibby ist auch nicht da. Sie hat mir immer gern hier draußen Gesellschaft geleistet, aber jetzt, wo ihre Leute die Gegend unsicher machen, kann sie sich nicht mehr blicken lassen."

„Kein Problem. Aber du könntest Jed beim nächsten Mal möglichst lange hier festhalten. Ich finde jemanden, der mich auf dem Laufenden hält."

„Und wenn ich auf dich warte und du nicht aufkreuzt?"

„Dann verkauf ihm, so viel du willst, selbst wenn er dann nicht zurückkommt. Ich werde da sein. Versprochen."

„So wie gestern Nacht?"

„Da ist was dazwischengekommen." Haakon beschloss, die Geburt nicht zu erwähnen oder zu erklären, warum er Thor nicht allein lassen konnte. Nur wenige Leute würden das verstehen. Für das Gelingen seines Plans war es wichtig, dass so wenige Informationen wie möglich nach außen drangen. Auf keinen Fall wollte er Ava mit hineinziehen. „Ich verspreche es dir. Das nächste Mal werde ich da sein."

Während Orville seine Bohnen aß und hinterher den Teller

leer kratzte, erzählte ihm Haakon von seiner Idee. Der Schwarzbrenner schien zwar nicht besonders überzeugt von dem Plan, aber er hatte auch keine Einwände. Am Ende stimmte er zu und ließ die Münzen in seiner Tasche klingeln.

Er schob seinen Hut in den Nacken. „Ehrlich gesagt, als Peter sagte, dass du meine Hilfe brauchst, wusste ich zuerst nicht, was ich davon halten sollte. So hätte ich dich gar nicht eingeschätzt."

Haakon wusste nicht, ob Orville erleichtert war oder beunruhigt. Oder sollte das ein Kompliment sein? So sagte er nur: „Gut … also, abgemacht. Wenn Jed hier erscheint, werde ich auf ihn warten und Klartext mit ihm reden. Mit Harlan auch, falls er kommt." Er wunderte sich selbst über seine Entschlossenheit. Aber die Zeit war reif. So wie für die große Seeschlange in der Legende, die mehr wollte, als nur die Weltmeere zurückzuhalten. Und er, Haakon, wollte auch mehr vom Leben. Er dachte an seinen Bruder – und wenn Jed und Harlan den mächtigen Thor zum Kampf herausfordern wollten, dann sollten sie kriegen, was sie verdienten.

Vierundzwanzig

Ava lehnte sich zurück und schloss die Augen. Sie saß auf der Verandaschaukel, die schlafende Tusenfryd im Arm. Ihre zwei Tage alte Tochter lag mit angezogenen Ärmchen und Beinchen eng an sie geschmiegt, als sei sie noch im Mutterleib. Am Himmel türmten sich graue Wolken und Ava zupfte die Decke zurecht, damit das Baby nicht fror. Es war ein milder Tag Ende Mai, doch sie achtete immer darauf, dass die schrumpeligen kleinen Hände und Füße bedeckt waren. Sie hatte kein Bedürfnis, die Schaukel in Bewegung zu setzen. Einfach nur still dazusitzen und ihr Kind im Arm zu halten, das war alles, was sie brauchte. Außer Thor. Er fehlte ihr von Tag zu Tag mehr.

Stattdessen sah sie Haakon, der mit einem langen Stock in der Hand über den Hof schlenderte. Das einzige Hemd, das er unter seinen Hosenträgern trug, war sein Winterunterhemd und um seine Hüfte hing ein Gürtel, an dem ein langes Messer baumelte. Er hatte Sigurd und Björn im Schlepptau. Sigurd hüpfte neben ihm her und Björn folgte ihnen auf seinen kurzen Beinen. Er wollte unbedingt mit seinem großen Bruder Schritt halten.

„Hier entlang, *ciderkins*." Haakon führte sie in die Mitte des Hofs. „Also, um eure Frage zu beantworten: So groß ..." – er zog mit der Stockspitze Linien in die weiche Erde – „... ist ein Wal. Das ist ein Orca. Es gibt natürlich noch größere Wale, Blauwale zum Beispiel, das sind die größten." Haakon erweiterte den Radius um ein paar Meter. „Aber der Orca ist der gefährlichste. Er kann eine Robbe in wenigen Sekunden in Stücke reißen." Zum Schluss verpasste er dem Wal noch eine schiefe Schwanzflosse. Er hatte noch nie besonders gut zeichnen können, aber die Kinder starrten dennoch gebannt auf die riesigen Umrisse.

Ava sah aus der Entfernung zu. Die Wolken verdichteten sich und der Wind frischte auf.

„So." Haakon trat zur Seite und betrachtete sein Werk. Der Wal bekam noch eine Seitenflosse und eine Rückenflosse. „Fertig. Wer will zuerst gefressen werden?"

Sigurd hüpfte auf und ab und schrie: „Ich, ich, ich!", und sein Bruder ruderte mit seinen kleinen Ärmchen und tat es ihm gleich. Haakon nahm den Stock, befestigte ihn wie eine Angel an Björns Windelpaket und hob ihn damit in die Luft. Ava bekam einen Schreck, aber Björn lachte und kreischte vor Vergnügen, bis Haakon ihn in der Mitte des Wals absetzte.

„Und jetzt du, Sigurd. Rein mit dir!"

Sigurd sprang über die Linie und stand im Inneren des Wals. Dann legte er sich flach auf den Boden und rief: „Mich hat ein Wal gefressen!"

Ava musste lächeln.

Fay kam mit einem Tablett auf die Veranda und brachte ihr eine Tasse Tee. Seit der Geburt kümmerten sich Ida und Fay rührend um sie und Ava schätzte ihre Fürsorge.

Fay blinzelte gegen die Morgensonne und schirmte ihre Augen gegen das Licht ab. „Frühstück ist fertig! Wenn du Hunger hast, Haakon …"

„Danke. Was ist mit Thor?"

Der Doktor hatte zwar empfohlen, dass Thor zur Sicherheit noch eine Weile seiner Familie fernbleiben sollte, aber kurze Besuche waren erlaubt.

„Jorgan und Dr. Abramson sind mit dem Wagen rübergefahren, um ihn zu holen", antwortete Fay. „Ich mache ihm etwas zu essen, wenn er da ist." Dann sah sie ihre Kinder, die beide auf dem Boden lagen, die Arme und Beine von sich gestreckt. „Was ist denn mit denen passiert?"

Haakon verzog den Mund zu einem schiefen Grinsen. „Ich fürchte, deine Söhne sind Fischfutter geworden."

Lachend ging Fay zurück in die Küche. Im Vorübergehen strich sie sanft über Tusies feinen Haarflaum.

Haakon drehte sich wieder zu den Kindern. „Also gut, wie wäre es jetzt mit einem Hai?"

Die Kinder waren begeistert. Bald konnte man in der weichen Erde einen Hai erkennen, der die beiden Kinder verschlang. Dazu gesellte sich ein riesiger Krake. Immer noch lachend setzte sich Haakon auf eine Metallkiste vor die Scheune. Die Sonne hatte die Wolken verscheucht und er genoss die wärmenden Strahlen, während er Fay in der Küche arbeiten hörte.

Als er sie mit einem dampfenden Becher Kaffee und einem Teller auf sich zukommen sah, stand er auf und nahm ihr das

Tablett ab. Er war noch nicht wieder bei der Scheune angekommen, als er hörte, wie sie seinen Namen rief.

„Haakon, hier auf der Veranda gibt es genug Platz im Schatten. Falls du dich setzen willst …"

Ava nickte zustimmend. Haakons Blick wanderte zwischen den beiden Frauen hin und her, bevor er das Angebot dankend annahm. So war es nicht nur geselliger, sondern auch praktischer, wenn er sich noch Kaffee oder eine zweite Portion Rührei holen wollte. Dennoch wollte er Ava nicht zu nahe kommen und setzte sich so weit wie möglich von ihr entfernt auf die Treppenstufen.

Ava dachte an die Predigt am vergangenen Sonntag. Sie hatte Thor ihre Mitschrift geben wollen, aber dann hatte sich Tusie auf den Weg gemacht und sie hatte ihre Notizen verlegt. Sobald wie möglich, nahm sie sich vor, würde sie danach suchen und auch das Gleichnis vom Verlorenen Sohn noch einmal nachlesen. Der Gedanke erfüllte sie mit widersprüchlichen Gefühlen – Sorge und Dankbarkeit. Und sie dachte an die Zuneigung, die sie einst für den heimgekehrten Seefahrer auf den Treppenstufen gehegt hatte.

Für Haakon hatte sie nie diese innige Liebe und Verbundenheit empfunden, die sie für Thor hegte. Nach einer beginnenden Romanze in ihrer allerersten Zeit auf der Farm hatte sie für Haakon rein freundschaftliche Gefühle gehabt und ihr Herz an Thor verloren. Sie wünschte, Haakon hätte das akzeptieren können. Und sie betete, dass so etwas wie Freundschaft vielleicht in Zukunft möglich sein würde.

„Erzähl mal, Haakon, wie hast du die letzten Jahre verbracht?", fragte Fay frei heraus. Haakon war genauso überrascht wie Ava und setzte ruckartig seinen Kaffeebecher ab. Fay saß ihm gegenüber und schaute ihn erwartungsvoll an.

„Ich war auf See … aber das wisst ihr ja schon."

„Und wo warst du genau? Welche Städte und Länder hast du gesehen?", wollte Fay wissen.

Ava streichelte mit dem Finger Tusies samtige Bäckchen.

„Fast überall im ganzen Nordatlantik. England. Spanien. Viel in der Karibik. Und natürlich in Norwegen." Er schaufelte sich mit gutem Appetit eine Gabel von Fays köstlichem Essen in den Mund. „Und ein paar Orte an der Westküste Afrikas."

„Wirklich?" Fay verschränkte ihre Hände und legte sie in den Schoß. Ihr braun-weiß gestreifter Rock fiel wie ein Wasserfall über die Stufen. „Und du warst im Eishandel beschäftigt?"

„Meistens. Wenn die Saison vorbei war, haben wir auch andere Güter geladen."

„Und wie war das so? Auf dem Schiff, meine ich?"

„Manchmal anstrengender, als du dir vorstellen kannst. Und manchmal gab's so wenig zu tun, dass wir vor Langeweile fast gestorben wären." Haakon stellte seinen Teller beiseite und griff nach der Serviette. Er wischte sich ohne Eile die Hände ab, bevor er weitersprach. „Auf dem Schiff wäre es jetzt Zeit für die erste Wache. Anstatt hier zu sitzen und dieses leckere Frühstück zu verspeisen, würde ich zum Mastkorb hochklettern. Dort oben pfeift der Wind so stark, dass es einem den Atem verschlägt. Man sieht meilenweit und wenn man nach unten schaut, sehen die Wellen mit ihren Schaumkämmen aus wie ein Muster auf einer Steppdecke."

Ava seufzte unhörbar. Zwar war ihre eigene Überfahrt nach Amerika eine Erfahrung, die sie nicht unbedingt wiederholen wollte, aber bei Haakons Schilderungen wurden Erinnerungen wach an die Schönheit des Meeres, an Wind und Wellen und Sonnenuntergänge auf See.

„Das klingt sehr abenteuerlich." Fay sah, dass sein Kaffeebecher noch fast voll war. „Ich habe ja auch schon einiges von unserem Land gesehen, aber auf See war ich noch nie."

Haakon schenkte ihr ein brüderliches Lächeln.

„Und hast du in all den Jahren nie daran gedacht zu heiraten?" Ava sah ihre Schwägerin mit großen Augen an, erstaunt über ihre unverblümte Frage. Aber im Gegensatz zu ihr war Fay

Haakon gegenüber unbefangen und konnte ihn necken, wie Geschwister es tun. Er nahm ihr die Frage nicht übel und grinste.

„So weit wie du in der Welt herumgekommen bist, hattest du bestimmt keinen Mangel an Gelegenheit?"

Haakon wurde plötzlich ernst. „Es wäre nicht gut gewesen, eine Frau zu heiraten, ohne ihr eine Heimat bieten zu können." Nachdenklich drehte er seinen Kaffeebecher in der Hand. Er ließ den Blick zum Horizont schweifen und zurück zu dem leeren Platz neben ihm. Den eine Frau ausfüllen könnte, die er liebte. Und die Ava und Fay eine Schwester sein könnte.

Fays Gesichtszüge wurden weich. Sie wusste, dass Jorgan und Thor die Urkunde für Haakons Erbe unter Verschluss hielten. Jedenfalls vorläufig. „Aber das kann sich ja noch ändern."

„Das hoffe ich."

Ava hoffte es auch. Sie wünschte, sie könnte es ihm sagen, aber sie fand keine passenden Worte. Vielleicht war es am besten, wenn sie zu Haakons Herzensangelegenheiten schwieg. Aber sie konnte dafür beten. Für ihn und für seine Zukunft.

Sie hörten, wie Björn vor Vergnügen kreischte, als Sigurd ein neues Bild auf die Erde malte.

„Zwei tolle Jungs." Haakon beobachtete die Kinder, dann bückte er sich und rieb die Spitze seines geflickten Stiefels, wo gleichmäßige, ordentliche Stiche das Leder zusammenhielten. „Und bald können sie mit ihrer kleinen Cousine spielen." Sein Blick fiel auf Tusie und er lächelte. Als er hochschaute, traf er auf Avas blaue Augen.

„Warum nennst du die Kinder eigentlich immer ‚*ciderkins*'?", wunderte sich Fay.

Haakon fuhr sich mit der Hand über den Bart. „Na ja", er deutete mit der Gabel auf die Scheune. „Cider ist der Apfelwein. Und *ciderkin* ist der verdünnte Cider, das Getränk für die Kinder, hergestellt aus dem Trester. Der zweite Aufguss, sozusagen der Ableger. Und Sigurd und Björn sind eure Kinder, also eure Ableger – *ciderkins*."

Fay lachte los und selbst Ava musste schmunzeln.

„Das heißt, wir sind alle Apfelwein“, sagte Fay und prustete los.

Ava zupfte Tusies Decke zurecht und kontrollierte, ob sie noch warm genug eingepackt war. „Du und deine verrückten Ideen, Haakon“, lachte sie und ihr fiel auf, dass sie zum ersten Mal ganz zwanglos etwas zu ihm gesagt hatte.

Aus der Ferne hörten sie Hufgeklapper. Vom Wald her näherte sich der Wagen, Jorgan saß auf dem Kutschbock, Thor war nicht zu sehen. Ava strengte ihre Augen an, bis sie ihn entdeckte. Er saß ganz hinten und ließ die Beine herunterbaumeln. Bei seinem Anblick wurde ihr warm ums Herz. Haakon stand auf und ging wieder zu den Kindern.

Jorgan hielt vor dem Haus an und die Männer kletterten vom Wagen. Thors Bewegungen waren noch steif und ungelenk, aber er sah besser aus. Seine Augen waren klarer und seine Haut weniger gelblich. Unter dem Arm hatte er eine karierte Picknickdecke. Als Thor auf die Veranda zukam, stand Ava auf und trat mit dem Baby ans Geländer. Er kam näher und konnte den Blick nicht von Tusenfryd abwenden. Eine ganze Weile stand er einfach nur da und betrachtete seine Tochter, studierte ihre winzigen Gesichtszüge und ihre Bewegungen. Als er den Kopf hob, blickte er in Avas Augen. Ein tiefer Friede erfüllte ihn – er war zu Hause. Thor winkte sie zu sich und sie gingen Seite an Seite den Weg hinunter. Seine Schritte waren langsam, aber es störte Ava nicht. Im Gegenteil, es gab ihr mehr Zeit, in seiner Nähe zu sein. Wie lange war es her, seit sie zusammen spazieren gegangen waren? Und einen Grund hatten, sich anzuschauen und zu lächeln?

Im Garten führte er sie zu einer Stelle, wo weiches grünes Gras sprießte. Er breitete die Decke aus und wartete, bis Ava mit Tusie Platz genommen hatte. Sie strahlte ihn an, als er sich neben ihr niederließ. Sein Atem ging immer noch schwer, aber alle Sorgen waren nur noch halb so groß, seit sie wussten, dass er auf dem Weg der Genesung war. Und was Tusie anging, hatte Dr. Abramson versichert, dass sie keine Anzeichen der Krankheit zeigte.

„Hat der Doktor gesagt, wann du nach Hause darfst?"

Thor tat einen tiefen Atemzug. *Ich zu Hause zwei Wochen.*

„Wirklich?"

Er nickte und fügte hinzu: *Frau küssen. Eine Woche.*

Ava kicherte. „Das hat der Arzt gesagt?"

Ich fragen.

Sie lachte. „Das sieht dir ähnlich!"

Thors braune Augen sprühten Funken. Wenn seine Sehnsucht nur halb so groß war wie ihre, wunderte sie sich nicht, dass er gefragt hatte.

„Nun, ich freue mich darauf." Mehr als sie sagen konnte. Auf die innige Nähe, die weit über Worte hinausging.

Thor warf ihr ein scheues Lächeln zu und senkte den Blick. Eine dunkle Haarsträhne löste sich aus seinem Pferdeschwanz und fiel ihm in die Stirn. Wie sehr sehnte sie sich danach, ihm die Haare aus dem Gesicht zu streichen. Er tat es selbst und sein Blick fiel auf Tusie und bekam einen zärtlichen Ausdruck.

Es raschelte leise, als zwei von Dottis Katzenkindern durch den Zaun huschten und in wildem Spiel hintereinander herjagten.

Thor formte die Frage: *Baby gut?*

„Sehr gut. Sie schläft viel und trinkt gut, wenn sie wach ist. Aber sie mag es nicht, wenn ihre Windeln schmutzig sind. Ich bin gut beschäftigt, aber es macht mir nichts aus. Und Fay und Ida sind eine große Hilfe. Die beiden verwöhnen mich nach Strich und Faden."

Thor grinste. Dann wurde er wieder ernst. *Du auch gut?*

Sie nickte schwach. Sie hielt sich nicht für so tapfer, wie alle behaupteten, und war froh und dankbar, dass sie die Geburt überstanden und ein gesundes Baby geboren hatte. Thors Tochter. Dafür hatten sich alle Schmerzen gelohnt. „Ich komme langsam wieder auf die Beine. Es wird noch etwas dauern, aber Cora sagt, dass alles gut heilt."

Thor nickte verständnisvoll. Seine Hand bewegte sich, um nach ihrer zu greifen, aber dann beherrschte er sich und zog sie zurück. Er blickte nach unten ins Gras. Und dann pflückte er mit seinen großen Händen zwei winzige Wildblumen. Er legte die erste neben Avas Handgelenk, die zweite auf Tusies Decke.

Avas Herz tat einen Sprung. Mit den Fingerspitzen berührte sie die zarte Blüte. Sie würde höchstens einen Tag halten, aber sie würde sie zwischen die Seiten ihres Tagebuchs legen und pressen. Und Tusenfryds ebenfalls.

Mit leisem Miauen zwängten sich die Kätzchen durch den Gartenzaun und scheuchten zwei Finken auf, die laut zwitschernd aufflogen. Tusie erschrak, verzog das Gesichtchen und wedelte mit ihren kleinen Armen. Ava sprach beruhigend auf sie ein. Sie schob die Ärmchen zurück unter die Decke und zog Tusies Strickmützchen gerade. „Armer kleiner Schatz." Als sie die Blume aufhob, die heruntergefallen war, sah sie plötzlich, wie Thor den Blick abwandte. Sein Gesicht war auf einmal ernst und verschlossen.

„Thor?"

Er fuhr sich mit der Hand über die Augen, schaute von seiner Tochter zu Ava und formte mit den Händen einen einzigen Satz. Sie konnte sehen, wie schwer es ihm fiel. Als wünschte er, er müsste diese Feststellung nicht machen. Als er geendet hatte, schloss Ava die Augen, aber den Ausdruck in seinem Gesicht würde sie nie vergessen, eine Mischung aus Schmerz, Enttäuschung und Scham. Wie sehr musste ihm diese Frage zu schaffen gemacht haben.

Sie bemerkte den verhärmten Zug um seinen Mund. Es musste eine bittere Realität für ihn sein.

Seine Tochter würde nicht zu den Menschen gehören, die die Welt durch Farben und Formen wahrnahmen, durch Licht und Schatten. Zu jenen, die ihre Gefühle und Hoffnungen mit den

Händen ausdrückten und so treffend formulierten, wie Worte es kaum vermochten. Sie würde keine von ihnen sein.

Tusenfryd konnte hören.

Fünfundzwanzig

Thor entfernte sich schnellen Schrittes vom Haus. Er ging Richtung Apfelplantagen, doch kaum hatte er die ersten Baumreihen erreicht, machten ihm die Schmerzen allzu deutlich, dass er sich zu viel zugemutet hatte. Keuchend lief er weiter und sah, wie sich in der Ferne die Hügelkuppen in verschiedenen Blau- und Grautönen abzeichneten. Es dauerte nicht lange, bis aus seinem Gang ein Hinken wurde. Endlich verringerte er sein Tempo. Wenn er so weitermachte, würde er bald wieder flachliegen und das Bett hüten müssen.

Die Farm war schon außer Sicht und er humpelte weiter, bis er in den Wald eintauchte. Wenn er nur seinen Schuldgefühlen auch so einfach entfliehen könnte.

Er hatte vorgehabt, länger bei Ava und Tusenfryd zu bleiben, aber die Gefühle, die in seinem Inneren tobten, hatten gedroht ihn zu zerreißen. Außerdem hatte Tusie gewickelt werden müssen. Thor hatte Ava versprochen, sie gegen Abend noch einmal zu besuchen, was eine Ausrede gewesen war – und beide wussten das. Er war dankbar, dass Ava es ihm nicht übel genommen hatte oder es sich zumindest nicht hatte anmerken lassen. Sie schien zu verstehen, dass er Abstand brauchte, um seine Gefühle zu ordnen. Und dasselbe galt auch für sie.

Ob sie erleichtert war, dass sie sich nicht mit zwei taubstummen Menschen in ihrem Leben herumschlagen musste? Im selben Augenblick schämte er sich für diesen Gedanken und wusste, dass er ihr damit Unrecht tat. Ava hatte ihm immer treu zur Seite gestanden und liebte ihn trotz seiner Gehörlosigkeit von Herzen. Sie hätte dasselbe auch bei ihrem Kind getan.

Thor schloss die Augen und atmete den Duft der Äpfel ein. Er setzte sich ins Gras und stützte den Kopf in die Hände. Wenn er die Augen geschlossen hielt, versank die Welt in Schwärze. Wünschte er sich das wirklich für seine Tochter? Dass sie abends in dieser geräuschlosen Leere einschlafen musste? Oder jedes Mal zusammenschrak, wenn sie geweckt wurde oder Leute nicht kommen sah? Dass sie nicht zur Schule gehen konnte? Dass sie nie sprechen würde und, wenn sie es versuchte, von den anderen Kindern gehänselt wurde, weil nur merkwürdige Laute aus ihrem Mund kamen?

Wie könnte er ihr ein solches Leben wünschen?

Es drückte ihm schwer aufs Herz, wenn er daran dachte. Taubheit war etwas, was er niemandem wünschte, aber wäre es bei Tusie so gewesen, dann hätte er es als bittersüße Realität akzeptiert. Wäre seine Tochter taub gewesen, dann wäre er nun nicht mehr allein gewesen, sondern hätte eine Verbündete, eine verwandte Seele. Sie hätte ihn verstanden und gewusst, wie es ist, in einer schweigenden Welt zu leben. Er wäre nicht nur ihr Vater, sondern auch ihr Lehrmeister gewesen. Sie hätte zu ihm aufgeschaut und er hätte ihr Dinge beigebracht, die für solch ein Leben wichtig waren. Er hätte ihr wirklich etwas zu geben gehabt. Stattdessen würde es Haakon sein, der ihr das Pfeifen beibrachte, und Ava würde mit ihr singen. Jorgan würde ihre Fragen hören und beantworten und alle würden ihr beibringen, auf eine Art und Weise zu sprechen, die Thor nicht kannte.

Denn sein kleines Mädchen konnte hören. Gott sei Dank, sie konnte wirklich hören! War das nicht ein großes Glück, ein großer Segen?

Gott meinte es gut mit ihr. Eines Tages würde sie sprechen

können und zur Schule gehen. Sie würde die Vögel singen hören und die Laute der Tiere im Wald vernehmen. Sie würde wissen, was Musik ist oder eine Melodie. Und sie würde Avas Lachen hören – einen Laut, nach dem er sich am allermeisten sehnte. Der vielleicht nur noch überboten werden würde durch Tusies kleine Plapperlaute, die sie bald von sich geben würde.

Thor stand auf und nahm die Abkürzung zu Haakons Blockhaus. Er wollte sich einen Augenblick ausruhen und Ava zur Abendbrotzeit noch einmal besuchen. Es gab so viel Grund zur Dankbarkeit, unendlich viel. Sie sollte wissen, dass sein Herz voll Dankbarkeit war. Es fiel ihm schwer, nicht sofort zur Farm zurückzulaufen. Aber Ava und das Baby brauchten auch Ruhe, also würde er sich gedulden.

Der Marsch zur Hütte hatte ihn mehr angestrengt, als er dachte, und er war froh, als er endlich die Treppe ins Dachgeschoss hochklettern konnte. Auf dem Treppenabsatz unter einem Fenster saß Haakon auf seinem Lieblingsstuhl. Er stemmte die Füße gegen die Wand, sodass der Stuhl nur auf zwei Beinen stand. In seinem Schoß lagen ein alter Lederbeutel und eine Kinderzeichnung. Er war so vertieft in die Betrachtung des Bildes, dass Thor es nicht wagte, ihn zu stören.

Als Thor sich aufs Bett setzte, sah er plötzlich, wie sein Bruder einen Schluck aus einem Glas mit einer klaren Flüssigkeit trank. Es hätte Wasser sein können, aber Thor roch den Whisky quer durchs Zimmer. Er gab einen grunzenden Laut von sich und als Haakon sich umdrehte, bat er ihn mit einer Handbewegung, den Deckel auf das Glas zu schrauben.

„Ja, klar." Haakon bückte sich, hob den Metalldeckel und den Gummiring auf und drehte beides fest zu. „Tut mir leid, war keine Absicht."

Thor nickte einen Dank. Der Schnapsgeruch hing noch in der Luft und er ging zum Fenster, um es zu öffnen. Allein der Geruch genügte, um den Alkohol buchstäblich auf seiner Zunge zu schmecken und zu spüren, wie er seine Kehle hinunterrann, seinen Körper von innen wärmte und wie alle Sorgen immer kleiner und unwichtiger wurden.

Haakon schien offensichtlich mit dem Alkohol kein Problem zu haben. Aber was war mit seinem Lederbeutel, den er immer um den Hals trug, mit diesen grünen Blättern, die er darin aufbewahrte? Thor wusste nicht, wie die Blätter hießen, aber sie schienen für Haakon sehr wichtig zu sein. Der Beutel war fast leer. Vielleicht war Haakon deshalb so bedrückt.

Thors Blick fiel auf Haakons Gewehr, das an der Wand lehnte. Sein Bruder hatte ihm erzählt, dass jemand versucht hatte, sich Zugang zum Haus zu verschaffen, und ihm die Spuren an Türschloss und Fensterrahmen gezeigt. Thor wurde klar, dass dies der Grund war, weshalb sich Haakon Tag und Nacht hier aufhielt und dass er ihm zu Dank verpflichtet war. Er formte seine Lippen, so wie Haakon es ihm einmal gezeigt hat, presste Luft hindurch und stieß damit einen kurzen Pfiff aus. Als er Haakons Aufmerksamkeit hatte, führte er seine flache Hand in einer schnellen Bewegung an sein Kinn, zeigte danach auf Haakon und führte dann die geballten Fäuste mit einem abgespreizten Daumen von seinem Oberkörper weg. *Danke deine Hilfe.*

Haakon nickte nur kurz, als habe er das Gefühl, den Dank nicht verdient zu haben. „Gern geschehen." Er faltete die Kinderzeichnung sorgfältig zusammen.

Dabei erinnerte sich Thor an ein anderes Papier. Auf dem Fensterbrett lag immer noch der Brief aus Washington, D.C. Wie hatte er ihn nur vergessen können? Eilig riss er den Umschlag auf und zog ein einzelnes Blatt heraus. Das Datum lag mehrere Wochen zurück. Es war ein Schreiben von einem der Männer, die für seine Schulbildung verantwortlich gewesen waren.

Sehr geehrter Mr. Norgaard, 29. April, 1895

der Leiter der Poststelle hat mir Ihren Brief zukommen lassen. Ihre Anfrage, die an die Forschungsgesellschaft zur Förderung taubstummer Menschen gerichtet war, wurde an die Alexander Graham Bell Association for the Deaf and Hard of Hearing weitergeleitet. Man ging offensichtlich davon aus, dass beide Institute miteinander in Verbindung stehen, aber diese Annahme hielt einer Prüfung der Poststelle und meinerseits nicht stand. Deshalb muss ich Ihnen hiermit leider mitteilen, dass keine Forschungsgesellschaft zur Förderung taubstummer Menschen existiert.

Zudem sprach ich heute Morgen mit mehreren Professoren des Columbia Instituts in Washington, D.C., und auch hier wurde mir mitgeteilt, dass ein Forschungsinstitut unter diesem Namen nicht bekannt sei. Es tut mir sehr leid, dass ich Ihnen keinen positiven Bescheid geben kann, und bedauere, wenn ich keine große Hilfe bei der Aufklärung dieses mysteriösen Vorfalls sein konnte. Des Weiteren ist mir nicht bekannt, dass es einen Zusammenhang zwischen Taubstummheit und im Blutkreislauf befindlichen Stoffen geben soll, was aber nicht heißen soll, dass dieser wissenschaftliche Ansatz falsch ist. Allerdings scheint mir, dass es sich in Ihrem Fall keineswegs um eine seriöse Forschungseinrichtung handelt.

Um andere Taubstumme oder Ihre Familien vor den Folgen solch unseriöser Praktiken zu bewahren, kontaktieren Sie mich bitte unter der obigen Adresse, falls ich Ihnen damit irgendwie dienen kann.

Hochachtungsvoll, Alexander Graham Bell

Thor ließ den Brief sinken. Es gab keine Forschungsgesellschaft unter diesem Namen.

Er stand auf, um das Schreiben zu holen, mit dem er damals zu der Untersuchung vorgeladen worden war, aber dann fiel ihm ein, dass es zu Hause lag. Es hatte alles so echt gewirkt. Der Doktor war mit der Gebärdensprache vertraut gewesen und er hatte die medizinischen Fachbegriffe gekannt. Der Fragebogen, die Blutabnahme … alles nur Schwindel?

Aber warum?

Warum sollte jemand so viel Aufwand betreiben, nur um ihn zu täuschen?

Auf einmal durchfuhr ihn siedend heiß der Gedanke, dass die Sorrels an jenem Tag auch bei der vermeintlichen Untersuchung gewesen waren. Thor faltete den Brief zusammen, angelte seine Stiefel unter dem Bett hervor und machte Haakon begreiflich, dass sie sofort zurück zur Farm mussten. Dort würden sie beide Pferde satteln müssen. Und zwar so schnell wie möglich.

Sechsundzwanzig

Thor lenkte die Stute nach rechts und sie preschten den Hügel hinauf zur Plantage der Sorrels. Neben ihm ritt Jorgan und zog im Galopp an ihm vorbei, als Thor sein Pferd durchparierte, um einem dicken Baumstamm auszuweichen. In seiner Satteltasche lag der besagte Brief.

Haakon hatte darauf bestanden, dass Jorgan ihn begleitete, und Thor war einverstanden gewesen. Wenn nur ein Mann zurückbleiben konnte, um die Farm zu bewachen, dann war Haakon seine erste Wahl. Wegen Haakon und Ava wollte er sich für den Rest des Tages keine Gedanken machen, außerdem waren Fay und Ida auch noch da. Seine Frau und sein Kind waren in Gottes Hand.

Außerdem gab es Wichtigeres als seinen kleinen Bruder. Thor brauchte eine Antwort auf das, was geschehen war, und sein Bauchgefühl sagte ihm, dass er sie auf der Sorrel-Farm finden würde.

Als sie den Kamm des Hügels erreichten, sahen sie in der Ferne das große weiße Haus. Das herrschaftliche Anwesen hatte bessere Zeiten gesehen und von der prachtvollen Allee, die einst die Zufahrt zum Haus gesäumt hatte, waren nach dem Krieg nur ein paar verrottete Baumstümpfe geblieben.

Vor dem Haus hing eine schlaffe Wäscheleine, davor stand eine Frau mittleren Alters auf den Zehenspitzen und hängte ein feuchtes Laken auf – Harlans Frau. Ihre erwachsene Tochter, Sibby, bückte sich nach dem nächsten Wäschestück.

Die blonde Frau drehte sich um, als sie die Reiter kommen hörte. Thor hob höflich die Hand zum Gruß. Er war froh, dass Jorgan ihn begleitete, denn nur wenige konnten so gut für ihn übersetzen wie er. Die Brüder stiegen ab und banden ihre Pferde neben dem Haus an, worauf die Tiere sofort die Köpfe senkten und zu grasen begannen. Dann gingen Thor und Jorgan über den Hof, um ihre Nachbarn zu begrüßen.

Harlans Frau ließ sich nicht bei der Arbeit stören. Thor bezweifelte, dass sie Zeit für einen nachbarschaftlichen Plausch hatte. Ihr Mann war nie zu Hause, ihre Schwiegermutter, Jeds Frau, war letzten Sommer gestorben und nun blieb die ganze Arbeit an ihr hängen. Dass Sibby heute Nachmittag hier war – eine verheiratete Frau mit ihrem eigenen Haushalt –, ließ ebenfalls darauf schließen, dass Mrs. Sorrel Hilfe brauchte.

„Tag.“ Die Frau zog ein paar Strümpfe aus dem Weidenkorb, schüttelte sie aus und hängte sie an die Leine. Ein spitzenbesetztes Kopftuch bedeckte ihr Haar, das von silbernen Strähnen durchzogen war.

Jorgan erwiderte ihren Gruß. Der Kontakt der Norgaards zu den Sorrel-Frauen war immer freundlich gewesen, aber gegenseitige Besuche waren normalerweise nur unter den Frauen üblich, also Fays und Avas Sache. Thor machte Jorgan ein Zeichen, dass sie möglichst schnell ihr Anliegen vorbrachten, bevor irgendwelche Missverständnisse aufkamen.

Während Jorgan sprach, beobachtete Thor die Reaktion der Frauen. Nachdem der Grund für ihren Besuch geklärt war, nahm Thor die beiden Briefe und gab sie Mrs. Sorrel, die sie aufmerksam las. Sibby leerte in der Zwischenzeit den Wäschekorb.

„Ich bin sicher, Peter hat Ihnen von den neuesten Vorkommnissen erzählt."

Die Frau nickte, während sie die erste Seite überflog. „Das hat er. Die Mädchen und ich haben ein feines Abendessen gekocht für den Sheriff und seine Helfer."

Thor versuchte seine Überraschung zu verbergen. Harlan wäre darüber alles andere als erfreut. Vielleicht wusste er es auch bereits. Aber die Sorrel-Frauen waren dafür bekannt, dass sie sich von ihren Männern nicht einschüchtern ließen. Sie taten, was sie für richtig hielten, und Thor bewunderte sie dafür. Er hoffte nur, dass sie wegen ihres Besuchs keine Schwierigkeiten bekommen würden.

Harlans Frau hatte beide Briefe gelesen und nahm den ersten noch einmal genauer in Augenschein. Den, bei dem Thor den Verdacht hatte, dass die Sorrels ihn geschrieben hatten. Sie kniff die Augen zusammen und blinzelte gegen die helle Nachmittagssonne, bevor sie zu Jorgan sagte: „Können Sie Ihren Bruder fragen, wie der Doktor ausgesehen hat?" Feine Linien zeichneten sich auf ihrer Stirn ab.

Thor, der bereits verstanden hatte, zog sich an den Haaren und machte für Jorgan das Zeichen für *rot*. Als Nächstes strich er sich über den Schnauzbart und formte die Gebärde für *dasselbe*.

Mrs. Sorrel beobachtete die Gesten, die Jorgan übersetzte. Thor tippte sich auf die Schulter, um die Größe des Mannes anzuzeigen. Er war eher hager gewesen, aber sein Händedruck war stark.

Mrs. Sorrel sog langsam die Luft ein. „Erinnern Sie sich an die Nadel oder an das Kästchen, in dem sie lag?“

Thor zog die Brauen zusammen und versuchte angestrengt, sich zu erinnern. Er rief sich die Hände des Doktors ins Gedächtnis und wie er das kleine Etui öffnete, aber es fiel ihm nichts dazu ein.

Doch dann sah er es plötzlich vor seinem geistigen Auge – so deutlich, als würde er wieder in dem Eisenbahnabteil sitzen.

Thor bewegte seine Hand, als würde er in Gesichtshöhe plötzlich etwas greifen. „Er sagt, es war schwarz“, übersetzte Jorgan. Dann wandte er sich an seinen Bruder. „*Was* war schwarz?“

„*E-T-U-I. F-U-T-T-E-R.*“

Mrs. Sorrels Mund verengte sich zu einem schmalen Strich. Ihre Finger umklammerten die Briefe.

Sie faltete sie hastig zusammen, während ihr Blick über die angrenzenden Hügel wanderte. „Kommen Sie mit.“ Dann gab sie die Briefe an Thor zurück, raffte ihren karierten Rock und ging voraus. Die beiden Männer folgten ihr auf dem staubigen Pfad bis hinters Haus, wo ein paar verstreute Nebengebäude standen. Sie passten nicht so recht ins Bild, denn im Gegensatz zu dem stattlichen Haupthaus waren sie aus groben, ungehobelten Holzbalken zusammengezimmert. Wahrscheinlich handelte es sich um ehemalige Schlafquartiere der Sklaven.

Mrs. Sorrel ging zu der letzten Baracke in der Reihe, zog einen Schlüsselbund aus ihrer Rocktasche und steckte einen verrosteten Schlüssel ins Schloss. Die Tür klemmte und Jorgan bot sich an zu helfen. Er lehnte sich mit der Schulter gegen das Holz, bis die Tür knarrend aufschwang. Sie ließen Mrs. Sorrel den Vortritt. Im Inneren war es totenstill und modrig wie in einer Höhle.

Vor den Fenstern hingen schwere Vorhänge. Spärliches Licht fiel durch die Ritzen in den Bretterwänden. Anstatt der schmalen Pritschen standen staubige Bänke und Stühle im Raum, als ob Zusammenkünfte hier stattgefunden hätten. An der einen Wand war ein Stoffbanner mit einem weißen Kreuz befestigt, an der anderen hingen weiße Kapuzen, die so staubig waren wie alles andere.

Die Frau hatte Thor und Jorgan aus einem bestimmten Grund hierher gebracht. Einem Grund, der so weit in der Vergangenheit lag wie die Fehde zwischen ihren Familien, die begonnen hatte, als sich Jed Sorrel und Jarle Norgaard zum ersten Mal an der Grundstücksgrenze gegenübergestanden hatten. Thor beobachtete Mrs. Sorrel. Würde ihre Mutter noch leben, wäre sie ungefähr so alt wie die Frau, die nun auf dem Boden kniete und einen abgetretenen Teppich aufrollte. Sie versuchte, ein Dielenbrett zu lockern, rutschte jedoch mit den Händen ab. Thor nahm sein Messer, schob es in eine Ritze und gemeinsam hoben sie das Brett an. Darunter befand sich ein Hohlraum. Mrs. Sorrel fasste hinein und nahm eine Blechdose heraus. Sie machte jedoch keine Anstalten, den Deckel abzuheben, sondern richtete eine Frage an Jorgan: „Die Frau Ihres Bruders … hat sie das Baby bekommen?“

Ihre Augen wanderten zu Thor und in ihrem Blick lag echte Anteilnahme, die über ein nachbarschaftliches Geplauder hinausging. Thor las Jorgans Antwort ab.

„Ja, vor ein paar Tagen. Ein Mädchen. Gesund und munter, so wie es aussieht.“

Thor nickte zur Bekräftigung und Mrs. Sorrels Gesicht erhellte sich. Er überlegte, ob sie vielleicht mehr wusste, als sie preisgeben wollte, und stellte Jorgan die Frage, die ihm auf der Seele lag.

„Thor möchte wissen, ob man irgendwie wissen kann, ab wann die Krankheit für seine Frau und seine Tochter nicht mehr gefährlich ist.“

Die Frau zögerte und Thor spürte, dass sie sich mit der Frage auf dünnes Eis begaben. „Ich denke", sagte sie schließlich, „wenn er sich in der Zeit, als es ihm am schlechtesten ging, von Frau und Kind ferngehalten hat, dürfte jetzt nichts mehr passieren." In ihren Augen lag eine Trauer, die vermuten ließ, dass sie in ihrem eigenen Leben wenig Respekt und Anteilnahme erfahren hatte.

Eine Welle der Erleichterung durchströmte Thor und er nickte zur Bestätigung, dass es so war. Dass Mrs. Sorrel ihnen so viel Hilfsbereitschaft und Verständnis entgegenbrachte, nährte seine Hoffnung, dass sie ihnen helfen konnte, Licht in die Angelegenheit zu bringen.

Sie stellte die Blechdose auf den Boden. Der Deckel war verzogen und schloss nicht mehr richtig und so war es ein Leichtes, ihn abzunehmen. In der Dose lagen ein paar kleine Glasflaschen. Sie alle trugen dasselbe Etikett.

Morphium.

„Das hat er regelmäßig genommen. So wie einige seiner Brüder. Jed auch, er ist im Krieg abhängig geworden und hat seine Söhne mit hineingezogen. Die Nadel ist schon lange verschwunden, genau wie das schwarze Etui, in dem sie lag." Sie schaute Thor an. „Und ich bin ganz sicher, es war dieselbe Nadel, mit der Sie Bekanntschaft gemacht haben, Mr. Norgaard."

Die Nadel, die der Grund für seine Erkrankung war. So wie Dr. Abramson es erklärt hatte.

„Und was den Mann angeht, der sich als Arzt ausgegeben hat … Ich fürchte, das war Roald, Harlans Bruder. Er ist von zu Hause weggegangen, als ihr noch Kinder wart. Heute nennt er sich ‚Red' und saß vor einiger Zeit hinter Gittern. Ich habe ihn schon ewig nicht mehr gesehen und dachte, er sei tot." Ihre Augen, die von demselben hellen Blau waren wie Sibbys und Peters, weiteten sich, als sie die Ungeheuerlichkeit der Tat begriff. „Red ist durchtrieben und skrupellos. Und er war vor Jahren Sanitäter bei der Armee."

Thor schaute Jorgan prüfend an. Das Gesicht seines Bruders war sorgenvoll, seine Augen hart wie Stahl. Er wandte den Blick wieder Mrs. Sorrel zu und versuchte zu erfassen, was sie sagte.

„... und wollte Ihnen noch etwas zeigen." Sie stand auf und zog einen der Vorhänge zurück. Dahinter befand sie eine kaputte Fensterscheibe. „Vor ein paar Wochen wurde hier eingebrochen. Peter hat es zuerst bemerkt."

Jorgan erinnerte sich, dass Peter davon gesprochen hatte. Nachdenklich untersuchte er die zerbrochene Glasscheibe, dann sah er sich im Zimmer um. Thor hatte eine Gabe, die Menschen zu lesen, insbesondere seine Brüder. Als Jorgan sich umdrehte, sah er ihm an, dass er überlegte, was wohl der Zweck des Einbruchs gewesen war.

In der Ecke stand ein Schrank, dessen Tür nur angelehnt war. Jorgan ging darauf zu. „Was ist normalerweise hier drin?"

Mrs. Sorrel legte das schwarze Kästchen zurück und Thor half ihr, das Dielenbrett darüber zu decken, wobei er die Antwort von ihren Lippen ablas. „Ich weiß nicht genau. Ein paar alte Sachen von Harlan. Ich hatte nie einen Schlüssel zu dem Schrank."

„Steht die Tür schon länger offen?", fragte Jorgan.

Mrs. Sorrel schüttelte den Kopf. „Ich weiß nicht ..."

Jorgan trat näher und sah hinein. Mit dem Finger fuhr er über das oberste Brett und merkte, dass es schwarz verfärbt war. Thor sah seinen Bruder an und sie dachten beide dasselbe. Schwarzpulver! Der Schrank hatte Harlan als Munitionsdepot gedient. Jemand hatte das Schießpulver gestohlen. Und die Waffen gleich mit.

Siebenundzwanzig

Als Haakon auf die Veranda hinaustrat, war das Licht zu hell und gleißend für seine müden Augen. In seinem Lederbeutel lag nur noch ein einziges zerfleddertes Kokablatt. Und weit und breit war kein weibliches Wesen in Sicht, mit dem er hätte anbändeln können.

In die Stadt fahren wollte er nicht, denn hier wurde jeder einzelne Mann gebraucht, um für die Sicherheit der Frauen und Kinder zu sorgen.

Und selbst die Gesellschaft einer Frau könnte ihn nicht lange von der bitteren Tatsache ablenken, dass sein Vorrat an Kokablättern bald erschöpft sein würde. Sein Beutel war leer bis auf das eine armselige Blatt, eine Bibelseite und eine Kinderzeichnung. Wie sollte ein Mann damit durch den Tag kommen?

Haakon stieß einen tiefen Seufzer aus, während er die Verandastufen hinunterging. Er musste auf andere Gedanken kommen. Nachts konnte er nicht mehr schlafen. Viel zu viel ging ihm durch den Kopf. Sollte er allein losziehen und die Sorrels aufspüren? Dann müsste er Thor allein lassen. Doch wenn er hierblieb, lag er wach und lauschte auf jedes Geräusch, das sein Bruder nicht hören konnte. Übermannte ihn dann doch der Schlaf, hatte er wirre Träume. Dann hörte er die Stimme der jungen Witwe und dachte an die liebevolle Art, mit der sie für ihre Kinder sorgte. Und auch für ihn, als er in ihrer kleinen bescheidenen Küche gesessen hatte. Er musste solche Erinnerungen begraben und zwar mit derselben Entschlossenheit, mit der er damals in die Welt hinausgezogen war.

Auch wenn es schwerfiel. Er wusste noch, wie die Kinder ihm

auf Schritt und Tritt wie Entenküken ihrer Mutter gefolgt waren, hoch über dem Fjord im kalten Wind. Er sprach nur wenig Norwegisch und meistens hatten sie sich wortlos verständigt, aber das Leuchten in ihren Augen hatte Bände gesprochen.

Die Gedanken wogen schwer in seiner Brust. Ein Mann konnte unter ihrer Last zusammenbrechen. Haakon wusste, sie würden nicht leichter werden, je mehr er sich dagegen wehrte, und versuchte, die Brücken hinter sich abzubrechen, die ihn mit der Welt verbanden, die er zurückgelassen hatte.

Wann immer er Fay oder Ava sah, wenn er in der Küche oder beim Wäscheaufhängen ihre Stimmen und ihr Lachen hörte, erschien vor seinem geistigen Auge das Bild der Witwe Jönsson. So deutlich, als wäre sie hier. Barfuß und anmutig unter der Sonne Virginias. Und wenn er nachts auf seinem provisorischen Lager keinen Schlaf fand, sehnte er sich nach ihrer Nähe. Dass er den Weg zu ihr zurück kannte, machte seine Sehnsucht nur noch größer. Noch schlimmer war, dass er die Worte ihres Sohnes nicht vergessen konnte ... *På gjensyn.* Auf Wiedersehen.

Aber sie würden sich nicht wiedersehen. Denn wenn seine Aufgabe hier erfüllt war, wenn die Sorrels hinter Schloss und Riegel saßen, wenn alles gesagt und getan war, was er sich vorgenommen hatte, dann ... Dann sollte er sich hier in der Nähe eine passende Frau zum Heiraten suchen. Eine gute, treue, tüchtige Ehefrau. Vielleicht sollte er wieder einmal in die Kirche gehen. Dort waren sicher heiratswillige Frauen zu finden.

Das Verlangen, nach dem letzten Kokablatt zu greifen, wurde stärker, doch dann sah er die Kinder, die ihm entgegenliefen, und ließ es bleiben. Sigurd schwang ein hölzernes Schwert und sein kleiner Bruder tapste hinter ihm her, die Windel auf Halbmast, und kaute an einer Brotkante.

„Lasst mich raten ..." Haakon schob seine Hosenträger hoch, während mit langen Schritten den Hof überquerte. „... ich habe wieder zu *wange geschwafen.*"

Sigurd wartete, bis Haakon näher kam und stellte sich auf

einen großen Stein, der ihm das Gefühl gab, auf Augenhöhe zu sein. Sein weißblonder Haarschopf war noch ungekämmt. Björn wollte auch auf den Stein klettern, aber seine Beine waren zu kurz. Haakon half ihm, sich hochzuziehen, bis er stolz neben seinem Bruder stand.

Beide strahlten über das ganze Gesicht und ihr breites Lächeln war so ansteckend, dass Haakon zurücklächelte, und für einen kurzen Moment durchströmte ihn ein Glücksgefühl, das selbst die Wirkung von Kokablättern übertraf.

Jorgan trug einen mit Lederöl eingefetteten Sattel hinüber zum Pferdestall. Haakon hob die Hand zum Gruß und gab den Kindern ein Zeichen, ihm zu folgen. Er wollte Jorgan fragen, wo er Peter finden konnte. Dabei borgte er sich Sigurds Schwert und erzählte den beiden eine fantastische Geschichte, während sie zum Stall hinübergingen. Mit seinem besten Barbaren-Akzent beschrieb er, wie man eine Kokosnuss spaltet und das süße Kokosfleisch isst. Als er geendet hatte, sprang Sigurd wie ein Gummiball von einem Fuß auf den anderen und rief: „Noch eine Geschichte, noch eine Geschichte!“ Und Björn bettelte nach einer „Koko-Wuss“.

„Zuerst muss ich Mr. Peter helfen. Bei den Apfelplantagen.“ Haakon gab das Schwert an seinen rechtmäßigen Besitzer zurück. „Also ab mit euch nach Hause.“

„Können wir mitkommen?“, fragte Sigurd.

Normalerweise hätte Haakon die Jungen mitgenommen, aber heute passte es wirklich nicht. Er sah Hilfe suchend zu Jorgan.

Sein Bruder rief seine Söhne zu sich. „Jungs, passt mal auf. Am besten lauft ihr jetzt mal zu Tante Ava und fragt, wie es Tusenfryd geht. Das könnt ihr dann beim Abendbrot eurem Onkel Haakon erzählen.“

„Gute Idee!“, bekräftigte Haakon.

Sigurd salutierte vor seinem Vater und stürmte los. Björn wackelte mit seinen kurzen Beinchen hinterher, so schnell er konnte. Sigurd ließ das Schwert neben der Veranda fallen, wo schon ein Stapel von Björns Bauklötzen lag, und rannte die Treppe hoch. Björn fiel hin, rappelte sich aber sofort wieder auf und rieb die kleinen Hände gegeneinander.

„Wenn du Peter suchst …" Jorgan sah seine beiden Söhne im Haus verschwinden. „Er ist hinten beim Komposthaufen."

„Danke."

„Haakon?"

Haakon blieb stehen und blickte über die Schulter zurück. „Ja?"

„Geht's dir gut?"

Seit seiner Rückkehr hatte kaum jemand gefragt, wie es ihm ging, sondern alle hatten sich nur nach Thor erkundigt.

Haakons Herz war übervoll, er hatte tausend Hoffnungen, Ängste und Geschichten zu erzählen, dennoch wusste er nicht, was er sagen sollte.

„Ja, alles okay, danke." Eine dünne Antwort, aber mehr wollte und konnte er nicht preisgeben, jedenfalls nicht jetzt.

Jorgan sah ihn skeptisch an, sagte aber nichts weiter und brachte den Sattel in die Sattelkammer.

Haakon schlug den Weg zu den Apfelbäumen ein, die sich, verteilt auf einer Fläche von über hundert Morgen, gegen das Licht der schräg stehenden Sonne abhoben. Einige Schritte weiter kam er zu dem Baum, der sein Lieblingsbaum gewesen war, als er noch ein kleiner Junge gewesen war. Ida hatte damals gesagt, dass der knorrige McIntosh aussah wie eine Frau, die sich vornüberbeugte, um Wasser aus einem Brunnen zu schöpfen. Hätte sie gewusst, welche Gefühle sie damit bei den Kindern auslöste, die ihre Mutter verloren hatten, hätte sie vielleicht geschwiegen. Dennoch kam Haakon als kleiner Junge von da an immer gern hierher und besuchte den Baum. Er kletterte auf seine niedrigen Äste, und seine Zweige hielten ihn wie die Arme einer Mutter. Vielleicht hatte Ida in ihrer Weisheit auch absichtlich diese Bemerkung gemacht, weil sie wusste, dass die Jungen bei dem Baum Trost finden würden.

Es war Jahre her, seit Haakon zuletzt hier gewesen war. Er wünschte, er hätte Zeit zu verweilen und seinen Gedanken nachzuhängen, doch so strich er bloß im Vorübergehen mit der Hand über einen Ast. Noch lange spürte er die Berührung der rauen Rinde, während er weiterging. Eine Amsel flog zeternd auf, auch sie war Teil dieses uralten Landes, in dem die Bäume wurzelten, solange er denken konnte. Tief sog er die Luft ein, die nach Erde und Apfelblüten roch.

Er fragte sich, ob es Thor nicht schwerfiel, dieses Land zu bebauen und die Früchte zu ernten, die so untrennbar mit seiner Sucht verbunden waren. Haakon konnte sich nicht annähernd vorstellen, wie sein Bruder es geschafft hatte, vom Alkohol loszukommen und sein Verlangen nach einem Drink zu begraben. Aber vielleicht war dieses Verlangen ja immer noch da. Und Thor hatte einfach begriffen, dass ein Mann im Lauf seines Lebens wissen sollte, wann er genug hatte. In seine Betrachtungen versunken, erreichte er die untere Plantage, wo Peter auf dem Wagen stand und Mist auf den Komposthaufen schaufelte.

Haakon ergriff eine Mistgabel, die an einem Baum lehnte. „Dachte, ich komme mal vorbei und helfe dir."

„Oh, danke." Peter beförderte eine weitere Schaufel Dung auf den Haufen. Eine schmutzige Arbeit, aber Peter beklagte sich nie. Er hielt den Pferdestall peinlich sauber und war stolz darauf. Neben der Fütterung und Pflege der Pferde gehörten auch das Mistfahren und der Kompost zu seinen täglichen Pflichten. Eine ehrliche Arbeit und er tat sie gern.

Dem alten Mistwagen hatten immer ein paar Bretter gefehlt, doch als Haakon jetzt genauer hinsah, fiel ihm auf, dass jemand sie ersetzt hatte. „Du hältst die Dinge hier gut in Schuss", lobte Haakon.

Peter kratzte eine weitere Ladung Mist zusammen. „Danke. Ich tu's gerne. Bin froh um die Arbeit."

„Und meine Brüder sind froh um deine Hilfe."

Eine Zeit lang schaufelten sie schweigend und Haakon gönnte sich nur eine Pause, um seine Hemdsärmel hochzukrempeln. Peter wischte sich den Schweiß von der Stirn. Dann stützte er sich mit behandschuhten Händen auf seine Schaufel. „Warum bist du wirklich gekommen?"

Haakon grinste. Ein schlauer Bursche. Und er hatte ihn ganz schön lange arbeiten lassen, bevor er fragte. „Äh ... ich wollte dich um etwas bitten. Könntest du vielleicht morgen für mich in die Stadt fahren?" Natürlich könnte er auch selbst fahren – aber etwas sagte ihm, dass er besser hierbleiben und sich nicht zu weit von der Farm entfernen sollte.

„Ich denke schon. Und warum?"

„Ich muss ein paar Nachrichten verschicken. Nach Eagle Rock und nach Grayson County." Es war Teil seines Plans. Haakon hoffte, dass seine Rechnung aufging und der Plan funktionieren würde. „Was glaubst du, wie lange würde das dauern?"

„Mit der Post? Vielleicht eine Woche oder zwei."

So viel Zeit hatte er nicht. Der Postverkehr war schon auf See ein Risiko gewesen. Briefe wurden oft von Schiff zu Schiff weiterverladen und reisten manchmal um die halbe Welt, bevor sie ihren Empfänger erreichten. Falls sie ihn überhaupt erreichten und nicht vorher verloren gingen. Das Postwesen, so hatte er festgestellt, folgte bestimmten Gesetzmäßigkeiten und so war es oft der Fall, dass diejenigen, die am verzweifeltsten versuchten, eine Nachricht zu übermitteln, es auch schafften.

Haakon hatte an Al gedacht, Coras Sohn. Er müsste großes Interesse daran haben, dass die Sorrels geschnappt wurden, denn sie waren eine Bedrohung für seine Mutter und seine Schwestern. „Weißt du, wo Al zur Zeit wohnt?"

„In den Bergen von Montgomery, etwa einen Tagesritt von hier. Er arbeitet dort auf einer Rinderfarm. Cora und die Mädchen wollen ihn nächsten Monat besuchen, soviel ich weiß."

„Und wie weit ist es von da bis nach Whitetop Mountain? Noch zwei, drei Tagesritte?"

„Wohin?"

„Whitetop Mountain, Grayson County."
„Ja, das kommt hin."
„Wenn ich dir ein Pferd miete, könntest du Al morgen einen Brief von mir bringen? Ich mache hier dafür deine Arbeit."
„Du willst morgen meine Arbeit machen?"
Haakon nickte. „Und übermorgen, während du zurückreitest. Ich bin sicher, dass Al uns helfen wird in der Sache mit deinem Grandpa."
„Und der zweite Brief?"
„Der ist für den Sheriff."
„Du brauchst kein Pferd für mich zu mieten. Ich habe eins." Peter kratzte mit der Schaufel den letzten Rest Mist vom Wagen. „Aber ich muss erst Jorgan fragen." Er grinste. „Ich denke, er hat nichts dagegen, wenn du morgen Mist schaufelst."
„Abgemacht. Und wenn ich dir ein paar Dollar extra bezahle … könntest du heute noch losreiten? Ich weiß, dann müsstest du die Nacht durch –"
„Du brauchst mir nichts zu bezahlen. Ich will kein Geld dafür, wenn es wichtig ist und der Sache dient."
Der Mann war Gold wert. „Ja, es ist sehr wichtig." Haakon schätzte es, dass Peter nicht nach dem Inhalt der Briefe fragte. Vertrauen gegen Vertrauen, es war Ehrensache. Fast war er geneigt, Peter bis nach Whitetop Mountain reiten zu lassen, aber er wurde auch hier auf der Farm gebraucht. Peter war ein ausgezeichneter Schütze und er sorgte für die Sicherheit von Cora und den Mädchen, was in diesen Tagen nötiger war denn je. Haakon würde ein Auge auf sie haben, in der Zeit, wo Peter fort war.
„Ich werde mein Bestes tun. Und so schnell es geht wieder zurück sein", versprach Peter und fragte: „Soll ich mit Jorgan reden oder willst du das tun?"
Die Zeit, um Jorgan in seinen Plan einzuweihen, war noch nicht gekommen. Haakon würde ihn überreden müssen, Peter gehen zu lassen. „Ich rede mit ihm. Dann komme ich wieder und bringe dir die Briefe mit."

„In Ordnung."

Haakon überlegte. „Du könntest mir noch einen Gefallen tun … Würdest du für mich in Eagle Rock zur Bank gehen und ein paar Münzen wechseln?"

Auch das gehörte zu seinem Plan. Vielleicht waren die Sorrels zu Verhandlungen bereit, wenn es sich für sie lohnte. Und Haakon wusste genau, was sie wollten.

Dann könnte er endlich wieder ruhig schlafen.

Nachdem er Peter alles erklärt hatte, was er wissen musste, trennten sich die beiden Männer mit einem Handschlag. Zuversichtlich ging Haakon zur Farm zurück.

Wenn die Briefe ihre Empfänger rechtzeitig erreichten, könnte sich alles zum Guten wenden. Wenn es nicht gelang, würde der ganze Plan bis zum Ende der Woche wie ein Kartenhaus in sich zusammenfallen. Er war auf die Hilfe so vieler Leute angewiesen und je mehr eingeweiht waren, desto größer war das Risiko. Jetzt hing alles davon ab, dass er Jed und Harlan heute Nacht an der Destille abfangen konnte – falls sie überhaupt erschienen. Dabei fiel ihm ein, dass er Sibby Sorrel um einen Gefallen bitten konnte. Ja, er musste unbedingt mit Sibby sprechen. Doch tagsüber wurden sie von zu vielen Augen beobachtet. Er sollte besser bis zum Einbruch der Dunkelheit warten.

Vielleicht sollte er es noch mal mit Beten versuchen. So wie damals, als sich die Segel vor der Küste Afrikas wieder mit Wind gefüllt hatten. Er wollte Gott nicht noch mal auf die Probe stellen und er hatte seine Güte ganz sicher nicht verdient. Aber diesmal ging es nicht um ihn, sondern um die anderen, die seine Hilfe brauchten. Und er hoffte, Gott würde ihn verstehen.

Achtundzwanzig

Der Schaukelstuhl knarrte leise, als Ava mit Tusie im Arm vor- und zurückschaukelte. Der Stuhl war seit Jahrzehnten Idas Stammplatz, doch sie trat ihn gern an stillende Mütter ab. Ava liebte das helle, glatt polierte Holz und war dankbar für den bequemen Rückzugsort an ruhigen Nachmittagen. Sigurd und Björn waren oben in ihrem Zimmer und hielten Mittagsschlaf, während Fay und Ida im Erdgeschoss ihren täglichen Arbeiten nachgingen. Dabei hätten sie die Ruhepause nötiger gehabt als Ava, so laut und wild, wie die beiden Jungen den ganzen Vormittag über gewesen waren.

Fay bügelte im Licht des geöffneten Fensters und Ida war damit beschäftigt, die Wäsche zusammenzulegen und zu stapeln – bei der wöchentlichen Wäschemenge in der Großfamilie eine nie endende Aufgabe. In all den Wochen seit seiner Rückkehr hatte Haakon ihnen kaum etwas zum Waschen gebracht, obwohl Fay ihn an jedem Waschtag danach fragte. Heute früh hatte sie ihn endlich überreden können und nun wartete ein Stapel frischer, sauberer Sachen auf ihn.

Fay bügelte noch zwei Hemden und war mit Thors letzter Hose fertig, als Tusenfryd einschlief, das Bäuchlein voll Milch. Die praller werdenden Bäckchen zeigten deutlich, dass es ihr schmeckte. Ava brachte ihr Mieder in Ordnung, ein Balanceakt mit ihrer Tochter im Arm, bis Ida kam und ihr das Baby abnahm.

„Würdest du vielleicht so lange auf Tusie aufpassen, dass ich Thor seine Sachen bringen kann?“, fragte Ava. Es war schon viel zu lange her seit ihrem letzten Besuch in der Hütte und der Gedanke, Zeit mit ihm zu verbringen, war so verlockend wie die warme Frühlingssonne.

Ida nahm die Babydecke, die über dem Schaukelstuhl hing, und wickelte Tusie darin ein. Fay betrachtete die beiden liebevoll. „Nun geh schon, Ava. Und du kriegst deine Tochter erst in ein paar Stunden zurück, nicht eher." Ida lachte und stimmte zu. „Genieß deinen Spaziergang. Tusie ist bei uns in guten Händen."

Ava holte Thors Kleiderstapel. Auf dem Weg zur Tür fielen ihr Haakons Sachen ein und sie nahm den kleineren Wäschestapel auch mit. Er würde ohnehin nicht da sein. Sie hatte gehört, dass Haakon heute Peters Arbeit bei den Apfelplantagen übernahm, während Peter irgendwelche Besorgungen machte. Von Jorgan gab es weit und breit keine Spur. Nun gut, dann musste sie eben allein gehen. Festen Schrittes marschierte sie auf das Waldstück zu, hinter dem die Hütte lag, auf Haakons Land. Im Wald sah sie die Vögel und ein paar Eichhörnchen, aber weit und breit keinen Menschen. Ihr schlechtes Gewissen regte sich, da sie Thor versprochen hatte, nur in Begleitung spazieren zu gehen. Sie war kurz davor, umzukehren und zurückzugehen, als sie plötzlich Stimmen hörte. Ein Mann und eine Frau. Vorsichtig spähte sie durch die Zweige. Haakon. Und Sibby Sorrel.

Ava wusste nicht, wie Sibby seit ihrer Heirat mit Nachnamen hieß. Sie sah, dass die junge Frau nah bei Haakon stand, der leise mit ihr sprach. Die Szene wirkte vertraut, beinahe intim. Die gedämpften Stimmen, Haakons herunterhängende Hosenträger, Sibbys nackte Füße und ihr langes, offenes Haar, das wie gesponnenes Gold über ihr bernsteinfarbenes Kleid fiel.

Sie nickte zu Haakons Worten und drückte seine Hand. Ava wandte den Blick ab. Als sie wieder hinschaute, sah sie, wie Haakon ein paar Geldscheine aus der Hosentasche zog. Sibby nahm das Geld und gab ihm einen Kuss auf die stoppelige Wange. Dann drehte sie sich um und ging mit traurigem Lächeln davon. Haakon sah ihr nach und strich sich nachdenklich über den Bart.

Ava stand wie vom Donner gerührt da. Bevor sie sich wegwenden konnte, drehte Haakon sich in ihre Richtung und entdeckte sie. Verlegen kratzte er sich am Kopf. Ava durchfuhr es heiß und kalt und gleichzeitig wusste sie, dass sie nicht ewig mit ihren Wäschestapeln auf dem Arm dort stehen bleiben konnte.

Wortlos ging sie über die Lichtung auf die Hütte zu. Haakon schien denselben Weg zu haben und sie erreichten die Veranda beinahe gleichzeitig. Ava richtete ihre ganze Aufmerksamkeit auf die Wäsche und legte sie auf den Stufen ab. „Für Thor." Sie hoffte, dass er das Zittern in ihrer Stimme nicht bemerkte. „Und für dich."

Haakon war ruhig und gefasst. „Er ist nicht hier. Er wollte zur Quelle gehen."

„Ich … ich dachte, du bist bei den Apfelplantagen."

„Das war ich auch. Und ich gehe auch gleich zurück. Peter ist wieder da und ich helfe ihm, die Arbeit fertig zu machen."

Ava schlang nervös die Hände ineinander. Was Haakon in seiner Freizeit tat, ging sie nichts an und was Sibby tat noch weniger. Aber Sibbys Mann tat ihr leid. Es war einfach nicht fair.

„Haakon …", begann sie.

„Es war nicht so, wie du denkst."

„Nicht? Darf ich fragen, was es sonst war?"

Haakon schluckte und schaute an ihr vorbei zu den bewaldeten Hügeln und gab keine Antwort.

Natürlich nicht. Sie hätte es wissen sollen. Hatte das denn nie ein Ende? Es war wohl naiv zu denken, er würde sich jemals ändern.

„Gibt es denn nicht schon genug Leid in der Welt? Musst du noch mehr kaputt machen?"

„Ava, es ist nicht, was du denkst. Mein Ehrenwort."

„Dann sag mir bitte, *was* ich denken soll."

„Und wirst du mir glauben?"

Sie brachte es nicht über sich, diese Frage zu beantworten, und schwieg.

„Das dachte ich mir."

Ava wandte sich ab und schlug den Weg zur Quelle ein. Haakon folgte ihr. Schließlich hatten Jorgan und Thor darauf bestanden, dass die Frauen und Kinder nicht allein durch die Gegend wanderten.

Sie ignorierte ihn und beschleunigte ihre Schritte, aber sie war noch zu schwach, um das Tempo durchzuhalten. Haakon war offensichtlich auf Abstand bedacht und schloss nicht zu ihr auf. Ava nahm den kürzesten Weg, einen schmalen Trampelpfad, der sich hinter der Scheune durchs Unterholz schlängelte. Haakon ging schweigend hinter ihr. Die Abkürzung musste schon lange niemand mehr benutzt haben. Vögel flatterten erschreckt auf und mehr als einmal musste Ava widerspenstige Zweige beiseiteschieben, die den Weg versperrten.

„Kannst du mich bitte allein lassen?"

„Erst wenn wir bei der Quelle sind."

„Ich schaffe es schon allein bis dorthin."

Seine Augen wanderten nach Osten, wo sich das dunkle, undurchdringliche Dickicht des Waldes erstreckte. „Du weißt nicht, welche Gefahren hier draußen lauern."

„Jorgan hat es mir erzählt. Ich weiß Bescheid."

Haakon streifte seine Hosenträger über die Schultern, als ob er jetzt erst bemerkte, dass sie unschicklich herunterbaumelten. „Nicht gut genug, sonst wärst du nicht hier." Der Weg wurde schmaler und unzugänglicher und Ava ließ Haakon den Vortritt. Dabei sah sie den Revolver an seinem Gürtel.

Im Grunde wusste sie, dass er recht hatte. Es war dumm und leichtsinnig, allein durch den Wald zu streifen. „Kannst du mir dann sagen, was eigentlich los ist?" Jorgan hatte nur so viel erzählt, dass Jed und Harlan in der Nähe seien und die Farm beobachteten. Einzelheiten hatte er ausgespart.

„Jed Sorrel wird wegen dreifachen Mordes gesucht, Harlan wegen zweifachen Mordes." Er machte einen Schritt über einen umgestürzten Baum und wartete, bis Ava darübergestiegen war. „Dazu kommen Körperverletzung und Überfälle, einige davon auf Frauen, von einer Art, die ich lieber nicht näher beschreiben will." Sein Blick blieb an ihrem Unterrock hängen, dessen Spitze sich in der rauen Borke verfangen hatte. „Deshalb – wenn wir euch sagen, dass es hier draußen gefährlich ist, dann glaubt uns das bitte." Unwillkürlich tastete seine Hand nach dem Revolver an seinem Hosenbund.

Ava erschauderte. Wenn er ihr Angst machen wollte, dann war es ihm gelungen. Und ihr Herz krampfte sich zusammen beim Gedanken an die Frauen, die in die Hände der Sorrels gefallen waren. Sie tat einen tiefen Atemzug und wünschte, sie könnte über ihre eigene Verletztheit hinwegkommen angesichts derer, die viel mehr verloren hatten als sie. Sie schwiegen wieder, während Ava voranging. Dann blieb sie stehen, um Haakon ins Gesicht zu sehen.

Er kam nicht näher und seine Stimme war so leise, wie als er mit Sibby gesprochen hatte. „Weißt du noch, als Peter zu uns kam und fragte, ob er bei uns arbeiten dürfte? An dem Tag, nachdem er von seiner Sippschaft zusammengeschlagen worden ist?"

Ava nickte und dachte an Peters Striemen und Blutergüsse.

„Dazu sind sie fähig. Und zu noch viel mehr. Ava, Sheriffs in ganz Virginia sind hinter ihnen her, von Botetourt County bis Clark. Hat Jorgan dir das erzählt?"

Vielleicht hatte er das, doch sie hatte es vergessen vor lauter Sorge um Thor und seine Krankheit.

„Der Sheriff tut, was er kann", fuhr Haakon fort. „Aber wir alle wissen, dass er und seine Männer hier draußen nicht viel ausrichten können. Dafür ist das Gebiet zu groß, die Berge sind wild und zerklüftet, die Wälder riesig und undurchdringlich. Wenn jemand untertauchen will, dann hier. Deshalb tun wir alles, um euch zu beschützen."

Sie sah ihn an und entdeckte einen neuen Zug in seinem Gesicht. Aufrichtigkeit. Anders als der Haakon, den sie von früher kannte, stand er neben ihr in dieser Wildnis als Beschützer und Bruder.

„Aber wir werden sie finden." Er zog den Lederbeutel unter seinem Hemd hervor. „Ich habe einen Verdacht, wo sie sich aufhalten. Und ich habe es dem Sheriff mitgeteilt."

„Ihr versucht sie festzunehmen?"

„Das ist der Plan. Natürlich gibt es keine Garantie, dass wir sie wirklich schnappen." Er kreuzte ihren Weg und sie nahm den Geruch nach Äpfeln wahr und den leichten Salzgeruch, der immer noch in seinen Kleidern hing. „Ich bringe dich noch zu Thor. Sobald wir nah genug sind, dass du ihn sicher allein erreichen kannst, lasse ich dich gehen."

Aus der Nähe fiel ihr auf, dass er kaum gealtert war. Seine Sommersprossen auf der Nase waren weniger ausgeprägt und sein Bart und seine raue Stimme ließen ihn älter und reifer erscheinen, aber es war immer noch dasselbe jungenhafte Gesicht. Nur seine Augen hatten einen anderen Ausdruck bekommen, sie waren älter und weiser geworden. Er löste die Kordel seines Beutels, nahm ein einzelnes trockenes Blatt heraus und faltete es zweimal. Ava hatte schon beobachtet, wie er sich diese Blätter in den Mund schob. Sie kannte Männer, die Tabak kauten, die Wirkung musste eine ähnliche sein.

Hoch über ihren Köpfen flog ein Raubvogel und sie hörten seinen wehmütigen Schrei. Haakon schaute hoch, wie der Vogel seine Kreise zog, und als er sprach, war seine Stimme leise und eindringlich. „Sibby wird bald zu euch kommen und euch etwas Wichtiges sagen. Ihr müsst ihr unbedingt glauben." In seinen Fingern hielt er immer noch das zerknitterte Blatt. Dann steckte er es wieder zurück in den Beutel, einen Anflug von Enttäuschung im Gesicht. „Bitte, Ava. Auch wenn du kein Wort davon glaubst, was ich dir sage – hör auf Sibby. Tu es für dich und Fay und Ida und für alle anderen … und für die Kinder." Er führte sie um eine Baumgruppe herum, hinter der die Quelle lag.

Dann drehte er sich um und trat einen Schritt zurück. Bevor er weiterging, blieb er noch einmal stehen. „Und, Ava, ich bin bestimmt kein Heiliger, aber was immer du von mir und Sibby denken magst – ich lasse die Finger von verheirateten Frauen."

Sie antwortete mit einem leisen Nicken und wünschte sich schmerzlich, sie könnte ihm glauben. Sibby zu vertrauen fiel ihr weniger schwer, denn sie hatte sie in all den Jahren immer als gute und freundliche Nachbarin erlebt.

„Außerdem habe ich ..." Haakon stockte. „Ich meine, in *Norwegen*, da ist ..." Er fuhr sich mit der Zunge über die Lippen. „*Sie* ist ..." Er blickte angestrengt zu Boden, als er nach Worten suchte. Auf einmal weiteten sich seine Augen, als sei ihm eine Erkenntnis gekommen. Er sog scharf die Luft ein und trat einen Schritt zurück und in dem Moment spiegelte sein Gesicht seine Gefühle wider wie ein offenes Buch. Es wurde Zeit für ihn zu gehen. Er deutete mit dem Kopf den Weg hinunter. „Von hier aus schaffst du es allein."

Unsicher, was sie sonst sagen oder tun sollte, flüsterte Ava ein leises Dankeschön und wandte sich zum Gehen.

Er blieb stehen und sah ihr nach. „Kannst du Thor sehen?", rief er, bevor sie nach der Wegbiegung seinen Blicken entschwand. Ava nickte.

Haakon trottete mit gesenktem Kopf den Weg zurück, den sie gekommen waren. Ava wartete noch so lange, bis sie seine Schritte nicht mehr hörte, um sicher zu sein, dass er wirklich gegangen war. Aber er hatte versprochen zu gehen und etwas in ihrem Inneren sagte ihr, dass sie ihm glauben konnte.

Der Weg, der nach unten führte, was steinig und vom Regen ausgewaschen. Ava war es nicht mehr gewohnt, so weit zu laufen, und spürte, wie ihre Kräfte nachließen. Es würde noch Wochen dauern, bis sie sich vollständig erholt hatte. Sie freute sich auf ausgedehnte Spaziergänge, doch am meisten sehnte sie sich danach, wieder mit Thor als Mann und Frau zusammen sein zu können. Fay hatte ihr anvertraut, dass die Zeit nach der Geburt eines Kindes für beide Partner schwierig war. Für den Mann aber vielleicht noch mehr als für die Frau, denn sie war durchgängig mit dem Neugeborenen beschäftigt und konnte den ganzen Tag ein kleines weiches Bündel im Arm genießen.

Solche und ähnliche Gedanken gingen Ava durch den Kopf, als sie sich der Quelle näherte und ihren Mann erblickte.

Thor kauerte vor der Felsspalte, seine lange Hose war vom Wasser durchtränkt. Sein Hemd und seine Schuhe lagen daneben auf einem großen Stein. Er beugte sich nach vorn, hielt die Hände unter den kleinen Wasserfall und benetzte seinen Oberkörper und die Haare, die er, seit sie ihn kannte, meistens zusammengebunden trug. Sie hatte das Gefühl, dass er immer so ordentlich wie möglich aussehen wollte, doch wenn sie ihn so sah, in seiner ganzen Schönheit und Wildheit, tat ihr Herz einen kleinen Sprung. Es war diese Wildheit, die sie an ihm bemerkt hatte, als er zwischen den Apfelbäumen gestanden hatte und sie ihm zum allerersten Mal begegnet war.

Thor entdeckte nun seine Frau und strich sich die nassen Haare aus dem Gesicht, in dem sich Erstaunen und Besorgnis spiegelte. Ava hätte sich ebenfalls Sorgen um ihn machen können, wenn er hier draußen ganz allein badete, sah aber sein Gewehr in Reichweite liegen. Im Fall einer Gefahr hätte er es in Sekundenbruchteilen ergreifen können.

Er stand auf und sah sie lange an, als wollte er sich vergewissern, dass sie es wirklich war und keine Erscheinung. Dann überzog ein breites Lächeln sein Gesicht. Er schaute an ihr vorbei auf den Weg. *Du allein kommen?*

Das Lächeln verschwand.

„Haakon hat mich hergebracht. Er hat sich Sorgen gemacht und wollte nicht, dass ich allein gehe. Aber … ich wollte unbedingt zu dir."

Thor atmete erleichtert aus und gab ihr in Gebärdensprache zu verstehen, sie solle auf der Hut sein. Ob vor Haakon oder vor den Gefahren, die im Wald lauern mochten, konnte sie nicht sagen. „Er ist wieder zurückgegangen."

Thor nickte. Dann formte er mit der Hand Tusenfryds Namen, indem er so tat, als wollte er bei einem Gänseblümchen die einzelnen Blütenblätter abzupfen.

„Tusie geht es gut. Ida und Fay passen auf sie auf."

Wieder ein zufriedenes Nicken. Entschlossen, die Sorgen für einen Augenblick abzulegen, bedeutete er Ava mit einer einladenden Geste, sich hinzusetzen. Sie hob den Saum ihres Kleides von der feuchten Erde und setzte sich mit angezogenen Knien auf einen flachen Stein neben Thors Sachen.

Thor spritze sich Wasser ins Gesicht, benetzte ein letztes Mal seine Haare und warf sie sich mit einem Schwung in den Nacken. Die langen, dunklen Strähnen lagen auf seinen Schultern, Wassertropfen perlten über seine Brust und seinen Rücken. Ein Handtuch war nicht in Sicht, also streifte er sich das Wasser notdürftig mit der Hand ab und setzte sich dann neben Ava, weit genug entfernt, damit sie trocken blieb.

Sie wünschte, er wäre nicht so rücksichtsvoll, und rutschte ein Stückchen näher. Sein Blick war nach unten gerichtet, aber an den kleinen Fältchen um die Augen und der Art, wie sich sein Schnurrbart hob, konnte sie sehen, dass er lächelte. Sie sehnte sich danach, sich hinüberzubeugen und seine Wange zu küssen, aber sie würde warten, bis er ihr zeigte, dass keine Gefahr mehr bestand.

Sie wollte warten, bis er den ersten Schritt tat. Genau wie damals, als sie sich kennengelernt hatten.

Seine Finger strichen über den spitzenbesetzten Saum ihres Unterrocks und streiften ihren Knöchel. Dann fiel sein Blick auf das Gewehr neben ihm und die Schachtel Munition. Die Wassertropfen glitzerten auf seiner Haut. Sie sah, wie seine Muskeln hervortraten, und auf einmal erschien er ihr wieder so stark und unbesiegbar wie einst. Er war ein unerbittlicher Gegner, der sich auch dann zu wehren wusste, wenn die Angreifer in der Überzahl waren. Aber was, wenn die drohende Gefahr so übermächtig war, dass selbst Thor nichts dagegen tun konnte?

Thor schaute an ihr vorbei auf die Hügelkette am Horizont.

Als sich ihre Blicke wieder trafen, sah Ava in seinen Augen dieselbe Unruhe und Besorgnis wie bei Haakon.

„Thor?“ Ava berührte ihn leicht am Arm – was vielleicht riskant war, aber es standen größere Gefahren bevor und sie brauchte seine Nähe. „Was sollen wir tun?“

Impulsiv legte er den Arm um sie, zog sie zu sich heran und bettete ihren Kopf unter sein Kinn, so wie er es immer getan hatte. Ava schloss die Augen und genoss diesen Moment vollständiger Geborgenheit. Dann ließ er sie los, obwohl sie wünschte, er würde sie ewig so weiter halten. Doch er brauchte seine Hände, um ihr eine Antwort zu geben. Und gleichzeitig seinen Entschluss zu bekräftigen.

Euch wegschicken. Er zeigte auf Ava und buchstabierte dann einige Namen – alle, bis auf Haakons, Jorgans und seinen eigenen.

Wollten sie sich absichtlich in Gefahr begeben, um die Familie zu retten? Ava wünschte sich nichts mehr als Frieden, vor allem um der Kinder willen, aber was, wenn der Preis für ihre Sicherheit ein zu hoher war? „Thor … wirst du auch mitkommen?“

Er antwortete ihr, dass er nachkommen würde. Doch als Ava ihn anschaute, hatte sie den leisen Verdacht, dass einer von den zwei Männern, mit denen sie heute gesprochen hatte, sie angelogen hatte. Und derjenige war nicht Haakon gewesen.

Neunundzwanzig

Haakon saß auf einer stabilen Bank und trieb mit dem Fußhebel die Schleifmaschine an. Er nahm den Eimer und goss Wasser über den rotierenden Sandstein, um die grobkörnige Oberfläche feucht zu halten und zu verhindern, dass winzige Späne ins Getriebe gerieten. Der Stein drehte sich zu langsam und er trat die Kurbel schneller.

Es fiel ihm schwer, sich auf seine Arbeit zu konzentrieren. Denn ihr Name war Kjersti.

Er war ihm wieder eingefallen, als er im Wald mit Ava gesprochen hatte, und er schwor sich, ihn nie wieder zu vergessen.

Er hob eine Axt auf, die neben ihm auf dem Boden lag, und hielt die stählerne Schneide an den Schleifstein. Die Maschine kreischte, als er das Metall auf dem sich drehenden Stein hin und her bewegte und nur innehielt, um Wasser darüber zu gießen.

Mrs. Kjersti Jönsson. Nur noch in seltenen Augenblicken konnte er sich an ihr Gesicht erinnern und noch seltener an ihre Stimme – nur immer dann, wenn er es am wenigsten erwartete. Und eines Tages würden die Erinnerungen vollends verblasst sein. Vielleicht würde er dann endlich Frieden finden und die Gedanken an die Frau aus dem fernen Norden würden ihn nicht mehr heimsuchen.

Mit zusammengezogenen Brauen begutachtete er die Axt und lehnte sie an die Wand. Als Nächstes kam sein Messer an die Reihe und er versuchte, seine Aufmerksamkeit wieder auf die Arbeit zu richten. Das Scharnier der Tretkurbel begann zu quietschen. Er stand auf und ging auf die Suche nach dem Öl.

Sein Verlangen nach einer Frau und einer eigenen Familie

hatte zugenommen, seit Fay gefragt hatte, ob er nie ans Heiraten gedacht hätte. Ja, er sollte sich eine Frau nehmen. Aber keine aus einem fernen Land, die nur in seiner Erinnerung lebte. Lieber eine, die hier mit ihm leben würde, an seiner Seite, auf dieser Farm – ein paar hübsche Gesichter aus der Stadt fielen ihm ein. Doch sie verblassten alle gegenüber dem einen, das der Frau gehörte, deren Namen er nie mehr vergessen würde.

Nach allem, was Kjersti durchgemacht und verloren hatte, konnte er sich nicht vorstellen, dass ihre Freundschaft ihr so viel bedeutet hatte. Ganz zu schweigen von seinem lockeren Lebenswandel. Er verdiente ihre Hand nicht und sie hatte es bestimmt gewusst. Wahrscheinlich hatte sie längst wieder geheiratet. Eine solche Frau zog die Blicke vieler Männer auf sich, sie würde nicht lange allein bleiben. Und er wäre ein Narr, wenn er glaubte, sie würde auf ihn warten – einen mittellosen Seemann, der so plötzlich aus ihrem Leben verschwunden war, wie er gekommen war.

Niedergeschlagen machte er sich wieder an die Arbeit. Unter Thors Werkbank fand er eine kleine Kanne Öl. Er schraubte die Kappe ab, gab etwas Öl auf seinen Finger und schmierte das Scharnier. Nachdem er sich die Finger an seiner Hose abgewischt hatte, schliff er das Messer zu Ende und noch zwei weitere Messer, die er nur selten benutzte. Aber er würde sie bei sich tragen, wenn er heute Abend zu Orvilles Destille ging.

Vor ein paar Stunden war Sibby dagewesen und hatte die Frauen und Kinder übermorgen auf die Sorrel-Plantage zum Tee eingeladen. Und nach dem, was er von Fay und Ava gehört hatte, hatten sie die Einladung gerne angenommen. Vielleicht hatte Ava sich seine Worte zu Herzen genommen.

Haakon arbeitete, bis das schwächer werdende Licht ihm sagte, dass es bald Abendbrotszeit war. Cora und die Mädchen waren zum Essen da, ebenso Peter, und niemand würde sich daran stören, wenn Haakon seinen Teller nahm und damit nach draußen ging, wie er es für gewöhnlich tat. Die Ablenkung durch den Besuch würde seinen Teil dazu beitragen. Nach getaner Arbeit fuhr Haakon mit dem Daumen über die warme, geschärfte Klinge und stellte die Schleifmaschine ab. Eine seltsame Ruhe überkam ihn, als er das letzte Messer zusammenklappte und in seine Tasche steckte. Als er seinen Seesack auf die Werkbank stellte, sah er aus dem Fenster Jorgan und Sigurd zum Haus gehen. Das Essen würde fertig sein. Obwohl er keinen Hunger hatte, sollte er etwas im Magen haben, bevor er sich aufmachte.

Er kramte in seinem Seesack und fischte den Brief heraus, den er gestern noch geschrieben hatte, für den Fall, dass er nicht wiederkam. Er würde ihn auf die Werkbank legen, bevor er ging, und am nächsten Morgen oder spätestens in ein bis zwei Tagen würde ihn jemand finden. In seinem Gepäck hatte er bei der Gelegenheit seine eiserne Reserve gefunden: sechs Kokablätter, die er innen am Futterstoff festgenäht hatte, als er noch auf See war. Sechs neue Blätter, die nun in seinem Brustbeutel waren, wo sie hingehörten.

Als sich Schritte näherten, blickte er auf und sah Cora hereinkommen. Sie trug einen Teller und einen Becher und stellte beides auf die Werkbank, während sie auf den Brief in seiner Hand schielte. Haakon zog seine Taschenuhr heraus und bedankte sich abwesend für das Essen. Cora schob den Teller näher zu ihm heran. Haakon legte den Brief auf die hölzerne Fläche, auf der die Arbeit von Jahrzehnten ihre Spuren hinterlassen hatte. Er trank einen Schluck süßen Tee und sah wieder auf seine Uhr.

„Musst du noch irgendwohin gehen, Haakon?“

Er schaute Cora an, wusste aber nicht recht, was er sagen sollte.

„Wenn du’s eilig hast … Ich kann mitkommen.“

Zu sagen, dass er nicht mehr fortging, wäre eine Lüge, also rammte er seine Gabel in die Fleischpastete und beeilte sich, das Essen reinzuschaufeln. „Danke, Miss Cora, aber ich komme schon zurecht. Du brauchst nicht auf mich zu warten. Du kannst ruhig wieder rüber ins Haus gehen.“

„Unsinn. Wenn du noch weggehst, begleite ich dich gerne.“

Haakon schüttelte den Kopf. Dort, wo er hinging, konnte sie nicht mitkommen. „Das geht leider nicht. Wirklich."

„Der Abend ist zu schön, um allein spazieren zu gehen. Lass mich dich wenigstens bis zum hinteren Gartentor begleiten."

Er kannte Cora und wusste, dass es keinen Sinn hatte, mit ihr zu diskutieren, wenn sie sich etwas in den Kopf gesetzt hatte. Deshalb schob er sich einen letzten Bissen in den Mund und gab klein bei. „Na schön, bis zum hinteren Gartentor."

Haakon klopfte auf seine linke Tasche, um sich des Inhalts zu vergewissern, und tastete nach seinem Messer am Gürtel. „Von mir aus können wir gehen. Ich bin bereit." Er war mehr als bereit. Cora trat an seine Seite und hakte sich bei ihm ein.

Sie lächelte ihn an. „Ich bin schon viel zu lange nicht mehr mit einem Mann spazieren gegangen."

„Dann solltest du das öfter tun", antwortete Haakon und warf einen Blick zurück, um sicherzugehen, dass er nichts vergessen hatte.

Cora lachte. „Ja, vielleicht."

Sie reichte ihm gerade bis zur Schulter, doch es hatte einmal eine Zeit gegeben, als er so klein gewesen war, dass sie ihn hatte auffangen können, wenn er sich in ihre Arme geworfen hatte. So klein, dass er ihr seine Schrammen am Knie gezeigt und gewusst hatte, sie würde ihn auf den Schoß nehmen und trösten und seine Wunde mit einer heilenden Salbe verarzten.

Die Abendluft war kühl und als sie um die Ecke der Mosterei bogen, entdeckte Haakon den ersten Stern am Himmel.

„Der letzte Mann, mit dem ich draußen spazieren ging, war mein Albert." Sie seufzte leise. „Hab' ich dir je erzählt, dass wir uns bei der Kartoffelernte kennengelernt haben? Zwei Tage, nachdem er an Jed Sorrel verkauft wurde. Ich war erst sechzehn und er zwei Jahre älter."

„Nein, Ma'am, das wusste ich nicht."

„Weißt du, wie lange ich als Sklavin gearbeitet habe?"

Haakon schüttelte den Kopf.

„Fast zwanzig Jahre, Kind." Sie hob den Saum ihres selbst gesponnenen Rocks, als sie durchs hohe Gras wateten. „Es waren lange Jahre."

„Das tut mir so leid."

Sie drückte leicht seinen Arm. „All die Jahre habe ich einem anderen gehört. Ich und meine ganze Familie. So waren die Gesetze. Aber weißt du was?"

Coras Schritte wurden langsamer und sie ließ Haakons Arm los. Die Dunkelheit kroch näher heran, während sie das Ende des Gartens erreichten. Bis hierher würde sie mitkommen. Und keinen Schritt weiter, das hatte sie versprochen.

„Ich war in den zwanzig Jahren freier, als du es heut' Abend bist."

„Wie meinst du das?"

„Ich mein' die Knechtschaft, in der du freiwillig lebst. Wenn ich von Freiheit sprech', dann mein' ich die innere Freiheit. Die nich' mit Geld zu bezahlen is'. Den Preis hat der Mann am Kreuz längst bezahlt – für deine und für meine Freiheit. Aber du hast das immer noch nich' begriffen. Du als weißer Mann auf diesem Hügel hier oben bist weniger frei als mein Albert es war, wenn er für jemand anderen die Kartoffeln ausgrub."

Haakon blieb stehen und sah Ida verunsichert an.

„Stattdessen bist du *freiwillig* ein Sklave. Dabei brauchst du die Freiheit nur greifen, so nah is' sie." Sie trat näher und sah ihn eindringlich an. „Hast du Gott um Vergebung dafür gebeten, was du Ava angetan hast? Oder vielleicht auch für andere Dinge, wo deine eig'nen Wünsche dir wichtiger war'n als das, was gut und richtig is'?"

Haakon trat von einem Bein auf das andere. Natürlich, er hatte sich bei Ava entschuldigt und bereute unendlich, was er getan hatte, aber er hatte nie daran gedacht, Gott um Vergebung zu bitten. Jedenfalls nicht direkt.

Als er schwieg, nickte Cora langsam. „Dacht' ich mir. Wenn du einen Neuanfang willst, Haakon, dann musst du selbst was dafür tun und die Chance ergreifen. Und Ava, die liebe Seele, hat geholfen, dir den Weg zu ebnen. Aber es is' Gott, der Herr, selbst, der dich auf den rechten Pfad bringen wird. Du brauchst ihn nur drum zu bitten."

Haakon schluckte und wusste nicht, was er antworten sollte.

„Und ich hab das Gefühl, du willst niemanden um irgendwas bitten. Noch nich' mal den Herrn, der für uns gestorben ist, um uns zu retten. Aber was du nicht siehst, ist, dass du einem andren Herrn dienst. Einem, der dir nich' das kleinste bisschen Hoffnung geben kann. Und der dich ganz bestimmt nicht frei machen wird, im Gegenteil." Cora strich sich eine grau melierte Haarsträhne aus der Stirn. „Erinnerst du dich noch an den Tag, als mein Albert mit dir zum Teich gegangen is'?"

Der Tag, an dem Coras Mann ihn zu dem trüben Wasser geführt hatte. Pa hatte voller Stolz zugeschaut. Albert hatte Haakon untergetaucht und ein Gebet gesprochen. Jorgan und Thor, die als Babys getauft worden waren, hatten vom Ufer aus zugesehen. Seit dem Tod seiner Frau hatte Pa Haakon nie mit zur Kirche genommen. Erst einige Jahre später, und Albert hatte sich angeboten, ihn zu taufen – *„Wenn der Junge will"*, hatte er gesagt.

Cora sah zu ihm hoch und lächelte. „Du bist den ganzen Weg zum Teich gerannt und warst der Erste im Wasser."

Haakon erinnerte sich und seine Augen begannen zu brennen.

„Albert is' nach dir in den Teich rein und nachdem du untergetaucht und wieder aufgetaucht warst, um dein neues Leben zu haben, da hatte dein Pa Tränen in den Augen. Und du hast übers ganze Gesicht gestrahlt wie ein Honigkuchenpferd."

Er blinzelte und musste selbst die Tränen zurückhalten.

„Und weißt du was?"

„Was denn?"

„Dein Pa und ich ... wir hatten dieselben Gespräche. All die Jahre. Er war es, der hier stand, so wie du jetzt. Er hat versprochen, dass er mit euch Jungs wieder regelmäßig zur Kirche geht. Und das hat er getan bis zu seinem Tod."

Haakon spürte einen Stich in der Brust. Und er hoffte so sehr, dass sein Vater seinen Frieden mit Gott gemacht hatte, bevor er starb.

„Und wie dein Pa hast auch du dieses Feuer in dir, Haakon Norgaard. Du kannst dich für eine Sache begeistern und alles dafür geben. Früher hast du für das Gute gekämpft. Und heute?"

Wenn er ehrlich war, war er sich nicht sicher. „Ich weiß es nicht."

Cora legte ihm die Hand aufs Herz. Sie fühlte seinen Beutel unter dem Hemd und lächelte sanft. „Ich bete seit dem Tag, an dem du gebor'n wurdest, dass du immer auf der Seite der Guten stehen wirst. Und ich werde auch heute Nacht für dich beten."

Er wollte ihr antworten, aber seine Kehle war auf einmal wie zugeschnürt. Ihr Blick war so liebevoll und aufrichtig, wie er sie immer gekannt hatte.

„Ich geh' jetzt zurück." Sie nahm sein Gesicht in beide Hände. „Pass auf dich auf, Kind. Wo auch immer du bist – ich bete für dich."

Haakon konnte nicht sprechen, er nickte nur. In Coras Augen glänzten ungeweinte Tränen, als sie sich umdrehte. Haakon wartete noch, bis sie das Haus sicher erreicht hatte. Als sie die Verandastufen hochstieg, wandte er sich ab und folgte dem Weg bergan. Der Anstieg war steil und sein Atem ging schneller, die Anspannung wuchs mit jedem Meter. Es war gut, dass er nur wenig gegessen hatte. Mehr hätte sein Magen auch nicht verkraftet.

Er war noch ein ganzes Stück vom Haus entfernt, als er schwer atmend stehen blieb. Am Himmel standen bereits ein paar blasse Sterne. Er schloss die Augen und horchte in sich hinein. In seinem Inneren formte sich ein Gebet, aber Worte reichten nicht aus, um auszudrücken, was er fühlte. Stattdessen zog er den kleinen Beutel unter seinem Hemd hervor und löste die Kordel.

Mit geübten Fingern zog er die Kokablätter heraus. Aufgereiht hielt er sie in der Hand – wie kleine Soldaten, die in die Schlacht ziehen. Für welche Seite sie kämpften, wusste er nicht.

Der Beutel war noch offen und er zog die zerknitterte Bibelseite heraus und faltete sie im schwächer werdenden Licht auseinander. Bald würde es vollständig dunkel sein, er musste sich mit dem Lesen beeilen.

Auf dem Blatt waren zwei Seiten abgedruckt und er wusste nicht, welche Seite Tate für ihn meinte. Er überflog die Psalmverse und suchte nach etwas, was ihm ins Auge sprang. „*Wie ein Feuer den Wald verbrennt und wie eine Flamme die Berge anzündet: Also verfolge sie mit deinem Wetter und erschrecke sie mit deinem Ungewitter.*"

Er hatte keine Ahnung, was das heißen sollte.

Inmitten der tosenden See, da hatte er etwas von der Kraft Gottes gespürt. Und er kannte das Gefühl der Ohnmacht und Verlorenheit inmitten der Urgewalten. Das Licht reichte inzwischen kaum noch zum Lesen und Haakon kniff die Augen zusammen. Dann stieß er auf die Zeile „*Wohl den Menschen, die dich für ihre Stärke halten und von Herzen dir nachwandeln.*" Hastig drehte er die Seite um. Er konnte die Worte kaum noch entziffern und mit Mühe las er: „*Denn ein Tag in deinen Vorhöfen ist besser denn sonst tausend; ich will lieber der Tür hüten in meines Gottes Hause, denn wohnen in der Gottlosen Hütten.*"

Er sah hinauf zu den Hügeln und obwohl er den Text schon nicht mehr sehen konnte, hallten die letzten Worte, die er überflogen hatte, wie ein Echo in seinem Kopf nach: „*Denn Gott der HERR ist Sonne und Schild.*"

Wie ein Blitz durchfuhr es ihn. Ein Schild. Das war es, was er brauchte. Was sie alle brauchen würden – wenn er das, was vor ihm lag, wirklich schaffen wollte, unter Einsatz seines Lebens. Den Mut machenden Vers im Kopf, faltete er das Blatt im Dunkeln zusammen.

Er steckte es weg, zusammen mit den Kokablättern, dankbar

für das Mondlicht, das den Pfad erhellte. Fast wünschte er, Cora wäre an seiner Seite, doch er wusste, dass sie für ihn betete – ein Trost, der stärker war als jede Droge es jemals sein konnte.

Er dachte an eine andere, dunkle Nacht. Die Nacht auf der *Le Grelotter*, in der er über Bord gesprungen war, aus Verzweiflung und weil seine Schuldgefühle ihn nachts nicht mehr hatten schlafen lassen. Als Gott ihn am Leben erhielt, musste er einen Grund dafür gehabt haben.

Das Letzte, was er gesehen hatte, bevor er auf dem Wasser aufgeschlagen war, war das Gesicht seiner Mutter gewesen.

Sie wäre jetzt vierundfünfzig Jahre alt und ihr dunkles Haar wäre von Silbersträhnen durchzogen. Er hätte vielleicht noch mehr Geschwister gehabt. Stattdessen war er ihr letztes Kind gewesen. Und nun stand er hier, allein in den Bergen, das Bild seiner Mutter im Herzen, und es schien ihm, als wollte sie ihm Mut machen.

Sie hätte sich über Tusenfryd gefreut. Er wusste es, obwohl er Kristin Norgaard nie wirklich gekannt hatte. Sie hätte ihre kleine Enkeltochter über alles geliebt. Die Erinnerungen an seine Mutter stammten ausschließlich aus Erzählungen. Aber die Erinnerung an Tusie war frisch und neu.

Auf einmal hatte er eine leise Ahnung, dass er das, was er vorhatte, für seine Mutter tat und für das neugeborene Baby. Für seine Mutter, um ihr Andenken zu ehren, und für Tusie, um ihr eine Zukunft zu geben. Und für alle anderen, die er liebte, einschließlich Cora, die ihn bis zum Fuß des Hügels begleitet hatte. Er bat Gott um Kraft, dass sein Vorhaben gelingen möge. Und er bat Ihn um Vergebung für sein selbstsüchtiges Verhalten damals vor vier Jahren. Gott hatte ihm das Leben neu geschenkt und damit noch eine Chance. Er würde sie nutzen und ein besserer Mensch werden. Er wusste nicht, was ihn erwarten würde bei einem Kampf auf Leben und Tod mit Harlan und Jed. Alles lag nun in Gottes Hand.

Es war beinahe Vollmond, doch der Wald war so dicht, dass

das Mondlicht nur spärlich auf den Weg fiel. Haakon stolperte und verfing sich mit dem Ärmel in einem Brombeergestrüpp. Er befreite sich aus den Dornen, wich nach links aus und ging so lange geradeaus, bis er das Rauschen eines Baches hörte. Es musste der Bach sein, der durch Orvilles Lager floss.

Er folgte dem Bachlauf bis zu einem kleinen Wasserfall, der sich in einen stillen Teich ergoss. In der Ferne glomm ein schwaches Feuer. Am Himmel standen Millionen Sterne wie damals auf See. Doch die schwarzen Schatten waren keine Masten, sondern Bäume. Und er besaß keine Karte für die Umgebung. Und keinen Kompass außer der Wahrheit.

Dreißig

Um keine Missverständnisse aufkommen zu lassen, hatten Haakon und Orville diesmal ein Signal verabredet. Haakon suchte sich zwei trockene Stöcke und schlug sie in schneller Abfolge mehrmals gegeneinander. Dann wartete er, bis er aus der Ferne dasselbe Signal hörte. Die Luft war rein. Haakon näherte sich der Feuerstelle durch hüfthohes Gras und betrat die Lichtung. Er sah Orvilles Gesicht im Feuerschein, die kleinen Augen glänzten wie Glasperlen und seine strähnigen Haare fielen ihm in die Stirn, als er einen Holzlöffel mit Eintopf zum Mund führte.

„Dachte mir schon, dass du um die Zeit kommst." Orville warf Haakon einen prüfenden Blick zu, während er kaute. Er hob seine Schüssel. „Willst du auch was essen? Sibby hat gekocht."

„Nein, danke."

„Du siehst aus, als ob du Bammel hättest."

Haakons Mund war trocken. „So?"

„Falls Jed kommt, wird er frühestens in einer guten Stunde hier sein, also kannst du dich ruhig setzen. Und um Himmels willen entspann dich." Orville reichte ihm einen Krug Selbstgebrannten.

Haakon griff nach dem Krug, wollte aber keine Almosen annehmen und drückte Orville einen halben Dollar in die Hand. Gern hätte er einen Schluck genommen, aber ihm wurde schon schlecht, wenn er nur daran dachte.

Der Schwarzbrenner steckte sich die Münze unter sein Hutband und spießte mit der Gabel ein Stück Fleisch auf. „Oder hast du deine Meinung geändert?"

„Nein." Haakon rieb sich mit dem Handrücken über die Stirn. „Ich muss mich nur kurz ausruhen."

„Du hast jede Menge Zeit. – Schon eine Nachricht vom Sheriff?"

„Ja, Peter hat sie heute Morgen überbracht. Es geht alles klar." Zu Hause in seinem Seesack lag ein Brief vom Sheriff, in dem er versicherte, dass weder Haakon noch seinen bewaffneten Männern eine Gefängnisstrafe drohte, falls im Konflikt mit den Sorrels jemand tödlich getroffen wurde.

„Gut."

Haakon stellte den Krug neben sich auf den Boden. Während Orville aß, dachte er an ihren Plan und ließ sich seine Strategie nochmals durch den Kopf gehen. Als er nun doch Hunger bekam, nahm er dankbar die Blechdose mit dem Kanincheneintopf, die Orville ihm reichte. Orville kratzte den Topf leer. Der Schwarzbrenner schien nicht sehr gesprächig und so schwiegen sie beide, bis ein gleichmäßiges Rascheln die Stille durchdrang. Haakon richtete den Blick auf die dunkle Böschung.

„Hast du das gehört?"

„Da kommen sie. Gerade rechtzeitig", sagte Orville und etwas leiser zu Haakon: „Reiß dich zusammen, Mann. Wenn du jetzt durchdrehst, ist alles verloren."

Haakon holte einmal tief Luft. Sechs Männer traten aus dem Wald und kamen auf sie zu. Keine weißen Roben. Keine Kapuzen. Nur grimmige Gesichter und zerlumpte Kleidung. Der Mann in der Mitte hinkte und selbst im Mondlicht sah Haakon seine verkrüppelte Hand, er brauchte die Finger nicht zu zählen. Es war niemand anderes als Jed Sorrel. Seine grauen Haare waren dünner geworden, aber er war durch und durch derselbe alte Mann. Sein steifes Bein musste ihm Schmerzen bereiten, denn Jed verzog bei jedem Schritt das Gesicht. Hinter ihm schob sich ein großer, breitschultriger Kerl heran. Sein stechender Blick ruhte auf Haakon und sein drahtiger blonder Schnurrbart hob sich unter einem schiefen Grinsen.

Harlan.

Der Mann, der an Thors Krankheit schuld war und der Ava und Tusie in Gefahr gebracht hatte. Haakons Hände krallten sich in den Baumstamm, auf dem er saß.

Dann ergriff Jed das Wort. „Sieht so aus, als hätten wir Gesellschaft." Eine zerfledderte Augenbinde bedeckte sein fehlendes Auge.

Einer seiner Männer zog eine Pistole und Harlan nahm sein langläufiges Gewehr von der Schulter. Haakon fragte sich, ob sie sich Orvilles Camp immer schwerbewaffnet näherten.

In einiger Entfernung blieben sie stehen. Orville machte eine einladende Geste und winkte sie näher heran. „Er wird euch nicht beißen. Ein Kunde. Habe ihm gerade was von meinem Whisky verkauft." Als die Sorrels keine Anstalten machten, sich zu bewegen, tat Orville sehr überrascht. „Was ist los? Kennt ihr euch etwa?" Sein schauspielerisches Talent war Gold wert.

Jeds Augen verengten sich zu schmalen Schlitzen und er starrte Haakon misstrauisch an. „Ist dein Bruder auch hier?"

„Nein, Sir." Haakon schlug einen höflichen Ton an. „Aber genau darüber wollte ich mit Ihnen sprechen."

„Sir?“ Jed spuckte verächtlich auf den Boden. *„Sir?“* Der General humpelte auf Haakon zu. Zweige knackten unter seinen Stiefeln. Seine Hand umklammerte das Schießeisen und er funkelte Haakon wütend an. „Du Mistkerl hast meine Scheune in die Luft gejagt und beinahe meine Enkeltochter auf dem Gewissen! Und jetzt sitzt du hier fröhlich rum und nennst mich *Sir*?“ Er baute sich drohend vor Haakon auf. „Komm mir nie wieder mit so einem *‚Nein, Sir‘!*“

Da Jed offensichtlich keinen Wert auf gute Umgangsformen legte, zuckte Haakon nur die Schultern. „Wie Sie wollen.“

Als Nächstes spürte er Jeds Faust im Gesicht. Haakon spuckte Blut. Sein Kopf dröhnte und er war froh, dass es nicht der Griff einer Pistole gewesen war. Jeds Männer hatten jetzt alle ihre Gewehre im Anschlag. Vier waren auf Haakon gerichtet und eins auf Orville, der erschrocken seinen Löffel sinken ließ.

Jeds einäugiger Blick bohrte sich in Haakons Augen. Sein Atem stank nach Alkohol. „Du redest nur, wenn du gefragt wirst, verstanden?“

Haakon schwieg und der steifbeinige General trat einen Schritt zurück. Er befahl seinen Leuten, ihm irgendetwas zum Sitzen zu bringen, worauf Harlan einen massigen Baumstumpf herbeiwuchtete. Als Jed saß, baute sich sein Sohn hinter ihm auf, stattlich wie ein Grizzlybär und genauso heimtückisch. So unmerklich, dass es Haakon beinahe entgangen wäre, rieb Harlan sich die Seite – so wie Thor es getan hatte, als seine Leber geschmerzt hatte. Und wie Thor schien auch Harlan sich von seiner Krankheit weitgehend erholt zu haben, sonst hätte er den schweren Baumstamm nicht heben können.

Haakon hatte schon eine Bemerkung auf der Zunge, beschloss aber, lieber den Mund zu halten.

Jed streckte sein steifes Bein von sich und stellte seine durchgelaufene Schuhsole zur Schau. „Also. Wer von euch kann mir erklären, warum wir heute einen ungebetenen Gast hier haben?“ Sein Blick wanderte von Haakon zu Orville. „Was sagst du dazu?“

Orville schluckte den letzten Bissen hinunter und stellte die Schüssel beiseite. „Wie ich schon sagte. Er kam zu mir, weil er was von dem Whisky kaufen wollte."

Jed gab einem seiner Komplizen ein Zeichen, worauf dieser die Pistole auf Orville richtete.

„*Und* er kam, um dir was zu erzählen, stimmt's?" Orville nahm seinen Hut ab und kratzte sich am Kopf. Haakon bewunderte Orvilles Mut. Der Mann war nur deshalb noch am Leben, weil Harlan nicht wusste, dass er mit seiner Tochter durchgebrannt war.

Jeds Ausdruck verriet keine Gemütsregung, ähnlich der Ruhe vor einem Sturm. „So ist es doch, oder?"

„Ja", antwortete Haakon an Orvilles Stelle. Alle Augen waren auf ihn gerichtet. „Ich wollte mit Ihnen über Thor reden. Und ein Geschäft vorschlagen." Er hatte noch den Blutgeschmack im Mund und widerstand dem Drang auszuspucken.

„Und da dachtest du, heute ist eine gute Gelegenheit für ein Gespräch von Mann zu Mann, was?"

Haakon nickte. Warum sollte er etwas anderes behaupten?

„Was führt dich zurück in diese schöne Gegend?", wollte Jed wissen und Haakon merkte, dass er vorsichtig sein musste. So leicht würde Jed ihm nicht auf den Leim gehen.

„Dies und das. Zum Beispiel mein Erbe. Mein Vater hat mir ein Stück Land vermacht ... und Thor will es nicht rausrücken."

„Und jetzt sollen wir dir helfen oder was? Kannst du dich nicht um deinen eigenen Kram kümmern?"

Das konnte er sehr gut und genau deshalb war er hier. Auch wenn er gnadenlos in der Minderheit war. „Ich dachte mir, vielleicht könnten wir eine Vereinbarung treffen, von der beide Seiten etwas haben. Außer ich liege falsch in der Annahme, dass Sie immer noch hinter Thor her sind."

Er hatte den Sorrels einen Knochen hingeworfen. Jetzt kam es darauf an, ob sie anbeißen würden.

Haakon fühlte noch immer Coras Hand auf seiner Wange, als sie ihn anflehte, vorsichtig zu sein.

Keiner der Männer sagte ein Wort. Stille breitete sich über den Talkessel aus. Das war ihre Strategie. Sie setzten das Schweigen gezielt ein, um die Kontrolle zu behalten und ihrem Gegner Angst zu machen.

Aber Haakon war fest entschlossen, sich nicht einschüchtern zu lassen. Er fürchtete nicht um sein Leben, sondern um das Leben der anderen auf der Farm. Er wusste, wie skrupellos diese Männer waren.

Er fuhr fort mit dem, was er sich zurechtgelegt hatte: „Thor wohnt zurzeit in der Hütte auf meinem Land. Er erholt sich dort von einer Krankheit. Wenn ich nicht da bin, ist er ganz allein." Das wussten sie bereits, aber Haakon tat so, als hätten sie die Spuren nicht bemerkt. „Ich gehe ein und aus, aber morgen früh werde ich das Haus vor Sonnenaufgang verlassen, so gegen zwei Uhr. Thor ist bewaffnet, aber ich sorge dafür, dass die Waffen verschwunden sind, bevor ich gehe."

Orville saß regungslos und verzog keine Miene und Harlan behielt ihn die ganze Zeit im Blick.

Haakons Puls raste, als er weitersprach. „Ich werde den Schlüssel in einer Spalte über dem Türpfosten hinterlassen." Dann stand er selbstbewusst auf und wandte sich zum Gehen.

Harlan starrte ihn aus zusammengekniffenen Augen an, die anderen Männer maßen ihn mit kalten, ausdruckslosen Blicken.

Vielleicht sollte er noch deutlicher werden. „Wie Sie wissen, kann Thor nichts hören", fügte Haakon hinzu. „Ins Haus zu kommen ist also ein Kinderspiel."

Jed verlagerte das Gewicht, und als das Schweigen anhielt und unerträglich wurde, stand Orville auf, holte zwei Krüge Whisky und reichte sie den Männern. Die Flammen des Lagerfeuers spiegelten sich im Glas. Harlans Gesichtszüge hellten sich auf, als er danach griff.

„Und warum solltest du so was tun?", meldete sich Harlan zum ersten Mal zu Wort. Seine Stimme war tiefer, als Haakon sie in Erinnerung hatte.

„Sagen wir mal, um Gerechtigkeit walten zu lassen." Haakon sah zu, wie Harlan den Metalldeckel abschraubte. „Sie wissen genauso gut wie ich, dass Thor unser Geschäft kaputt gemacht hat, als er die Schnapsproduktion einstellte. Wenn er nicht mehr da wäre, könnte jemand anders den Laden übernehmen und zusehen, dass die Verteilung … besser klappt." Jemand, der die Produktion so gut kannte wie Haakon. Er hatte seinem Bruder lange genug über die Schulter geschaut, um zu wissen, wie man guten Wein und Schnaps herstellte.

Die Sorrels wussten, dass Jorgan zu aufrichtig war – niemals würde er Thor verraten. Aber bei Haakon waren sie nicht so sicher.

„Und was willst du dafür?" Jed musterte ihn kalt. Er füllte den Deckel des Krugs mit Whisky und stellte ihn auf den Boden.

Orville stand auf und streute etwas Schwarzpulver hinein.

„Es gibt eine Menge Frauen und Kinder auf der Plantage. Ich will, dass ihnen kein Haar gekrümmt wird", antwortete Haakon.

„Du opferst also einen Schafbock für die Sicherheit der Herde?" Harlan nahm ein Streichholz und zündete das Whisky-Gemisch an. Das Schwarzpulver zischte und brannte mit heller Flamme. Der Whiskey hatte den Test bestanden.

„Keine gute Bedingung, denn eure Mutterschafe gefallen mir ganz gut." Harlan grinste. „Die Blonde ist eine echte Augenweide. Und die Frau von deinem Bruder, der stumm ist wie ein Fisch, die ist auch sehr hübsch. Ein bisschen widerspenstig vielleicht, aber das hat seinen eigenen Reiz." Er grinste anzüglich und blinzelte Haakon zu.

Hätte Haakon sein Gewehr in der Hand gehabt, spätestens jetzt hätte er Harlan eine Ladung Blei verpasst.

„Ihr Jungs wisst schon, wo man die besten Frauen findet." Harlan warf das glimmende Streichholz auf die Erde. Danach ließ er sich über Tess aus und bezeichnete sie mit einem vulgären Schimpfwort, das zu der Sorte Wörter gehörte, die Ida den Norgaard-Jungs früher immer verboten hatte. „Und dass Peter auch noch scharf auf sie ist …" Er schüttelte den Kopf. „Man sollte ihr eine Lektion erteilen."

Genau das wäre passiert, wenn Peter damals nicht für Tess Partei ergriffen und sie beschützt hätte. Was er beinahe mit seinem eigenen Leben bezahlt hatte.

Haakon durchbohrte den Mann mit Blicken, der selbst vor seiner eigenen Sippe nicht Halt machte und der Coras Sohn brutal zusammengeschlagen hatte, nur weil er es gewagt hatte, seine Tochter Sibby anzulächeln. Die Sorrels hatten Al mehr tot als lebendig im Graben liegen lassen.

In ihm brodelte eine unbändige Wut, aber Haakon zwang sich, ruhig zu bleiben. Er stand auf und sagte betont lässig: „Na schön. Dann kommen wir also nicht miteinander ins Geschäft." Er griff nach seinem Whiskyglas, das auf dem Boden stand. Schließlich hatte er dafür bezahlt.

Orville rührte sich immer noch nicht, nur seine schwarzen Augen flitzten hin und her.

Haakon straffte die Schultern. Er war jetzt auf Augenhöhe mit Harlan. Er hatte keine Angst vor ihm und er war mindestens so durchtrieben wie er. Sein Leben lang hatte Haakon andere ausgetrickst und nur seinen eigenen Vorteil gesucht. Damit sollte jetzt Schluss sein. Doch wenn es der Sache diente, war er bereit, noch einmal über seinen Schatten zu springen. Er setzte alles auf eine Karte. „Ich danke Ihnen für Ihre Zeit. Schade, dass wir uns nicht einig werden konnten." Er machte einen Schritt rückwärts und entfernte sich vom Feuer.

Die Sorrels tauschten Blicke. Der Norgaard-Schnaps war der beste Tropfen in der ganzen Gegend gewesen.

„Ich soll also vergessen, was du getan hast?", rief Jed von seinem Sitzplatz aus.

„Das ist lange her, Sir – äh, Mr. Sorrel."

„Nicht lange genug."

Das war er. Der Augenblick, vor dem Haakon sich den ganzen Tag gefürchtet hatte. Von Anfang an, seit er diesen Plan geschmiedet hatte. „Ich gehe jetzt. Da wir das Kriegsbeil nicht begraben können, erschießen Sie mich ruhig feige von hinten. – Oder Sie kommen morgen Nacht vorbei, Sie kennen ja den Weg. Ich werde in der Hütte alles entsprechend herrichten." Das würde er tun, im wahrsten Sinne des Wortes. Und zu Harlan sagte er: „Wenn du irgendjemand anderem auf der Farm etwas antust, dann schwöre ich dir, dass du es für den Rest deines Lebens bereuen wirst."

Dann drehte er sich um und ging. Das Klicken eines Gewehrs drang an sein Ohr. Haakon spürte den kalten Schweiß auf seiner Stirn und wartete auf den Schuss. Das Herz schlug ihm bis zum Hals und er lief weiter, immer weiter, bis die Dunkelheit ihn verschluckte. Er widerstand dem Wunsch, sich umzudrehen und über die Schulter zu schauen. Bloß keine Schwäche zeigen, jetzt, wo das Geschäft besiegelt war. Das letzte Mal, als er Jed und seinen Männern den Rücken gekehrt hatte, war ihm ein Kugelregen gefolgt. Thor hatte gegen eine Überzahl von Sorrels gekämpft und ihm das Leben gerettet. Und jetzt? Obwohl er darauf gefasst war, doch noch von Schrotkugeln durchsiebt zu werden, passierte nichts. In völliger Stille lief er den Abhang hinunter nach Hause. Offensichtlich hatten die Männer auf dem Berg seine Bedingungen akzeptiert.

Einunddreißig

Thor nahm die tropfende Bürste aus dem Eimer und bearbeitete die Dielen mit Seifenwasser. Es war ein befreiendes Gefühl, denn schon viel zu lange erinnerten Haakons Blutflecken an die Vergangenheit.

Das letzte Mal, als er hier gekniet hatte, hatte Haakon unter ihm gelegen und Thor hatte vor Wut wie von Sinnen auf seinen Bruder eingedroschen. Es war lange her, aber die Zeit hatte nichts an der Abscheulichkeit von Haakons Tat geändert. Wohl aber etwas daran, wie Haakon sich verhielt. Er hatte sich gewandelt, schien reifer und vernünftiger geworden zu sein. Und Ava hatte anscheinend ihren Frieden mit ihm gemacht.

Alle waren sich einig, dass Haakon bleiben durfte, aber Thor hatte noch die Urkunde für das Blockhaus in seinem Besitz. Er wusste, wie wichtig die Hütte für seinen Bruder war. Nach dem Tod ihres Vaters hatte Jorgan das große Haus geerbt und Thor die Apfelplantagen. Die kleine Blockhütte und das dazugehörige Land waren vielleicht weniger imposant, aber Haakon hatte sich nie beklagt. Die Hütte war immer sein Rückzugsort gewesen und er hatte viel Zeit hier verbracht, um sie in Ordnung zu halten.

Thor hatte das Thema noch nicht angesprochen, aber wenn die Brüder sich einig würden, könnte die Hütte gern wieder in Haakons Besitz übergehen. Dann könnte er mit seinem Erbe tun und lassen, was er wollte. Trotzdem hoffte Thor, er würde die Hütte nicht verkaufen. Und er hoffte, dass Haakon nicht wieder fortgehen würde. Wenn er daran dachte, wurde ihm schwer ums Herz. Aber wenn Haakon es für seine Bestimmung halten würde, musste er ihn ziehen lassen.

Die ersten Bodendielen erstrahlten in neuem Glanz und Thor setzte sich auf seine Fersen, um sein Werk zu betrachten. Ein altes Weinfass stand im Weg und er schob es an die Wand. Dabei sah er, dass jemand im Türrahmen stand. Er dachte zuerst, es sei Haakon, aber es war ein dunkelhaariger Mann mit einem Schlapphut. Sein Bart war dünn, das Gesicht pockennarbig. Es musste der Schwarzbrenner sein, der seine Destille oben in den Bergen hatte. Thor war über die Eheschließungen in der Region meistens nicht im Bilde, aber er wusste, dass Sibby und der Schwarzbrenner erst kürzlich geheiratet hatten.

Thor hatte den Mann nie kennengelernt, geschweige denn seinen Schnaps probiert. Umso erstaunter war er, dass der Bursche plötzlich mit einer Kiste voll Whisky in der Tür stand.

Thor atmete tief ein, erhob sich dann und ließ die Scheuerbürste in den Eimer fallen. Er war unsicher, was er tun sollte. Vielleicht den Mann erst einmal fragen, was er wollte? Im selben Moment stieg Panik in ihm auf. Irgendetwas stimmte hier nicht. Ava, Fay und die Kinder waren am Nachmittag bei Sibby zum Tee eingeladen gewesen. Eine unerwartete Einladung zwar, aber Thor hatte sich nichts dabei gedacht ... War irgendetwas passiert?

Noch bevor er seinen Notizblock holen konnte, stellte der Schwarzbrenner die Kiste im Flur ab. „Für dich. Mit einem schönen Gruß von deinem Bruder." Er bemerkte Thors verwirrten Blick, bückte sich und nahm ein Glas aus der Mitte heraus. Anstatt einer klaren Flüssigkeit enthielt es ein zusammengefaltetes Papier. Der Mann hielt das Glas gegen das Licht und Thor nickte leicht zum Zeichen, dass er verstanden hatte.

„Es war mir ein Vergnügen." Der Schwarzbrenner zog den Hut und verabschiedete sich.

Dann drehte er sich auf dem Absatz um und verschwand so unerwartet, wie er gekommen war.

Einen kurzen Moment stand Thor unschlüssig da und versuchte sich einen Reim darauf zu machen, was das zu bedeuten hatte. Was auch immer auf diesem Zettel stand, es musste eine Nachricht von Haakon sein. Entschlossen ging er dann zu der Kiste und nahm das Glas heraus – das Einzige, das er von all diesen Gläsern berühren würde.

Er musste Ava unbedingt sehen. Thor ging zum Haus und hämmerte gegen die Tür. Sie öffnete sich und seine Frau stand vor ihm in ihrem besten Sonntagskleid, das sie aus einem glänzenden grünen Stoff genäht hatte. Bevor sie alle zu Sibby gingen, musste er ein paar Minuten mit Ava allein sein.

„Thor!“, begrüßte sie ihn überrascht und strahlte über das ganze Gesicht.

Er gab ihr ein Zeichen, ihm zu folgen, und als sie draußen nebeneinander herliefen, legte er ihr die Hand auf den Rücken, als wollte er sie zur Eile drängen. Er roch ihr blumiges Parfum und fühlte den seidigen Stoff ihres Kleides.

Ava hakte sich bei ihm unter und als er den Kopf zu ihr drehte, sagte sie: „Eigentlich müssen wir gleich los.“

Thor nickte, um zu sagen, dass er Bescheid wusste. Die anderen konnten ja schon vorgehen.

Er drängte sie weiter und sah ihren fragenden Blick. Unterwegs hatte er gebetet, dass sie mitkommen würde, ohne Fragen zu stellen. Nun zweifelte er keinen Moment daran, als er sah, wie eifrig sie mit ihm Schritt hielt, obwohl sie doppelt so viele Schritte machen musste wie er. Thor wartete auf sie und führte sie zu einem der Nebengebäude, einem Schuppen, in dem Tante Dorothees alte Sachen aufbewahrt wurden. Kisten voller Stoffe, Nähgarn und dergleichen.

Er hielt Ava die Tür auf.

Das letzte Mal, als sie zusammen in diesem Schuppen gestanden hatten, waren sie noch kein Liebespaar gewesen, sondern erbitterte Gegner. Es war ein Missverständnis gewesen, er konnte nicht sprechen, sie hatte sich bedroht gefühlt und ihn mit einer Schere am Arm verletzt. Jetzt hatte er die Narbe *und* die Frau. Und das wollte etwas heißen. Seitdem waren sie glücklich verheiratet. Doch in der ganzen Zeit ihrer Ehe hatte er seine Frau nie schmerzlicher vermisst und größere Angst gehabt, sie zu verlieren, als jetzt.

Sie stellte keine Fragen und trat ein. Thor lehnte die Tür an. Im Halbdunkel drehte sie sich um und wollte etwas sagen, doch er zog sie in seine Arme und küsste sie leidenschaftlich. Wie lange hatte er darauf gewartet.

Ava, überrascht von seiner stürmischen Annäherung, stieß einen kleinen Schreckenslaut aus. Nach Anordnung des Doktors war die Zeit der Abstinenz erst morgen vorüber, doch Thor war der Meinung, dass es wahrscheinlich auf ein paar Stunden mehr oder weniger nicht mehr ankäme.

Für den Bruchteil einer Sekunde fürchtete er, sie würde ihn zurückweisen – klug und vorsichtig wie sie war –, aber sie schlang die Arme um seinen Hals und hielt ihn so fest, wie ihre begrenzte Kraft es zuließ. Ihre Finger streichelten ihm über das Gesicht und er genoss diesen Augenblick voller Zärtlichkeit. Und dann küsste sie ihn so ungestüm, dass er sich lebendig fühlte wie schon lange nicht mehr.

Er hatte nur an ein paar heimliche Küsse gedacht, und so musste er Ava aufhalten, als sie anfing, sein Hemd aufzuknöpfen. Sanft umschloss Thor seine Faust um ihre Hand, unterbrach den Kuss und führte ihre Handgelenke an seinen Mund, um diese in seiner wiedererlangten Freiheit ebenso zu liebkosen wie den Rest. Bald darauf machte sich Ava jedoch von Neuem an seinen Hemdknöpfen zu schaffen, diesmal schneller und zielstrebiger, als fürchte sie, er würde sie gleich wieder bremsen. Thor gab sich geschlagen, umfasste ihre Hüften und senkte den Kopf. Die

Pause gab ihm Gelegenheit, Atem zu holen und zur Besinnung zu kommen.

Sie musste gehen. Und zwar sofort.

Vorsichtig löste er sich aus Avas Umarmung und trat einen Schritt beiseite. Sie mussten sich jetzt trennen, bevor er den Verstand verlor und vergaß, was sie in der kommenden Nacht tatsächlich erwartete. Keine lang ersehnten Freuden, sondern die bittere Realität. Hastig knöpfte Thor sein Hemd wieder zu. Er wünschte, er könnte gleichzeitig sprechen und mit den Knöpfen hantieren, musste jedoch eine Pause machen, um seiner Frau zu sagen, was er sagen wollte. In ihrem Gesicht spiegelte sich dieselbe Enttäuschung, die auch er fühlte.

S-I-B-B-Y. T-e-e.

Avas Brauen zogen sich zusammen. Aber die Einladung war wichtig. Haakons Nachricht im Whiskyglas hatte die Dringlichkeit noch einmal bestätigt und sein eigenes Gefühl sagte Thor, dass sie sich beeilen mussten. Er fügte hinzu *sofort.* Sie sah ihn verwirrt an und er wusste nicht, ob sie den Ernst der Lage erkannte. Er nahm ihr Gesicht in beide Hände und nannte sie beim Namen: „Av–"

Ihre Augen weiteten sich und in Gebärdensprache ergänzte er: *Mir vertrauen.*

Sie nickte langsam.

Du gehen S-I-B-B-Y sofort.

Ava wusste immer noch nicht, warum solche Eile geboten war, aber sie vertraute ihm. Seine liebe, treue Frau. Er hatte geschworen, sie zu schützen und zu ehren, und sie dankte es ihm mit ihrem Vertrauen.

Thor führte kurz seine flache Hand an sein Kinn. *Danke.*

Ava nickte. „Wir sehen uns bald." Er spürte, dass ihre Stimme leise war, und sah es an der Art, wie sich ihre Lippen bewegten. Ob sie glaubte, was sie sagte? Vielleicht wollte sie sich selbst Mut machen. Oder sie wusste, wie sehr er diese Worte brauchte.

Sie war eine tapfere Frau. Sie schlüpfte aus der Tür und trat hinaus ins Sonnenlicht. Augenblicklich verwandelte sich ihr Haar in flüssiges Kupfer.

Ida, Fay und die Kinder waren schon auf dem Weg zur Sorrel-Plantage. Thor sah, wie Ava ihnen etwas hinterherrief und zu laufen begann, um die Gruppe einzuholen. Fay gab ihr den spitzenbesetzten Sonnenschirm. In Idas Arm lag Tusie, und Ava hielt den Schirm über die beiden, bevor sie sich umdrehte, um einen letzten Blick auf Thor zu erhaschen. Falls sie ahnte, dass es ein Abschied für immer sein könnte, zeigte sie es nicht.

Thor verfolgte die kleine Gruppe mit den Augen, bis er sie nicht mehr sehen konnte.

Er war sich im Klaren, dass die Zeit drängte, und machte sich auf den Rückweg zur Hütte. Unterwegs merkte er, dass sein Hemd noch nicht richtig zugeknöpft war. Zwei Knöpfe hingen lose und er beeilte sich, sie zu schließen. In dem Moment traf er Haakon, der mit einem Getreidesack über der Schulter auf die Scheune zuhielt.

Haakons Blick wanderte von dem Schuppen, aus dem Ava gekommen war, zurück zu Thor, der dabei war, sein Hemd in Ordnung zu bringen. Sein Bruder verdrehte die Augen und im selben Moment sah Thor, wie er amüsiert grinste – was seine Hoffnung bestätigte, dass Haakon nicht nachtragend war. Vielleicht konnten Menschen sich wirklich ändern.

Zweiunddreißig

Haakon saß am Tisch im Großen Raum und stieß entnervt die Luft aus. Das untätige Warten war qualvoll. Es war schon nach Mitternacht, das Haus war dunkel und still. Wie lange war es her, seit er zuletzt in diesem Raum gesessen hatte? Und der festliche Empfang, von dem er vor seiner Rückkehr geträumt hatte, war ausgeblieben. Eine einsame Kerze brannte auf dem leeren Tisch und ihr Zittern und Flackern erinnerte daran, wie schnell ein Lebenslicht verlöschen konnte.

Die Ungewissheit, was in dieser Nacht passieren mochte, lastete schwer auf ihm und er ließ den Kopf auf die Brust sinken. Er brauchte nicht schon wieder auf die Uhr zu schauen, um zu wissen, wie spät es war.

Jetzt würden sie den Schlüssel im Schloss umdrehen. Er hörte förmlich das Klacken. Aber Thor würde es nicht hören. Dann Schritte auf der Treppe. Haakon zählte sie leise im Kopf, bis er sicher war, dass die Eindringlinge den ersten Stock erreicht hatten.

Haakon schloss die Augen. Er dachte an seinen Bruder und an den Sommer, in dem sie das Baumhaus gebaut hatten. Haakon konnte noch nicht schreiben, aber Thor hatte für ihn mit dem Messer seinen Namen in den dicken Baumstamm geritzt. In jener Nacht hatten sie zum ersten Mal im Baumhaus übernachtet. Die drei Brüder, wild und frei wie die Vögel am Himmel. Haakon hatte als Proviant einen Laib Brot aus Idas Küche gestohlen, Thor ein Glas Marmelade. Jorgan hatte eine ganze Tüte Karamellbonbons spendiert und das Leben war wunderbar gewesen. Die Blätter raschelten im Wind und die Hitze des Sommertages wich einer samtigen Abendkühle, die sie in den Schlaf wiegte wie Babys.

Am nächsten Tag standen sie früh auf. Der Morgennebel hing noch in den Wiesen, als sie zum Schwimmen an den Teich gingen. Sie tobten im Wasser, spielten wilde Spiele und Haakon verlor jedes Mal, doch es kümmerte ihn nicht. Er wollte einfach nur dabei sein, Zeit mit seinen Brüdern verbringen, einer von ihnen sein. Alles andere war bloß halb so wichtig.

Thor und Jorgan hatten wahrscheinlich keine Ahnung, wie wichtig es Haakon gewesen war dazuzugehören, auch wenn er immer in ihrem Schatten gestanden hatte.

Später hatte er irgendwann aufgehört, sich seine Brüder zum Vorbild zu nehmen, und war seinen eigenen Vorstellungen gefolgt, um das zu werden, was er sich unter einem *Mann* vorstellte. Er tat Dinge, die er später bereute und nie wieder tun wollte. Dies war der Grund – einer der tausend Gründe –, weshalb Haakon jetzt zu der Schachtel mit den 44er-Magnum-Patronen griff und sein Gewehr damit bestückte. Als er fertig war, reichte er die Munition an Thor weiter.

Haakon sah zum wiederholten Mal auf seine Taschenuhr und zeigte sie Thor. Spätestens jetzt würden die Sorrels feststellen, dass Thor nicht in der Hütte war, und fuchsteufelswild werden.

Thor schüttelte den Kopf und zog zum Vergleich seine eigene Uhr aus der Tasche. Der Unterschied betrug eine ganze Stunde.

„Was?“

Deine Zeit falsch.

„Kann schon sein …“ Haakon wusste nicht mehr, auf welchem Kontinent er seine Uhr zuletzt gestellt hatte. Offenbar hatte er, seit er hier war, in der falschen Zeitzone gelebt. Das erklärte vielleicht seine ständige Müdigkeit. „Dann können wir uns wohl noch eine Weile länger ausruhen.“

Thor Schnurrbart zuckte, während er seine Uhr wieder einsteckte.

Sein ganzes Leben lang hatte Haakon sich gefragt, was sein Bruder wohl sagen würde, wenn er sprechen könnte. Einerseits, weil er neugierig war, andererseits, weil er es ihm wünschen würde. Den Klang seiner eigenen Stimme zu hören, war, wie seinen Herzschlag zu hören. Thor hatte diese Möglichkeit nicht. Aber er hatte etwas anderes – etwas, wonach Haakon sich sehnte. Thor besaß eine Rechtschaffenheit, die nur sehr wenige Menschen hatten. Er war zuverlässig, grundehrlich und unbestechlich. Auf ihn konnte man immer zählen. Und die Leute akzeptierten ihn und seine Entscheidungen, weil sie ihm vertrauten.

Haakon bewunderte seinen Bruder dafür und wünschte, er wäre so wie er. Diese Erkenntnis war nicht über Nacht gekommen. Aber je mehr er über alles nachgedacht hatte – über seine Familie, über Tate Kennedy und all die Menschen in seinem Leben, einschließlich der Frauen und wie er mit ihnen umgegangen war –, desto mehr hatte er sich für seine Selbstsucht geschämt.

Und dann war Tusenfryd zur Welt gekommen. Als er sie zum ersten Mal angesehen hatte, dieses zarte, schutzlose Wesen, hatte er nur noch den einen Wunsch gehabt: sie bis ans Ende seines Lebens zu beschützen. Avas Tochter sollte wissen, dass sie sich an der Seite ihres Onkels immer sicher fühlen konnte. Dasselbe galt für Björn und Sigurd. Haakon liebte die Kinder, er wollte sie aufwachsen sehen und ihnen ein Freund, Beschützer und Ratgeber sein, zu dem sie mit ihren kleinen und großen Sorgen kommen konnten. Sie würden zu ihm aufschauen und wissen, dass er immer für sie da sein würde.

Haakon wusste, dass er von Thor noch viel lernen konnte.

Thor verkörperte genau die Eigenschaften, die Haakon immer mit Füßen getreten hatte. Und zu seiner Schande war das noch gar nicht so lange her. Was geschehen war, konnte er nicht mehr rückgängig machen. Aber es war möglich, Vergebung zu erfahren. Ava hatte es ihm gezeigt und Cora hatte ihn daran erinnert. Zuvor in der Scheune hatte er, allein bis auf die Pferde und Getreidesäcke, genau diese Vergebung gesucht. Er hatte seine Last niedergelegt und alles, was ihn beschwerte, um einen Neuanfang zu machen. Von jetzt an wollte er nur noch in die Zukunft schauen, auch wenn es nicht leicht sein würde. Er war frei zu tun, was gut und richtig war.

Thor saß über Jorgans doppelläufige Remington gebeugt. Sämtliche Gewehre waren so gut gereinigt und poliert, dass kein Stäubchen mehr zu sehen war. Mit seinen großen Händen entriegelte er den Mechanismus, lud zwei Schwarzpulverpatronen in die Trommel und gab Jorgan die Waffe. Sein Bruder stand am Fenster und blickte angestrengt hinaus. Vielleicht dachte er an seine Frau und seine beiden Söhne, die weit weg und in Sicherheit waren.

Die Frauen hatten im Vorfeld nicht wissen können, wozu die freundliche Einladung zum Tee bei Sibby wirklich gedient hatte: um sie von der Farm wegzulocken. Sibby hatte vorgehabt, mit einem Wagen auf sie zu warten, um sie nach Grayson County zu bringen.

Haakon wusste, dass der Plan gelungen war, denn als Peter am Abend nach dem Rechten gesehen hatte, waren Haus und Hof verlassen gewesen und von den Gästen hatte bis auf einen Tisch mit leeren Tassen und Kuchentellern jede Spur gefehlt. Auch die Sorrel-Frauen mit ihren Kindern waren in der Zwischenzeit verschwunden. Peter hatte dafür gesorgt, dass sie in dieser Nacht bei einer Familie in der Nachbarschaft hatten Schutz suchen können.

Haakon sah, wie Thor nun seine Schrotflinte vom Tisch nahm, eine Patrone in die Kammer einlegte und drei weitere ins Magazin. Früher hatte Thor immer die Schrotmunition aus den Messingpatronen entfernt und sie mit Schwarzpulver und 20-kalibrigen Bleikugeln gefüllt – Geschosse, mit denen man selbst einen Elefanten hätte erlegen können. Sie hatten einen gewaltigen Rückstoß gehabt, aber wenn irgendjemand in der Lage gewesen war, mit solch einer Munition zu schießen, dann Thor.

Es würde kühl werden heute Nacht und der Temperaturunterschied ließ die Balken im Großen Raum ächzen und knacken. Das Haus war leer bis auf die fünf Männer. Thor und Haakon saßen am Tisch. Jorgan ging langsam vor dem Fenster auf und ab, das Jed und seine Komplizen schon einmal eingeschlagen hatten. Peter behielt den Garten im Blick, die Arme vor der Brust gekreuzt.

Al saß rittlings auf einer Bank draußen neben der Verandatür und spielte mit dem Abzugsbügel seiner Pistole. Coras Sohn hatte die Misshandlungen durch die Sorrels mit knapper Not überlebt – dieselben Männer, auf die sie heute Nacht treffen würden. Aber er hatte keine Rachegelüste. Seine Haltung strahlte Ruhe und Besonnenheit aus. Er hätte allen Grund, seine Peiniger umzubringen, doch Al hatte einen tiefen Respekt vor dem Leben. Und er liebte die Gerechtigkeit, deshalb hatte er versprochen, ihnen zu helfen, nachdem Peter ihm Haakons Brief überbracht hatte.

Es klopfte zweimal leise an der Tür zum Vordereingang und sie hörten eine bekannte Stimme. Al sah fragend zu Haakon, und als der nickte, ging der junge Mann zur Tür und entriegelte sie. Orville trat ein, ein Gewehr in der Hand. Er zog seinen Hut, spuckte eine Ladung Kautabaksaft nach draußen und fragte, warum sie denn immer noch untätig herumsaßen.

„Wir warten auf den Sheriff." Haakon lehnte sich in seinem Stuhl zurück.

Thor zeigte mit dem Daumen auf den Neuankömmling und wollte wissen, ob dessen Uhr auch falsch ging.

Haakon grinste, als er die letzten Patronen aus der Schachtel nahm und in seine Hemdtasche steckte. Die Lage war zu ernst, um Witze zu machen, doch die flapsige Bemerkung machte die Anspannung erträglicher. Die Sorge um die Frauen und Kinder lastete immer noch wie ein Stein auf seinen Schultern. „Sind alle weg?"

Orville nickte. „So wahr ich hier stehe. Alles ging problemlos über die Bühne. Sibby hat sie alle sicher zum Bahnhof gebracht."

„Hat das Geld für die Fahrkarten gereicht?"

Orville stellte das Zielfernrohr seines Scharfschützengewehrs ein. „Sie sagte, du hättest ihr mehr als genug gegeben. Und der Zug fuhr sogar pünktlich ab."

„Perfekt."

Da Thor im Halbdunkel nicht sehen konnte, was gesprochen wurde, übersetzte Haakon für ihn, dass seine Frau und seine Tochter sowie alle anderen in Sicherheit waren.

Thor nickte dankbar.

Das Geld, das Peter für ihn gewechselt hatte, waren Haakons letzte Ersparnisse gewesen – die Scheine, die er Sibby gab, als Ava sie beobachtet hatte. Vier Jahre hatte er auf dem Schiff Kopf und Kragen riskiert für sechs Bahnfahrkarten, aber das war in Ordnung. Er hätte es nicht anders gewollt. Und er war mehr als erleichtert, die Frauen und Kinder aus der Gefahrenzone zu wissen – dank Sibbys Hilfe. Und dank Peter und Orville, ohne die er seinen Plan überhaupt nicht durchführen könnte.

Seine Brüder hatte er absichtlich nicht früher eingeweiht, da die Sorrels die Farm beobachteten und auf keinen Fall Verdacht schöpfen durften.

Jorgan hätte es zwar zu schätzen gewusst, wenn er etwas früher als einen halben Tag davor Bescheid gewusst hätte. Umso dankbarer war er, dass Haakon in weiser Voraussicht für die Sicherheit der Frauen und Kinder gesorgt hatte.

Erschöpft stützte Haakon den Kopf in die Hände. Seit einer Woche hatte er kaum noch geschlafen. Es tat ihm leid, dass er die Frauen ohne ihr Wissen auf eine Reise hatte schicken müssen. Aber sie kannten den Ernst der Lage nicht und er musste jede Panik vermeiden.

Orville setzte sich den Hut wieder auf. „Wo bleibt der Sheriff?"

Haakon zog seine neu gestellte Taschenuhr heraus. „Ich weiß nicht. Er sollte längst da sein."

„Bist du sicher, dass er deine Nachricht gekriegt hat?", fragte Orville.

„Ich habe ihm den Brief persönlich gegeben", sagte Peter. „Bevor ich weitergeritten bin zu Al. Der Sheriff hat ihn gelesen und mir seine Antwort gleich mitgegeben. Darin stand, dass er und seine Leute heute Abend hier sein wollten."

Jorgan kaute nachdenklich auf seiner Unterlippe. „Dann wird es wohl so sein."

„Hoffentlich", sagte Haakon. Sie brauchten den Sheriff und seine Männer dringend zur Verstärkung. „Der Sheriff kennt den Weg zu uns. Er wird rechtzeitig da sein." Wenn nicht ... Haakon wollte lieber nicht daran denken.

Das Warten wurde langsam unerträglich. Al scharrte mit den Stiefeln, Jorgan hustete in seinen Ärmel. Und Peter ging ruhelos auf und ab.

Sie mussten noch eine knappe Stunde totschlagen. Haakon hatte das Bedürfnis, sein Gewissen zu erleichtern, für den Fall, dass er diese Nacht nicht überleben würde.

„Deine Frau hat mich neulich geküsst, Orville. Auf die Wange."

Sibbys Mann lachte auf. „Sie hat es mir erzählt. Sagte, sie hätte Mitleid mit dir gehabt."

Dann wäre das ja geklärt. „Und, Jorgan, es tut mir leid, dass ich dir das mit Whitetop Mountain nicht eher erzählt habe."

„Schon in Ordnung."

Die Idee, die Frauen und Kinder zu Tate nach Whitetop Mountain in Grayson County zu bringen, war Haakon spontan gekommen. Da niemand außer ihm wusste, wer Tate Kennedy war, musste er seine Brüder erst mal überzeugen, dass ihre Lieben nirgends sicherer sein würden als in der Obhut seines treuen Freundes. Tate war sofort einverstanden gewesen und Al hatte seine Antwort überbracht.

Jorgan atmete tief ein und wieder aus. Der Sheriff ließ *wirklich* auf sich warten. Haakon lauschte auf jedes Geräusch, was von draußen an sein Ohr drang. Er widerstand dem Drang, von Neuem auf die Uhr zu schauen. Entweder die Sorrels warteten bis zwei Uhr oder ...

Im selben Moment sprach Peter Haakons Befürchtung aus. „Was ist, wenn sie früher kommen? Wenn sie denken, dass sie sich aufteilen und Thor und seinen neunmalklugen Bruder gleichzeitig hochnehmen können?"

Peters Blick wurde auf einmal starr. „Und was ist, wenn sie dir deine Geschichte nicht abgekauft haben? Und die Hütte links liegen lassen und gleich hierherkommen?"

Thor kniff die Augen zusammen, konnte aber nicht erkennen, was Peter sagte.

Haakon sah, wie der Mond durchs Fenster schien. „Du hast recht. Das ist alles möglich." Er kontrollierte, ob die Patronenschachteln auf dem Tisch leer waren, und klärte dann Thor in Gebärdensprache über ihre Vermutung auf.

Thor nickte gedankenvoll.

Ganz gleich, was die Sorrels dachten oder planten, sie würden keine Gnade kennen und alles niederschießen, was sich ihnen in den Weg stellte. Anstatt wie bisher um die Farm herumzuschleichen, war es nun für sie eine offene Einladung. Und für alle in diesem Raum eine Gelegenheit, die Sache schnell zu einem guten Ende zu bringen. Gefährlicher zwar, aber sicherer für die Frauen und Kinder.

Al kam von draußen herein. „Der Sheriff ist noch nicht in Sicht. Aber woher wissen wir, ob sie nicht doch bei der Hütte sind?"

Aller Augen wanderten zu Haakon und er war stolz und gerührt zugleich, dass sie ihm vertrauten. „Ich denke, wir haben keine Zeit mehr zu verlieren." Er zog seinen Lederbeutel heraus, löste die Kordel und schüttete den Inhalt auf den Tisch. Ein halbes Dutzend trockener Blätter segelte heraus. Eine Stärkung, die sie gebrauchen konnten. Damit würden sie weder Schmerzen noch Müdigkeit spüren, unbesiegbar wie die Berserker, die tapferen Krieger der alten Legenden.

Haakon fächerte die Kokablätter auf, als wären es Spielkarten, und zählte sie durch, wie es seine Gewohnheit war. Er fühlte, wie Thors Blick auf ihm ruhte.

Thor wusste nicht genau, was es mit diesen Blättern auf sich hatte, doch es war offensichtlich, dass sie seinem Bruder viel bedeuteten. Thor hatte damals eine heftige Schlacht gegen sich selbst und seine Sucht gewonnen. Es war alles andere als einfach gewesen, doch durch seine Willensstärke war es ihm gelungen, auf diese Hilfe bis zum heutigen Tag zu verzichten.

Haakon spielte mit den Blättern in seiner Hand. Die Wirkung wäre für sie alle ein Gewinn. Beruhigend und stärkend für den Kampf, der vor ihnen lag. Außerdem hatten die Sorrels bestimmt ihre eigenen Methoden. Harlan hatte mit Sicherheit genug Morphium im Blut, dass er mit dem Kopf eine Backsteinmauer durchschlagen konnte und nichts merken würde. Doch als Haakon seine Kameraden anschaute, wurde ihm klar, dass sie sich nicht auf irgendwelche Rauschmittel verlassen würden. Er könnte es ihnen vorschlagen, aber er kannte die Antwort.

Alle sahen ihn an und warteten darauf, was er nun tun würde.

Sie verließen sich allein auf die Art Mut und Tapferkeit, die nicht mit Geld zu bezahlen waren. Warum sollte das nicht genügen? Es war alles, was ein Mann brauchte, und Haakon hatte dies schon allzu lange vergessen.

Obwohl es ihn schmerzte, faltete er die Blätter wieder zusammen, allerdings ohne sich eins davon in den Mund zu schieben. Stattdessen stand er auf. Er könnte sie für eine spätere Gelegenheit aufheben. Aber dann kamen ihm Coras Worte über wahre Freiheit in den Sinn. Er ging in die Küche zum Kohlenherd und hob den eisernen Deckel an.

Das Innere seiner Wange pochte in Erwartung der Droge. Doch Haakon warf alle Blätter in den Herd hinein.

Sie zischten und rollten sich auf den glühenden Kohlen zu schwarzen Fetzen ein. Ein Hauch ihres Geruch stieg ihm in die Nase, bevor sie sich in Nichts auflösten. Das Einzige, was er jetzt noch um den Hals trug, war Gottes Wort und die Zeichnung eines kleinen Jungen, der nicht wusste, dass jemand in einem anderen Teil der Welt für ihn kämpfte. Für ein Zuhause in diesem Land, das er gern mit ihm teilen wollte.

Nachdem die verkohlten Blätter für immer verschwunden waren, stieß Haakon erleichtert die Luft aus und ging wieder zu den anderen. „Ich glaube, es ist Zeit. Wenn der Sheriff zu spät kommt, müssen wir unsere freundlichen Nachbarn eben noch ein wenig hinhalten." Er zeigte auf Al und Peter. „Ihr beide geht durch den Wald und haltet euch östlich von der Lichtung. Wenn ihr in die Nähe der Hütte kommt, geht in Deckung. Und nicht schießen – nur im Notfall. Wir wollen sie nur aufhalten und Zeit schinden. Behaltet auch das Haupthaus im Blick, falls es hier Schwierigkeiten gibt. Wenn ihr Hilfe braucht, gebt uns ein Alarmsignal."

Danach wandte er sich an Jorgan und Orville. „Dasselbe gilt für euch. Mit dem Unterschied, dass ihr von Norden kommt." Orville könnte ihnen mit seinem Scharfschützengewehr aus großer Entfernung Deckung geben. Und Jorgan kannte die Umgebung wie seine Westentasche. Sie waren ein gutes Team.

Haakon suchte Thors Blick. „Du und ich, wir gehen direkt zur Hütte." Dorthin, wo es am gefährlichsten war.

Thor nickte zur Bekräftigung.

Wenn es eine Falle war, dann war es nur gerecht, dass Thor und Haakon vorangingen, denn schließlich waren sie es, die den Konflikt damals ausgelöst hatten.

Thors Stuhl knarrte, als er aufstand. Orville folgte seinem Beispiel.

Mit einer Geste gab Thor Al und Peter zu verstehen, dass sie vorsichtig sein sollten.

„Klar, alles geht nach Plan", versprach Peter.

Obwohl er Orville kaum kannte, nickte Thor ihm kameradschaftlich zu.

Und Orville sagte, während er sein Gewehr schulterte: „Sibby wurde von den Mannsbildern in ihrer Familie genug traktiert. Ich will die Schurken hinter Gitter sehen." Dann legte er Haakons Geldstücke auf den Tisch.

„Behalte das Geld“, beharrte Haakon, „es gehört dir.“

Aber Orville schüttelte den Kopf und schob die Münzen weiter weg. Thor nickte zum Zeichen seiner Wertschätzung. Haakon tat es ihm gleich. Dann ging Thor zu seinem Bruder, nahm seinen Kopf und presste seine Stirn gegen Haakons. Dabei sah er ihm eindringlich in die Augen.

„Keine Sorge, ich werde schon keine Dummheiten machen“, versprach Haakon.

Jorgan legte Thor lediglich die Hand auf seine Schulter und drückte sie leicht. Er würde vernünftig sein. Dann ging er durch die Küchentür nach draußen.

Die Dielen ächzten unter Thors Gewicht und seine schweren Schritte hallten durch den Raum. Schritte, die ihn überall ankündigten, wo immer er war. Er konnte nicht leise gehen – aber das brauchte er auch nicht. Thor hatte keinen Grund umherzuschleichen. Mutig und selbstsicher ging er durchs Leben und die Leute durften ihn ruhig kommen hören. Haakon taten die Männer leid, die heute Nacht auf ihn treffen würden. Und nie wieder wollte er daran zweifeln, dass Thor ihm immer zur Seite stehen würde.

Dreiunddreißig

Thor roch den Rauch, noch bevor er aus der Tür trat. Er gab Haakon ein Zeichen, um zu fragen, ob er es auch bemerkte, aber sein Bruder schüttelte den Kopf. Der Geruch musste so schwach sein, dass jemand, bei dem alle Sinne normal entwickelt waren, ihn nicht wahrnehmen konnte.

Es roch auch nicht nach Eiche wie das Feuerholz, das neben dem Küchenherd lagerte, sondern hatte eine harzige Note wie Kiefernholz.

Haakons Hütte. Sie war aus Kiefernholz gebaut.

Thor duckte sich und rannte hinüber bis zu dem schmalen Waldstück, Haakon folgte ihm auf den Fersen. Peter und Al schlugen den Weg Richtung Norden ein und Jorgan und Orville suchten die Deckung der Bäume, die den Friedhof einrahmten. Der abnehmende Mond bot noch genug Licht und ließ die dunklen Schatten auf der Lichtung hervortreten. Thor ging im Gleichschritt neben seinem Bruder her und sie bewegten sich wie in einem Traum. Die Landschaft schien düster und unwirklich.

Haakon ging in die Hocke, als sie den Waldrand erreichten, und Thor sah als Erster den gelben Schein, der das Obergeschoss der Hütte erhellte.

Nein.

Rauch drang aus den Ritzen der Wände und den Rahmen der geschlossenen Fenster. Das Feuer musste erst kürzlich ausgebrochen sein. Der Vergeltungsschlag der Sorrels!

Thor suchte mit den Augen die Umgebung ab und sah zwei von Jeds Männern vor dem Haus stehen. Ein dritter entfernte sich von dem brennenden Gebäude. In keinem von ihnen konnte er Harlan oder Jed erkennen, sie mussten also mindestens zu fünft sein. Vielleicht auch mehr.

Er hängte sich das Gewehr über die Schulter und bewegte sich langsam vorwärts. Haakon fiel ihm in den Arm und wollte ihn zurückhalten, aber Thor riss sich los. Sie mussten das Feuer löschen. Thor griff seinen Bruder beim Hemd und zeigte mit der anderen Hand auf den Brunnen.

Haakon schüttelte den Kopf. „Es ist zu riskant. Das ist es nicht wert."

Aber Thor war anderer Meinung. Die Hütte war alles, was Haakon besaß.

Und sie stand so nah am Wald, dass das Feuer leicht übergreifen konnte. Und wenn erst der Wald brannte, war es nicht mehr weit bis zum Haupthaus und zur Mosterei. Dann würde schon bald die ganze Farm in Flammen stehen. Thors Augen bohrten sich in die Dunkelheit. Als er fühlte, dass die Luft rein war, rannte er los und brachte sich hinter einer Hausecke in Sicherheit. Auf der Rückseite der Hütte tastete er sich an der Wand entlang. Ein paar Meter weiter stand der alte Brunnen. Rauchschwaden verschleierten die Konturen. Er griff nach zwei Eimern, die auf der Treppe zum Hintereingang standen, als eine Kugel in die Seitenwand einschlug. Thor ließ sich zu Boden fallen, stand auf und rannte in gebückter Haltung zum Brunnen, wo er hinter der niedrigen Steinmauer Deckung fand, als ein zweiter Schuss die Stille zerriss.

Haakon erstarrte.

Dann entsicherte er sein Gewehr und rannte los. Er nahm denselben Weg wie Thor und erreichte sicher die Hütte. Hinter dem Haus ging er in die Hocke und lehnte sich mit dem Rücken an die Wand. Thor kauerte noch immer hinter dem Brunnen. Soviel Haakon wusste, war er nicht verletzt. Er atmete tief durch und legte den Finger an den Abzug. Vorsichtig spähte er um die Hausecke, wich aber sofort zurück, als ein weiterer Schuss durch die Nacht hallte. Na schön. Sie hatten es nicht anders gewollt!

In dem Moment hätte er alles dafür gegeben, wenn er sich Thor hätte bemerkbar machen können. Er wollte ihm sagen, dass er nicht getroffen war. Da Rufen zwecklos war, musste er sich etwas anderes einfallen lassen.

„Das werdet ihr bereuen!“, schrie er stattdessen Richtung

Wiese, wo er zumindest einen der Männer im hohen Gras vermutete. Er hatte keine Ahnung, wo die anderen waren.

Als Antwort folgte eine Gewehrsalve.

Haakon presste den Schaft seiner Winchester gegen die Schulter, holte tief Luft und wagte sich bis um die Hausecke. Er spannte den Hahn, feuerte, lud nochmals durch und feuerte noch einmal. Dann zog er sich außer Schussweite zurück. Er fragte sich, wie lange das Feuer im oberen Stock wohl schon brannte. Fünf Minuten? Oder länger? Der Qualm wurde zusehends dichter. Innen mussten jetzt auch die Wände brennen. Thor und er hatten nicht mehr viel Zeit und die Sorrels wussten das.

Weitere Schüsse in Haakons Richtung folgten und er gab kurz seine Deckung auf, um sie zu erwidern. Der Schusswechsel hielt an. Haakon feuerte, bis ihm ein leises Klicken sagte, dass das Magazin seines Gewehrs leer war. Irgendjemand musste getroffen worden sein, denn aus der Lichtung hörte er einen Mann stöhnen. Er hatte keine Ahnung, wer es war. Dass es Peters Vater sein könnte, erfüllte ihn mit Schmerz und Genugtuung zugleich. Noch schlimmer war der Gedanke, dass eventuell Peter in die Schusslinie seiner eigenen Leute geraten war. Aber Harlans Sohn war überzeugt, für eine gute Sache zu kämpfen. Er tat es nicht nur für die Sicherheit in ihrem Landstrich, sondern auch für seine Mutter und Schwestern. Und für Cora und ihre Töchter.

Haakon griff in seine Hemdtasche, zog eine Handvoll Patronen heraus und lud sein Gewehr nach. Als Schüsse die Hausecke trafen, zog er sich weiter zurück. Holz und Dachschindeln splitterten. Der Qualm verdichtete sich und erschwerte die Sicht und das Atmen.

Durch den Rauchschleier sah er, wie Thor sich erhob. Er stützte sein Gewehr auf den Brunnenrand und feuerte eine gewaltige Ladung ab. Der Rückstoß riss seine Schulter zurück und die Schüsse dröhnten über die Lichtung, als zwei weitere Schüsse aus dem Wald kamen, wo Jorgan und Orville lauerten. Haakon wagte einen Blick um die Ecke und sah, dass ein weiterer Mann getroffen worden war. Das machte schon zwei – und einer von ihnen lag tot am Boden.

Er hasste das Töten.

Seine Erleichterung hatte einen bitteren Beigeschmack, als er sah, wie die übrigen Sorrels die Flucht ergriffen und Richtung Westen auf den Wald zuliefen. Haakon legte das Gewehr an und zielte auf die Beine, um sie am Entkommen zu hindern. Seine Kameraden und er waren nicht hier, um zu töten. Sie wollten nur dafür sorgen, dass diese Verbrecher endlich festgenommen wurden. Wo blieb bloß der Sheriff? Im Mondlicht sah Haakon die Schatten der Männer und schoss. Dann waren sie außer Reichweite und entschwanden im Schutz der Bäume, wo sich wahrscheinlich der Rest der Truppe versteckte. Mehr Schüsse krachten aus der Richtung, wo Orville und Jorgan saßen.

Haakon hängte sich das Gewehr um und rannte zurück zum Brunnen hinter dem Haus. Wasser. Schnell. Viel Wasser. Als er beim Brunnen ankam, hatte Thor schon die Eimer gefüllt und drückte ihm den einen in die Hand. Haakon lief in gebückter Haltung zur Hintertür und versuchte dabei so wenig Wasser wie möglich zu verschütten. Die Tür war verschlossen. Er trat dagegen, doch sie bewegte sich nicht. Er feuerte zweimal auf das Türschloss, dann hörte er, wie Thor einen lauten Schrei ausstieß.

Haakon machte den Weg frei. Thor zielte mit einer Hand auf den Türknauf und feuerte eine seiner Bleikugeln ab. Haakon stürmte nach vorn, trat gegen den pulverisierten Bereich und die ganze Seite brach weg. Qualm drang aus dem Inneren. Er hatte keine Ahnung, wie schnell das Haus abbrennen würde, aber im Schein der Flammen sah er, dass der untere Treppenabschnitt noch kein Feuer gefangen hatte. Er goss einen Schwall Wasser auf die oberen Stufen und tauschte dann mit Thor den Eimer. Aus dem Dachgeschoss züngelten Flammen, der Rauch brannte ihm in den Augen und im Hals. Mit dem zweiten Eimer zielte er höher und rannte dann mit seinem Bruder hinaus, um neues Wasser zu holen.

Mit der nächsten Wasserladung konnten sie das Feuer auf der Treppe so weit löschen, dass der Weg nach oben frei war. Thor rannte zurück zum Brunnen und sein Gang ging in ein Hinken über, als er ihn erreichte. Während Haakon mit dem nächsten Eimer die Treppe hochstürzte, schoss ihm der Gedanke durch den Kopf, dass die Sorrels auch das Haupthaus anzünden würden. Und er hoffte, dass Al und Peter, die dort Wache hielten, nichts passieren würde.

Der Rauch kratzte ihn im Hals und löste einen Hustenreiz aus, als Haakon den Treppenabsatz erreichte. Das obere Stockwerk war zur Hälfte den Flammen zum Opfer gefallen. Die andere, unversehrte Hälfte war feucht, offensichtlich waren Boden und Wände zuvor mit Wasser getränkt worden.

In der Mitte stand Jed! Mit gezückter Pistole.

Die Kugel traf Haakon an der Schulter, er fiel rückwärts die Stufen hinunter, fing sich aber auf den Knien auf. Der stechende Schmerz durchzuckte seinen ganzen Körper, doch er riss sein Gewehr nach vorn und feuerte hoch in den Rauch. Eine zweite Kugel schlug hinter ihm in die Wand ein. Er hätte es wissen müssen. Diese hinterhältige Taktik sah Jed ähnlich. Nur der alte General war verrückt genug, sich in einem brennenden Haus zu verstecken.

Als er die letzte Patrone verschossen hatte, stützte sich Haakon mit der linken Hand auf sein Gewehr. Blut rann seinen Arm hinunter. Seine Finger, mit denen er den Lauf umklammert hielt, wurden klebrig. Mit der rechten Hand tastete er nach dem Revolver an seinem Gürtel. Er hatte noch sechs Schuss in der Trommel. Langsam robbte er die Stufen hoch bis nach oben. Der beißende Qualm raubte ihm den Atem. Er sollte nach unten gehen und Jed dem Feuer überlassen. Aber dann wäre die Hütte nur noch Schutt und Asche.

Haakon hielt sich sein Hemd vor den Mund und versuchte,

durch den Stoff zu atmen. Er wagte sich so weit nach oben wie möglich und schoss in den brennenden Raum hinein. Jed konnte er nirgends entdecken. Haakon lud den Revolver durch und zielte blindlings in jede Ecke. Als er die letzte Patrone verschossen hatte, zog er sich zurück und rannte so schnell er konnte nach draußen.

Er hatte keine Ahnung, ob Jed noch im Haus war. Gehetzt blickte er sich um, während er die Waffe zurück ins Holster steckte. Wo war Thor?

Sein Bruder konnte die Schüsse nicht hören. Woher sollte er wissen, dass er sich aus der Gefahrenzone bringen musste?

Er musste Thor warnen. Haakon japste nach Luft, dann verzog er das Gesicht vor Schmerz. Seine Schulter brannte wie Feuer. Plötzlich kam ein zischender Laut von hinten und eine Kugel schlug neben ihm in den Boden ein. Instinktiv trat Haakon die Flucht nach vorn an. Dabei wagte er einen kurzen Blick über die Schulter und sah, wie Jed aus dem Haus wankte, ein Taschentuch vor dem Mund und die Pistole in der Hand. Die Waffe auf Haakon gerichtet, zielte er in seine Richtung. Ohne Deckung stolperte Haakon in die Dunkelheit. Thor konnte nicht weit sein und er betete, dass er ihn finden würde.

Ein weiterer Schuss krachte. Haakon hatte keine Möglichkeit, sein Gewehr oder seinen Revolver nachzuladen, dazu brauchte er Zeit und Deckung. Wo war der Brunnen? Der Qualm und die Dunkelheit machten es beinahe unmöglich, irgendetwas zu sehen. Jed feuerte auf gut Glück in die Finsternis.

Mit einem Brennen im Hals, das nicht nur vom Rauch herrührte, kroch Haakon auf allen vieren vorwärts, bis er den schützenden Waldrand erreichte. Entkräftet hievte er sich über einen liegenden Baumstamm und ließ sich dahinter fallen. Jede Bewegung tat weh, als er mit blutigen Fingern neue Munition aus seiner Tasche zog. Er besaß keinen endlosen Vorrat und schob nur zwei Projektile in die Patronenkammer. An den Stamm gelehnt, presste Haakon den Gewehrlauf an die Brust und wartete, bis sein Atem ruhiger wurde. Der Rauch quoll immer noch aus der Hütte und er sog dankbar die frische Luft ein.

Schmerz und Verzweiflung schlugen wie eine Woge über seinem Kopf zusammen und er fürchtete, ohnmächtig zu werden, als plötzlich etwas anderes aus dem Nebel seines Bewusstseins emporstieg.

Sonne und Schild. So stand es in der Verheißung. Ganz gleich, ob er es verdient hatte oder nicht, sie galt auch für ihn. Ein Licht in der Finsternis. Haakon griff mit zitternder Hand nach dem Beutel um seinem Hals. Er war glatt und weich, ohne Münzen und ohne knisternde Kokablätter. Er enthielt jetzt nur noch, was wirklich zählte.

Haakon schloss die Augen. Ihm war kalt und er zitterte, wahrscheinlich stand er unter Schock. Wenn er nur wüsste, wo Thor war. Oder die anderen. Er musste wissen, ob sie in Sicherheit waren. Oder ob jemand von ihnen verletzt war oder vielleicht nicht mehr lebte. Und wo war Harlan die ganze Zeit? Der Wind frischte auf und blies den Rauch in die andere Richtung. Haakon legte den Kopf zurück und atmete die reine Luft ein. Es war eine sternlose Nacht und er sah nur Baumwipfel und fliegende Funken.

Seine Schulter pochte und die Welt drohte vor seinen Augen zu verschwimmen.

Was gäbe er jetzt darum, auf einem Schiff zu sein. Lautlos dahinzugleiten, den Wind in den Segeln und das glitzernde Wasser unter ihm.

Das Geräusch von Gewehrkugeln ganz in seiner Nähe riss ihn aus seinem Dämmerzustand. Was war hier los? Weitere Schüsse fielen, sie kamen aus beiden Richtungen. Dann plötzlich ein lautes Krachen, das unverkennbar aus Thors Büchse stammte. Thor war am Leben. Haakon wurde schwindelig vor Erleichterung. Seine Brüder und seine Freunde kämpften weiter, sie gaben nicht auf. Also hatte er auch kein Recht aufzugeben. Er hatte immer noch zwei Patronen. Zeit, das Beste daraus zu machen.

Er brachte sich in Position und suchte mit den Augen die in Dunst gehüllte Lichtung ab, konnte aber niemanden entdecken. Von Zeit zu Zeit leuchtete im Dunkeln ein Funken auf, wo Jeds Männer aus ihren Verstecken heraus ihre Schüsse abfeuerten.

Dann sah er Thor, wie er aus dem Schatten des Hauses hinaus ins Mondlicht trat, mit zwei leeren Eimern in der einen und seinem Gewehr in der anderen Hand.

Was machte er da?

„Thor! Lass es bleiben!“, schrie Haakon einem Reflex folgend. Natürlich war es sinnlos. Thor konnte ihn nicht sehen, geschweige denn hören, aber der Instinkt, ihn zu beschützen, war stärker als alles andere.

Obwohl er damit seine Deckung aufgab, stand Haakon auf und winkte mit seinem guten Arm in Thors Richtung. Thor sah zu ihm hinüber und – zu Haakons großer Erleichterung – erkannte er ihn sofort. In gebückter Haltung lief er zu Thor hinüber. Dabei zeigte er auf seine Waffe und hob zwei Finger in die Höhe, zum Zeichen, dass er noch zwei Schüsse hatte. Thor griff in seine Hemdtasche, zog drei 44-er-Patronen heraus und gab sie Haakon.

„Brauchst du die nicht?“

Thor blinzelte und schüttelte den Kopf, so wie er es tat, wenn er nicht verstanden hatte. Sein Gesicht war rußverschmiert und Schweiß rann ihm von der Stirn. Er wischte sich mit dem Ärmel übers Gesicht und blickte Haakon fragend an.

Haakon bohrte seinen Finger in Thors Brust und zeigte auf die Patronen.

Sein Bruder klopfte auf die Trommel seiner Flinte, die immer noch über seiner Schulter hing. *G-E-L-A-D-E-N.* Dann deutete er auf den Colt an seiner Hüfte und buchstabierte dasselbe. Haakon nahm die Patronen beruhigt aus Thors rußgeschwärzter Hand und bestückte sein Gewehr.

Alles war auf einmal gespenstisch still. Haakon wollte am liebsten nach Jorgan und Peter rufen, doch er unterdrückte seinen Impuls. Stattdessen gab er Thor mit dem Daumen einen Hinweis, wo er die anderen vermutete. Thor nickte.

Gebückt und möglichst unauffällig machten sie sich auf den Weg und hielten sich am Waldrand und im Schatten. Das Mondlicht war schwach, aber hell genug, um die Umrisse zweier sich bewegender Männer zu erkennen. Haakon warf einen letzten Blick zurück zur Hütte und befürchtete, dass sie bald in sich zusammenfallen würde. Aber er sah keine Flammen mehr. Und der Rauch, der noch durch die Ritzen drang, war ein anderer. Thor hatte das Feuer gelöscht.

Dankbarkeit und Hoffnung erfüllten Haakon, sodass er für einen Augenblick alle Schmerzen vergaß. Dann glitten seine Augen wachsam über die Lichtung und die angrenzenden Bäume, aber nichts tat sich. Als sie das Waldstück erreichten, wo ihre Wege sich getrennt hatten, blieb er stehen. Dann trat er näher an seinen Bruder heran, sodass der im Halbdunkel seine Worte lesen konnte.

„Du gehst Jorgan und Orville suchen“, flüsterte er. „Ich suche Al und Peter.“

Thor nickte und legte zum Abschied seine Hand an Haakons Hinterkopf und gab ihm einen kameradschaftlichen Klaps. Haakon drehte sich um und stolperte davon. Nie würde er den Blick seines Bruders in dieser Nacht vergessen.

Vierunddreißig

2. Juni 1895
Whitetop Mountain, Virginia

Ava erwachte, als sich ein kleines Köpfchen mit seidigem Haar an ihren Hals schmiegte. Tusie gähnte und räkelte sich in den Decken, unter denen sie sich in der Nacht zusammengekuschelt hatten. Sie hatte sich freigestrampelt, aber sie war immer noch warm in ihrem leinenen Nachtkleidchen verpackt. Auf dem Fußboden lagen die anderen Frauen und Kinder zwischen Decken und Kissen. Die Kennedys hatten sie in ihrem gemütlichen Häuschen mit offenen Armen empfangen und Mr. Kennedy war extra in die Gartenlaube umgezogen, um Platz für die vielen weiblichen Gäste zu machen. Ava knöpfte ihr Nachthemd auf und konnte Tusie stillen, ohne Angst zu haben, in eine unschickliche Situation zu geraten.

Es war noch früh am Morgen und die Dunkelheit wich einem sanften, grauen Licht. Ava legte sich eine leichte Decke um die Schultern und schuf eine gemütliche, warme Höhle für sich und das Baby. Müdigkeit überfiel sie nach der sechsstündigen Reise und der Nacht in ungewohnter Umgebung. Sie schloss die Augen und wäre beinahe wieder eingenickt.

Sie dachte an Thor und die Gefahr, in der er und die anderen vielleicht gerade waren. Und sie flüsterte leise ein Gebet – eins von vielen in dieser Nacht.

Aus der Küche hörte sie Geräusche, als Mrs. Kennedy sich

am Herd zu schaffen machte und Holz nachlegte. Als die junge Frau sah, dass Ava und das Baby schon wach waren, lächelte sie.

„Lassen Sie sich nicht stören", sagte sie leise und schob einen ihrer braunen Zöpfe zurück über ihre Schulter. „Ich wollte gerade Wasser aufsetzen. Dann gibt es erst mal heißen Tee und Kaffee."

Ava spürte eine Welle der Dankbarkeit und Sympathie. Diese junge Frau und ihr Mann hatten sie ganz selbstverständlich bei sich aufgenommen und ihre Gastfreundschaft war grenzenlos. Mrs. Kennedy hatte ihr Bett an Cora, Ida und Georgie abgetreten. Tess schlief daneben auf dem Boden. Im Wohnzimmer lagen Fay und die Jungen auf dicken Steppdecken. Die liebe Sibby hatte es sich auf einer gepolsterten Fensterbank bequem gemacht und Mrs. Kennedy selbst hatte im Schaukelstuhl geschlafen.

Ava schob den Arm unter Tusie, um sie zu stützen, und streckte ihren müden Rücken. „Es tut mir leid, dass wir Ihnen so viele Umstände machen. Wir sind sehr dankbar, dass Sie uns so freundlich aufgenommen haben, Mrs. Kennedy."

„Gern geschehen. Es ist uns eine große Freude. Aber bitte nennen Sie mich Gwen." Sie war knapp neunzehn Jahre alt und ihre Stimme war sanft, als sie mit fließenden Bewegungen einen Eisentopf in die Mitte des Herdes rückte. „Und Sie machen wirklich keine Umstände. Haakon hat uns für die extra Kosten Geld geschickt und geschrieben, dass wir noch Decken und Bettzeug von den Nachbarn borgen sollen." Sie blinzelte Ava zu. „Mein Mann hat viel von Ihrem Schwager erzählt und von ihren Abenteuern auf See. Es freut mich sehr, Haakons Familie endlich kennenzulernen."

Ava lächelte. Sie konnte sich vorstellen, wie die Zeit auf dem Schiff und in fernen Ländern die beiden Männer zusammengeschweißt hatte. „Die Freude ist ganz unsererseits." Und sie bedauerte, dass sie so wenig über diesen Mann wusste. Tate Kennedy. Sie hatte Haakon nie gefragt, was er in den vier Jahren auf See alles erlebt hatte, und nahm sich vor, dies nachzuholen. Wenn Gott wollte, dass sie sich lebend wiedersahen.

Auf ihrer Fahrt zum Bahnhof hatte Sibby sie in Haakons Pläne eingeweiht. Dass er die Sorrels in eine Falle locken wollte, sodass der Sheriff nur noch zu kommen brauchte, um sie festzunehmen. Und dass sie die Frauen und Kinder in Sicherheit brachte, falls es auf der Farm zu einer Schießerei kommen würde. Ava mochte sich nicht vorstellen, in welche Gefahr sich Thor und die anderen Männer begaben. Sie betete, dass Gott sie beschützen möge. Sosehr sie sich für ihre Tochter eine Zukunft in Sicherheit und Freiheit wünschte, so sehr bangte sie um Thor und hoffte, dass sie diese Freiheit nicht mit seinem Leben bezahlen mussten.

Als Haakon wach wurde, wusste er zuerst nicht, wo er war. Er lag im Wald neben einem toten Baumstamm und aus einer Wunde an seiner Schulter sickerte Blut. Er hatte nicht einschlafen wollen. Nur einmal kurz die Augen schließen, als die Schmerzen übermächtig geworden waren und er immer wieder das Bewusstsein verloren hatte.

Es war noch dunkel, allzu lange konnte er also nicht ohnmächtig gewesen sein. Mühsam rappelte er sich auf. Sein Magen rebellierte. Doch er musste weiter. Er musste Al und Peter finden. Ob Jorgan und Orville noch oben auf der Anhöhe waren? Und wo war Thor?

Die Nacht war so still, dass er sich schon fragte, ob sich die anderen vielleicht irgendwo schlafen gelegt hatten. An einen anderen Grund für die Stille wollte er lieber nicht denken.

Vielleicht waren die Männer vernünftig geworden und hatten eingesehen, dass es keinen Zweck hatte, im Dunkeln aufeinander zu schießen. Bei Tageslicht könnten sie besser zielen, würden aber auch ihre Deckung verlieren. Haakon wusste nicht, was besser war.

Er hielt sich im Schutz der Bäume und lief weiter, bis die Morgenröte am Horizont heraufzog, verhüllt von indigofarbenen Wolken und Rauchschleiern. Haakon suchte mit den Augen die Umgebung nach einem Lebenszeichen ab. Das Gelände war groß und unübersichtlich. Die Männer konnten überall sein. Dann lief er quer durch den Wald, ohne Gefühl für Zeit und Raum, und betete, dass er seine Kameraden lebend antreffen würde.

Auf einmal sah er, dass er sich ganz in der Nähe der Farm befand. In der Dunkelheit musste er die Orientierung verloren haben und sah erst jetzt, im Licht des anbrechenden Tages, wie weit er gelaufen war.

Auf einmal krachten zwei Schüsse. Sie kamen nicht aus dem Wald, sondern aus der Scheune und schlugen vor der Veranda in den Boden ein. Er wusste nicht, wer auf wen geschossen hatte, aber er musste seinen Leuten helfen.

Er duckte sich und schlich im Schutz der Bäume näher an das Haus heran. Eines der Fenster war eingeschlagen und ein zweites stand halb offen. Am Waldrand kauerte er sich hinter das niedrige Gestrüpp und ließ den Blick über den Hof schweifen, wo immer noch Björns Bauklötze und Sigurds Schwert lagen.

Bis zu den Gebäuden waren es gut und gerne dreißig Meter. Haakon blickte nach links und rechts. Wie viele von Jeds Männern waren noch in der Nähe? Bestimmt mehr als einer. Und wer immer die Fensterscheibe eingeschlagen hatte, war vielleicht nicht allein im Haus. Es wäre leichtsinnig, sich ohne Deckung dem Haus zu nähern, aber wenn die Sorrels auch hier Feuer legen wollten, konnte er nicht tatenlos zusehen. Haakon überlegte noch, was er tun sollte, als plötzlich die Haustür aufgestoßen wurde.

Al taumelte heraus. Er hatte die Hände erhoben und hinter ihm ging ein Mann, der ihm die Pistole an den Hinterkopf hielt.

„Da is' kein Schuss mehr drin!", schrie Al und im selben Moment schlug ihm der Mann den Pistolenknauf über den Kopf.

Al strauchelte, rappelte sich wieder auf und stolperte davon. Sein Angreifer zog ein Messer und setzte ihm nach. Immer noch in der Hocke, hob Haakon sein Gewehr und zielte. Er hatte den Finger schon am Abzug, als von irgendwoher ein Schuss fiel. Der Mann stöhnte auf und ging zu Boden. Eine zweite Kugel folgte und dann bewegte er sich nicht mehr.

Coras Sohn rannte jetzt in gebückter Haltung auf den Wald zu. Haakon stand auf, um sich bemerkbar zu machen. Al hatte ihn entdeckt und hielt auf ihn zu. Als er ihn erreichte, ließ er sich hinter einen Baum fallen und rang nach Luft. Blut tropfte durch sein krauses Haar.

Haakon kniete sich neben ihn und zog sein Taschentuch heraus. „Was ist passiert?"

Al presste das Tuch an seinen schmerzenden Kopf. „Ich war im Haus, wollte nachsehn, ob jemand drin ist. Dann kamen sie."

Haakons Blick wanderte zur Scheune. Von dort waren die Schüsse gekommen. „Was ist mit Peter?"

„Ich glaube, er hat gerade geschossen."

„Und hast du Jorgan und Orville gesehen?"

„Nein."

„Und die anderen?"

„Niemanden."

Haakon verlagerte sein Gewicht auf das andere Bein. Beinahe wurde ihm vor Schmerzen und Erschöpfung schwarz vor Augen, allein die Panik hielt ihn aufrecht. Es machte ihm Angst, dass niemand Jorgan gesehen hatte. „Wie viele sind noch im Haus?"

„Ich glaub', nur noch einer. Zwei liegen auf der Lichtung und ich denk', Orville hat auch einen erwischt."

„Und wer ist im Haus?"

„Peters Pa. Aber er hat keine Munition mehr. Da war keine Patrone mehr in der Pistole. Der Kerl wollte mich als Schutzschild benutzen. Sah so aus, als wollten sie sich aufteilen. Er hat mich festgehalt'n und gesagt, ich soll loslaufen. Nur so bin ich aus dem Haus wieder rausgekommen."

Haakon stieß langsam die Luft aus. Al hatte sein Leben für sie riskiert.

„Jed hat sich in der Nacht drüben in der Scheune versteckt, aber ich weiß nich', wo er jetzt is'. Peter sagt, er hat geseh'n, wie er rauskam, aber es war zu dunkel."

Haakon blickte hinüber zum Haus und wog das Risiko ab.

Erst jetzt bemerkte Al Haakons verletzte Schulter. „Was is' mit dir passiert?"

„Die Kugel ging durch. Hört langsam auf zu bluten, glaube ich." Seine Schulter tat höllisch weh, und je mehr er daran dachte, desto größer wurden die Schmerzen. Also besser nicht daran denken. Haakon konzentrierte sich auf das Haus. Das Morgenlicht war noch schwach, aber die Umrisse ließen sich schon deutlich erkennen. „Wo ist Harlan?" Sein Blick wanderte zu dem Toten, aber Al beteuerte noch einmal, dass es nicht Peters Vater war.

„Er muss noch oben sein. Wie ich gehört hab', war er es, der zuerst geschossen hat. Ich hatte Angst, dass er das Haus anstecken will, also bin ich rein."

Haakon bewunderte Als Mut. Er verdankte Coras Sohn so viel. Aber jemand musste ins Haus gehen und Harlan unschädlich machen. „Warte hier auf mich, Al, und gib mir Deckung. Und wenn du einen von unseren Leuten siehst, wink ihn zu dir. Es ist besser, wenn wir jetzt zusammenbleiben." Haakon wusste nicht, ob das wirklich der Fall war, aber sein Bedürfnis, die anderen wiederzusehen und in Sicherheit zu wissen, war größer als alle Logik.

Al nickte. Plötzlich sahen sie, wie jemand an der Schmalseite der Scheune vorbeirannte. Peter. Er lief in geduckter Haltung geradewegs auf das Haus zu, ein Gewehr in der Hand. Peter konnte unmöglich wissen, wer dort drin war. Er würde wohl kaum einen Schusswechsel mit seinem eigenen Vater suchen. Haakon dachte nicht lange nach, sondern lief los und erreichte den Treppenabsatz kurz nach Peter. Er riss ihn zurück, packte ihn am Kragen und schubste ihn gegen die Wand. „Nein!"

Peter hatte keine Zeit, Freund und Feind auseinanderzuhalten, und holte reflexartig mit der Faust aus. Haakon duckte sich und der Schlag ging ins Leere. Als Peter sah, wen er vor sich hatte, entspannte sich sein schmutz- und schweißbedecktes Gesicht.

„Da drin ist dein Pa." Schwer atmend ließ er Peter los. „Lass mich reingehen."

„Das kannst du nicht. Du bist angeschossen. Du kannst kein Gewehr halten."

„Ich habe immer noch meine Pistole."

„Die ist leer. Sonst hättest du sie schon in der Hand."

Der Junge hatte einen scharfen Verstand. „Dann gib mir deine."

„Da ist auch nichts mehr drin." Peter fasste nach dem Türgriff. „Das ist meine Sache. Ich geh' rein."

„Nein, Peter. Bitte, hör auf mich." Haakon nahm die Waffe in die andere Hand. Seine gute Schulter war zum Glück auch die Seite, an der er normalerweise das Gewehr anlegte. Es kostete ihn alle Kraft, eine Patrone in das Magazin einzuführen. Seine schmerzenden Muskeln sagten ihm, dass dies für lange Zeit die letzte Patrone sein würde, die er einlegen würde. Er unterdrückte ein Stöhnen und sog scharf die Luft ein. „Siehst du, ich hab's." Jeden anderen hätte er gefragt mitzukommen, aber nicht Peter. Haakon war schwindelig vor Schmerzen und er blinzelte, damit er wieder klar sehen konnte. „Geh und hol Hilfe! Versuch, die anderen zu finden. Vor allem Thor."

Peter wusste genauso gut wie Haakon, dass Thor ihr bester Schütze war. Haakon war zwar schlau und mit allen Wassern gewaschen, aber Thor war ruhig und besonnen. Er brauchte Thor als Verstärkung, denn kaum jemand war so gefährlich wie Harlan Sorrel. Und sein Sohn wusste das.

„Sei vorsichtig, Peter. Einer von ihnen könnte noch da draußen sein." Haakon sah zum Wald hoch. Obwohl er nichts entdecken konnte, wurde er das Gefühl nicht los, dass etwas nicht stimmte. Es waren sieben. Sieben Männer, nicht sechs. Von seinen Brüdern wusste er, dass der angebliche Arzt, der Thor Blut abgenommen hatte, gefährlicher sein musste, als Thor an jenem Tag hatte ahnen können. Red Sorrel. Er hatte sich nicht blicken lassen an dem Abend bei Orville, aber Haakon hatte den Verdacht, dass er die ganze Zeit in der Nähe gewesen war. Auch das war eine Strategie – den Gegner über die eigentliche Anzahl von Männern im Ungewissen zu lassen. Und Jed war gerissen genug, um mit solchen Methoden zu arbeiten.

„Und wir wissen nicht genau, wo Jed ist", warnte Haakon.

Peter nickte. „Verstanden."

Es war nicht ungefährlich, Peter loszuschicken, um die anderen zu suchen, aber es war immerhin sicherer als im Haus. „Pass auf dich auf. Und bring Thor mit." Haakon wünschte, er könnte Peter versprechen, dass bis dahin der Sheriff und seine Leute hier sein würden, aber was das anging, wagte er keine Prognosen. „Ich halte deinen Pa in Schach, so gut ich kann."

Peter lief los und verschwand um die Hausecke. Kurz darauf tauchte er im Schutz der Bäume unter. Haakon trat ins Haus und zog geräuschvoll die Tür hinter sich zu. Peters Vater sollte ruhig wissen, dass er kam. Aber eigentlich spielte es keine Rolle. Wenn er hier drinnen war, würden sie sich früher oder später begegnen.

Haakon ging zuerst in die Küche, wo er seit seiner Rückkehr nur selten gewesen war. Alles war noch genauso, wie er es in Erinnerung hatte. Hier war Idas Reich – und Fays und Avas. Ihr *Zuhause* und er fühlte sich umso mehr als Eindringling.

Unbehelligt durchquerte er den Großen Raum und stieg vorsichtig die Treppe in den ersten Stock hoch. Auch im Flur war niemand zu sehen. Er warf einen Blick in Jorgan und Fays Zimmer und ging weiter zum nächsten. Mit erhobenem Gewehr beugte er sich vor und sah hinein. Auch Avas altes Zimmer war leer. Er ahnte, dass das auch beim nächsten Raum der Fall sein würde, und wurde nicht enttäuscht. Blieb nur noch das Dachgeschoss. Angestrengt lauschte er auf irgendwelche verdächtigen Geräusche, konnte aber nichts hören.

Als er die Stufen hochstieg, war Haakon besonders vorsichtig, denn er wollte kein zweites Mal auf der Treppe angeschossen werden. Er umklammerte sein Gewehr und ging dicht an der Wand entlang. Dabei hoffte er, dass Al recht hatte und die Sorrels alle Munition verschossen hatten. Vor ihm lag Thors und Avas Zimmer.

Plötzlich wurde er von einem harten Gegenstand getroffen. Er verlor das Gleichgewicht und taumelte rückwärts gegen die Wand. Er hörte splitterndes Glas. Was von der Öllampe übrig war, lag in Scherben zu seinen Füßen. Petroleum tropfte von seinem Hemd.

Nun wusste er, wo Harlan war.

Das nächste Wurfgeschoss war der Glasbehälter mit dem Lampenöl. Haakon duckte sich und das Glas zerschellte auf dem Flur. Öl sickerte in die Bodenbretter. Haakon erhaschte eine Bewegung im Türrahmen, zog seine Waffe und feuerte. Die Kugel traf Harlan an der Hüfte. Der Mann schwankte. Er stieß einen Schwall von Flüchen aus und warf eine Kiste Bücher nach unten.

Haakon drückte sich mit dem Rücken gegen die Wand und die Kiste landete krachend neben ihm. „Jetzt sind wir quitt, Harlan!"

Er wusste nicht, warum er Harlan Sorrel nicht gleich erschossen hatte. Aber der war unbewaffnet, und Haakon hätte es nicht über sich gebracht, einen wehrlosen Mann zu töten.

Haakon hatte nicht mehr die Kraft, das Gewehr nachzuladen. Er öffnete den Messingverschluss und entleerte das Magazin. Die Patronen fielen in seine Hand und er verstaute sie in seiner

Tasche. Er musste beides in Sicherheit bringen. Das nächstbeste Versteck, das ihm einfiel, war Dorothees Zimmer. Die Waffe durfte nicht in Harlans Hände fallen, denn Haakon traute ihm nicht. Vielleicht hatte er ja noch irgendwo Munition. Er klemmte das Gewehr zwischen die Wand und einen Ohrensessel und warf eine Decke über die Laufmündung. Zuletzt nahm er seinen Lederbeutel ab und legte ihn ebenfalls in das Versteck.

Als er wieder im Flur stand, zog Haakon sein Messer. „Kommst du runter oder soll ich zu dir raufkommen?" Der Petroleumgeruch stach ihn in der Nase. Sein Hemd war völlig durchtränkt und er würde brennen wie Zunder, falls Harlan noch ein Streichholz hatte. Hastig schälte er sich aus dem Hemd, zuerst mit der gesunden Seite, dann mit der verletzten, knüllte es zusammen und warf es auf den Boden. Sein Unterhemd hatte ebenfalls etwas von dem Öl abbekommen und da er es mit der verletzten Schulter unmöglich so schnell ausziehen konnte, nahm er das Messer und schnitt den Stoff auf.

Schon hörte er Harlan die Stufen herunterpoltern. Haakon beeilte sich, sich das Hemd vom Leib zu reißen, und bekam gerade noch rechtzeitig den Messergriff zu fassen.

Dann sah er Harlan. Und hinter ihm stand Jed.

Haakon gefror das Blut in den Adern. Mit seiner angesengten Kleidung, dem rußverschmierten Gesicht und der geröteten Narbe über dem Loch, wo einst das Auge gewesen war, bot Jed Sorrel einen furchterregenden Anblick. Seine Augenklappe fehlte und seine fleischige Hand umklammerte den Griff der Axt aus der Scheune, die Haakon frisch geschliffen hatte.

Harlan hatte ebenfalls ein Messer in der einen Hand. Mit der anderen schleifte er einen stabilen Stuhl hinter sich her, die Stuhlbeine schlugen klappernd gegen die Treppenstufen. An seiner Hüfte klaffte die Schusswunde und tränkte sein Hosenbein mit Blut. Falls Harlan Schmerzen hatte, so zeigte er es nicht.

„Es hat doch keinen Sinn", versuchte Haakon die Situation zu entschärfen und zwang sich, stehen zu bleiben und nicht zurückzuweichen. „Wenn ihr freiwillig mit zum Sheriff kommt, kriegt ihr eine ordentliche Gerichtsverhandlung. Alle beide."

Mit einem zornigen Laut stemmte Harlan den Stuhl in die Höhe und schmetterte ihn quer durch den Flur. Haakon wich zu spät aus und bekam die volle Wucht zu spüren. Mühsam rappelte er sich auf und hielt sich den Kopf. „Gab es heute nicht schon genug Tote?" Er hatte das Messer noch umklammert und drehte nervös den Griff in der Hand.

Statt einer Antwort packte Harlan einen Tonkrug mit Trockenblumen, der auf einem niedrigen Tisch am Ende des Flurs stand, und schleuderte ihn in Haakons Richtung.

Haakon duckte sich weg. Der Krug traf die Wand und zersprang in tausend Stücke. Langsam richtete Haakon sich wieder auf. „Wirklich, jetzt reicht's."

Jed saß regungslos auf der obersten Treppenstufe.

„Lässt du immer andere für dich die Drecksarbeit machen?", rief Haakon zu ihm hoch. Und zu Harlan sagte er: „Dein eigener Sohn ist da draußen." Er starrte den Mann an, dem Peter so ähnlich sah. Dieselbe Größe, dasselbe dicke, weizenblonde, kurz geschnittene Haar. Sogar ihre Hemden hatten denselben Schnitt – eng über der Hüfte, breit in der Schulter – und waren aus grobem Flanell, wahrscheinlich vor Jahren von derselben Frau genäht. „Dein Sohn kämpft um sein Leben. Gegen seine eigenen Blutsverwandten. Willst du das wirklich?"

Doch Harlan war in seinem Wahn nicht zu bremsen. Jetzt hob er den kleinen Tisch in die Höhe, hielt ihn wie einen Schild vor den Körper, mit den Beinen voran, und ging damit zum Angriff über. In Windeseile griff Haakon nach einem kaputten Stuhlbein, um sich zu verteidigen. Dann krachte Holz auf Holz, sodass nun auch Harlan taumelte. Eines der Tischbeine hatte Haakon in den Bauch gerammt und er rang nach Luft. Harlan war sein Messer aus der Hand geflogen und schlitterte auf dem Boden entlang. Keuchend stürzte Haakon hinterher und griff nach dem Messer, bevor Jed es erreichen konnte.

Ein Messer in jeder Hand, stand Haakon in der Mitte des Flurs. Er hielt sich mehr schlecht als recht auf den Beinen und hoffte, nicht ohnmächtig zu werden.

Und die Nerven zu behalten, denn jetzt stand er genau zwischen Harlan und Jed.

Das Tischbein hinterließ einen stechenden Schmerz in seiner Magengrube. Haakon holte so tief Luft, wie er konnte. Glasscherben knirschten unter seinen Stiefeln.

In der Luft hing beißend der Petroleumgeruch und Haakon betete, dass Harlan kein Streichholz mehr hatte.

„Lasst uns aufhören", keuchte Haakon. „Wir können alles gütlich regeln." Eine lange Schramme zog sich quer über seinen bloßen Oberkörper. Er spuckte Blut.

Stattdessen bewegte sich Jed mit der Axt auf ihn zu. Er blieb stehen und fasste den Griff mit beiden Händen. Er sah aus wie ein Mann, der einen Baum fällen wollte.

Haakon überschlug, wie seine Chancen standen. Nicht gut. Aber er war schneller als der alte General und vielleicht nicht ganz so schwer verletzt wie Harlan, der das eine Bein jetzt stärker nachzog und dessen Hose vor Blut triefte. Es tropfte auf den Boden und bedeckte ihn mit einem klebrigen Film. Auch aus Haakons Schulterverletzung sickerte wieder Blut. Es rann seinen Arm hinunter und ließ die Messergriffe rutschig werden. Da die eine Seite beinahe nutzlos war, nahm er beide Messer in seine taube Hand und zog mit seinem gesunden Arm den geborstenen Tisch heran. Haakon knickte ein Tischbein ab und fasste es wie einen Schlagstock.

Ohne Vorwarnung humpelte Jed mit erhobener Axt auf ihn zu. Haakon griff an und schwang das Tischbein mit aller Kraft gegen den Axtgriff. Jed taumelte rückwärts, Haakon holte noch einmal aus und streifte ihn seitlich am Kopf. Im selben Moment hörte er Harlan von hinten kommen. Sein keuchender Atem war fast genauso laut wie seine schweren Schritte. Haakon ließ ihn so nah wie möglich herankommen, dann duckte er sich plötzlich und rammte seinen Rücken gegen Harlan, der mit voller Wucht gegen ihn prallte. Harlan verlor das Gleichgewicht und stürzte zu Boden. Haakon erinnerte sich an die Axt und konnte gerade noch rechtzeitig zur Seite robben, sonst hätte Jed ihn getroffen. Die Axt krachte hinter ihm in die Wand.

Das war das Ende. Er würde dieses Haus nicht mehr lebend verlassen.

Haakon kämpfte um sein Gleichgewicht und kam schwankend auf die Beine. Er kämpfte darum, bei Bewusstsein zu bleiben. Und er kämpfte darum, die Hoffnung nicht zu verlieren, dass die beiden Männer nicht mehr lange durchhalten würden. Wenn er jetzt das Bewusstsein verlor, war es aus mit ihm. Er könnte sich in Avas altes Zimmer flüchten, die Tür verriegeln und aus dem Fenster springen. Aber er hatte keine Kraft mehr dazu. Und außerdem, wo sollte er denn hin?

Für einen kurzen Moment verschwamm alles vor seinen Augen, aber er fing sich wieder. Hinzu kam, dass sein linkes Auge zugeschwollen und seine Sicht stark eingeschränkt war.

Am anderen Ende des Flurs griff Harlan nach dem Türpfosten und versuchte sich hochzuziehen, aber er war durch den Blutverlust schon so geschwächt, dass er sich nur noch langsam bewegen konnte. Sein Gesicht war blass und ließ die gelbliche Färbung seiner Augen hervortreten. Thors Augen waren nach dem Abklingen der Gelbsucht wieder weiß geworden, aber Thor hatte auch den Rat des Arztes befolgt und sich ausgeruht. Was man von Harlan wahrscheinlich nicht behaupten konnte.

Haakon hatte immer noch das Tischbein in seiner gesunden Hand. Jeds Waffe war vielleicht gefährlicher, aber er war Jed an Kraft und Wendigkeit überlegen. Mit diesem Gedanken wagte Haakon einen letzten verzweifelten Vorstoß, Jed die Axt aus der Hand zu schlagen. Er schwang seinen Holzprügel mit ganzer Kraft. Die Axt prallte gegen die Wand, doch Jed hielt den Griff eisern fest. Haakon kämpfte verbissen, aber er konnte nur eine Hand gebrauchen und merkte, dass er es nicht schaffen würde, ihm die Waffe zu entreißen. Seine Knie drohten nachzugeben und er spürte, wie alles Blut aus seinem Kopf wich. Gleich würde ihm schwarz vor Augen werden und dann wäre alles vorbei.

„Hinter dir!“ Es war Jeds Stimme, die Haakon wieder zur Besinnung brachte.

Er drehte sich um und sah, wie Harlan, dem die Warnung gegolten hatte, dasselbe tat. Im Flur stand Thor, rußgeschwärzt und schweißüberströmt, das Gewehr auf Harlan gerichtet.

Haakon war Peter unendlich dankbar.

Gebückt vor Schmerzen wich Harlan zurück, bis er merkte, dass er sich jetzt genau zwischen seinen beiden Feinden befand. Da standen sie nun alle vier im Flur – aufgereiht wie Gläser auf einer Theke. Haakon keuchte und krümmte sich vor Schmerzen. Mit dem Handrücken wischte er sich den Schweiß von der Stirn. Dabei passte er auf, dass er Jed zu seiner Linken nicht aus den Augen verlor. Der Mann sah mitgenommen aus. Müde und abgekämpft wie sie alle. Als Haakon sich wieder aufrichten konnte, steckte er sein Messer weg. Er musste das Tischbein mit seinem verletzten Arm abstützen, damit er die andere Hand frei hatte. Unter größter Anstrengung gelang es ihm, Thor in Gebärdensprache zu fragen, wie viele Kugeln er noch hatte.

Thor nahm den Finger gerade lange genug vom Abzug, um zu zeigen, dass er nur noch eine hatte.

„Ich glaube, er hat nur noch einen einzigen Schuss“, kombinierte Harlan.

Haakon starrte ihn an. Der Mann hatte eine gute Beobachtungsgabe, das musste man ihm lassen. Oder er bluffte.

„Du kannst uns nicht beide umbringen“, sagte Jed.

Aber in dem Punkt irrte er sich. Denn Thor hatte keine Schrotpatronen in seiner Flinte. Die Kugel, die er geladen hatte, war dick genug, um Wände einzureißen, und das Schwarzpulver reichte aus, um sie in eine andere Zeitzone zu katapultieren.

„An eurer Stelle würde ich es nicht darauf ankommen lassen“, warnte Haakon. „Wenn ihr klug seid, kommt ihr mit zum

Sheriff und wir machen hier Feierabend. Es muss heute niemand mehr sterben."

Harlan spuckte aus vor Verachtung. Sein Gesicht verzerrte sich vor Wut.

Haakon wurde klar, dass die Sorrels nichts zu verlieren hatten. Bei der Anzahl und Schwere der Verbrechen, die sie begangen hatten, würde kein Richter zu ihren Gunsten entscheiden. Ein plötzlicher Tod wäre leichter für sie – einer der Gründe, warum er sie nicht erschießen würde.

Harlan drehte sich zur Seite, um sie beide besser sehen zu können. Er schwankte, hielt sich aber auf den Beinen. „Deine kleine Frau – hat sie ihr Baby bekommen?"

Haakon bemerkte, dass er zu Thor gesprochen hatte. Thor zeigte keine Reaktion, sondern starrte Harlan nur böse an.

„Oder ist am Ende etwas schiefgegangen?"

Haakons Blick bohrte sich in Harlans gelbliche Augen. Dann auf einmal verstand er die ganze Ungeheuerlichkeit. Harlan und die Nadel. Die Krankheit. Die Gelbsucht konnte Thor nicht zur Strecke bringen, aber vielleicht hatten die Sorrels das auch gewusst. Aber für Ava und das Baby war das Risiko viel größer gewesen. Harlan wollte nicht Thor umbringen, sondern seine Tochter. Und ihn damit dort treffen, wo er am verletzlichsten war.

Ein unschuldiges Kind. Gemeiner und skrupelloser konnte man nicht sein.

Harlan grinste und Haakon wünschte, er hätte etwas anderes in der Hand als ein Tischbein.

Thors Schultern hoben und senkten sich. Schweißperlen bildeten sich auf seiner Stirn und rannen ihm in die Augen.

Obwohl Haakons Hände vor Wut und Entkräftung zitterten, musste er seinen Bruder fragen, ob er sich an die Eichhörnchen erinnerte, die sie als Kinder geschossen hatten. Als Thor sein Kleinkalibergewehr mit 22er-Patrone getestet hatte. Er hatte beide Tiere gleichzeitig erlegt – mit einem Schuss. Thor verstand sofort und nickte ernst.

Haakon verband die Fingerspitzen von Daumen und Zeigefinger beider Hände zu einem Kreis und vollführte damit eine Abwärtsbewegung. *Sicher?*

Thor nickte noch einmal.

Mit langsamen, bedachten Schritten positionierte sich Haakon im Flur hinter Peters Vater, sodass Jed keine Deckung mehr hatte. Thor konnte den Anführer des Klans jetzt erschießen, wenn er wollte. Jed spürte das und trat instinktiv einige Schritte zur Seite, bis Haakon sich wieder vor ihn stellte.

„Ich sage es euch zum letzten Mal: Ergebt euch und kommt mit!" Haakon befand sich jetzt genau vor Thors Gewehrlauf – kein schönes Gefühl, aber es gehörte zu seiner Strategie. Sie standen jetzt alle vier in einer geraden Reihe. Die Luft war geschwängert vom Geruch der mit Petroleum getränkten Dielen.

Jed drehte die Axt in seiner Hand. „Und ich sage dir, dass du die Klappe halten sollst!"

Plötzlich zog Harlan eine kleine Streichholzschachtel aus Messing aus der Hemdtasche, die Augen auf den ölgetränkten Fußboden gerichtet. Thor legte den Finger an den Abzugshahn.

Haakon tauschte einen Blick mit Thor. Der nickte entschlossen und Haakon ließ sich blitzschnell zu Boden fallen. Thor riss den Abzug zurück und Haakon wusste ohne hinzusehen, dass der Rückstoß Thors Schulter nach hinten reißen würde, dass in der gegenüberliegenden Wand nun ein gewaltiges Loch klaffte und dass beide Sorrels heute vor ihren Schöpfer treten würden.

Fünfunddreißig

Lange bevor all das geschah, hatte Haakon für sich beschlossen, dass er es sein wollte, falls jemand von ihnen sterben müsste. Für Haakon war es so etwas wie himmlische Gerechtigkeit. Schließlich war er es, der Tod und Zerstörung über die Farm gebracht hatte. Er hatte ihre Feinde hierhergelockt. Und er war derjenige, der am wenigsten zu verlieren hatte. Er hatte keine Familie.

Jedenfalls nicht in dem Sinne wie die anderen. Nicht wie Al und Orville, die verheiratet waren. Nicht wie Jorgan und Thor, die Frauen und Kinder hatten. Und nicht wie Peter, der für seine Mutter und seine Schwestern eine so große Stütze war – und für Cora, Tess und Georgie ebenfalls.

Doch als er nun mit Thor an seiner Seite die Treppe nach unten wankte, fühlte er, dass dies noch nicht das Ende war. Sie traten aus dem Haus und hörten die Vögel singen. Die Blätter der Bäume im Hof raschelten leise im Wind.

Plötzlich hörten sie jedoch Schritte aus dem Wald, die rasch näher kamen. Haakon machte sich auf alles gefasst. Zu seiner Erleichterung sah er Peter. Hinter ihm Al, schweißüberströmt und am Ende seiner Kräfte.

Al überbrachte ihnen die Nachricht, dass Orville schwer verwundet war. Jorgan war bei ihm und kümmerte sich um ihn. Haakon spürte, wie eine kalte Angst in ihm hochstieg. Nein, es war noch nicht vorbei. Und es war alles andere als selbstverständlich, dass die Menschen, die ihm etwas bedeuteten, noch am Leben waren.

In dem Augenblick hörten sie die Schüsse. Blitzartig ließ Haakon sich zu Boden fallen, gleichzeitig mit den anderen, und zog Thor mit herunter hinter die Verandabrüstung. Drei weitere Kugeln durchsiebten die Veranda. Haakons einziger Gedanke war, dass Thor überleben musste. Und Al und Peter. Doch als er den Kopf hob, sah er, dass Peter nicht bei ihnen war, sondern direkt auf den Angreifer zurannte. Haakon sprang auf und schrie, dass er zurückkommen solle. Aber Peter hörte nicht. Haakon preschte los, um ihm zur Hilfe zu kommen. Er sah einen rothaarigen Mann, der dabei war, seine Pistole mit neuen Patronen zu bestücken, die auf Peter und Al gerichtet war. Als Peter näher kam, ließ der Mann die ungeladene Waffe fallen und zog stattdessen sein Messer.

Peter zog ebenfalls ein Messer und prallte mit gezückter Klinge auf den Rothaarigen und riss ihn zu Boden. Die beiden Männer wälzten sich in erbittertem Kampf zwischen den Bäumen. Dann ging alles sehr schnell. Peter stieß seinem Gegner das Messer in die Brust, doch im selben Augenblick schlitzte ihm der Mann mit seiner scharfen Klinge den Leib auf.

Haakon rannte weiter und spürte, wie ihm die Beine versagten. Er stolperte und fiel in den Staub. Er fiel in ein dunkles Loch, alles war schwarz und kalt. Er sollte es sein, der dort lag. Nicht Peter.

Beide Männer brachen zusammen. Haakon rappelte sich auf, erreichte den Waldrand, stieß den Mann beiseite und sah, dass Red Sorrel gerade seinen letzten Atemzug tat. Thor packte ihn, erkannte den falschen Arzt aus dem Zug, schleifte ihn ein Stück weit weg und stieß ihn mit aller Kraft zu Boden.

„Peter!" Haakon sah die riesige Wunde und überlegte fieberhaft, womit er das Blut stoppen konnte, das aus Peters Bauchraum floss. Er hatte kein Hemd mehr an, das er hätte verwenden können, doch Al zog bereits sein Hemd aus, knotete es zu einer Kompresse zusammen und legte es auf die Wunde. Peter wollte etwas sagen, aber er konnte nicht mehr sprechen.

Haakon stützte Peters Kopf und lehnte seinen Oberkörper gegen einen Baum. „Peter, sieh mich an!", flehte Haakon. „Atme! Und bleib ganz ruhig." Haakon holte selbst ein paarmal tief Luft und zu seiner Erleichterung tat Peter einen schwachen Atemzug. Er nickte, als wollte er versprechen, ruhig zu bleiben.

Peter tastete nach Als Hand und wollte helfen, das Blut zu stillen, doch seine Hände zitterten zu sehr. Seine Handgelenke färbten sich dunkelrot. Blut sickerte auf den Waldboden und tränkte Als Hemd. Viel zu viel Blut. Haakons Hoffnung schwand.

Thor, der bei Harlans Bruder Wache gehalten hatte, kam herüber und kniete sich hinter Peter. Der rothaarige Mann bewegte sich nicht mehr. Vorsichtig hob Thor Peters Oberkörper an und bettete seinen Kopf in seinen Schoß.

Peter stand unter Schock, er zitterte am ganzen Körper und begann zu husten. Blut färbte die Innenseite seiner Lippen. Er verzog das Gesicht und kämpfte darum, das Bewusstsein nicht zu verlieren. Haakon sog scharf die Luft ein. Er griff nach Peters zitternder Hand und drückte sie, als könnte er ihm dadurch neuen Mut und Hoffnung einflößen … Aber was hatte er zu geben?

„Wir brauchen einen Arzt." Haakon hörte seine eigenen Worte wie aus weiter Ferne. „Jemand soll einen Arzt holen!"

Thor gab ihm mit einem Blick zu verstehen, dass es zu spät war. Al hob die blutgetränkte Kompresse an, sodass das ganze Ausmaß der Verletzung sichtbar wurde.

Haakon wandte sich ab. Nicht, weil er den Anblick nicht ertragen konnte, sondern weil er vermeiden wollte, dass Peter sah, wie der letzte Hoffnungsschimmer aus seinem Gesicht wich. Peters Haut war kalkweiß und seine Lippen verfärbten sich blau. Er hatte die Augen geöffnet, doch sein Blick driftete mehr und mehr ab.

Mit seiner freien Hand griff Haakon nach Peters Schulter und seine Stimme war heiser vor Angst, als er Thor fragte: „Was sollen wir tun?"

Thors Gesicht war ernst und verschlossen. Mit seinen großen starken Händen umfasste er Peters Kopf in seinem Schoß.

Al rutschte näher an Peter heran, ohne den Druck auf die Wunde einzustellen. Peters Blick wanderte zu seinem toten Onkel, dann zurück zu Haakon. Er drückte Peters Hand fester, so fest, dass er es noch fühlen konnte, wenn seine Glieder taub wurden, und beugte sich tiefer über ihn. Ihre Gesichter waren jetzt so nah, dass er Peters Atem spüren konnte.

„Du musst durchhalten, hörst du? Alles wird gut." Haakon wusste nicht, warum er das sagte. Er sollte ihm keine Hoffnungen machen, wenn er nicht selbst daran glaubte. Aber er wollte Peter so viel Trost und Geborgenheit wie möglich geben, bis er loslassen und seinen Frieden finden konnte. „Wir sind bei dir. Wir sind alle hier. Und deine Ma und deine Schwestern sind in Sicherheit."

Peters dunkelblaue Lippen zitterten.

Thor lehnte sich zurück und schaute hoch zum Himmel. Sein dicker Bart konnte nicht verbergen, dass sein Kinn bebte.

Peters Händedruck wurde schwächer. Haakon wollte nicht, dass die Hand in seiner erschlaffte. „Es ist gut. Es ist alles gut." Die Verzweiflung schnürte ihm die Kehle zu und er konnte kaum noch flüstern. Mit dem Oberarm wischte er sich die Tränen fort.

Peters Mund bewegte sich. Kaum hörbar rief er nach Al.

Al beugte sich tiefer über ihn. Peters Augen schienen durch ihn hindurch zu blicken. Al drückte weiter die Kompresse auf die Wunde. „Ich bin hier bei dir."

Peter blinzelte, seine Augen suchten immer noch nach Al. Haakon fühlte, wie sich Peters Hand lockerte. Al beugte sich weiter hinunter, ließ den blutigen Stoff los und legte seine Hand auf Peters Kopf. „Ich bin ja hier. Und ich bleib' auch bei dir." Er drückte die Kompresse wieder an.

Al sah aus, als würde er gleich ohnmächtig werden. Peter versuchte zu sprechen. Derselbe Mann, dem Peter einst den Pistolengriff über den Kopf geschlagen hatte, beugte sich nun zu ihm hinunter und lauschte mit Tränen in den Augen. Peters Stimme war so leise, dass Haakon sie nicht hören konnte. Aber was immer er sagte, ließ Als Gesichtszüge weich werden.

Thor senkte den Blick, nachdem er von Peters Lippen gelesen hatte, und ein leises, wissendes Lächeln lag auf seinem Gesicht.

Al richtete sich auf und nickte. „Ich werde es ihr sagen. Ich verspreche es."

Die Hand, die Haakon umfasste, wurde kalt und er rieb sie, um sie zu wärmen. Auch wenn es nicht viel helfen würde, wollte er nicht, dass Peter starb, ohne dass er nicht alles für ihn getan hatte, was in seiner Macht stand.

Aber Peter hatte noch etwas auf dem Herzen. Al brachte sein Ohr ganz nah an seinen Mund. Dann sah er Haakon an. „Ich glaube, er fragt nach seinem Pa."

Haakon focht einen inneren Kampf aus. Wie ehrlich sollte er sein? Er warf einen Seitenblick zu Thor und sein Bruder schüttelte kaum merklich den Kopf.

„Es ist alles gut, Peter", sagte er dann. „Dein Pa und dein Grandpa werden nie wieder jemandem etwas tun."

Peter nickte schwach. Sein Atem war nur noch ein Röcheln. Zwischen seinen unregelmäßigen Atemzügen flüsterte er einen Namen, so zart und leise, dass er nur für diese eine Person bestimmt war. Tess. Er atmete mühsam und eine Träne lief ihm über das Gesicht.

Peters Haut war nun eiskalt, fast so kalt wie die eines Toten. Haakon wollte seinem Freund noch etwas Gutes tun, ihm irgendetwas sagen, das ihm Trost und Hoffnung gab. Haakon war nie besonders bibelfest gewesen, aber manche Erinnerungen reichten weit zurück bis in seine Kindheit. „Vater unser im Himmel. Geheiligt werde dein Name."

Peter drehte den Kopf in die Richtung, aus der die Worte kamen – die Verheißung –, wie ein heller Schein in der Dunkelheit.

„Dein Reich komme. Dein Wille geschehe. Wie im Himmel, so auf Erden."

Peter seufzte tief und seine Züge entspannten sich.

„Unser tägliches Brot … gib uns heute. Und vergib uns unsere Schuld … wie auch wir …" Haakon brach ab, als ihm die Stimme versagte. Sein Gesicht war schmerzverzerrt.

„Wie auch wir vergeben unsern Schuldigern", fuhr Al fort und hoffte, dass Peter ihn noch hören konnte. „Und führe uns nicht in Versuchung, sondern erlöse uns von dem Bösen."

Die kalte Hand regte sich nicht mehr.

Leise flüsternd beendet Al das Gebet. „Denn Dein ist das Reich … und die Kraft … und die Herrlichkeit in Ewigkeit. Amen."

Peters Augen waren geschlossen und auf seinem Gesicht lag ein friedlicher Ausdruck. Neben ihm hatte sich Al zusammengekauert, den Kopf auf die Arme gebettet. Seine Schultern bebten. Thor grub seine Hände in die Erde unter ihm, als suchte er dort Halt.

Haakon seufzte, ein tonnenschweres Gewicht auf der Brust.

Nie mehr würde Peter beim ersten Licht des Tages bei den Apfelbäumen stehen. Er würde keine Witze mehr machen, die lustiger waren, als man zugeben mochte, und er würde Tess nie mehr zulächeln, als sei sie für ihn der wichtigste Mensch auf der ganzen Welt.

Thor senkte den Kopf, ein Schluchzen drang aus seiner Brust. Auch Haakon konnte seine Tränen nicht mehr zurückhalten. Ihr treuer Freund hatte sie für immer verlassen.

Sechsunddreißig

5. Juni 1895
Whitetop Mountain, Virginia

Ava kam mit einem Korb voll Blattgemüse aus dem Garten und ließ das Weidentor hinter sich zufallen. Sie hob ihren Rocksaum und lief an den Beeten vorbei zur Wasserpumpe. Hinter ihr knieten Cora und Ida in der weichen Erde und zupften im Kräuterbeet das Unkraut heraus. Alle Hände halfen fleißig mit, dankbar für die herzliche Gastfreundschaft der Kennedys. Täglich mussten so viele hungrige Münder gestopft und so viele Betten gemacht werden, dass es selbstverständlich war, dass alle mit anpackten. Und die Geschäftigkeit vertrieb die Sorge und die Zeit des Wartens auf eine Nachricht von den Männern.

Niemand konnte das so gut verstehen wie Gwen, die vier Jahre lang auf Tate gewartet hatte, als er auf See war. Sie war ganz vernarrt in Tusie, und auch jetzt lag das Baby in ihrer Armbeuge, während sie mit der Gießkanne herumging und die Topfpflanzen auf der Veranda goss. Auch Georgie war eine gute Babysitterin und so kam es, dass Ava ihre Tochter nur noch beim Stillen oder in der Nacht bei sich hatte.

Am Rand der Wiese standen Sigurd und Björn unter einer stolzen Hemlocktanne und schauten zu Tate hoch, der rittlings auf einem dicken Ast saß und ein Seil daran knotete. Er hatte ihnen eine Schaukel versprochen und war fast fertig mit seiner Arbeit. Er zog die Knoten fest, kletterte hinunter, hob den jüngeren der Norgaard-Brüder auf die Schaukel und testete, ob sie hielt. Björn klatschte in die Hände und grapschte mit seinen kleinen Fingern nach Tates Brille. Tate musste lachen, hob den Kleinen von der Schaukel und warf ihn in die Luft und Björn kreischte vor Freude.

„Na warte, du kleiner Pirat!“ Tate sprach mit tiefer Stimme und einem lustigen Akzent.

Sigurd hüpfte aufgeregt auf und ab und begann mit einem Vortrag über Piraten, wobei er alles hervorkramte, was er von seinem Onkel Haakon gelernt hatte.

Ava stellte den Korb neben der Pumpe ab und betätigte den Hebel. Der erste Wasserstrahl floss aus dem Hahn, als sie in der Ferne ein Pferdegespann bemerkte. Geblendet von der tief stehenden Sonne, schirmte sie die Augen ab. Der Wagen war in ein goldenes Licht getaucht und es war unmöglich, die Pferde oder den Fahrer zu erkennen. Erst als sie näher kamen, sah sie ein graues Gespann und einen schlanken Mann, dessen Hautfarbe nur wenig heller war als sein schwarzer Schlapphut.

„N'abend, Miss Ava.“ Der Mann hob die Hand zum Gruß.

„Al!“

Er tippte sich an die Hutkrempe und sein Gesicht war so ernst, dass Avas Herz sank. „Was ist passiert?“ Die anderen hatten die Kutsche auch entdeckt, sodass eine Menschentraube um sie herumstand.

Die Blicke des Neuankömmlings wanderten von einem zum anderen, dann sagte er zu Ava: „Thor geht es gut, Miss Ava. Und seinen Brüdern auch.“

Ein erleichtertes Raunen ging durch die Wartenden, dann wurde es wieder still. Sorge und Ungewissheit hingen in der Luft.

Al kletterte vom Wagen, dann wandte er sich an Sibby. „Orville hat eine Kugel abbekommen. Es sah ziemlich schlimm aus, aber er wird durchkommen und wieder gesund werden. Er fragt nach seiner Frau und wünscht sich, dass sie bald wieder an seiner Seite ist.“

Er ging vor zu den Pferden und fasste das eine am Halfter, wobei er es vermied, Sibby anzusehen. „Aber leider hat Peter …“ Seine Stimme brach, als er den Namen aussprach. „Peter … er ist …“

Sibby holte tief Luft, Verzweiflung spiegelte sich auf ihrem Gesicht wider. Tess blickte von einem zum anderen. Aber Al schüttelte nur den Kopf. Sibby schlug die Hände vors Gesicht und sank auf die Knie. Fay eilte an ihre Seite. Als Blicke wanderten von der zusammengekauerten Gestalt zu seiner eigenen Schwester, die wie versteinert dastand.

Sie ließ zu, dass er sie in seine Arme zog, immer noch stocksteif, wobei er leise auf sie einsprach. Tess schüttelte nur den Kopf und trat einen Schritt zurück. Dann schlug sie die Hände vor den Mund und erstickte einen Schrei. Bevor ihre Knie nachgaben, legte Al den Arm um sie und bettete ihren Kopf an seine Brust. Tess vergrub ihr Gesicht in seiner Schulter und stieß einen Klagelaut aus, der so markerschütternd war, dass die Vögel auf dem Dach aufflogen.

Ava kannte diesen Laut. Sie hatte ihn oft gehört, in Norwegen, wenn die raue See jeden Winter ihre Opfer forderte und die Frauen um ihre Männer trauerten, die nicht vom Fischfang heimkehrten.

Auch Peter würde nie wieder zurückkehren.

Ava stellte den Korb beiseite und half Cora, Tess ins Haus zu bringen und aufs Bett zu legen. Sibby saß mit Fay unter dem Baum, an dem die Schaukel hing. Sibbys Kopf lag in Fays Schoß und Fay strich ihr sanft über die Haare. Sie weinte genauso herzzerreißend wie Tess.

Sowohl Ava als auch Cora wussten, wie es war, einen geliebten Menschen zu verlieren. Beide hatten sie um ihre Männer getrauert – eine Erfahrung, die Ava keiner Frau wünschte. Ihr Herz krampfte sich zusammen beim Anblick von Tess und sie konnte die Tränen nicht länger zurückhalten. Doch sie musste jetzt stark sein für Tess, die ihre Hilfe brauchte. Sie würde um Peter trauern, wenn sie zurück auf der Farm waren, wo alles an ihn erinnerte und sein Fehlen umso schmerzlicher spürbar sein würde.

Ava hatte jedes Zeitgefühl verloren und so schien es ihr nur Minuten später, als Gwen die hungrige Tusie zum Stillen brachte. Ava versorgte ihre Tochter, danach übernahm wieder Gwen das schlafende Baby.

Tate sattelte zwei Pferde und brachte Sibby zum Bahnhof, denn sie wollte so bald wie möglich zu Orville. Und natürlich auch zu ihrer Mutter und ihren Schwestern, die bereits von Jorgan von Peters Tod erfahren hatten.

Die Dämmerung senkte sich über das Land und im Haus saßen Ava und Cora bei Tess am Bett. Ava streichelte ihr tröstend übers Haar und hielt ihre Hand, so wie Farfar Oberg es damals bei ihr getan hatte. Sie fanden Trost und Kraft im Gebet, doch manchmal konnten sie nichts anderes tun, als zusammen zu weinen und zu schweigen. Denn über allem stand die quälende Frage nach dem *Warum*, auf die es keine Antwort gab.

In den folgenden Stunden schien alles so unwirklich, als lebten sie in einem Traum. Das Abendlicht fiel durchs Fenster und verlosch. Auf dem Tisch stand noch das Geschirr, unberührt seit dem Mittagessen. Tess' Hand ruhte auf der gemusterten Steppdecke. Als die Tränen von der ersten Welle der Verzweiflung versiegt waren, fuhr sie mit dem Finger die Zacken eines cremefarbenen Sterns auf ihrer Bettdecke nach, wieder und wieder, und hörte nur zwischendurch auf, um sich die Augen zu wischen.

Die Trauer würde in Wellen kommen, Ava wusste das aus eigener Erfahrung. Und so würde es auch für Tess, Sibby und Peters Mutter in den kommenden Wochen und Monaten und vielleicht sogar Jahren sein. Die Trauer kam in Momenten, in denen man sie nicht erwartete, plötzlich und ungebeten, doch sie besaß eine reinigende Kraft und war nötig für die Heilung der Seele. Was blieb, war der Mut, zurück ins Leben zu finden und in den Armen Gottes Frieden zu suchen, auch mitten im Sturm. Ava erinnerte sich noch gut an diese Zeit und es gab Momente, da wurde auch sie plötzlich wieder in einen Strudel der Trauer hineingesogen, bis zum heutigen Tag.

Tess lehnte den Kopf an Avas Schulter, ein zerknülltes Taschentuch in der Hand. Ein erschöpftes Seufzen entfuhr ihrer Brust. Ava dachte daran, was Tess erst vor ein paar Stunden von Al erfahren hatte.

Dass Peter sie liebte.

Avas Augen füllten sich mit Tränen und sie beugte sich vor, um Tess einen Kuss auf ihre schwarzen Locken zu hauchen. „Wir werden Peter vermissen", flüsterte sie mit erstickter Stimme. „Wir werden ihn so sehr vermissen."

Siebenunddreißig

7. Juni 1895
Blackbird Mountain, Virginia

Thor stand am äußersten Ende der Baumreihen mit den Baldwin-Äpfeln, dort, wo der Komposthaufen war, und dachte an Peter. Seine Schaufel lehnte noch am Mistwagen und die Spuren in der weichen Erde waren die Abdrücke seiner Stiefel. Thor lehnte sich gegen den Wagen und atmete tief durch.

Er war gerade von Orville und Sibby wiedergekommen. Unterwegs waren ihm Erinnerungen an Peter in den Sinn gekommen und Thor hatte extra den längeren Weg nach Hause genommen, um Zeit zum Nachdenken zu haben. Sein Herz war schwer, doch es half ihm zu spüren, dass er mit seiner Trauer nicht allein war.

Orville war noch sehr schwach und konnte nur flüstern, aber so langsam kam wieder Farbe in sein Gesicht. Der Doktor schaute regelmäßig vorbei und bei Sibby war Orville in den besten Händen. Thor hatte eine Kiste mit Proviant aus der Mosterei und zwei gehäutete Kaninchen vorbeigebracht. Mit den gleichen Gaben hatte er auch Mrs. Sorrel einen Besuch abgestattet. Beide Besuche hatten in Thor gemischte Gefühle ausgelöst, aber Mrs. Sorrels tapferes Wesen und die Art, wie sie über Peter sprach, halfen Thor nun auf seinem Weg bergab bis zum Fuß des Hügels, dort, wo Peter nie mehr auf ihn warten würde.

Er hatte Peters Familie versichern können, dass Peter keine großen Schmerzen verspürt hatte. Sein Schockzustand war eine Gnade gewesen und Thor hoffte, dass auch seine Familie darin Trost finden würde. Es würde die Trauer nicht mildern, aber es war tröstlich zu wissen, dass Peters letzte Atemzüge ruhig und friedvoll gewesen waren.

Thor ging weiter und erreichte die Straße, auf der die Frauen und Kinder zurückkehren würden. Hier im Schatten seiner Apfelbäume wollte er sitzen, auf sie warten und sehen, wie der Wagen in der Ferne auftauchte und immer näher kam. Aber es war noch zu früh und er beschloss, zuerst zum Haus zurückzugehen. Für den Heimweg von Whitetop Mountain brauchten sie mit Als Wagen mindestens zwei Tage, das hieß, er würde seine Frau und seine Tochter erst am späten Abend wiedersehen.

Wie sehr sehnte er sich nach ihnen.

Mit schweren Schritten stapfte Thor über die Veranda in die Küche, wo Jorgan stand und ein weiteres Kaninchen ausnahm.

Thor machte die Gebärde für *Haakon*.

Jorgans Gesicht war ernst, als er sprach. „Es geht ihm nicht so gut."

Thor stieg die Treppe hoch zu Avas ehemaligem Zimmer, das als Krankenzimmer diente. Er erwartete, dass sein Bruder im

Bett lag, den bandagierten Arm in der Schlinge, doch stattdessen saß Haakon auf einem Stuhl mitten im Raum. Er ließ den Kopf hängen und starrte auf den Boden und Thor brauchte sein Gesicht nicht sehen, um zu wissen, wie blass es war. Haakons freie Hand lag auf seinem Knie und zitterte leicht. Auch seine Hände waren bandagiert und in seinen zitternden Fingern hielt er ein Blatt Papier.

Thor holte sich einen Stuhl aus der Ecke und ließ sich erschöpft darauf fallen. Die Trauer und das Ausheben der Gräber hatten ihn Kraft gekostet, die ihm nach seiner langen Krankheit eigentlich noch fehlte. Sie saßen sich nun gegenüber und ihre Knie berühren sich fast.

Haakon blinzelte und sah dann Thor ins Gesicht. Tiefe Schatten lagen unter seinen Augen und seine Lippen waren trocken und rissig.

Thor formte das Zeichen für *Wasser*, doch sein Bruder schüttelte den Kopf.

Haakon hatte sich auch geweigert, Morphium zu nehmen. Freiwillig ertrug er die Schmerzen, und das ganz ohne die grünen Blätter, von denen er so abhängig gewesen war, was die Sache sicher nicht leichter machte. Thor konnte nicht anders, als seinen Bruder zu bewundern. Und er vermutete zu wissen, warum er so zitterte. Nur allzu gut erinnerte er sich an seinen eigenen Entzug, als er damals dem Alkohol abgeschworen hatte.

Haakons Atem ging schwer und er sprach so gepresst, dass Thor ihn nicht verstehen konnte. Haakon probierte es mit Gebärdensprache, aber seine Hände wollten ihm nicht gehorchen. Doch Thor gab nicht auf. Er bat seinen Bruder, seine Worte zu wiederholen, und beim zweiten Mal verstand er, dass Haakon fragen wollte, ob es irgendeine Nachricht vom Sheriff gab.

Thor nickte. *P-A-P-I-E-R-K-R-A-M fertig.* Der Sheriff hatte nochmals schriftlich versichert, dass es sich beim Mord an den Sorrels um Notwehr gehandelt habe und sie nicht dafür gerichtlich belangt werden konnten. Haakon nickte erleichtert.

Der Sheriff kam an jenem Morgen nach der Schießerei, als alles vorüber war und sie an der Stelle knieten, wo Peter gestorben war. Er erklärte ihnen, warum er nicht hatte rechtzeitig da sein können. Die Sorrels hatten ihn und seine Männer aus dem Hinterhalt angegriffen, ihnen die Waffen und Munition abgenommen und ihre Pferde weggejagt, die sie dann mühsam zu Fuß wieder einfangen mussten. Ein Hilfssheriff wurde verwundet, die anderen waren geflüchtet und hatten Schutz in einer verlassenen Hütte gesucht. Sie waren froh gewesen, mit dem Leben davongekommen zu sein.

Erst im Morgengrauen waren sie dann bei der Norgaard-Farm eingetroffen und zuerst auf Jorgan und Orville gestoßen. Orville war schwer verwundet gewesen und hatte nur überlebt, weil einer der Männer des Sheriffs auf schnellstem Weg Hilfe geholt hatte. Der Sheriff hatte Jorgan und Orville bewacht, für den Fall, dass die Sorrels zurückgekommen wären. Er hatte sie erst verlassen, als er die Schüsse in der Nähe des Hauses gehört hatte. Dort hatte er sie alle bei Peter gefunden.

Dr. Abramson hatte später bestätigt, dass Peters Verletzung so schwer gewesen war, dass sie ihm nicht mehr hätten helfen können, außer ihm in den letzten Minuten seines Lebens beizustehen.

Haakon war sehr still in diesen Tagen. Nachts schlief er schlecht und wälzte sich ruhelos hin und her. Thor konnte nicht hören, was er im Schlaf redete, aber Jorgan hörte immer wieder den Namen einer Frau.

Sie wussten nicht, wer diese Frau war, aber Thor sah in Haakons Gesicht, wie sehr er an ihr hing. Und er sah Reue und Sorge.

Er schaute wieder zu Boden, das gefaltete Papier in seiner Hand, und erlaubte, dass Thor vorsichtig danach griff. Er wusste nicht, was es war oder woher Haakon es hatte, aber es musste ihm wichtig sein. Immer wieder hatte er Haakon dabei beobachtet, wie er dasaß und es betrachtete.

Behutsam faltete er das Blatt auseinander. Es war eine Kinderzeichnung. Hoch oben auf einer Klippe standen zwei Figuren, eine klein, die andere groß, darunter schlugen mächtige Wellen gegen die Felsen. In der Ferne am Horizont ankerte ein Schiff. Das Bild war in dunklen Farben gehalten, tiefblau, blaugrau und anthrazit. An manchen Stellen war die Kreide verwischt, was das aufgewühlte Meer noch lebendiger scheinen ließ. In der rechten unteren Ecke war ein Kompass, als ob er jemandem den Weg nach Hause zeigen wollte.

Lange studierte Thor das Bild, dann hob er den Blick und sah zu Haakon. *Wer?* Die Gebärde war einfach, doch die Frage wog schwer.

„Ein kleiner Junge. In Norwegen." Haakon zitterte immer noch und Thor merkte, wie schwer es ihm fiel zu sprechen. „Da wohnt er. Er und seine Geschwister. Der Vater ist letztes Jahr gestorben. Ich kannte die Mutter gut." Er machte eine Pause, suchte nach Worten. „Ich dachte, dass ..." Er fuhr sich mit der Zunge über die Lippen. „Ich würde gern ..." Er brach ab und seufzte.

Thor wollte aufstehen und ihm etwas Wasser holen, aber er wollte auf keinen Fall verpassen, was sein Bruder zu sagen hatte.

„Thor, die Hütte ist ... Sie ist abgebrannt. Ich habe kein Haus mehr."

Hatte Haakon daran gedacht, eine Familie dort unterzubringen? *Wir reparieren Hütte.*

Verzweiflung und Hoffnung spiegelten sich abwechselnd in Haakons Gesicht. Das Blau seiner Augen war trübe vor Trauer. Trauer, weil ein Stück Zukunft gestorben war.

Wir reparieren, wiederholte Thor. Sein Bruder sollte wissen, dass es ihm ernst war. Wenn sie alle drei zusammen anpackten, konnten sie es schaffen. Da hatten sie schon ganz andere Dinge geschafft.

Thor gab Haakon das Bild zurück. Und hatte dabei die leise Ahnung, dass Haakon sie wieder verlassen würde. Er konnte es ihm nicht verdenken. Ein Mann war nicht dafür geschaffen, allein zu leben, so stand es schon in der Bibel. Er brauchte eine Gefährtin – eine geliebte Frau, die das Leben mit ihm teilte. Eine Ehe zu führen, war Herausforderung und Erfüllung zugleich, und in Thors Augen waren Frauen eine kostbare Bereicherung dieser Welt, und eine der schönsten und geheimnisvollsten dazu.

Er wusste nicht, wer diese Frau aus Norwegen war, aber sie hatte offensichtlich einen tiefen Eindruck bei seinem Bruder hinterlassen. *Name?*, fragte er.

Haakon buchstabierte und versuchte, seine zitternden Hände unter Kontrolle zu behalten. K-J-E-R-S-T-I.

Thor nickte. Er wollte ihn sich merken und später Ava davon erzählen. Und sie würde Kjersti in ihre Gebete einschließen.

Er hasste den Gedanken, dass sein kleiner Bruder sie wieder verlassen würde, aber wenn er ihm irgendwie helfen konnte, war es ihm eine Ehre und große Freude.

Achtunddreißig

16. Juni 1895

Blackbird Mountain, Virginia

Haakon stand in seiner Hütte, um den Schaden zu begutachten. Die Treppe schien noch brauchbar zu sein und er ging vorsichtig bis ganz nach oben. Selbst die letzten sechs Stufen waren noch trittfest. Anderthalb Wochen voller Schmerzen, Trauer und Zweifel lagen hinter ihm und es war reine Gnade, dass sie alle überlebt hatten. Alle bis auf Peter.

Auf dem obersten Treppenabsatz blieb er stehen. Seine verletzte Schulter tat noch bei jeder Bewegung weh und er massierte sie leicht durch den Verband hindurch. Die Kugel, die den Muskel zerfetzt hatte, war direkt unter dem Schlüsselbein eingedrungen und hatte herausoperiert werden müssen. Als Haakon nach der Operation zu sich gekommen war, war er trotz der Schmerzen zuversichtlich gewesen, dass er sich bei der sorgfältigen Arbeit des Arztes keine Sorgen um eine Infektion zu machen brauchte.

Und er war dankbar, dass auch Orville das Schlimmste überstanden hatte. Heute Morgen hatten sie eine Nachricht von Sibby erhalten, dass seine Heilung weiterhin gut voranschritt. Nur Tess war untröstlich und in tiefer Trauer. Nach ihrer Rückkehr hatte Haakon, obwohl er noch schwach auf den Beinen gewesen war, sie zu Peters Grab begleitet.

Nur noch eine Stufe bis nach oben. Haakon holte tief Luft und tat einen beherzten Schritt, dann stand er im Dachgeschoss und sah das Ausmaß der Zerstörung. Die Balken trugen noch, waren aber vollständig verkohlt. Das Feuer hatte sich nicht durch die dicken Baumstämme hindurchfressen können, aber die Wände waren nicht mehr zu retten. Vom Dach war nur ein kleiner Teil eingestürzt, aber da die Wände und Böden erneuert werden mussten, würden sie auch ein neues Dach brauchen.

Die wenigen Möbel, die er besaß, waren nur noch Schutt und Asche.

Niedergeschlagen bückte er sich und hob ein rußgeschwärztes, zerbrochenes Glas auf. Wo sollte er beginnen, inmitten all der Verwüstung?

Der Wiederaufbau würde nur langsam vorangehen, Stück für Stück. Aber auch der längste Weg begann mit einem Schritt, das war ihm in den letzten Wochen, in denen er die meiste Zeit im Bett lag, neu bewusst geworden. Er hatte viel Zeit zum Nachdenken gehabt in den vergangenen Tagen und sich vorgestellt, wie es wäre, wenn er Kjersti hierher holen würde. Sie und ihre Kinder. Vielleicht hatte er sogar im Schlaf geredet und sich verraten. Aber nun, als er sah, wie groß der Schaden war, verließ ihn der Mut. Es war so, wie er schon zu Fay gesagt hatte: Er konnte sich keine Frau nehmen, wenn er ihr kein Dach über dem Kopf bieten konnte.

In einem Jahr würde er vielleicht so weit sein. Dann wäre das Haus wieder in einem bewohnbaren Zustand. Aber so lange wollte er nicht warten. Das Leben war kurz und konnte ganz plötzlich vorüber sein, das war ihm nur allzu schmerzlich bewusst geworden. Wie jeder Mensch, so hatte auch er nur eine begrenzte Zeit auf dieser Erde. Wenn er ein weiteres Jahr verstreichen ließe, was würde ihn in Kristiansand erwarten? Irgendetwas sagte ihm, dass er keine Zeit zu verlieren hatte. Er musste jetzt handeln. Und zwar noch vor dem Winter.

Ihm war klar, dass die Hütte auf Dauer für eine Familie mit einer größeren Kinderzahl zu klein sein würde. Aber für den Anfang würde es reichen. Man könnte sie so weit herrichten, dass man erst einmal darin wohnen konnte. Und seine Brüder würden ihm dabei helfen. Wenn sie alle gemeinsam mit anpackten, konnten sie es schaffen.

Pa hatte seine Söhne in der Tradition der alten Wikinger erzogen und sie gelehrt, was im Leben zählte: Mut und Unerschrockenheit, Tapferkeit und der Zusammenhalt der Familie. Anstatt auf diese Eigenschaften zu bauen, hatte Haakon viel zu lange versucht, sein Verhalten in der Vergangenheit mit seiner Abstammung von Dieben und Plünderern zu entschuldigen. Nicht so Thor und Jorgan. Sie liebten und ehrten ihre Frauen, beschützten ihre Familien und verkörperten mit ihrer inneren Stärke die andere Seite der Wikinger.

Aus diesem Grund hatte er *Abstammung* von der Liste der Ausreden für seine Sünden gestrichen, ebenso *Letztgeborener*, *Waisenkind* und *ungewollt*. Es war ein schmerzhafter, aber reinigender Prozess gewesen und er hinterließ einen hellen, leeren

Raum in seinem Inneren, der darauf wartete, mit etwas Neuem gefüllt zu werden. Etwas, das auf dem guten Weg lag, von dem Cora gesprochen hatte.

Draußen vor dem Haus warteten Thor und Jorgan und diskutierten lebhaft, wie man das beschädigte Dach am besten reparieren konnte. Haakon schloss sich ihnen an und zu dritt schmiedeten sie Pläne. Danach machten sie sich auf den Rückweg zur Farm. Von Ferne rochen sie schon, dass es etwas Köstliches zu essen geben musste. Fay war dabei, Stühle an den Tisch zu stellen, und Jorgan sprang hinzu, um seiner Frau zu helfen.

Haakon hatte nur ein paar Minuten, um mit Thor allein zu sein. Er nutzte die Gelegenheit und tippte seinen Bruder auf den Arm, woraufhin Thor sich zu ihm umdrehte.

„Danke."

Schon danke gesagt.

„Dann bedanke ich mich eben noch einmal." Wenn Thor nicht gewesen wäre, hätte Haakon den Flur dieses Hauses nicht mehr lebend verlassen. Er wäre niemals allein mit Jed und Harlan fertiggeworden, vor allem nicht mit seiner verletzten Schulter. Er verdankte Thor sein Leben. Thor und Peter.

Früher hätte Haakon es sich nie träumen lassen, dass es ihm einmal eine große Ehre sein würde, Peter Sorrel gekannt zu haben. Und was Thor betraf, so wünschte er sich, es hätte nicht so lange gedauert zu erkennen, welches Vorrecht es war, ihn zum Bruder zu haben und an seiner Seite aufzuwachsen. Er wünschte sich, dass er nicht erst vier Jahre lang um die Welt hätte reisen und einen Kampf auf Leben und Tod gegen die Sorrels führen müssen, um zu wissen: Der Mann neben ihm war nicht sein Feind. Er war sein Bruder und sein bester Freund.

„Oh, das sind ja wundervolle Nachrichten!" Ava nahm Ida den Korb ab, was mit dem Baby auf dem Arm einiges an Geschicklichkeit erforderte.

Ida war bei Cora und den Mädchen gewesen und hatte ihnen einen frisch gebackenen Kuchen gebracht. Sie trat ein und schloss die Küchentür. „Ja, Al und seine Frau können noch die ganze Woche bleiben."

Es war gut, wenn die Familie in Zeiten wie diesen wieder enger zusammenrückte, um sich gegenseitig Trost und Kraft zu geben. „Und ich bin so froh, dass sie gekommen sind."

Ida erzählte von ihrem Besuch bei Cora und Ava erkundigte sich nach Tess.

„Ich glaube, Al und seine Frau würden sie gern für eine Weile mit zu sich nehmen." Ida stellte den zweiten, noch warmen Kuchen auf den Tisch. „Manchmal tut ein Ortswechsel gut. Ich bin jedenfalls gespannt, wie sie sich entscheidet."

„Ja, ich auch." Ava beschloss, in dieser schwierigen Zeit ganz besonders für Tess zu beten. Dafür, dass Gott alle Tränen von ihren Augen abwischen und ihr Leben zum Guten wenden würde, so wie sie selbst es erfahren hatte.

Als die Männer nach Hause kamen, trug Ida den Kuchen hinaus auf die Veranda. Ava half ihr, den Tisch zu decken. Es war ein seltsamer Tag, um ein Fest zu feiern, aber Zeit und Leben waren kostbare Güter und genauso vergänglich, deshalb war kein Zeitpunkt geeigneter als dieser. Ava sah, wie Fay und Jorgan zärtliche Blicke tauschten, während sie die Stühle um den Tisch herum gruppierten.

Thor stieg als Erster die Verandastufen hinauf. Er konnte es kaum abwarten, Tusie zu sehen. Seit er wieder zu Hause war, waren die beiden unzertrennlich. Er gab Ava einen Kuss und nahm seine Tochter auf den Arm, küsste sie auf die Wange und zupfte ihr mit seinen großen, rauen Händen das Sonnenhütchen zurecht.

Haakon betrachtete seinen Bruder und das Baby mit einem

sehnsüchtigen Ausdruck. Im Gesicht und an den Händen hatte er noch Abschürfungen und Prellungen. Als Ava ihn aufforderte, Platz zu nehmen, setzte er sich auf die Verandastufen, wie er es immer tat. Ein Wanderer auf der Durchreise, der niemandem zur Last fallen wollte. Er hatte um nichts gebeten außer einen Platz zum Schlafen und dass man ihn anhörte.

Thor hatte angedeutet, dass der Abschied von Tess nicht der einzige sein würde und Ava sah die Veränderungen mit einem lachenden und einem weinenden Auge. Bei Haakon gab es offensichtlich erfreuliche Neuigkeiten – und sie schloss den Namen der unbekannten Frau in ihre abendlichen Gebete ein.

Aus der Küche holte Ava die kleinen Kerzen, die Fay für Geburtstage und besondere Feierlichkeiten herstellte. Man steckte sie auf eine Torte, wo sie eine festliche Atmosphäre verströmten und Heiterkeit auslösten, wenn das Geburtstagskind oder der Ehrengast sie in einem Zug auspusten musste. *Kinderfest,* so hatte man diesen Brauch in ihrer Kindheit auf Deutsch genannt.

Da Haakon nicht am Tisch sitzen wollte, stellte Ida ihm den Kuchen auf den Schoß, während Fay eine Schachtel Streichhölzer brachte. Vorsichtig drückte Ava die Kerzen in den Kuchen.

Als sie fertig war, schaute er sie aus seinen blauen Augen belustigt an. „Nur vier?"

„Eine für jedes Jahr, in dem du nicht da warst und wir deinen Geburtstag nicht zusammen feiern konnten."

Haakon holte tief Luft und blickte auf den Kuchen. Als er wieder zu ihr aufschaute, sah Ava ein verräterisches Glitzern in seinen Augen. Sein Blick war voller Sanftmut und Demut und einer Dankbarkeit, die größer war, als Worte es jemals ausdrücken konnten.

Und da spürte sie, dass sich etwas in ihrem Inneren geändert hatte. Dass sie ihm wieder vertrauen konnte – das wertvollste Geschenk, das sie ihm machen konnte. Gott hatte ihr zerbrochenes Herz geheilt. Und sie wusste, dass Haakon ihr Vertrauen nie wieder missbrauchen würde.

Seine Hände hielten immer noch die Kuchenform, unschlüssig, was er tun sollte.

Ava öffnete ihre Hand, in der noch mehr Kerzen lagen. „Nimm so viele, wie du brauchst, bis wir uns wiedersehen."

Seine Kiefermuskeln traten hervor. Dann nahm er langsam eine einzige Kerze und steckte sie zu den anderen auf den Kuchen.

Ein weiteres Jahr würde er fortgehen. Aber nur eines, Gott sei Dank.

„Wir werden dich sehr vermissen." Ida legte ihre wettergegerbte Hand auf seine bandagierte Schulter. Die Frau, die ihn als Baby in den Schlaf gewiegt hatte.

Haakon nickte stumm. Fay zündete ein Streichholz an und erklärte ihm, was er tun sollte. Mit leuchtenden Augen blies er die Kerzen in einem Zug aus.

Fay schnitt den Kuchen an und verteilte die Stücke. Ava setzte sich neben Thor auf die Verandaschaukel. Er hatte Tusie auf dem Arm und mit seiner Hand, die beinahe so groß war wie sie, klopfte er ihr leicht auf den Rücken, so sanft, dass es kaum zu hören war. Jedes Mal, wenn er seinen Kopf zur Seite drehte, um einen Blick auf ihr zartes, schlafendes Gesicht zu werfen, drückte er ihr einen Kuss auf die weichen Haare.

Thor spürte, wie Haakon sie beobachtete. Wie so oft konnte er den Blick nicht von Tusie abwenden. Thor stand auf und ging mit seinen schweren Schritten auf seinen Bruder zu. Vorsichtig löste er das Baby aus seinem Arm und reichte es Haakon. Dessen Augen weiteten sich.

„Ich … Ich habe noch nie –"

Doch Thor nickte ihm aufmunternd zu. Haakon nahm zögernd das kleine Bündel an sich und sein Gesicht bekam einen entschuldigenden Ausdruck, als fürchte er, etwas falsch zu machen.

Ava stand auf und kam zu ihm. „Du machst das sehr gut, Haakon." Sie zeigte ihm, wie man das Köpfchen abstützte.

Thor beobachtete seine kleine Tochter mit ihrem Onkel und seine Augen leuchteten vor Stolz.

Tusenfryd lag jetzt sicher in Haakons Arm gebettet und Ava zog sanft ihre Hand zurück. Haakon umfasste den kleinen Körper mit seinen starken Armen, als hätte er sein Leben lang nichts anderes gemacht. „Sie ist wunderschön."

Ava lächelte. „Ja, das ist sie."

Thor ging wieder an seinen Platz zurück und Haakon schaute ihm nachdenklich hinterher. Nun konnte er verstehen, wie ein so kleines Wesen das Herz eines Mannes stehlen konnte.

Tusie lag federleicht in seinem Arm und Haakon beugte sich zu ihr hinunter und flüsterte ihr ins Ohr: „Gott sei Sonne und Schild auch für dich." Es klang fast wie ein Gebet. „Auf dem einzigen Weg, den es sich zu gehen lohnt." Er hauchte ihr einen Kuss auf ihre runde, seidige Wange. Sie kniff die geschlossenen Augen zusammen, als der Bart sie kitzelte. Ein Lächeln breitete sich über Haakons Gesicht aus und als er aufblickte, strahlten seine Augen wie schon lange nicht mehr. „Ich würde ihr gern etwas schenken. Wenn ich darf."

„Aber natürlich", sagte Ava.

Haakon umfasste das Baby mit seinem gesunden Arm und holte mit der freien Hand seinen Lederbeutel hervor. Er verzog das Gesicht vor Schmerz, aber er konnte den verletzten Arm nicht weiter heben. Als er Ava bitten wollte, ihm zu helfen, griff sie bereits nach den Lederschnüren des Beutels.

„Kannst du ihn bitte öffnen?", bat er.

Ava schaute hinein und sah zwei gefaltete Papiere.

Haakon nahm eines davon heraus und gab es ihr. Ava faltete es auseinander. Es war eine herausgerissene Bibelseite. „Das ist für Tusenfryd?"

Er nickte. „Es ist für mich das Wertvollste, was ich je besaß. Und ich will nicht, dass es verloren geht, wenn ich unterwegs bin. Wenn Tusie die Seite für mich aufbewahren kann, wäre ich ihr sehr dankbar."

„Ich verspreche dir, dass wir gut darauf aufpassen werden." Ava drückte das Blatt an sich wie einen kostbaren Schatz.

„Und, Haakon?"

„Ja?"

„Ich wünsche dir unendliche Freude. Euch beiden."

Er nickte dankend und doch lag auch eine Spur Besorgnis in seinem Blick. Ava fragte sich, ob er eine Zurückweisung befürchtete. Sie kannte die näheren Umstände nicht, aber sie konnte sich nicht vorstellen, dass eine Frau einen guten und tapferen Mann fortschicken würde, wenn er um ihre Hand anhielt. Doch seine Unsicherheit spiegelte sich in seinem Gesicht und er hatte den Blick auf die unterste Treppenstufe gerichtet, als könnte er dort die Antwort finden.

Ava würde die Frau gern kennenlernen, die einen solchen Eindruck auf Haakon gemacht hatte.

Sie musste ein ganz besonderer Mensch sein, so viel stand fest.

„Wie lange wird deine Reise dauern?", fragte sie ihn.

„Mindestens ein paar Monate."

Sie sah, wie er mit dem Finger leicht über Tusies Ohr streichelte. „Ich werde jeden einzelnen Tag für dich beten." Dafür, dass Gott das Herz dieser fernen Frau bewegte und dass er, falls sie aus irgendeinem Grund für Haakon verloren war, ihm Kraft schenken würde, in eine unbekannte Zukunft zu gehen.

„Ich danke dir, Ava. Für deine Gebete und für so viel mehr."

Das Baby wurde jetzt unruhig und begann zu wimmern. Ava stand auf und lächelte zum Abschied, nahm Tusie auf den Arm und ging hinein, um sie zu stillen. Thor hielt ihr die Tür auf, legte ihr die Hand auf den Rücken und schob sie sanft ins Haus. Er ließ die Tür angelehnt, gesellte sich auf die Veranda zu Haakon und nickte Jorgan zu, sich zu ihnen zu setzen. Der vertraute Geruch von Pfeifentabak erfüllte die Luft, zusammen mit dem gleichmäßigen Gemurmel zweier Stimmen, und über allem lag die verschworene Gemeinschaft der drei Brüder.

Im Großen Raum sank Ava in den bequemen Schaukelstuhl.

Sie verspürte eine tiefe Dankbarkeit für dieses kleine Wesen, das so voller Leben war, und für diese Familie, die sie vom ersten Tag an mit offenen Armen aufgenommen hatte, als sie damals auf der Farm angekommen war und die Küsten Norwegens nur noch eine ferne Erinnerung waren. Als die Wärme dieses Landes sich entfaltete und sie in ein neues Leben führte – an der Seite der Söhne dieser Berge. So viele tapfere Herzen hatten hier Familien gegründet, ihren Lebensunterhalt bestritten und ein Haus gebaut, in dem Geist und Herz Frieden finden konnten.

Epilog

5. Oktober 1895
Kristiansand, Norwegen

Haakon stieg den steilen Pfad bergauf. Der feste Boden unter seinen Füßen kam ihm seltsam vor, denn seine Beine waren wieder an schwankende Schiffsplanken gewöhnt. Der einsetzende Schnee war so leicht, dass er in Skandinavien nicht der Rede wert war. Winzige Flocken sprenkelten seine Jacke und er schloss die Knöpfe mit Fingern, die rau und rissig waren von der Arbeit auf dem Walfängerschiff.

Dreieinhalb Monate war es her, seit er Blackbird Mountain verlassen hatte. Seine Reise hatte ihn zuerst an den Rappahannock River geführt, einen Fluss an der Ostküste Virginias, der während des Bürgerkriegs eine Grenze zwischen den verfeindeten Parteien gebildet hatte. Er hatte Tess begleitet, die sich dort als Lehrerin beworben hatte, um ehemaligen Sklaven das Lesen und Schreiben beizubringen. Ihre neue Aufgabe würde ihr guttun und helfen, über ihren Schmerz hinwegzukommen und gleichzeitig Peters Andenken in Ehren zu halten. Niemals würde sie die Nachmittage vergessen, an denen sie beide über Georgies Lesefibel gebeugt an Coras Küchentisch gesessen hatten.

Tess war noch nie so weit von zu Hause fort gewesen. Doch als Haakon sie am Ufer des breiten Flusses stehen sah, lag ein Hoffnungsschimmer in ihren dunklen Augen und eine Entschlossenheit in ihrem Gesicht, die ihm sagte, dass er sich um sie keine Sorgen zu machen brauchte. Sie würde es schaffen.

Auf der grasbewachsenen Hügelkuppe vor ihm weideten die Ziegen. Die Herde war kleiner, als er sie in Erinnerung hatte. Von den über zwei Dutzend Tieren waren kaum mehr als eine Handvoll übrig. Neben der Weide stand das aus groben Steinen gemauerte Häuschen der Witwe. Es war so klein, dass darin nur ein einziges Bett Platz fand, die Kinder schliefen in jedem Winkel, die Kleinsten in gepolsterten Weidenkörben, die Älteren, die eine Leiter hochklettern konnte, in Hochbetten. Vor dem Haus befand sich der Garten mit dem niedrigen, aus Treibholz und zerschlissenen Seilen zusammengeschusterten Zaun.

Und dann sah er sie. Sie kniete zwischen zu klein geratenen Kohlköpfen in einem halb abgeernteten Beet.

Ihre Ausbeute war mager und er hoffte, dass sie den Großteil der Ernte schon eingebracht hatte, fürchtete jedoch, dass es nicht so war. Als er näher kam, erschrak er, wie dünn und ausgezehrt sie aussah. Ein dunkelgrüner wollener Umhang bedeckte ihre schmalen Schultern. Sie beugte sich über eine Reihe Karotten und lockerte mit einer Schaufel die Erde auf, um sie aus dem Boden zu ziehen. Auf der anderen Seite des schiefen Zauns stand ein hölzerner Wagen, der klein genug war, dass eine Ziege ihn ziehen konnte. Daneben spielten die Kinder, die alle ein Stückchen größer waren als beim letzten Mal, aber kaum eins reichte ihm bis zur Hüfte.

Die Mutter sagte etwas auf Norwegisch und hielt den ältesten Sohn an, bei den Karotten zu helfen, anstatt Schneeflocken mit der Zunge zu fangen. Daraufhin ließ sich der Junge auf die Knie fallen, umfasste mit seinen Fäustlingen das dürre Grün und zerrte daran.

„*Nei*", schimpfte sie leise und zeigte ihm, wie man zuerst die Erde auflockern musste. Sie gab ihrem Sohn die Schaufel und nahm sich einen Stock zum Graben.

Ein zartes kleines Mädchen kauerte sich frierend neben die

Mutter und kuschelte sich bei ihr unter den Umhang. Als die Frau für einen kurzen Augenblick den Stoff zurückschlug, sah Haakon etwas Blaues aufblitzen. Es konnte nur das blaue Tuch sein, das er ihr geschenkt hatte.

Dann stand er vor dem Gartenzaun und Kjersti blickte zu ihm auf.

Es gab viele Frauen in Botetourt County, um deren Gunst er hätte werben können und die räumlich näher und einfacher zu haben gewesen wären. Aber nun stand er hier, am Ziel seiner Reise und der Frau gegenüber, für die er all die Monate voll harter Arbeit auf sich genommen hatte. Und er hatte keine Ahnung, was er zu ihr sagen sollte.

Sie schaute ihn an, als sei sie sicher, dass er eine Erscheinung in einem Traum war, aus dem sie jeden Augenblick erwachen würde.

Langsam öffnete Haakon das Gartentor und ging auf sie zu. Als er nur noch einen Schritt von ihr entfernt war, kniete er sich hin und nahm ihre kleine, kalte Hand in seine. Sie schaute ihn mit großen, erstaunten Augen an, unter denen tiefe Schatten lagen. Auch ihre Jugend konnte nicht verbergen, wie müde und abgearbeitet sie war. In den wenigen Monaten schien sie um Jahre gealtert zu sein und Haakon hatte plötzlich Angst um sie.

Er kramte ein paar Geldstücke hervor und gab sie dem ältesten Sohn. „Lauf schnell ins Dorf und kauf Brot und Fleisch."

Der Junge, vielleicht acht oder neun Jahre alt, verstand kein Englisch und seine Mutter machte keine Anstalten, für ihn zu übersetzen. Sie starrte den Besucher einfach nur an.

Haakons Norwegisch war alles andere als perfekt, aber es hatte gereicht, um sich mit den Seeleuten zu verständigen. „*Brød. Kjøtt.*"

„*Ja.*" Allein schon beim Gedanken an das gute Essen leckte sich der Junge die Lippen.

Haakon trieb ihn zur Eile. „*Rask, ja?*"

Der Kleine rannte den Pfad hinunter ins Dorf, das etwa eine

Meile entfernt war. Der Schnee fiel unaufhörlich und bestäubte das Land mit einer pudrigen Schicht. Es war für die Jahreszeit ein milder Tag, doch schon bald würden die Winterstürme unbarmherzig über die Anhöhe fegen und alles unter einer dicken Schneedecke begraben.

Haakons Augen suchten den Blick der Mutter und er bemerkte darin eine eiserne Entschlossenheit. Ihr Kinn war erdverschmiert und ihre Wangen waren rau und vom Wind gerötet. Die flachsblonden Haare hingen zerzaust in einem unordentlichen Zopf, geflochten von kraftlosen Fingern, die steif waren vor Kälte. Ihre Lippen, die einst einen rosigen Schimmer gehabt hatten, waren bläulich verfärbt.

„Komm, steh auf." Er fürchtete, sie würde sich hier draußen den Tod holen. „Es ist zu kalt." Als sie nicht reagierte, berührte er sie leicht am Handgelenk. „Bitte."

Sie zuckte zurück. „Lass mich. Ich muss die Karotten ernten." Sie sprach leise und in fließendem Englisch mit einem singenden norwegischen Tonfall.

Es störte ihn, dass er etwas so Banales bemerkte, aber trotz ihrer Ausgezehrtheit war sie wunderschön. Und er wusste, warum sie ihn vom ersten Augenblick in ihren Bann gezogen hatte und warum er sie nicht vergessen konnte bis zum heutigen Tag.

Verbissen bearbeitete sie die knochenharte Erde, die bald vollständig gefroren sein würde. Er hätte sie bitten können, ihm die Schaufel zu geben, aber sie hätte das als Bevormundung empfunden. Dabei wollte er ihr nur helfen. Er nahm einen spitzen Stein als Werkzeug und so arbeiteten sie schweigend Seite an Seite, bis er eine ganz Reihe von Karotten ausgegraben hatte. Kjersti beobachtete ihn, wie er sie in den Wagen legte, in dem sich schon ein paar zu klein geratene Kartoffeln befanden. Danach kniete er sich wieder neben sie und sie duldete seine Nähe.

Seine Hände waren mit Erde bedeckt wie ihre und die schwarzen Ränder unter ihren Fingernägeln zeigten, dass sie nicht erst seit heute im Garten arbeitete, um ihre spärliche Ernte einzubringen.

„Bitte, lass mich dich ins Haus bringen. Du musst eine Pause machen und dich aufwärmen.“ Sanft rieb er ihre eiskalten Hände. „Die Kinder können auch reingehen und auf das Feuer aufpassen. Ich werde in der Zwischenzeit die restlichen Karotten ausgraben.“ Der Wagen würde kaum voll werden, aber zumindest könnte er ihr die schwere Arbeit abnehmen. „Darf ich das für dich tun?“

Sie antwortete nicht. Doch ihr Mund teilte sich in einer Mischung aus stillem Zweifel und Verwunderung und in ihren fjordblauen Augen lag ein Ausdruck, als könnte sie nicht glauben, was sie soeben gehört hatte.

„Bitte, komm, es ist kalt“, wiederholte er.

Ihr Umhang war viel zu dünn. Vorsichtig nahm er ihre Kapuze, bedeckte damit ihr Haar und schirmte ihr Gesicht gegen den kalten Seewind ab. Zu seiner Erleichterung wehrte sie sich nicht. Mit den Fingerspitzen streichelte er ganz sacht über den handgesponnenen Stoff, dann zwang er sich, die Hand zurückzuziehen.

„*Hoh-kun.*“ Sie nannte seinen Namen leise und mit der Betonung der Sprache dieses Landes, wie den Namen der Könige ihrer Vorfahren. Sein Name aus ihrem Mund. Sie hatte sich an ihn erinnert, ihn vielleicht nie vergessen.

„Kjersti.“ Er hatte ihren Namen in den vergangenen Monaten im Herzen getragen wie ein stilles Gebet. „*God dag.*“ Er wusste nicht, ob dieser Gruß angebracht war, aber es war eine der wenigen Grußformeln, die er kannte.

Sie erwiderte nichts darauf, stattdessen wanderte ihr Blick in die Ferne zum tiefblauen Fjord, bevor sie sagte: „Du bist zurückgekommen. Es ist zu früh für das Eis.“

„Ich weiß. Diesmal fischen wir nach Kabeljau.“ Haakon hatte mit dem Kapitän vereinbart, dass er auf seinen Lohn verzichten würde, wenn er ihm dafür für die Rückreise eine kleine Kabine zur Verfügung stellte. Und er wünschte sich so sehr, dass er seiner Junggesellen-Hängematte für immer Lebewohl sagen konnte.

Ihr Blick wurde plötzlich hart. „Du solltest jetzt besser gehen."

„Du willst mich fortschicken?"

Sie nickte stumm. „Und bitte komm nicht wieder." Sie sah hinüber zu den Kindern. „Wochenlang haben sie nach dir gefragt und um dich getrauert. Zuerst um ihren Vater und dann um dich. Noch mal kann ich ihnen das nicht antun."

„Das tut mir sehr leid." Haakon sah schuldbewusst zu Boden. Wenn sie wüsste, *wie* leid es ihm tat. „Ich wollte den Kindern nicht wehtun."

„Erzähl ihnen keine Geschichten mehr und mach ihnen keine Geschenke. Klopf nicht mehr an unsere Tür. Und bitte steh jetzt auf und geh."

Haakon sah über die Schulter auf den ausgetretenen Pfad, der vom Hof hinunter zum Hafen führte, wo sein Schiff lag. Derselbe Pfad, den er gegangen war, als er sich beim letzten Mal aus dem warmen Stall davongeschlichen und sie zurückgelassen hatte. Sie hatte allen Grund der Welt, ihn zu hassen.

Aber so einfach konnte und wollte er nicht gehen. Vielleicht sollte er deutlicher werden. „Kjersti, bitte." Er sah sie flehend an, immer noch auf den Knien. „Ich bin gekommen, weil ich dich und die Kinder … weil ihr mir sehr am Herzen liegt. Und weil ich euch helfen möchte. Ich lasse euch nie wieder allein. Wenn du mich lässt, schlafe ich im Stall und kümmere mich um die Ziegen und um Haus und Hof, solange du willst."

Es waren ihre Augen, die sie verrieten. Sie sagte nichts, aber er sah darin Angst und Erstaunen, Zweifel und aufkeimende Hoffnung zugleich.

„Und ich wollte dich fragen …" Haakon nahm all seinen Mut zusammen, „ob du mit mir nach Amerika kommen willst. In meine Heimat, Blackbird Mountain. Ich habe dort ein Haus …" Eine Blockhütte, die er mit seinen Brüdern notdürftig repariert hatte. Aber Thor und Jorgan hatten versprochen, sich um die restlichen Arbeiten zu kümmern, und gesagt, er solle sich keine Sorgen machen. „... und ein Stück Land. Es gibt auch einen Garten und einen Teich. Und eine große Apfelplantage. Ich wohne dort mit meinen Brüdern und ihren Familien. Und ich würde dich gern mitnehmen, dich und die Kinder, und mit euch zusammen leben und für euch sorgen."

Sie sah ihn an, immer noch fassungslos, und er wusste nicht, ob sie auch nur ein Wort davon glaubte, was er gesagt hatte.

„Kjersti, ich möchte dich fragen, ob du meine Frau werden willst."

Das kalte Licht des Nordens zauberte einen blassen Schimmer auf ihre Haut und ließ ihr Gesicht leuchten, als sie zum Hafen hinunterblickte, zu dem Schiff mit den stolzen Masten und Aufbauten und seinem Deck aus Eichenholz. Ihre Augen wanderten zurück zu ihm und sie sah ihn an, als hätte er in einer fremden Sprache gesprochen, die sie nicht verstand. Vielleicht bedurfte es einer anderen Sprache, die ausdrückte, was Worte niemals sagen konnten.

Langsam hob er seine schwielige Hand und legte sie, unendlich zart, an ihre Wange. Seine Finger waren schmutzig und erdverkrustet, aber das war das geringste Problem. Ihr Gesicht zeigte ohnehin Spuren der Gartenarbeit. Sie würde mit Sicherheit nicht zulassen, dass er sie in die Arme schloss, und so beugte er sich über das Beet zu ihr und gab ihr ganz sanft, um sie nicht zu verschrecken, einen Kuss auf die Stirn.

Ihr Atem entwich leise und er flüsterte ein einziges Wort, während seine Lippen ihre Haut berührten. „Bitte."

Dann ließ er sie los, obwohl es ihm schwerfiel.

„Wirst du mir dann befehlen, die Kinder wegzuschicken?" Ihre Stimme war fest und energisch.

„Warum sollte ich das tun?"

„Das war es, was der Mann aus Oslo wollte. Er kam diesen Sommer und machte mir einen Heiratsantrag. Aber er wollte die

Kinder in ein Heim oder auf irgendein Internat schicken, weit weg. Er sagte, es seien zu viele. Zu viele fremde Bälger, um die er sich kümmern müsste. Meine Antwort war ‚nein'. Ich werde meine Kinder nicht weggeben, niemals."

„Zu *viele* Kinder?" Haakon lehnte sich zurück und lachte ihr ins Gesicht. „Im Gegenteil, meine Liebe. Ich denke, es sind noch nicht genug."

Wieder weiteten sich ihre Augen vor Erstaunen.

Er hatte sich oft gefragt, auch auf seiner Reise hierher, warum er sie nie vergessen konnte und warum sie seine Seele so berührt hatte. Vielleicht war es dieses Verlassenwerden. Haakon wusste, was es hieß, allein zurückzubleiben. Der frühe Tod seiner Mutter hatte seine Welt erschüttert und seine Kindheit geprägt, sein ganzes Leben. So ähnlich musste es für Kjersti und die Kinder gewesen sein, als der Mann und Vater plötzlich starb. Und in Haakon keimte der Wunsch auf, den Schmerz über diesen Verlust zu lindern und den Trost zu spenden, der ihm selbst versagt geblieben war. Dennoch handelte er weder aus Mitleid noch um sein Gewissen zu beruhigen. Stattdessen war er einer tieferen Sehnsucht gefolgt, einem Verlangen, das von Tag zu Tag größer wurde. Er wollte sie beschützen und für sie sorgen, für sie und für die Kinder. Bis an sein Lebensende. Er wollte sie für immer lieben und ehren und hoffte von ganzem Herzen, dass sie seine Liebe nicht zurückweisen würde.

Die Kinder betrachteten den Gast neugierig und mit großen Augen. Haakon lächelte ihnen zu und tat, als wollte er sie durchzählen. Der Junge, der am nächsten bei ihnen stand, war kaum größer als der niedrige Gartenzaun. Das älteste Mädchen war vielleicht drei Jahre und versteckte sich scheu hinter seiner Mutter. Das dritte Kind war ein kräftiger Junge von etwa sieben Jahren. Er saß auf der Deichsel des Wagens und Verwunderung lag in seinem ungewaschenen Gesicht. Das vierte war der forsche Junge, der ins Dorf gelaufen war.

„Das macht vier. Gab es da nicht noch jemanden?" Haakon

ging zu dem großen Weidenkorb, der neben dem Wagen stand. Zwei neugierige Äuglein schauten ihn an. Sie war die Jüngste. Ihre blonden Locken schauten unter der Strickmütze hervor und ihre Wangen und Nasenspitze waren rot vor Kälte.

„Dann bist du also Nummer fünf." Er blinzelte ihr zu. Sie musste ungefähr gleich alt sein wie Björn, nur kleiner und zarter. Sie wirkte so zerbrechlich, dass er sich Sorgen machte.

Haakon ging in die Hocke, um sie besser sehen zu können. „Wie heißt du denn? Ich habe leider deinen Namen vergessen."

Ihre Mutter antwortete für sie. „Das ist Hana. Sie spricht noch nicht viel."

Haakon lächelte. „Es freut mich, dich wiederzusehen, Hana."

Das kleine Mädchen zog eine Stoffpuppe mit rotkariertem Kleid hervor, um sie ihm zu zeigen, und Haakon freute sich über den Vertrauensbeweis.

Er blinzelte den Kindern zu. „Ihr seid jedenfalls alle fünf herzlich willkommen. Auf meiner Farm gibt es viel Platz für euch zum Spielen. Und Cousins und eine kleine Cousine."

Sein Blick fiel auf Kjersti und er sah, dass Tränen in ihren schönen blauen Augen glitzerten.

Er musste an jene Nacht denken, die sie zusammen im Stall verbracht hatten. Es war Winter gewesen und bitterkalt. Sie hatte einen Stapel Schaffelle mitgebracht und er hatte sich falsche Hoffnungen gemacht. Ein Fell war für das neugeborene Zicklein gewesen, die anderen hatten sie sich um die Schultern gelegt. Eine alte Nachbarin war gekommen, um auf die Kinder aufzupassen, und war über Nacht bei ihnen im Haus geblieben, damit die junge Mutter im Stall einem anderen kleinen Wesen ins Leben helfen konnte. Haakon war geblieben und hatte ihr seine Hilfe angeboten. Seitdem er Ava damals zu nahe getreten war, war er vorsichtig geworden mit Frauen und drängte sie niemals zu etwas, wozu sie nicht bereit waren oder was sie später bereut hätten. In jener Nacht konnte er Kjerstis strahlende Augen und ihre Freundlichkeit nicht genau deuten und hütete sich, daraus falsche Schlüsse zu ziehen. Dennoch hoffte er, dass sich mehr ergeben würde. Doch als die Nacht voranschritt und Kjersti seine Gesellschaft zwar zu genießen schien, allerdings nur als Gesprächspartner, schwand seine Hoffnung. Von Zeit zu Zeit unterbrach sie die Unterhaltung, um das kleine Zicklein zu massieren und zu schauen, ob es richtig trank. Und je enttäuschter Haakon wurde, desto weniger hörte er zu, was sie sagte.

Von nun an würde er es besser machen.

Haakon klopfte die Erde von einer weiteren Karotte ab. „Ich habe keine Geschenke mitgebracht." Er besaß nichts mehr – außer seiner Arbeitskraft und einem Stück Land in den Bergen. „Und ich erzähle keine Geschichten mehr, wenn du nicht willst."

Ihre Augen füllten sich von Neuem mit Tränen, obwohl sie eigentlich gar nicht weinen wollte. Sie schaute ihn an, als ob der Mann aus Oslo auch aus einem anderen Grund nicht der Richtige gewesen wäre. Was sie nicht zugeben würde. Aber Haakon hoffte, dass es so war.

Wenn er sie so sah, dann wusste er, dass sie alles dafür getan hätte, um das Überleben ihrer Kinder zu sichern. Sie war in diesem Land geboren und aufgewachsen, in ihren Adern floss das Blut der Wikingerfrauen. Sie war eine Kämpferin und sie hatte gelernt, diesem kargen Landstrich eine Ernte abzutrotzen. Sie würde ihre Kinder verteidigen wie eine Löwin, und wenn es das Letzte war, was sie tat. Wie alle Frauen hier im hohen Norden besaß sie diese Zähigkeit und Ausdauer, geformt von einer rauen, unbarmherzigen Landschaft.

Er wusste, dass sie, um ihre Kinder vor dem Verhungern zu retten, jeden guten und rechtschaffenen Mann geheiratet hätte. Aber nicht um jeden Preis. Sie war stark genug, es auch allein zu schaffen. Doch er wollte ihr helfen und eine Stütze sein. Und er hoffte, dass sie bereit war, diesen Weg gemeinsam mit ihm zu gehen. So könnte einer die Last des anderen tragen. Er würde niemals aus Mitleid oder Pflichtbewusstsein heiraten, sondern aus Liebe, und wagte zu hoffen, dass sie das genauso sah. Ob sie bereit war, mit ihm durchs Leben zu gehen? Er musste sie fragen, sonst würde er es nie erfahren.

Haakon räusperte sich. „Ich möchte … ich wollte dich fragen, ob du bereit wärst, mit mir nach Amerika zu kommen. Mit den Kindern natürlich. Die Überfahrt mit dem Schiff wird nicht leicht werden, aber gemeinsam können wir es schaffen." Er würde alles tun, was in seiner Macht stand, um die ganze Familie gesund und sicher über den Atlantik zu bringen.

Ein kalter Ostwind schlug ihnen ins Gesicht, derselbe Wind, der sie von hier forttragen würde, wenn sie bereit war, ihrer Heimat Lebewohl zu sagen. Mit fünf kleinen Kindern war es vielleicht zu viel, was er von ihr verlangte, und er war darauf gefasst, dass sie „nein" sagte. Vielleicht sollte er stattdessen einfach hierbleiben … aber mehr als alles andere wünschte er sich, dass sie ein Teil seiner Familie würde. „Ich möchte mein Zuhause mit dir teilen. Mein Leben lege ich in deine Hände … und mein Herz. Du sollst meinen Namen tragen und wir werden eine große Familie sein … wenn du willst."

Sie tat einen tiefen Atemzug und legte den Arm fest um das kleine Mädchen an ihrer Seite. In ihrem Blick lag noch eine Spur von Unsicherheit, vermischt mit Erstaunen und einer Sehnsucht, die bei Haakon die Hoffnung weckte, dass nicht alles verloren war. Das Kind lugte unter dem Mantel der Mutter hervor und schenkte ihm ein schüchternes Lächeln. Der Junge auf der Wagendeichsel hielt die Luft an, gespannt, was nun passieren würde.

„*Mor bedt for deg hver natt*", sagte er.

Kjerstis Augen weiteten sich und Haakon las in ihnen eine Zuneigung, die ihm das Herz wärmte. Er glaubte zu verstehen, was der Sohn gesagt hatte, und antwortete: „Und ich habe die Gebete eurer Mutter gespürt."

Jede Nacht hatte der Junge gesagt. Haakon dachte an die langen Nächte in den Wäldern und die unzähligen Stunden, in denen er mit dem Gewehr im Anschlag in einem Versteck gesessen hatte. „Jedes einzelne Gebet."

Er stand auf und ging zu dem Jungen. „Danke noch mal für das Bild, das du für mich gemalt hast. Ich trage es immer bei mir." Zum Zeichen legte er die Hand auf sein Herz. „Es hat mir geholfen, den Weg zu euch zurück zu finden."

Obwohl er kein Englisch verstand, nickte der Junge und Haakon bemerkte, dass sein Kinn zitterte. Kjersti übersetzte für ihn und er hörte ihre leise, eindringliche Stimme. Nachdem sie geendet hatte, reichte der Sohn Haakon die Hand, während er tapfer die Tränen zurückhielt. Haakon nahm die kleinen kalten Finger und sein Händedruck war warm und väterlich.

Die Sonne würde bald untergehen und der Wind trug die kalte, salzige Luft vom Meer zu ihnen herauf. Haakon drehte sich zu Kjersti um. „Ich weiß, es ist alles ein bisschen viel und ein bisschen plötzlich. Ich lasse dich jetzt in Ruhe darüber nachdenken." Er würde noch ein paar Wochen bleiben und wollte ihr so viel Zeit geben, wie sie brauchte, um eine Entscheidung zu treffen.

Als er ihre Hand nahm, war sein Griff ein anderer – zärtlicher und behutsamer –, und als sie die Augen zu ihm aufhob, las er darin Verletzlichkeit und Hoffnung zugleich.

„*God dag*", sagte sie leise und erwiderte damit seinen Gruß.

Haakon lächelte. Das war zumindest ein Anfang. Und nicht der schlechteste. Mehr hatte er nicht verdient und es war mehr, als er zu hoffen gewagt hatte.

Sie war fest entschlossen, die Arbeit zu beenden, obwohl er sie mehrmals gebeten hatte, ins Haus zu gehen und sich aufzuwärmen. Und so knieten sie weiter im Beet und wechselten sich mit der Schaufel ab. Haakon wollte sie nicht weiter bedrängen. So schwieg er und genoss einfach ihre Nähe, bis die Dämmerung und die Kälte sie die Kinder ins Haus rufen ließ.

Er folgte ihnen nicht, denn er war nur Gast und wollte sich nicht selbst einladen. Doch kurze Zeit später kam Kjersti noch einmal heraus mit einer Laterne für seine Arbeit, einem Stück Brot als Dank und einem warmen Lächeln, das seinen Weg erhellte, als er im Licht der Sterne zum Schiff zurückging.

Am nächsten Abend kam er wieder, denn er hatte sich vorgenommen, ihr so viel wie möglich in Haus und Hof zu helfen. So auch am übernächsten und an allen folgenden Tagen, bis die Wochen, in denen das Schiff vor Anker lag, verstrichen waren und sie zum Fischfang ausliefen. So oft wie möglich verbrachte er die Abende in Kjerstis warmer Stube und freute sich an den Mahlzeiten, die sie für ihn kochte, und an den Geschichten, die ihm die Kinder erzählten.

Dann kam der Morgen, an dem sie zum letzten Mal zum Fischen hinausfuhren. Der Laderaum war voll und das Schiff war bereit, in den Heimathafen zurückzukehren. Am selben Tag stand Kjersti neben Haakon vor dem Altar einer kleinen, aus Feldsteinen gemauerten Kirche. Die Kinder saßen in der ersten Reihe und ließen die Beine mit den blank geputzten Schuhen baumeln, während Haakon ihrer Mutter einen Ring an den Finger steckte. Kjersti strahlte vor Freude und Haakon empfand eine tiefe Dankbarkeit. Ihm wurde bewusst, wie viele Seelen ihm auf einmal anvertraut worden waren. Als Kjersti ihm ihr Herz schenkte, war ihm, als sei er ein neuer Mensch. In seinem Inneren fand eine Erneuerung statt – auf dem Fundament der Vergebung, die er erfahren hatte.

Auch Kjerstis Versprechen wurde von der Hoffnung getragen, als sie die Kirche als Mrs. Norgaard verließ, Hand in Hand mit ihrem Ehemann.

Haakon ging an ihrer Seite wie im Traum, so überreich beschenkt, dass er es kaum fassen konnte. Ein Geschenk, das Verantwortung bedeutete, und er schwor, seine Frau zu lieben und zu achten für alle Zeit.

An jenem Abend erzählte er den Kindern Geschichten von ihrem neuen Zuhause, bis ihnen die Augen zufielen. Und als auch das letzte Kind fest eingeschlafen war, konnte er endlich seine Frau in die Arme schließen. Dort, unter dem Sternenlicht, erlebte er eine Zartheit und Vollkommenheit, wie er sie noch nie erfahren hatte. Und er begriff, dass das Leben nicht nur aus

Freuden bestand, aber dass es sich lohnte, das echte Leben zu finden und zu bewahren.

Am folgenden Tag kniete Kjersti mit ihren fünf Kindern an einem Grab. Er wartete und gab ihnen die Zeit, die sie brauchten. Dann stand sie auf, klopfte sich die Erde aus ihrem Rock und folgte ihm an seinem Arm dem Pfad bergab. Sie gingen schweigend, beide in Gedanken an die Menschen, die sie verloren hatten. Und dann führte er seine Frau und die Kinder an Bord des Schiffes, das sie nach Hause bringen würde in das neue Leben, das vor ihnen lag.

Anmerkungen der Autorin

Soll ich Ihnen ein Geheimnis verraten? Jetzt, wo Sie am Ende des Buches angelangt sind und von der Geschichte vielleicht genauso berührt sind, wie ich es war, möchte ich Ihnen etwas anvertrauen.

Als ich den ersten Band, „Mein Herz hört deine Worte“, schrieb, hatte ich ganz klare Vorstellungen von der Handlung, noch bevor ich ein einziges Wort zu Papier brachte: Thor würde sich in Ava verlieben. Haakon ebenfalls, aber seine Liebe würde nur oberflächlich sein. Und bei der Schießerei am Ende würde Jed Sorrels Kugel ihr Ziel nicht verfehlen. Haakon würde getroffen zu Boden stürzen. Seine Brüder würden ihn nach Hause tragen und Ava würde dabei sein, wenn Haakon seinen letzten Atemzug tat.

Haakons Tod stand mir so lebhaft vor Augen wie die ganze Liebesgeschichte. Ich sah die Szene praktisch vor mir, dazu die Trauer und die Vergebung, wie er in seiner letzten Stunde um Verzeihung bat und somit Heilung und Versöhnung möglich machte. Vor meinem geistigen Auge war dies die lebendigste Szene des ganzen Romans. Dann hätte es zwar keine Fortsetzung gegeben, aber damals hatte ich nicht vorgehabt, eine zu schreiben.

Doch dann passierte etwas Merkwürdiges.

Als die Scheune der Sorrels in Flammen stand, rannte Haakon um sein Leben. Jed schoss auf den Fliehenden, Haakon drehte sich kurz um und schaute über seine Schulter. Und in dem Moment, als er zurückschaute, war mir, als schaute er mich direkt an. Das hatte weder mit seinem Charme zu tun noch mit der Farbe seiner bemerkenswerten Augen. Stattdessen traf mich sein verzweifelter Blick mitten ins Herz – als flehte er mich an, ihn am Leben zu lassen und ihm eine zweite Chance zu geben. Denn wenn ich ihm vertrauen könnte – und damit auch der Saat der Versöhnung –, würde etwas Neues anbrechen – wie ein neuer Tag, wenn die Sonne ihre ersten Strahlen über die Hügel schickt. In jenem Augenblick wusste ich: Ich konnte Haakon nicht sterben lassen. Und so schaffte er es zu entkommen, der Sonne entgegen, bis er unseren Blicken entschwand.

In meinen Anmerkungen zu „Mein Herz hört deine Worte" habe ich davon noch nichts geschrieben. Die Zeit schien noch nicht reif dafür – bis heute. Denn Haakons Überleben war die Grundvoraussetzung für diesen zweiten Band, „Wie Schiffe am Horizont".

Bei diesem Buch verlief praktisch nichts nach Plan. Nie zuvor bei einem Roman ist es mir passiert, dass mein Entwurf der Handlung derart von dem Endergebnis abwich. Anders als bei anderen Büchern schienen die Geschichten um Blackbird Mountain ein Eigenleben zu entwickeln. Und ich habe beinahe genauso viel Zeit damit verbracht, mich damit auseinanderzusetzen, *warum* das so ist wie mit dem Schreiben dieser zwei Romane.

Vielleicht liegt es an den Charakteren – an ihrer Bodenständigkeit und Leidenschaft. An der Tapferkeit, mit der diese Männer ihr Land und ihre Familien verteidigen. Am Mut der Frauen, die das Leben mit ihnen teilen angesichts von Gefahr und Bedrohung.

Vielleicht liegt es an der weiten, wilden und großartigen Landschaft, in die der kleine Ort Blackbird Mountain eingebettet ist. Ein Ort, um den sich Legenden ranken und der ein Stück Heimat ist.

Oder es liegt daran, dass ich ein Buch schreiben wollte, das ganz anders ist als erwartet. Die Handlung entwickelte eine eigene Dynamik und nahm ohne mein Zutun Fahrt auf, wie Haakons Schiff, wenn der Wind die Segel blähte. Und ich fühlte mich wie Ava, wenn sie die Augen zum Himmel hob und sich fragte, was wohl die Zukunft bringen würde.

Als Autorin befand ich mich dadurch in einer heiklen Lage. Noch schwieriger war es zuzugeben, dass es so war.

Innerlich sehnte ich mich zutiefst nach Sicherheit, nach festem Boden unter meinen Füßen. Stattdessen erwartete mich eine aufgewühlte, stürmische See. Wenn das Abenteuer ruft, ist das nicht immer einfach. Während sich die Seiten des Buches füllten, kam ich mir vor wie der kleine Hobbit Bilbo, der sein gemütliches Erdloch nicht verlassen will – bis es ihn hinauskatapultiert ins Abenteuer. Und ich bin dankbar, dass ich diesen Roman nicht so geschrieben habe, wie ich ihn geplant hatte. Es wäre eine nette Geschichte geworden, aber weniger spannend und weniger ehrlich.

Für die Frauen in diesem Buch ist die Ungewissheit ein zentrales Thema, ein Thema, das immer wieder eine Herausforderung ist, auch für mich persönlich. Und vielleicht auch für Sie, wo immer Sie gerade im Leben stehen. Vielleicht blicken wir gemeinsam aufs aufgewühlte Meer hinaus und warten auf ein Schiff am Horizont. Oder wir knien in unserem Garten bei Kälte und Sturm und versuchen dem kargen Boden eine Ernte abzutrotzen. Vielleicht führen wir ein behagliches, angenehmes Leben und spüren, dass es an der Zeit ist, unsere Komfortzone zu verlassen und neue Wege zu gehen.

Vielleicht haben auch Sie schon, so wie ich, am eigenen Leib erfahren, was Coras Worte bedeuten: *Je stärker die Stürme des Lebens sind, desto näher ist uns Gott.*

Vielleicht ist das der Grund, weshalb dieses Buch so ganz anders geworden ist als ursprünglich geplant. Damit es nicht mein Werk ist, sondern das Werk seiner Hände. Ganz gleich, wie ungewiss die Zukunft ist, Gott wird die leeren Seiten in meinem Leben mit seiner Herrlichkeit füllen. Wenn ich meinen Kurs ändere, wenn ich die Welt aus einer neuen Perspektive sehe, wenn ich Erde auf Peters Grab streue, dann ist Gott nah. Er umgibt uns mit seiner Liebe, selbst in Trauer und Zerbrochenheit.

Deshalb lassen Sie uns als seine Töchter und Söhne die Segel hissen und aufbrechen in das große Abenteuer. Mögen wir die Erinnerung an unsere Lieben immer im Herzen tragen und der unendlichen Weite, die vor uns liegt, mit Hoffnung begegnen. Lassen Sie uns stark bleiben in der Liebe und im Glauben und bereit sein, Opfer zu bringen, wo es nötig ist.

Ich danke Ihnen allen, die Sie sich mit mir auf die Reise gemacht haben.

Dank

Mein aufrichtiger Dank gilt den Lektorinnen des Verlagshauses Thomas Nelson: Jocelyn Bailey bei „Wie Schiffe am Horizont“ und Amanda Bostic bei „Mein Herz hört deine Worte.“ Eure Anregungen und Ideen haben die beiden Bücher erst zu dem gemacht, was sie sind. Ein großes Dankeschön an das ganze Team von Lektorat, Layout und Design, Marketing und Vertrieb. Ihr seid wundervoll!

Ganz herzlich bedanken möchte ich mich auch bei meiner Agentin Sandra Bishop. Danke, dass du immer an mich und meine Geschichten geglaubt hast. Danke für deine Weisheit und deine Unterstützung und für die Tüte mit Lebensmitteln, wenn der Kühlschrank mal wieder leer war. Du bist mehr als eine Agentin, du bist ein Juwel.

Ich danke auch all meinen Autorenkolleginnen, die dieses Buch rezensiert haben: Amanda Dykes, Kara Swanson, Jocelyn Green und Jody Evans. Ihr seid mir sehr ans Herz gewachsen und ich bin dankbar für den fruchtbaren Austausch mit euch. Möge immer ein Segen auf euren Worten liegen.

Herzlichen Dank auch an meinen Autorenkollegen Sigmund Brouwer, der nie aufhörte, an meine schriftstellerischen Fähigkeiten zu glauben. Die Blackbird-Mountain-Bücher wären nicht veröffentlicht worden, wenn du mir nicht Mut gemacht hättest.

Und mein ganz besonderer Dank gilt meiner Familie – ihr seid mein Ein und Alles!

Danken möchte ich auch allen, die mit mir auf dem Meer des Lebens unterwegs sind. Und ich freue mich auf den Tag, an dem wir dem Einen begegnen werden, der Sturm und Wellen stillt. Bis dahin möge Gott Ihr Schiff beschützen und bewahren!

Weitere Bücher der Autorin

Mein Herz hört deine Worte

Hardcover
384 Seiten
ISBN 978-3-7655-0718-2

Eine Liebesgeschichte mit einem Hauch Spannung – der neue historische Liebesroman der preisgekrönten Autorin Joanne Bischof. So bezaubernd und unkonventionell wie schon lange kein Buch mehr.

Als Ava im Sommer 1890 die Apfelplantage der Familie Norgaard in Virginia erreicht, ist sie geschockt: Die drei „Jungen", um die sie sich kümmern soll, sind bereits ausgewachsene Männer. Völlig mittellos sieht Ava nun einer ungewissen Zukunft entgegen. Jorgan, Haakon und Thor nehmen sie zwar herzlich auf, aber gerade der gehörlose Thor, der so laut und ungestüm wirkt, schüchtert Ava anfangs sehr ein. Auch scheint er gegen seine ganz eigenen Schatten anzukämpfen. Doch dann ist die Zukunft der Apfelplantage in Gefahr, und während sie sich Seite an Seite für deren Erhalt einsetzen, entsteht in Avas Herzen Zuneigung für den besonderen jungen Mann. Und sie entdeckt, dass man für die Sprache der Liebe keine hörbaren Worte braucht …

Wo mein Herz zu Hause ist

Paperback
352 Seiten
ISBN 978-3-7655-2082-2

1890, Virginia: Um seinem fiebernden Baby zu helfen, folgt Ella dem jungen Löwenbändiger Charlie heimlich mit auf das Zirkusgelände. Zaghaft beginnen die Herzen der besorgten Krankenschwester und des geheimnisvollen Löwenbändigers füreinander zu schlagen. Doch gibt es für die Liebenden aus zwei Welten eine Zukunft?

Selten habe ich eine so schöne und emotionale Liebesgeschichte gelesen, die mich so tief bewegt hat. Mit ihrem so wunderschönen, berührenden Schreibstil hat mich das Buch total in den Bann gezogen.

claudi-1963

Das Buch hinterlässt in mir eine sehr schöne und nachhaltige Erinnerung, wie ein „Zauber der andern Art". Der Roman „Wo mein Herz zu Hause ist" ist tiefgründig und sehr emotional. Ein Werk, dessen Wirkung man sich nur schwer entziehen kann. Ich kann diesen ausgezeichnet ausgearbeiteten Roman jedem ans Herz legen. Es lohnt sich, diesen zu lesen.

Klaudia

Weil du mir versprochen bist

Paperback
336 Seiten
ISBN 978-3-7655-2033-4

Ein harmloser Kuss mit dem Mädchenschwarm Gideon wird der schüchternen Leonie zum Verhängnis. Um der Familie Schande zu ersparen und ein Maul weniger stopfen zu müssen, zwingt Leonies Vater die beiden jungen Leute zur Heirat.

Leonies Zukunft mit dem egoistischen Gideon sieht düster aus. Um anderswo Arbeit zu finden, brechen die beiden ins Ungewisse auf. Gideon treibt seine junge Ehefrau durch Kälte und Hunger vorwärts. Doch als Leonie vor Erschöpfung zusammenbricht, taucht plötzlich ein menschlicher Engel auf: Jebediah.

Zusammen mit seiner Frau Elsie nimmt er das junge Ehepaar bei sich auf und verändert Leonies und Gideons Zukunft grundlegend. Sollte Gott den Bund, den Leonie und Gideon eingegangen haben, am Ende doch segnen? Und wird Gideon sich Leonies Liebe als würdig erweisen?

Joanne Bischofs erster Roman zählt zu den ganz besonderen Büchern, für die man gern bis nach Mitternacht wach bleibt. Ich konnte es buchstäblich nicht aus der Hand legen!

Diane Noble, Bestsellerautorin

Wo mein Herz zu Hause ist
352 Seiten
ist erschienen unter der
ISBN Buch 978-3-7655-0690-1
ISBN E-Book 978-3-7655-7488-7

Translated from the English language: THE LADY AND THE LIONHEART
First published by: MASON JAR BOOKS

Titel der Originalausgabe: The Lady and the Lionheart

Originalausgabe veröffentlicht bei Mason Jar Books.

Bibelzitate sind entnommen der Ausgabe:
Lutherbibel, revidiert 2017,

2. Auflage 2019

Lektorat: Konstanze von der Pahlen
Umschlagfoto: Shutterstock
Umschlaggestaltung: Jonathan Maul
www.brunnen-verlag.de

1

Roanoke, Virginia
Frühling 1890

Zum Zischen von Bügeleisen und umgeben von Seifengeruch trug Ella einen Stapel Betttücher die Treppe hinauf. Verschneites Abendlicht sickerte kühl und grau durch das Treppenhausfenster des Stadthauses, das nun als Krankenhaus diente. Nachdem Ella den Nachmittag im Keller verbracht hatte, vermochte sogar der Anblick von Nebel und sanft fallenden Flocken ihre Stimmung zu heben. Eigentlich unspektakulär, aber in diesen Tagen – vielmehr: Jahren – war sie dankbar für *überhaupt etwas.* Während der Wind den Schnee in Böen durch die Straße wirbelte, blieb ihr Blick an einem Farbtupfer hängen, der mit den Flocken dahintrieb. Ein Stück Schnur mit bunten Wimpeln. Nass vom Winterwetter trudelte das Band mit den fröhlichen Fähnchen über den Schnee. Rasch trat Ella näher ans Fenster, aber da war der Farbklecks schon aus ihrem Blickfeld verschwunden.

Trotzdem lächelte sie.

„Entschuldigung, *Fräulein Spülmagd.*"

Beim Klang von Claras Stimme machte sich Ella im engen Treppenhaus so dünn wie möglich. „Kommen Sie vorbei?"

Clara fixierte sie mit ihren Augen, während sie sich vorbeizwängte. „Kaum. Und auf diese Betttücher warte ich schon den ganzen Tag." Mit einem missbilligenden Zungenschnalzen rückte die Krankenschwester ihre Haube auf dem Haar zurecht, das etwas dunkler war als Ellas blasses Hellblond, und stieß ihr dabei beinahe den schweren Wäschestapel aus der Hand. Ella hob den Blick, bemüht, weder die Geduld noch das Gleichgewicht zu verlieren. Noch ein Stockwerk. Und sie war kein Küchenmädchen. Sie war auch Krankenschwester.

Na ja … so gut wie.

Als sie sich in der Privatklinik von Dr. Penske vorgestellt hatte, hatte der Arzt nicht lange gebraucht, um aus ihr herauszubekommen, dass sie keine abgeschlossene Ausbildung hatte. Zwar hatte sie zu Hause ein paar Jahre die Schule besucht, sie aber vor dem Abschluss wieder verlassen. Stattdessen hatte sie sich selbst, so gut es ging, weiter in der Kunst der Krankenpflege unterrichtet – und das nicht nur aus den Standardlehrbüchern, sondern mithilfe der Lektüre medizinischer Fachzeitschriften.

Doch das hatte den Doktor keineswegs beeindruckt.

Trotzdem hatte er sie eingestellt, mit der strikten Anweisung, dass sie in der Spülküche blieb: Geschirr und Wäsche wusch, heißes Wasser bereitete, Besorgungen erledigte. Auf jeden Fall nicht mit den Patienten in Kontakt kam. Aber hin und wieder ergab sich eine Situation, in der sie einspringen und helfen konnte, wo Not am Mann war. Fertige Schulausbildung hin oder her.

Schule. Wie sie das Wort verabscheute. Noch ein Scheitern, das sie verfolgte.

Aber es war keine Zeit gewesen, die Ausbildung abzuschließen. Nicht, als sie mit knapp fünfzehn in ihrem Bett gekniet und das Kind eines Fremden zur Welt gebracht hatte. Hinter sich acht Monate voller Angst und Sorgen und dann Stunden voller Schmerz, nur um am Ende mit leeren Armen und einem gebrochenen Herzen dazustehen. Und dann all das selbstgerechte Getuschel der feinen Gesellschaft, dass es doch so besser sei – *Gott sei Dank.*

Aber für sie war der Tod ihres Sohnes verzweifelt weit entfernt davon, Gnade zu sein, wie alle behaupteten.

Heiße Schauer überliefen Ella, während sie gegen die Erinnerung an diese dunklen, freudlosen Tage ankämpfte und die saubere Wäsche nach oben trug. Als sie das oberste Stockwerk fast erreicht hatte, brachte der Klang von stürmischen Schritten sie dazu, sich umzudrehen. Ein Baum von einem Mann polterte fast in sie hinein – mit der ganzen Wucht seines von einem Trenchcoat umhüllten Körpers.

Ella steckte ein Aufschrei in der Kehle, aber der Anblick des Babys, das er im Arm hielt, brachte sie abrupt zum Schweigen. Aus purer Überraschung fiel ihr die Wäsche aus der Hand, während der Fremde Halt suchend nach dem Geländer griff.

Sein zerzaustes braunes Haar stand zu Berge, als ob tausend Sorgen daran zögen. „Ich brauche einen Arzt", keuchte er. Mit einer Geschmeidigkeit, die jeder Logik – und da er Ella dabei sehr nahe kam, auch jedem Anstand – widersprach, stieg er über den Wäschehaufen auf den Treppenstufen. Dabei kitzelte irgendetwas Ellas Nase, ein Geruch von Kohlenrauch und ... *Karamell?*

Ella wollte einen Schritt zurückmachen, konnte jedoch nicht ausweichen. Aber was spielte das auch für eine Rolle, als sie erneut erblickte, was er da im Arm hielt. Das Baby war in eine schneebestäubte Decke gehüllt und glänzte von Schweiß oder vielleicht auch Tränen. Ella streckte die Arme nach dem Kind aus, aber der junge Mann drückte es nur fester an sich.

„Einen Arzt!" Seine blassgrünen Augen funkelten grimmig.

Ella verschlug es fast die Sprache. „Ähmm ... folgen Sie mir."

Sie schob die Wäsche beiseite und eilte die letzten Stufen hinauf, der junge Mann dicht neben ihr. Noch ein paar Stufen und sie drängte sich durch die Tür zur Kinderstation.

„Hierher", rief sie über die Schulter und sah sich suchend nach dem Arzt um. „Dr. Penske. Hier ist ein Baby, das anscheinend hohes Fieber hat."

Der Doktor wandte sich von dem Jungen ab, den er gerade untersuchte, und ließ den Blick über den geflickten Mantel und die ungebundenen Stiefel des Fremden schweifen, die polternd neben Ella zum Stehen kamen. Der Brustkorb des Fremden hob sich, während er nach Luft rang.

„Anscheinend?" Dr. Penskes Tonfall war ebenso herablassend wie sein Blick.

„Ich ... habe das Kind nicht untersucht", erwiderte Ella.

Der Arzt schaute sich um. Weiter hinten im Saal waren zwei Schwestern mit irgendwelchen Verrichtungen beschäftigt. Er wischte sich mit dem Handrücken eine Locke aus der Stirn. „Also ... warum tun Sie es dann jetzt nicht?"

Ich? Bisher hatte man ihr nur die niedrigsten Arbeiten anvertraut – Nachttöpfe leeren und Betten beziehen. Hoffentlich ahnte der Fremde das nicht. „Bitte legen Sie es hierher." Ella trat an eines der Kinderbetten und ließ das Gitter an einer Seite herunter. „Ich messe die Temperatur."

Der Mann beäugte sie misstrauisch, tat aber, was sie sagte. Ellas Finger zitterten plötzlich, als sie das Kissen unter dem kleinen blonden Köpfchen zurechtschob. Noch nie hatte man ihr einen Patienten zugewiesen. Nicht ein einziges Mal. Aber sie hatte ihre Krankenpflegebücher vorwärts und rückwärts studiert und die anderen Schwestern Tag und Nacht beobachtet. Außerdem war sie die Älteste von fünf Geschwistern. Ella zwang sich zur Ruhe. Wenn es um Fieber ging, wusste sie, was zu tun war.

Sie prüfte den Puls des Kindes – knapp über einhundertzwanzig.

Ella wickelte das Baby aus der Decke und warf sie ans Fußende des Bettes. In einem zerknitterten Kleidchen und Pullover lag das kleine Mädchen vor ihr. „Wie heißt sie?"

Der Mann kniete jetzt auf der anderen Seite des Bettes, wo er das Gitter ebenfalls heruntergeklappt hatte. „Holland."

Ein kurzer Blick in sein Gesicht sagte ihr, dass er das ernst meinte. Ella strich dem Baby mit dem Handrücken über die rundliche Wange. Sie griff nach einem Thermometer und lockerte die Kleidung so weit, dass sie die Glasspitze unter den Arm des Kindes schieben konnte. „Wie alt ist sie?"

„Sieben Monate."

„Seit wann hat sie Fieber?"

„Seit ein paar Tagen. Aber heute ist es schlimmer geworden."

Das Quecksilber stieg. „Gut, dass Sie sie hergebracht haben." Ella wartete noch eine Minute, nahm dann das Thermometer heraus und atmete tief durch, als sie den Wert sah. Sehr gut sogar, dass er gekommen war. „Hatte sie Krämpfe?" Ella zog dem Kind die Lederschühchen von den Füßen.

„Nein."

„Ganz sicher?"

„Das wüsste ich doch wohl." In seiner Stimme schwang Ärger.

Ella hob besänftigend die Hand. „Der Doktor ist gleich bei ihr. Bitte setzen Sie sich doch."

Sie wies auf einen Stuhl neben dem Bett. Der Fremde zog ihn heran und setzte sich so nah zu dem Kind, wie er konnte.

„Hat sie etwas getrunken?", fragte Ella. „Und gegessen?"

„Gegessen kaum. Getrunken ein wenig Wasser." Er sah sich ratlos im Raum um und dann wieder das Kind an. „Wir haben sie kaum dazu gebracht, etwas zu trinken. Sie war so schläfrig." Der junge Mann beugte sich vor und strich mit einer Hand, die aussah, als könne er die Kleine damit in einem Schwung hochheben, über die winzigen Fingerchen. „Hey", sagte er sanft und strich ihr die blonden Locken zurück. „Wach auf, meine Kleine."

„Sie ist lethargisch", sagte Ella, als das Kind die Augen nicht aufschlug. „Ich mache einen Tee und wir probieren, ob wir ihr nicht ein bisschen Flüssigkeit einflößen können."

Ella entschuldigte sich und eilte davon. In der Küche füllte sie warmes Wasser in einen Topf und tat ein wenig Süßholzwurzel und eine kräftige Prise Zucker hinein.

„Ist er … *ein Mensch?*"

Ella musste aufschauen, um zu erfahren, dass die geflüsterte Frage von ihrer Freundin Abigail gekommen war. „Wovon redest du?"

„Sieh dir doch nur sein Gesicht an." Abigail zog die Augenbrauen hoch und erschauderte gekünstelt, aber ihr durchtriebener Gesichtsausdruck strafte sie Lügen. „Er macht ein bisschen zu sehr auf vernarrten Vater. Wie kann man so attraktiv sein und gleichzeitig so eine Glucke?"

„Er ist vielleicht einfach ein bisschen komisch." Ella zog ihre Schürzenbänder fest und strich sich die Uniform glatt. Mit einem hastigen Griff nach einem Mulltuch stieß sie beinahe den Korb mit Verbandszeug um.

„Na, er ist sicher ein bisschen mehr als das, denkst du nicht? Und da stellt sich mir die Frage …"

„Hast du nichts zu tun?" Ella suchte nach einer Pipette, und als sie sie gefunden hatte, machte sie ein Tablett fertig.

„Seit der Zirkus da ist, treiben sich gerade eine Menge merkwürdiger Gestalten in der Stadt herum. Kurz vor dem Sturm sind sie angekommen und jetzt heißt es, bei dem Wetter sitzen sie hier fest." Abigails Blick hellte sich bei ihrer Entdeckung auf. „Ich wette, er kommt von dort."

„Aus dem Zirkus?" Ella dachte wieder an die bunte Schnur, die der Wind vor sich hergetrieben hatte.

„Liest du keine Zeitung? Und diese absonderlichen Geräusche heute Morgen – das waren wohl Elefanten."

Ella musste sich beherrschen, nicht aus dem Fenster zu spähen, während Abigail ihr zuflüsterte, es sei ein Jammer, dass er nicht *sie* angerempelt hatte.

„Er hat mich nicht angerempelt", murmelte Ella, als Abigail an ihr vorbei aus dem Raum ging und Dr. Penske seinen Kopf zur Tür hereinsteckte.

„Ich hab mir das Kind gerade angesehen. Wie hoch ist das Fieber?", fragte er, während er seine Brille mit dem Saum seines Jackets polierte.

„Neununddreißig acht."

Der Arzt warf einen Blick auf den Tee, den sie gerade abgoss. „Gut. Sie braucht viel Flüssigkeit, keine Decke, kalte Kompressen. Ich bin gleich wieder bei ihr. Behalten Sie sie gut im Blick."

„Jawohl, Sir." Mit einem leichten Schaudern, dass man ihr eine solche Aufgabe anvertraute, trug Ella das Tablett ans Bett des Kindes.

Der Fremde auf dem Stuhl starrte das Kind so intensiv an, dass Ellas Schritte sich unwillkürlich verlangsamten. Er hatte dunkle Ringe um die Augen. Ella hatte schon früher besorgte Eltern gesehen, aber er übertraf sie noch. Sein finsterer Blick fiel auf Ella. Unwillkürlich raufte er sich die Haare. Etwas verunsichert stellte sie das klappernde Tablett ab. Der Mann richtete sich auf, aber sein wachsamer Blick haftete weiter an ihr.

Der Zirkus …

Ella begann, die Knöpfe am Pullover des Kindes aufzuknöpfen. Jetzt war vermutlich *nicht* der richtige Moment, um zu erwähnen, dass sie keine richtige Krankenschwester war. Vielleicht würde sie es einfach für sich behalten. Der Mann rieb sich das leicht stoppelige Kinn. Wenn sie ihn so betrachtete, musste Ella sich sehr viel Mühe geben, so zu tun, als wüsste sie nicht, was Abigail so ins Schwärmen gebracht hatte. Olivfarbene Haut setzte sich gegen blassgrüne Augen ab, die sie noch immer so eindringlich fixierten, dass sie beinahe den letzten Knopf vom kleinen gelben Pullover abgerissen hätte.

Sie war sich nicht sicher, ob sie schon jemals einen gesehen hatte, aber unvermittelt schoss ihr das Wort *Zigeuner* durch den Kopf. Ella nahm ein kaltes feuchtes Tuch und presste es auf die Wange des Kindes.

Mit gefurchter Stirn lehnte der junge Mann sich vor, stützte die Ellbogen auf die Oberschenkel und faltete die Hände. Die Augenlider des Kindes zuckten, öffneten sich aber nicht.

Ella strich dem Mädchen eine feuchte Locke aus der Stirn. „Holland", sagte sie leise, überrascht vom Klang des Namens, der allerdings erstaunlich gut zu dieser kleinen Elfe mit ihren blonden Locken und Rosenknospenlippen passte. Wie winzig sie war. Und in der Obhut dieses Mannes …

„Ihre – die Kleine?"

Der Mann nickte, während Ella dem Kind den Pullover auszog.

„Bekommen Sie Geld?" Er griff in seine Jackentasche.

„Nicht jetzt. Darüber können wir uns später Gedanken machen."

„Sind Sie sicher?"

„Ganz sicher." Ella schenkte dem Fremden ein hoffentlich beruhigendes Lächeln, setzte sich aufs Bett und nahm das Baby auf den Schoß. Holland war ganz schlaff, wie sie befürchtet hatte. „Hallo, meine Kleine", flüsterte Ella. Die rundliche, winzige Gestalt des Mädchens zeigte, wie jung sie war. Ihr Kleid bestand aus etlichen farbigen Flicken, die Strumpfhose war an den Knien dünn. Nahm man noch die gestrickte Zipfelmütze hinzu, die Ella schon zur Seite gelegt hatte, sah die Kleine ebenso sehr wie ein Zigeuner aus wie ihr Vater. Ella sog etwas Tee in die Pipette und schob sie dem schlafenden Baby in den Mund. Sie drückte kurz auf das Gummi, sodass ein paar Tropfen herausliefen, und Hollands Kehle reagierte.

„Sehr gut, Schätzchen.“ Sie spürte den Blick des Mannes auf sich, als bohre er sich in sie hinein. Ella wischte dem Kind ein wenig Speichel ab und legte es in ihre Armbeuge. Ein weiterer Versuch war erfolgreich und bald war die Pipette leer.

Sie sah den Mann an. „Wir geben ihr alle fünfzehn Minuten ungefähr 30 Milliliter. Und ich versuche es auch mit ein bisschen Eis. Ich hole gleich etwas.“

Er nickte.

Besorgt darüber, wie das Baby bei ihrer Berührung zusammengezuckt war, legte Ella die Kleine wieder auf das Bett und klappte das Gitter hoch. Dann wischte sie dem Kind die Stirn ab und reichte dem Fremden das Tuch mit einer Geste, die bedeutete, er solle es so machen wie sie. Aber oh … sie musste ja noch die Angaben zur Person der Patientin aufnehmen. Dr. Penske führte in seiner Klinik ein strenges Regiment.

„Ich bin gleich wieder da.“ Eilig holte Ella das dicke Patientenregister und war im Handumdrehen zurück. Mit gezücktem Bleistift fragte sie so bestimmt wie möglich: „Ihr Nachname? Hollands Nachname?“

Er zögerte einen winzigen Moment. „Löwenherz.“

Ella neigte den Kopf ein wenig und wusste, dass ihre hochgezogenen Augenbrauen sie verrieten.

Der junge Mann wies mit der Hand auf das Register. „Schreiben Sie’s einfach auf.“

Beinahe hätte sich Ella entschuldigt, während sie den Namen aufschrieb, und fürchtete sich, die nächste Frage zu stellen. „Ihr Name, Sir?“

„Charlie. Und wie sie – Löwenherz.“